Tianxia
Yaoshang
Xia

天下药商 下

欧阳娟 著

时代出版传媒股份有限公司
安徽文艺出版社

欧阳娟，中国作家协会会员，鲁迅文学院十四届高研班学员，滕王阁文学院特聘作家。作品见于《人民文学》《中国作家》《长篇小说选刊》《散文选刊》《中国艺术报》等，已出版及发表长篇小说《深红粉红》《路过花开路过你》《交易》《手腕》《最后的烟视媚行》《婉转的锋利——林徽因传》《天下药商》，散文集《千年药香——中国药都樟树纪事》，撰写纪录片《千年药都话樟树》，其中《天下药商》获江西省谷雨文学奖。

Tianxia
Yaoshang
Xia

欧阳娟 ◎ 著

天下药商

下

时代出版传媒股份有限公司
安徽文艺出版社

图书在版编目（CIP）数据

天下药商：上、下/欧阳娟著. —合肥：安徽文艺出版社，2023.10
ISBN 978-7-5396-7754-5

Ⅰ. ①天… Ⅱ. ①欧… Ⅲ. ①长篇历史小说－中国－当代 Ⅳ. ①I247.5

中国国家版本馆 CIP 数据核字（2023）第 073227 号

出 版 人：姚 巍
责任编辑：张妍妍　　姚爱云　　　　装帧设计：张诚鑫

出版发行：安徽文艺出版社　　　www.awpub.com
地　　址：合肥市翡翠路1118号　　邮政编码：230071
营 销 部：(0551)63533889
印　　制：安徽新华印刷股份有限公司　　(0551)65859551

开本：700×1000　1/16　印张：45.5　字数：650千字
版次：2023年10月第1版
印次：2023年10月第1次印刷
定价：128.00元(上、下册)

（如发现印装质量问题，影响阅读，请与出版社联系调换）
版权所有，侵权必究

目 录

第五章　战祸／001
第六章　天下／246

第五章　战祸

1

侯济仁栈门口逐渐多了些来历不明的民轿、马车,车、轿上走下一个个衣着简素、戴着眼纱的女子。女子们都是来寻侯家年轻的女先生的。侯静仪将一个个环肥燕瘦的女子引入后堂,在师傅房里腾了一间出来坐诊。

来人既戴着眼纱,自是不愿以真面目示人,静仪从不过问姓名,亦不"望"气色观诊,由她们戴着眼纱来仍旧戴着眼纱去。

女子们都是来看女科的,静仪日日忙个不停,细苟与安庭两位坐堂的师傅倒闲了下来。侯济仁栈整日里虽是车马不绝,堂上却空空荡荡。

寒衣节,静仪起了个大早,预备先去给亡父送了寒衣再到药栈坐诊。才刚梳洗妥当便听得舅公公在外面问:"怎的不进去?"静仪问:"哪个来了?"舅公公磕着烟斗不作声。静仪出去一看,是武全提着一兜子冥衣冥鞋候在门外。

静仪说:"既来了,便进来吧。"

武全说:"我等在外面便好。"

静仪说:"等在外面倒更惹人看见。"

武全这才进了门。

周妈端了罐百合莲子粥出来,笑笑地说:"武全来了?你先坐坐,我再去夹几块酒糟鱼过来。你师娘跟姐姐吃得清淡,早上有碗粥就够了。"

武全说:"妈妈莫要劳神,我吃过了。"

周妈说:"扯谎都不会,我哪里不晓得这个时辰店里饭还没熟?"

武全笑:"凡事都瞒不过妈妈。只是当真莫再费神了,我跟着师娘、姐姐喝碗粥便好。"

周妈还是进去夹了几块酒糟鱼出来,小小一只碟子装着,精雅得很。

林妙儿夹了块鱼搁在武全碗里:"难为你后生仔仔,竟搞得清这些礼俗,衣裳鞋帽备得一样不少。"

静仪说:"真搞得清,便该回去给你父母烧衣,我家又不曾绝后,哪里用得着你献殷勤?"

"这丫头!怎的说话的?"林妙儿瞪了一下静仪。

武全放下碗筷直挺挺坐着:"师父生前待我亲如父子,我自己心里早已将他老人家当作了自家父亲。"

静仪说:"你自有你的父亲,我父亲自有我父亲的子女。你当我父亲是父亲,我父亲却并非当真是你父亲。你自去给你父亲烧衣,我父亲自有他自己的子女烧衣。便是膝下无子,也是女儿、女婿的事,哪里轮得到你?"

武全不敢回话,埋头看着眼前的百合莲子粥。

周妈也夹了块酒糟鱼过来,努努嘴说:"好孩子,你莫理她,吃。"

武全不敢动筷。

周妈说:"粥是我煮的,鱼是我糟的,关她什么事?尽管吃便是。"

武全这才埋头吃了起来。

用过早饭,静仪扶了母亲上车,周妈也怂恿着武全跟去。武全到底不敢,只在一旁远远看着。他师娘伸过手来,他才将预备烧给师父的东西递了过去,劳烦师娘代为烧化。

静仪上坟回来,一进药栈便将武全叫到中柜去。武全只当她还是为着烧寒衣的事,却听她问:"近来怎的没去秋林师傅店里?"

武全答:"秋林师傅倒是叫人来喊过两回,我想着我们店里如今人心不稳,我若再去,没得又要引人猜疑。"

静仪说:"他家两位公子原是生手,店里又没伙计,再来请你,你只管去。"

武全回:"我不去。我们店里还没缓过来呢,哪里顾得上他老人家那头?"

静仪又说:"如今我们店里都是来看女科的,你也插不上手,不如去帮着秋林师傅搭把手。"

武全仍回:"我不去。插不上手帮衬姐姐,我便跟着师傅们学学制药就是。"

静仪问:"你可想过索性到秋林师傅店里去当学徒?"

武全一惊:"姐姐可是还在为着我想帮师父烧寒衣的事生气?"

静仪说:"我不曾生你的气。"

武全说:"既不生气,便莫要赶我出去。武全说过,这一世进了侯济仁栈再不出去。"

"若我硬要赶你走呢?"

武全说:"姐姐……不会赶我走。"

静仪定定地看着武全,看了一会,立起身说:"论医术,我们侯济仁栈数我爷爷本事最高,可惜我爷爷已经走了;论刀功,侯济仁栈独数秋林师傅最好,可惜秋林师傅如今又自立了门户;细苟师傅虽有本事,却是个自在惯了的,不愿在徒弟们身上花心思;贤喜先生本是个样样精通的,可这些年来一直帮着我爷爷料理上下事务,二十余年未曾制药、坐堂,早把手艺都丢生了;安庭跟君武两位师傅技艺平平。我爷爷生前说过,你是块百里挑一的料子,如今这侯济仁栈,已然无人能教得了你。你再跟在店里,不过是白白耽搁工夫而已。"

武全说:"姐姐教我便是。"

"我现下日日只看女科,你一个汉子,难道日后也只学女科吗?"

"我不管,我只要跟着姐姐。"

静仪神色一凛:"跨过年去,你便到秋林师傅店里去拜师吧。你若不去,我便将你逐出侯济仁栈。我的话,你是晓得的,不说则已。"

武全两眼直直地看着静仪,看了一阵,幽幽地说:"我若去了,还不是跟逐出侯济仁栈一样?"

静仪说:"你若去了,到底还留得几分体面。"

"离了姐姐,我要那体面做甚?"武全有意挑衅,"姐姐当真为着让我多学手艺,还是为着避嫌?"

"为着避嫌。"静仪不紧不慢地回。

武全原以为静仪定然会说为着让他多学手艺,他便赖着说她是为着避嫌,她不承认,他便赖着不走。她若硬赶他走,他便硬赖着她是为了避嫌。不料静仪却直言是为着避嫌,吓得他赶忙把话往回扳:"不会。姐姐定然不会为着避嫌弃我。"

"我会。"静仪说,"为着侯济仁栈的荣辱,我会。"

武全深知她不会,但"侯济仁栈的荣辱"几个字,却像铁板一块牢牢封死了他的嘴。他总不能说"为着我,姐姐便把侯济仁栈的荣辱抛到一边"吧?

静仪说:"你这阵子多去秋林师傅店里走动走动,待得吃倒牙酒时,我也把这意思跟他老人家讲明,等到年后,你便直接去他店里。"

武全负气说:"姐姐既铁了心要赶我出去,何必等到年后?"

静仪说:"也好。你即刻便过去吧,秋林师傅一向疼你,想来也是无须费那许多手脚。"

武全不料静仪即刻便让他走,想要收回气话,却已来不及了。

静仪径自朝后堂走去,武全不得不跟着。进了学徒房,树根正在柜子里翻找东西。静仪说:"将你武全师弟的东西一并拿出来吧。"树根问:"武全师弟要回村上去吗?"静仪说:"如今侯济仁栈养不起这许多人,即日起,他到秋林师傅店里去学艺。"树根一惊:"武全师弟哪里用得着店里养?留在店里,兴许还能帮着养活两个伙计。"静仪说:"他最晚进店,他不出去谁出去?"树根便不敢再吱声了。

静仪将武全的衣物三两下塞进包袱里,叮嘱说:"去了便莫回头。"

武全接过包袱笑笑:"姐姐真是雷霆手段。"

静仪说:"我终究要去寻你宝祥师兄的,树根他们这些当学徒的也迟早要出师,师傅们更是终有一日要还乡去,这店里,迟早都是你的生人。再回头做甚?"

武全听得直如心肝肠肺都被人掏空了去,他大口喘着气,好让自己舒缓着些。玉清从伙计房里探出头来问:"武全师弟要去哪里?背着包袱做甚?"武全不敢搭他的话,闷头跟着静仪穿过后院。

路过杂房,安庭与余庆两位师傅正在制驴胶,见了武全也问:"怎的打起包袱来了?这大冷天的,还上哪儿去长住?"

到了刀房,君武师傅又问:"武全是回村上给你爷娘烧寒衣吧?带着包袱做甚?烧完寒衣回来便是,莫在屋下住了。你屋下冷锅冷灶的,哪有店里热乎?"

修贤跟敏飞正在后柜点货,见一群师傅、学徒跟着武全出来,二人甚感古怪,货也忘了点了。敏飞想说什么,修贤揪着他的衣裳角子扯了扯。

贤喜先生在中柜报账,见了武全,也是满脸狐疑。

德生在前柜擂药,手劲一岔,药末子撒了一柜。

老猴子自诊桌后立起身来……

武全想起正式进店那天,长颈领着他穿过一挂挂门帘从前堂走进后院。如今,长颈没了,他又穿过一挂挂门帘从后院走出前堂。

师傅、师兄们亦步亦趋跟在身畔,一双双眼珠在他脸上打转,是关切,是疑惑,是挽留,是不舍。想到这些朝夕相伴的面孔将有一日在侯济仁栈渐次消散,武全再也忍耐不得,转过身子朝着静仪猛喊:"姐姐为何非要去寻张宝祥?寻他回来做甚?寻他回来杀头你好当寡妇吗?他犯的事,与你何干?他是你什么人?是娶过你还是生过你?便是你硬要寻他,天高地阔,你又往何处去寻?为何不安安心心待在店里,容我也留在店里,我们一起跟师傅、师兄们守好侯济仁栈?我黄武全敢打包票,只要容我留下,我定将侯济仁栈搞得风生水起。学徒、伙计们愿意留在店里的,一个都不用出去。师傅们老了,我养在店里送终。我们老老小小,一生一世都是一家人,一起生,一起死!"

老猴子问:"听这意思,小姐是要送武全出去?"

静仪说:"师傅们这把年纪,怎能与你同死?学徒、伙计又哪有一世全部留在店里的?天下没有不散的筵席,迟早都要分开。再有,不管你留不留下,侯济仁栈都轮不到你来主事。我是许了宝祥的,宝祥不在,我自会独个儿主事。你再有本事,也无须在侯济仁栈显摆,自行出去立你的招牌便是。"

学徒、伙计们忙说:"不显摆,不显摆!武全师弟一切听凭小姐做主便是。"

武全问:"姐姐不悔?"

静仪回:"不悔。"

武全一头撞出店去,犹如失家的狗,张皇而伶仃。

"怎的?……怎的?……"学徒、伙计们面面相觑,不明所以。

老猴子急得直跺脚:"你这丫头,怎的把小武全给赶出去了?小武全留在店里,这临江府的药市日后定是我们侯济仁栈的天下。你赶他出去做甚?明明两个小儿女好得跟一个人似的……"

侯贤喜厉声制止:"细苟师傅莫要胡言!"

2

一股暖气从嘴里顶进喉咙。有人在叫"宝祥哥哥"。

"宝祥哥哥,宝祥哥哥……"像蒙在极厚的冰里,从极远的地方传来。

他又睡了过去。

再醒来时,有个眉目硬朗的后生正在拍打他的脸。

"宝祥哥哥,宝祥哥哥……"原来是这后生在叫。

这后生看着面熟,宝祥极力想着。想了好一会儿,脑袋里蓦地跳出一个姓名,是何锄。

"醒了?你可醒了!"何锄欢叫起来,"吓死我了。"

一盆炭火搁在床边,一只樟木箱子靠墙放着,床楣上的雕花老鼠咬过样的,软乎乎的被子掖在脖颈下。他躺在床上。

何锄救了他。

何锄轻轻搓着他的双手："哥哥莫怕，一会子手就热了。"

宝祥的手指软活起来。何锄又将双手伸进被子，伏在床上帮他搓脚："手脚热了就不怕了。"

宝祥问："你怎的看见我了？"

何锄说："我才去外头买炭，听得那卖炭的老者说今年雪下得早，不晓得多少叫花子都要冻死了。他说前头街上有个叫花子便一直在喊救命，喊了许久，人也不敢去救。我听得可怜，便有意绕过去看看，不想竟是哥哥！想是菩萨晓得你我交好，有意托了卖炭老者的口，引我去救哥哥。也不枉我们兄弟一场。"

"幸而遇上了你，不然这会子当真死了。"

"哥哥吉人天相，定然不会死的。"

宝祥问："什么时候了？"

何锄说："约莫戌初。"

宝祥说："我问的是日子。"

何锄想了想："十月初二了。"

宝祥算了算，离侯济仁栈将近过了五十日，他却直如过了一生一世。

何锄问："宝祥哥哥怎的落得如此？家中可是出了什么变故？"

宝祥生怕他晓得自己打死了人，忙问："贤弟近日回过临江不曾？"

何锄说："自来了湘潭，从未回去。"

宝祥这才放下心来，说："莫回去也好，如今的临江，不同往日了。"

何锄问："侯济仁栈也撑不住了？"

宝祥不置可否。

何锄叹了口气："也难怪，如今这世道，还有几家药店撑得下去？"

宝祥身上暖了。何锄从炭火里拨出个红薯来给他吃。

甜暖的香气一百只爪子一样挠着宝祥的心，不等何锄剥完，他一把塞进嘴里。

"慢,慢些！莫烫伤了嘴。"

宝祥嘴里即刻烫起了一层皮,他就着红薯将那烂皮一起咽了下去。

何锄又拨了个红薯出来:"可惜我屋下只有这些东西,但有一个余钱,也要买只老母鸡来孝敬哥哥。"

宝祥愣了愣。原想身上好些问何锄借两个钱再上别处谋生,听这意思,他也只能勉强活命而已。天越来越冷,看来一时是走不了了,只得跟着何锄在他屋下挤一阵儿。只是不知他还有没有相熟的临江人在湘潭,那人最近有没有回过临江。

何锄见宝祥默不作声,忙说:"不是做兄弟的没本事。这湘潭人,实在欺生得很。一样的草药,我们外地人,只卖得一半的价钱。"

宝祥问:"湘潭人怎的这般不守规矩?"

何锄说:"谁说不是呢？早知如此,我便不往这鬼地方来了！"顿了顿又说,"也不晓得别处是否一样欺生……"

宝祥担心那茂记的学徒与何锄常有往来,便问:"茂记倒了后,我听得他家一个学徒说过想来湘潭谋生,不知来了没有?"

何锄回:"我在湘潭认得的临江药人中,并没有茂记出来的。"

宝祥问:"都是哪些药店的?"

何锄说:"都是些小药店的,哥哥未必认得。"

宝祥还不放心:"都是哪些人?"

何锄说了几个姓名,宝祥果然一个也不认得,只盼着那些人也不认得他。

何锄日日抢在宝祥前头起床,先在屋外生好了炭火,再漱口、净面,将头天备好的乌韭细细嚼碎,装在滴水不沾的小瓷碟里,待得火盆不再起烟,再将乌韭跟火盆一并端进屋里靠床放着,这才容许宝祥起身。宝祥一坐起来,何锄便给他披上衣裳,留出受伤的手,轻手轻脚拆了绑带,就着暖融融的炭火将隔夜的乌韭扒了,换上新的,再用干净的绑带扎好,小心翼翼缓缓套进衫袖里去。套好衣裳,何锄又出去打水,待得宝祥套上麻鞋下地,他恰好打了水来。宝祥洗漱妥当,何锄又将早饭端进房里,二人一起用了,收拾完碗筷,他才出门办事。临走不忘添足盆里的木炭,再三叮嘱:"哥哥就靠火歇着,伤口暖了才好得快。我不在屋下,你记着及时添加木炭,莫要替我省俭。"

宝祥何曾受过这等厚待?感激得不知怎的。

何锄一出去,宝祥便想:待得身上好些,定要好好回报于他。

何锄一回来,宝祥又忍不住试探:"近来可有回乡探亲的临江兄弟?"何锄当他思乡心切,常安慰说:"待得有了些积蓄,我陪哥哥一同回去便是。现下认得的几个从临江过来的兄弟,哪个手里都没余钱,没人回去。"宝祥说:"我才刚出来,倒不急着回去。只是贤弟离家这样久了,过年也不回去吗?"何锄说:"不是衣锦还乡,回去做甚?"宝祥又问:"你相熟的几个临江兄弟都是这样打算?"何锄说:"人要脸,树要皮。没成家的,都是这样打算。"宝祥又担心还有成了家的,忍不住追问:"你相熟的几个临江兄弟,可有成了家的?"何锄说:"论年纪,倒有几个老大不小了,只是过了今日不晓得明日的事,成了家,把人丢在屋下,白白坑了人家,故此都不敢成家。"

宝祥本意是想报答何锄,因有人命在身,扛不住心里忐忑,故此不仅不曾报答半分,倒时时如同防贼一样提防着他。

一日,何锄采了些金果榄拿到药店去卖,回来时愤愤地说:"这湘潭人越来越不像话了,说好的一吊钱,却只给了七百文。"宝祥心想:平日里一心想要回报于他,只苦于不得机会,今日正好替他出了这口气,便说:"我去要了钱来。"何锄说:"一人难敌四手,这是他们的地盘,哥哥何苦去寻晦气?要不来钱,不定还挨顿拳头。"宝祥心想:这一去,恐怕碰上熟人,报恩的事也不急在一时,还是看看风头再说,便忍了下来。

没过两天,屋主过来收租,何锄恰巧就差个三百文钱。那屋主倒不曾相逼,只絮絮念着:"你们这些临江人也是,苦巴巴大老远跑来这里做甚?两个熊腰虎背的汉子挤一张床,连三百文钱也交不起……"

宝祥听得心头火起,揪着那屋主说:"谁说我们交不起?原是你们湘潭人不守规矩,昧了我们的钱,这又笑话我们没本事。我这便将那昧掉的钱打出来,你随了我去取便是。"

那屋主怕要闹出事来,忙说:"三百文钱的事,值得什么东西?我不收便是。"

宝祥本可顺势搁下这事,却忍不得遭人如此轻视,也顾不得是否会碰上熟人了,拍着胸脯说:"我顶天立地一个好汉,岂会赖你三百文钱?该收的便收,这是规矩!"

何锄红了脸说:"原是我这个当老弟的没胆,丢了临江人的脸。这等小事怎能劳动哥哥贵体?我去问了钱来便是。"

宝祥跟着何锄吃得饱、穿得暖,药也对路,身上的伤好得差不多了,当即抡起那条受过伤的膀子挥了挥:"贤弟放心,我身子骨硬朗着呢。贤弟的事便是我的事。那收了金果揽的药店在哪里?要不回钱,我今日便随他姓!"

何锄拦不住,见宝祥在火盆里捡了根尚未烧燃的木炭出来,一脚踩得粉碎,抓了把炭灰抹脸。他也不知宝祥因何以炭灰遮面,见他抹了一脸,也跟着抹了一脸。

二人气汹汹冲进那家药店,宝祥捏紧拳头往前柜上猛力一捶:"去喊你家掌柜出来!"

柜上有个伙计正在称药,拿着戥子一指:"你做什么?"

宝祥顺手将那戥子一拗,将尖头顶在那伙计喉咙上:"再动一下?"

那伙计僵直了身子喊:"彭掌柜,彭掌柜……"

有个剑眉虎目的汉子从百子柜后侧身出来,身后跟着几个学徒、伙计。这汉子扯开了嗓门问:"哪个找我?"

何锄一闪身蹿到他身后,勒住他的脖颈。

那汉子拗着头说:"我道是谁,原来是你。"

宝祥指着那汉子说:"我今儿个才到湘潭,听得我临江人说你前几日克扣了这位小兄弟的草药钱。我与这位兄弟原不相识,不过是看不惯你这不守规矩的做派。今日,要么把钱补上,要么把命拿来。"

汉子说:"三百文钱原不值什么,只是兄弟这么大张旗鼓地来要,我若给了你们,知道的,晓得是我彭三金不拘小钱,不知道的还当我们怕了你。兄弟今日既来了,不打得你横着出去,我彭三金便没脸在这街上混了。"

店里原有个老先生在坐堂,眯着眼看了半天,这时才醒过神来,捏着干瘪的拳头往何锄膀子上捶:"放开,放开……"

何锄任他捶着,将彭三金的脖颈往后一掰:"谁敢过来?你们彭掌柜的命眼下可是捏在我的手里。"

那老先生不敢再捶了,偷空冲着他家一个学徒努了努嘴。那学徒拿了根扁担,悄摸溜到何锄身后。

宝祥忙将何锄一扯,顺手一带,将那彭三金调了个面。扁担打砸下来,恰巧落在彭三金额角上面。

彭三金骂:"好个蠢材!爷爷今日不死在这临江人手里,倒要死在你手里了!"

那学徒慌忙丢了扁担跪地求饶:"掌柜恕罪,掌柜恕罪……"

宝祥扯着那原在前柜称药的伙计靠墙站定,又唤了何锄过去,四人一堆挤在墙角旮旯里,后背再无空隙。

宝祥冲着彭三金吼:"速速叫人拿了钱来,多的也不要,只将差我们的补上便是。"

彭三金吩咐他家账房:"去拿三百文钱来。"

那账房撇了撇嘴,顺手便从身上摸了一把铜钱扔在地上。

宝祥喊:"捡起来!"

那账房不捡。

宝祥令何锄:"先把这彭掌柜的耳朵咬下来再论。"

何锄依言张嘴便往彭三金脸上扑。

那账房忙说:"我捡,我捡。"

第五章 战祸

拿了钱,宝祥冲着店里一众药工、伙计喊:"扔了家伙,退到后堂去。"

众人哪肯听他的?宝祥再不多言,拿着戥子便往彭三金膀子上乱戳乱捅。

彭三金忙喊:"扔了家伙!扔了家伙!钱都给了,还拿着家伙做甚?"

药工、伙计们扔了家伙,恨恨地退进后堂去了。

宝祥令他胁持的伙计将中柜的花门锁了,又令这伙计松了裤带靠墙蹲着,与何锄二人押着彭三金退到药店门外。

宝祥令何锄将彭三金的裤带也松了。彭三金说:"人要脸,树要皮,彭某虽是不才,在这条街上多少还有几分脸面。你二人钱也拿了,气也出了,把我的药工、伙计都锁上了,药店的门也出了,何必还要如此?"

宝祥问:"爷爷留了你的脸面,你可赌咒不抓我们?"

彭三金说:"我彭三金赌咒,若是反手来抓你们,必遭天打雷劈。"

何锄便没松彭三金的裤带,一脚将他踢回店里。

宝祥转身要走,尚未开步便听得背后"哇啦"一声,回头看时,只见彭三金也跟何锄前头勒住他时一样勒住了何锄的脖颈。彭三金挑衅地看着宝祥,学着何锄的样子说:"你敢过来?眼下,你这位小兄弟的命可是捏在我的手里。"

"忒的不守规矩!"宝祥也不管何锄怎的,抡起拳头便往彭三金脸上猛砸过去。

何锄被彭三金勒着,憋得满面通红,眼珠子都倒插上去了。张宝祥浑然不见,只管猛力砸打,将个彭三金打得晕头转向,睁不开眼。彭三金吃不住痛,松了手。何锄软绵绵瘫在地上,也不知是生是死。

宝祥不管何锄,一脚踏在彭三金胸口上问:"还守不守规矩?"

彭三金簌簌地摸着宝祥的腿:"守规矩,守规矩。壮士饶命!……"

宝祥啐了一口:"最恨的便是你这种不守规矩的人!"

先前坐堂的那个老先生也跟着说:"确是……不守规矩。"

看热闹的街坊听得笑出声来:"彭老先生倒是公道。"

有人问:"怎的打起来了?"

人说:"这彭掌柜少了那临江人三百文钱,他同乡帮着来要账的。彭掌柜原许了他要放他们走,临了又反手抓了那个卖药的临江人,这才下重手打了起来。"

街坊们看了看何锄,见他一动不动倒在地上,都说:"欠账还钱本是应该。许了人家,临了又反水,确是有些不讲道义。"

众人都袖手站着,无人给彭三金帮手。

彭三金勉力撑开青肿的眼皮说:"街坊邻舍们挨门挨户住着,低头不见抬头见,谁家保得住没个难处?今日你们只管看我家的笑话,他日没什么用得着我彭三金的地方才好!"

有人说:"论街坊,我祖上也是临江的,跟这卖药的祖上指不定也是街坊。"

又有人说:"这可巧了!听先父说,我祖上也是从临江迁来的。"

"你家什么时候迁来的?"

"说是洪武年间。"

"我家也是洪武年间迁过来的。"

那坐堂的老先生也支吾着说:"拙荆……也是临江的。"

数十人中,倒有上十个祖上是从临江迁来的。这湘潭,倒成了个小临江似的。

何锄猛咳一声醒了过来,张宝祥这才记起有个险些丧命的兄弟,忙跑上去将他扶起。何锄说:"还是哥哥硬气,果然是狭路相逢勇者胜,不是哥哥,我们今日便要任人宰割了。"

宝祥这才有些悔意:"都怪愚兄逞强,险些害了贤弟性命。这脖颈上通红的一条痕,可曾伤了筋骨?"

何锄说:"不值什么。唯有哥哥这样的能成大事,我虽习了几下拳脚,却不如哥哥这般勇猛,紧急之中心便软了,难免受制于人。"

宝祥听他说得有理,便收了那三分悔意,昂着头冲着彭三金喊:"日后莫再欺我临江人!欺我临江人,便是欺我!我必不肯饶你!"

一帮正在追宗认祖的临江后裔听得这话纷纷竖起拇指："我临江人,总算有个挑头的了!"

有人问："壮士贵姓?"

宝祥怕露了身份,便编了个绰号说："我行不更名坐不改姓,兄弟们都唤我狼头青。"

"狼头青"三字听得众人心头一凛。又见他以炭灰遮面,也看不清真面目,不知炭灰下是怎样一张凶悍的脸。

宝祥担心彭三金日后去寻何锄报仇,便接着说："哪个再想欺我这位临江兄弟,先问过我的拳头再说! 若是背着我欺了他,我狼头青天涯海角也要追过去讨回公道!"

众人交口称赞:"义气! 义气!"

张宝祥就此在湘潭的临江人当中扬了名,湘潭的临江人个个都晓得有了个肯替他们出头的"狼头青"。

3

黄武全无精打采地坐在决云堂的刀房里。秋林师傅正在切川芎,一片片金斑蝶样的切片在他刀下滚动。

决云堂是秋林师傅开的药店。侯秋林以刀功扬名,便在刀上做文章,"决云"二字就是极言刀功之妙。

武全看着一只只蝴蝶从川芎上生出来,又一只只扑进箩筐里,只觉自己的心也跟那蝶儿样的,欢欢喜喜生出来,却一头跌进无形的箩筐里。

侯秋林劝他:"莫想多了,左右都是侯济仁栈的手艺,在哪学不都是一样的? 我这刀功,也不亏了你。"

武全说:"师父的刀功自然是极好的,只是无故被逐了出来,心里着实憋屈。"

侯秋林说:"也算不得无故。不是长颈的事,张宝祥就不会跑,日后迟早要寻个错处赶你出来。有了长颈的事,静仪妹子又不便留你。左右有没有长颈的事,你在侯济仁栈都待不长。"

武全问:"这样说来,师父倒是料定了我迟早要出来的?"

侯秋林点了点头。

武全更是难受,抿着嘴说:"我晓得姐姐也不光是为长颈的事赶我。"

侯秋林说:"不论为何,你跟着我,总比跟着他们强。"

武全嘴里说着"是",心里却想着:不能跟静仪姐姐一处,医术再好又有什么意思?

武全一时也没心思学艺,侯秋林便支了他去给屋下送驴胶。武全去过他家两回,很快便寻到了他屋下。进屋仍是不见人影,他径直往后头房里去寻上回跟他说话的小妹子。

"妹妹可在房里?"武全摇了摇门板。

一个细声细气的女子欢叫起来:"哥哥来了?"

武全听那声气,好似长大了些。上回虽是同样的细嗓门,却带着一丝尚未褪尽的奶音。这一回,多了些少女的柔媚。

声音也会长的。

少女问:"哥哥这些日子忙什么呢?为何许久不来了?"

武全说:"你爷爷叫我送些驴胶回来,我就放在这门外可好?"

少女却不回他的话,只说:"我依着哥哥的话,每日只等我姆妈一出了门便放了脚带,少受了好些苦呢。幸而有哥哥,否则我这一世都要泡在苦水里呢。"

武全说:"妹妹放心,哥哥一世都护着你。"

少女甜甜地又叫了一声"哥哥"。

武全将驴胶放在她房门外头,叮嘱说:"驴胶放这儿了,这东西金贵,待我走了,你莫忘了收进房里去。"

房门突然"吱呀"一声从里面拉开了,一张尖细的脸从门缝里探了出来:"交给我便是。"

武全一惊,愣愣地从地上捡起驴胶递到她手里。

"我叫眉儿,字妙青。请问哥哥尊姓大名?"

武全讷讷地说:"我姓黄……"

"名?"

"武全。"

"字?"眉儿掩嘴一笑,"武全哥哥说话怎的这样俭省?追一句,答一句。"

武全挠了挠头:"不料妹妹生得这样娇俏,我一时惊为天人,便顾不得说话了。"

"此话当真?"

"哄你做甚?"

眉儿又笑:"哥哥的表字还未说给我听。"

"草野之民,无字。不像妹妹这般金贵,方才十二三岁便有了表字。"

"我自打有了名,便有了字。"

"爷娘看得重。"

"爷娘只盼着我日后嫁得富贵。"

"看得重,才盼妹妹嫁得富贵。"

"要那富贵做甚?"眉儿轻叹一声,"嫁得有情郎,才是终身有靠。"

武全附和着:"若是连门都不让出,连脚都不让长,不嫁那富贵也罢。"

眉儿提起裙摆将一双大脚递给他看:"我这脚,长大了不少呢。"

武全说:"确是长大了些。十二三岁,脚也该当这样大了。"

眉儿问:"哥哥说过,我若是手脚太大嫁不出去,哥哥便会娶我为妻,这话作得真吗?"

武全并未多想,只顾着宽慰她:"作真作真。妹妹莫怕,只管放开脚带任它去长便是。"

眉儿说:"君子一言,驷马难追?"

武全拍了拍胸膛:"君子一言,驷马难追。"

眉儿忽而飞红了脸:"若是早些认得哥哥,便是缠脚不疼,我也早将脚带扔了。"

武全一下没听明白:"缠脚不疼为何不缠?"

眉儿甜笑着只管盯住他看。

武全见了那笑脸,一下明白过来,忙说:"妹妹莫要作真,我惯常胡说八道。妹妹这样的金身玉体,定要寻个体面郎君,莫让我误了前程。"

"什么前程?哥哥这样晓得疼人的才有前程。"

武全连连后退:"妹妹莫要多想,我这人向来油腔滑调,见了妹子便甜言蜜语,不知许过几多妹子,但无一个作得数的。"

眉儿眼色一凉:"果真如此?"

"千真万确。"

眉儿肩头一抖,哀哀地哭了起来:"我这脚带松了这许多时日,再缠回去,也裹不回原样了。"

"怪我怪我。"武全抚着她的后背安慰,"妹妹无须心急,我认得一个妹子,也是从来不曾裹过脚的,如今一样讨人欢喜。"

"那妹子姓甚名谁?"眉儿可怜兮兮仰着脸问。

"夏槿篱。"武全心想:夏槿篱虽称不上讨人欢喜,到底不至于嫁不出去,为着抚慰眉儿,权且先往她脸上贴些金。便夸大了说,"那夏槿篱一身的本事,人人都想娶她为妻。故而眉儿妹妹无须担心,只要学得了本事,不管脚大脚小,不怕嫁不出去。"

眉儿问:"哥哥可是对那夏家姑娘有心?"

武全忙说:"无心无心。妹妹莫要浑猜,我只是不忍坑了妹妹。"

眉儿说:"既是无心,哥哥为何不肯娶我?怪我生得不够美吗?我不嫌你家贫。"

武全说:"美美美,妹妹生得美若天仙。"

话刚说完,又咬牙抽了自己几个嘴巴子:"叫你胡说!叫你胡说!妹妹莫怪,你不晓得,我见了女子便呼美人,就算是六十岁的老婆婆,我也赞人貌若天仙!"

"原来哥哥骗我!"眉儿又哀哀地哭了起来。

武全不敢再哄,扔下眉儿便跑。

4

次日正午,决云堂一众人等都到厨下用饭去了,黄武全在前柜看门,不多一会儿,猛听得门口"咚"地一响,抬头看时,一个头发蓬乱的女子重重地摔在门槛旁。

几个街坊站在门外,探着脑袋往店里指指点点。

武全向那女子走去。有个街坊问:"秋林师傅可在店里?这妹子说是他闺女,也不晓得是真是假。我们见她实在可怜,帮她指了路来。秋林师傅怎会让自家闺女独自寻到药店里来?"

那女子叫了声"武全哥哥",抬起头来,果然是侯眉儿。

武全吓了一跳:"你怎的跑到店里来了?"

"武全哥哥不是说吗?有本事的女子,手脚再大也不愁嫁。我昨日求了我姆妈一夜,求她老人家让我跟着我爷学艺,她老人家死活不肯。我今日趁着她出门办事,便偷偷溜了出来。自今日起,我便跟在店里学艺。"

武全说:"妹妹莫妄想了,你爷连门都不让你出,怎会留你在店里学艺?趁他老人家在后面用饭,你快起来赶紧回去。若要被他老人家见着了,还不定怎样呢!"

侯眉儿说:"不管怎样,我定要留在店里。"

武全见她说了这许久的话,却一直趴在地上,便催促说:"不管怎样,你先起来再说。"

侯眉儿羞红了脸:"不瞒哥哥说,我从未出过门,也不认得路,一路上跌了好几跤,从吃了早饭起一直走到如今才寻到这里,脚腕子早已肿得沾不得地了。"

武全无法,只得蹲下去将她抱了起来。侯眉儿一脸娇羞搂住他的脖颈。

武全称了一两土元倒在冲臼里。

眉儿问:"哥哥做什么?"

武全说:"给你消肿。"

眉儿甜甜地看着武全,一脸的心满意足。

武全拿起铜杵往冲臼里捣。侯秋林在后厨亮开嗓门喊:"什么人来了?"

武全看了看眉儿,接着捣土元。

眉儿说:"武全哥哥待我真好。"

武全将捣碎的土元分作十份,取了一份倒在盅子里,兑了些黄酒进去,端到眉儿面前。

眉儿甜甜地问:"做什么?"

武全说:"喝。"

眉儿呲着嘴说:"喝虫子?我以为是涂的。"

武全将盅子往她嘴边送了送。

眉儿说:"我喝不下,涂在脚上可好?"

武全将盅子往她面前一放,拿了瓶黄酒出来,说:"每日两次,照着我方才的样子冲服,连服五日。"

眉儿说:"人家喝不下嘛,我涂在脚上便是。"说着便要脱鞋。武全忙帮她把鞋套了回去。

侯秋林恰巧出来看见:"我吃好了,你先进去用饭,我来替你招呼这位……"话未说完,看清这蓬头垢面的女子正是自家闺女,登时怒不可遏,"你跑来店里做甚?怎的搞得这样人不像人鬼不像鬼?"

眉儿惊惶地看着父亲:"我……我来店里寻武全哥哥的。"

武全"哎"了一声,待要说明,又忍了回去。

侯秋林箭一样扫了武全一眼，脸上渐渐柔缓下来："要寻你武全哥哥，也不能独个儿跑到店里来。便是有什么要事，也该先告诉你姆妈才是。"

眉儿说："父亲教训的是。"

侯秋林说："等你武全哥哥用了饭，让他先送了你回去，余下的事，日后再说。"

武全忙说："我一个外人，怎好护送小姐？不如让晨玉送了去。"

晨玉是侯秋林长子。侯秋林看了看武全的手，又看了看眉儿的脚，说："晨玉有事。"

武全便晓得秋林师傅生了误会，更是不肯相送，又说："那便让晚玉送去。"

晚玉是侯秋林次子。侯秋林说："晚玉也有事。"

武全晓得秋林师傅是铁了心要他送了，只得草草用了饭，套好驴车等着。

侯眉儿先精心梳洗了一番，又细嚼慢咽用了饭，前前后后总花了半个来时辰。武全心想：若是那夏槿篱，牵了驴来让她自个儿骑着回去便是，哪有这样费事？

侯眉儿款款地上了车。武全问："妹妹不是铁了心要在店里学艺吗？怎的见了你爷却又不说，反说是来寻我？"

眉儿瑟瑟地说："我不敢说。"

武全皱了皱眉："既不敢说，又寻来店里做甚？"

眉儿说："我原想着，便是豁出命去，也要留在店里。见了我爷，却又怕了。"

武全说："便是怕了，也不能说是来寻我呀。"

眉儿颤颤地抽噎起来："哥哥怨我了？"

武全见她又哭了起来，只得说："不怨，随口问问而已。"

眉儿说："哥哥不怨我便好。我想着，便是说了，我爷定然也不肯答应，不过是白挨顿骂而已。"

武全心想也是，便也不好再说什么了，只是无故引得秋林师傅误会，心下到底不甚舒坦。

他赶着驴车颠儿颠儿地跑了起来,没跑几步,便听得侯眉儿在后面轻声央求:"武全哥哥慢些,我这骨架子都要被颠散了。"

武全心想:平地上跑着呢,哪里就颠得怎样了?且不理她,任驴儿接着跑。

跑了一阵儿,忽听得后面"哇啦"一声,回头看时,一摊白的黄的绿的秽物喷了一车。

武全心想:槿篱妹子横撂在马上也不曾吐成这样,这侯眉儿忒的娇气了!

天寒地冻的,武全凿开浅沟里的冰,就着一点点刺骨的积水打湿抹布,耐耐烦烦清洗驴车上的秽物。

侯眉儿颇为歉意地说:"劳烦哥哥了。"

武全心想:说得好听!你自己不会洗吗?重活做不动,擦车也不会吗?自己吐的自个儿不擦,却磨得我爬上爬下!

侯眉儿说:"哥哥等会子把车赶慢些,不然又要劳烦哥哥了。"

武全心想:再吐了,你自己擦!

鞭子一挥,更将驴车赶得飞快。侯眉儿在后面"啊呀"直叫,吵得武全心烦意乱。

"坐个车而已,你道是杀猪啊!"武全将鞭子一扔,"再叫,自个儿赶了车回去!"

侯眉儿楚楚可怜地看着武全,眼皮一磕又滚下泪来。武全见她这个样子,只得捡起鞭子重新赶起车来。

侯眉儿捧着心口说:"难为哥哥了。哥哥每日里水里来火里去的,定是快手快脚惯了,只怪眉儿没本事,碍手碍脚拘着哥哥了。"

说到"水里火里",武全想起夏槿篱跟他一起救火时,他挑一担水她也挑一担水,他冲进火里她也冲进火里。这侯眉儿却连个驴车都坐不稳。两相对比,倒显出那夏槿篱的许多好处来。

算起来,自樟树回到临江才刚十余日,与那夏槿篱也就十余日未曾见面而已,不知为何,此时想起来,却觉着似有许久不见。以往两三月才见一回,也不曾觉着隔得这样久的。

武全想着：立春那日秦大老爷照例要在县衙前鞭春牛，夏槿篱定会前来寻他，届时当可见上一面。

这样想着，却又有些不顺气：夏槿篱来寻秦大老爷与我何干？为何要算着日子与她相见？

立春还是两个月后的事，武全便暂且搁到一边了。送了侯眉儿回去之后，仍旧日日无精打采跟着秋林师傅学艺，偷空还溜去侯济仁栈看了两回静仪。

到了立春那日，搁在一边的心思又被他记了起来，像放在一边的小玩意儿不经意间又被重新撞见。他信步遛到县衙前，秦大老爷果然在鞭春牛。他在人群中搜寻槿篱，搜了一阵子，不见人影。他有点怀疑那点心思是否当真是偶然间记起来的，两个月来，那心思仿似一直暗暗地时隐时现。

怎会日日惦着她呢？武全不信。武全不愿相信自己会盼着与夏槿篱相见。武全宁愿相信自己盼着立春只是盼着秦大老爷出来鞭春牛而已。

一头披红挂彩的纸牛已被鞭得稀烂，五谷自牛肚中流出，众人一拥而上，争相哄抢。武全甚觉无味，待要回去，又往人群中睃了一眼，不见槿篱。

夏槿篱来与不来原不与他相干，武全甩了甩脑袋，强逼自己莫再搜寻，举步往决云堂去时，却又绕着县衙转了好几圈。

仍是不见夏槿篱。

5

到了腊月二十九，仍是不见夏槿篱，黄武全忍不住寻了侯顺良来问："那夏家妹子近来可曾找你寻过秦大老爷？"

顺良警觉："你问我槿篱妹妹做甚？我是铁了心的要娶槿篱妹妹为妻的，你有你的静仪姐姐，莫来招我的槿篱妹妹。"

武全哭笑不得："不招你的槿篱妹妹，槿篱妹妹早晚都是你的。我是见她许久不曾来寻秦大老爷,恐她家中有事。"

顺良"哎呀"一声:"说起来,确有许久不曾来过了!冬至没来,立春也没来。明日就是年三十了,按说定要前来会了秦大老爷她才安得下心好好过年的。莫不是家中真有大事?"

"指不定呢。"

"不行不行,我定要前去她家中看看。"

顺良说着,转身便去告了假来,催着武全同他前去寻人。

武全想着秋林师傅次日便要回家团年,自己不想与他女儿相见,自然不便跟着去的。可秋林师傅重情重义,又定然不肯让他独自守在店里过年,到时免不得再三拉扯。为免麻烦,便也干脆告了假,陪着顺良去樟树寻槿篱,预备就在皮大先生屋下团年。

到了樟树,武全先去皮大先生屋下打好了招呼,说是当夜跟顺良一同在他屋下留宿,次日顺良回去,他留下团年。皮大先生甚是欢喜,说:"你兄弟便是我兄弟,莫说留宿一夜,便是一起过完整个正月也好。"

皮鹤陪着武全跟顺良一起去槿篱外婆家寻夏槿篱。夏槿篱果然不在。槿篱外婆说:"自打上回送了黄家少爷回临江去,这丫头便再没来过。"

武全问:"以往也有这许久不来的时候吗?"

槿篱外婆说:"偶有。"

武全问:"为何不来?"

槿篱外婆看了候顺良一眼,说:"当着外人的面,原不便说,只是既是黄家少爷的兄弟,我便当是自己人了。我那榆木疙瘩的女婿,常嫌我那外孙女顽皮,间或将她关上几日。"

顺良问:"槿篱妹妹这是被她父亲关起来了?"

槿篱外婆说:"想来是。"

顺良说:"槿篱妹妹那个性子,怎能在家中关得住?"说着,便要武全引路,前去解救槿篱。

槿篱外婆说:"老子爷教女,我一个当外婆的也不好说什么,你们去看看也好。"

顺良说:"槿篱妹妹那个性子,早关得憋闷死了,我们过去放她出来。"

武全说:"老子爷教女,我们两个外人,更是不便插手,还是莫去了吧。"

顺良说:"哪有这许多名堂?你不去我去!"

武全恐他闹出事来,只得跟着一起过去。

大冷的天,顶着风走,从樟树到永泰,足足走了两个时辰。顺良吹得直揪耳朵:"又冷又痛,刀子割着样的。"

武全止住他:"莫揪,当心揪烂了。"

二人嘴角都被寒风给吹裂了,两颊冻得通红。

顺良一路说:"关了这许久,槿篱妹妹定然闷坏了。"

武全也想着:天天关在房里,那野豹子想必要憋疯了。

到了夏槿篱村上,穿过几条巷子,来到她家土坡下的屋子前,只见半掩的大门里透出几个佝着的背脊,是她家人围着火盆在烤火。

武全招招手,让顺良跟在身后,领着他穿过一块烂泥地绕到槿篱窗后。上一回过来时,这烂泥地上生满了益母草,如今草都枯了,沤成了泥。

武全扣了扣窗板,屋内不见动静。武全抬手再扣,顺良不耐烦起来:"扣什么窗子?迟早都有一战!你在这儿等,我从后门进去。"

武全伸手想拉住顺良,捞了两下没扯牢。顺良牛一样冲过墙角,紧接着狼一样嚎了一声。

武全被他的嚎叫声唬了一跳,蹦起来也跟着他往后头跑。刚跑到墙角,听得一个沙哑的嗓音懒懒地问:"嚎什么?没看过人吊猪笼吗?"

武全拐过墙角,只见夏槿篱缩在一只竹编的猪笼里,被高高地吊在一棵老樟树上。

武全与顺良只想着夏槿篱是被她父亲关在了房里,不承想却是关在猪笼里,吊在北风下。武全的心陀螺一样旋转起来,扭绞着疼。

"谁？谁？谁把你吊在这里？"顺良猛力摇着猪笼。

夏槿篱含笑扫了武全一眼："你也来了？"

后门"吱呀"一响，是夏谷禾出来了。

侯顺良抬腿拼力一踹，将夏谷禾踹回屋内去了。武全随手捡了块砖头在手上。夏大根同夏二根抄了家伙出来，武全扬手便将砖头撂了过去。

"又是你！"夏谷禾接住夏大根扔来的鱼叉，挺身便往武全腹部刺。

武全侧身一躲，顺着鱼叉一扯，将夏谷禾扯倒在地。

"有长进嘛。"夏槿篱笑。

怪道她嗓音那样嘶哑，怪道她力气大于常人，原来，她一直在水里火里。武全反头看了夏槿篱一眼，呼呼的北风中，她嘴唇发黑，咧着血痕，头发铁钩一样在脸上张牙舞爪，面颊像两块干裂了的稻田豁开一道道深深浅浅的口子，一双手冻得比脚还大，又红又肿地紧紧握在胸口。她红肿的手，被麻绳牢牢地绑着。

夏大根一扫竹篙打了过来，武全背转身子结结实实挨了一棍，手里的砖头一抡，不偏不倚砸在夏大根脸上。他是下定了决心的，他要打破夏大根的头。为着打破夏大根的头，他宁可挨上一棍。

夏谷禾跟夏二根大惊小怪地围着夏大根的脑袋叫个不休："哎呀！不得了啦！要出人命了！……"

顺良放下了吊着猪笼的绳子，夏槿篱哧溜溜往下滑落，武全冲过去将猪笼抱在怀里。

槿篱抬起头，隔着猪笼朝着他看，伸出手来摸他的脸。

脸上湿湿的一滴。咸的，是泪。夏槿篱将沾了泪的手指嚼在嘴里尝了尝："哭什么呢？"

夏二根举起竹篙往猪笼上打："个走猪婆！竟在外头勾搭男人！"

顺良对着竹篙将柴刀一撂，"嘶嚓咔啦"，竹篙崩作两半。不知他何时从何处捡来的柴刀。

"夏谷禾,"夏槿篱喊,"这后生有点傻,发起蛮来真要杀人的!"

夏谷禾看了侯顺良一眼,顺良恶狠狠将柴刀举过头顶。夏谷禾见他这样,委实有点傻样的。

趁着夏谷禾略有迟疑,黄武全拖着猪笼狂奔。穿过烂泥地,趟过浅水沟,他要带她走。他不能容忍一个女儿被父亲关在猪笼里。他不能容忍父母、兄妹围在火炉边,却任由自己的女儿、姐妹吊在北风里。

他的令张宝祥浑身都不舒泰的女气发作起来。他昂藏的体格与纤细的心思融于一体,刚猛与柔情并存。他极富男子气的剑眉充满了愤懑,略显女儿态的双眸蓄满了同情。刚猛的他为夏槿篱捏紧了拳头,柔情的他为夏槿篱滴下了眼泪。

夏槿篱半躺在猪笼里,仰面向着苍灰的天,温热的泪滴从高处落到脸上,仿似从天上飘下来的。

哭什么呢?浮生如此。他的眼泪,竟如女子般充沛。妇人之仁。她曾骂过他,说他"一肚子坏水",流完这回泪,他肚子里的"坏水"可流干了?一名妇人之仁的男子,能坏到哪儿去?她突然鼻头一酸,不知何故也险些落下泪来。

"我们一起吧。"黄武全说,"一起把学得的医术传给天下人。"

夏槿篱艰难地转了个身,小兽一样跪趴在父亲亲手编织的猪笼里,目不转睛盯着武全拼命奔逃的后背,在剧烈的摇撼中,在凌乱的视线里,她说:"当然。这是好事。"

黄武全只觉胸膛一满,多日来的倦怠感一扫而空,一股来历不明的力气源源不断地生了出来。

这力气从何而来?

"一起把学得的医术传给天下人。"说出这话时,武全尚未细想它蕴含的力量,待得槿篱应了,他才觉知到那无穷无尽的力量连绵不息地涌了出来。

也许他这一生,是为这句话而来的。

只有这句话,驱得散他遭受静仪驱逐的丧气。只有这句话,能够让他重获生存的意义。

原本,他以为自己这一生,是为守护侯静仪而来。失了侯静仪,便失了一切。得了这句话,他才记起闹鼠疫时在祠堂里起过的誓:"终有一日,我要让天下再没有疫症,好人个个长命百岁!"

往事水一样一件件流过眼前:身患疟疾的父母、弟妹奄奄一息躺在床上,染上鼠疫的族人一个个死去,身形枯瘦的先师一次次冒死穿行于章山的破茅棚里……

将学得的医术传给天下人,世上没有比这更紧要的事。

6

"啊哈!"皮鹤拊掌说,"可不就该这样的?我早说过你俩才是天造地设的一对。"

武全晓得带了槿篱出来便要护她终生,只是事到临头他又有些摇摆。静仪虽已将他逐出了药栈,毕竟与那张宝祥的婚约也已形同虚设,他心里仍有一丝希望残存。再者,槿篱心里也早已有了个秦大老爷。

两人毫不相干时,武全只将槿篱对秦大老爷的追寻当作儿戏,并不认为有多少真情。两人一旦论及终身,他却陡然将那一次次追寻当作了死生相随。夏槿篱与秦镛之间的每次对话、每回对视,都跟针尖一样扎着黄武全的心。

"妹妹与那秦大老爷?……"

"此为前事。"

前事?那便是当真有事了。武全想要听到的是:"心智未开,胡闹而已。"槿篱给出的却是:"此为前事。"

皮鹤说:"以前的事提它做甚?左右侯济仁栈也容不得你了,即日起,你干脆莫回临江了,就跟着我婶娘学习针灸,日后就在樟树开个医馆。"

武全却终究容不得前事:"我已拜了决云堂的侯秋林师傅为师,临江还是要回的,我既许了槿篱妹妹要与她一同将学得的医术传给天下人,便断然不会抛下她不顾。"

皮鹤说:"槿篱她爷这样待她,无非是怕她坏了家里的名声,你既带了她出来,要么自此日日伴着她,要么便明了你二人的名分。你既执意要回临江接着学艺,自然不能将她带去药栈相伴,那便只得先将名分定下。少不得,要聘了媒人去向槿篱她爷提亲。你提了亲,这丫头便是你家的人,她爷也就不便过于严苛了。以你的人才,若是肯去提亲,她爷自然乐得应承的。她爷本就看不上她,原不指望她怎的。"

顺良抢着说:"便是要去提亲,也该由我去提。武全今日原本就是陪着我过来的,硬要前往永泰救人的也是我。要说将槿篱妹妹带出来的人,也是我。他一个作陪的,怎能鸠占鹊巢?只是我暂且拿不出这许多聘礼,一时不敢请了媒人去说。"

皮鹤撇开顺良,只看着武全说:"我晓得你手头紧,有叔爷在,聘礼的事用不着你操心。你只管托了媒人去说便是,日后有了余钱再还我不迟。"

顺良说:"武全中意的是侯家小姐,叔爷莫劝他了。槿篱妹妹配给我,才是两相情愿的事。今日虽是初次与叔爷见面,却看得出叔爷对槿篱妹妹情同父女,叔爷若是信得过顺良,便将预备给武全兄弟的聘礼暂且借给我吧,我定然不负叔爷厚望,尽早娶了槿篱妹妹过门。日后吃糠咽菜,也定然要将叔爷的聘礼钱还上。不是顺良皮厚,一切都是为着槿篱妹妹着想。"

皮鹤眼巴巴看着武全:"你还掂量什么呢?"

"舅舅莫费心了,"夏槿篱说,"我与顺良跟武全都不过是兄妹情分而已,他二人我是一个都不愿嫁的。只是今日既大动干戈跑了出来,我便不会再回去了。我外婆屋下是住不得了,她老人家一个当外婆的,总不好拦着夏谷禾不让他接女儿回去。我明日便上阁皂山当道姑去,左右医道同源,当个道姑,照样悬壶济世,照样能将所学医术传给天下人。"

皮鹤"吓吓"两声:"我家丫头这样国色天香的容貌,当了道姑岂不是暴殄天物？不好在你外婆屋下住着,便住舅舅这里就是,跟你外公、外婆也好有个照应。"

夏槿篱嘻嘻一笑:"姑且当几天道姑而已,日后有了相好的,我再还俗便是。"

武全见槿篱浑不在意,更是认定她于自己无情,便说:"妹妹若不嫌弃,可先行到我家屋下暂住一阵,熬个三两年,待我出了师,在樟树开个医馆,再接妹妹过来一同行医。我既带了你出来,便决计不会不管你。自此之后,我黄武全便多了个亲妹子,我学徒所得零用,悉数交给妹妹。他日若是有了如意郎君,为兄为你置办嫁妆,风风光光给你送嫁。"

皮鹤说:"你不娶她,还有我呢,哪里用得着去你屋下住?"

槿篱也说:"你们黄家鬼打得人死,我才不去!我舅舅舍不得我当道姑,我便赖在舅舅家便是。"

皮鹤说:"外甥女出嫁时,舅舅是要坐上席的。外甥女有难处,舅舅理当顾着,这个上席可不是白坐的。丫头尽管在舅舅这儿住着便是。"

槿篱朝后厨张了一眼:"天光就要断了,我去备饭,舅舅跟两位哥哥暂且歇歇。"

"在舅舅屋下,哪用得着你去备饭?你且歇歇,我去弄了你我二人的夜饭过来。"皮鹤说着,转身面对武全跟顺良把手一伸,"黄家少爷、侯家公子,你二位请便。"

顺良脖子一梗:"不是说好了在叔爷屋下住吗?怎的连饭也不给我们吃?难不成要让我们上别处去吃了饭,再回来借宿?"

武全抱了抱拳:"那便有劳叔爷照料槿篱妹妹两年,待我出了师,便来接她过去。"

皮鹤说:"槿篱丫头原本就是我外甥女,哪里用得着你多这个嘴?"

武全抿抿嘴,后撤半步跪了下来,对着皮鹤拜了一拜。

皮鹤不理他,只管看着夏槿篱说:"你娘真是吃了猪油蒙了心,怎会由着你爷这般待你？看看这小脸、小手冻得！跟发过了的包子样的！待吃过了夜饭，舅舅去弄些当归四逆汤来。"

武全扯了扯顺良。顺良气鼓鼓跟在他后面出了门，嘴里不停嘟囔着："这皮大先生真是怪人，说好的在他屋下住呢！还说什么便是住一个正月也不嫌弃。"

武全举目四望，街面上的客栈大多关了门。次日便是大年三十了，鲜少有人住店，店家也要过年，关门也是理所应该。只是想回临江早已没了渡船，这天寒地冻的，也不好露宿在外。武全想着不管什么时节药店都有学徒、伙计值守，便想找家药店借宿。早前逛药市时见过一家名为怡丰药店的甚是阔气，便带着顺良前往怡丰药店求情。怡丰药店看门的小伙计听得武全跟顺良也是临江药人，二话不说便将二人请了进去，说："我们东家交代过了，凡是临江吃药饭的，随时到我们店里，随时跟我家学徒同样吃住。"顺良连说："阔气，阔气！大药店就是大药店。"

二人在怡丰药店住了一夜，次日顺良回临江，武全回了自家村上。

许久不曾住人，屋下积满了灰，武全洒扫了一番，又随手拟了两句话当作春联。左右邻舍见了，纷纷笑问："武全回来了？可是出师了？你家师父、师姐可好？药店的饭菜就是养人，才去了没几年呢，便将你养得这样高了，比你爷后生时还壮实。字也写得这样好。"大过年的，武全不好提及师父的死讯，便讷讷应着："哪里，哪里……"

不多一会儿，武全回村的消息传遍了村上。村上人都来招呼，扯着他同去家中用饭。武全自然不肯去的，拉扯间，瞥见族长也夹在人群中远远地走来。

族长一头须发皆已斑白。武全出门在外受尽了委屈，陡见大公公苍老至此，不禁鼻头一酸，眼眶泛起红来。

村上人见他红了眼，纷纷赞叹："这孩子最讲仁义的，又有本事生得又好，只可惜爷娘走得早了些。"

族长说："不怕。有大公公在，万事都会给你做主的。"

族长强拉了武全过去用饭，席间问起："今年你也该有十八了吧？"

武全回:"十八了。"

族长说:"我记得你是八月生的,算起来,吃十九的饭了。"

武全说:"可不是? 白浪费了米食,长了年纪,没长本事。"

族长叹了口气说:"你爷娘没福,走得早,不能亲眼看着你成家立业。你爷娘不在,大公公不能耽误了你,你如今也到了成家的年纪,可有哪家妹子看得入眼的? 大公公聘了媒人帮你说去。"

武全作了个揖:"大公公这般待武全,便是我爷娘在世也不过如此。只是武全尚未出师,还不想论及儿女之事。"

族长说:"以你的人才,虽是不急,但男大当婚,我这个当大公公的,也不愿被村上人在后面说嘴,说我'不是自家生的便不着急',你不愿先成亲再立业,便先下了聘礼定下婚事,待你出师之后再行大礼。"

武全说:"大公公自是一番好意,只是武全心头并无中意之人。"

族长笑问:"当真没有?"

武全点头:"当真。"

族长拈了拈须:"你瞧着我那三妹子如何?"

武全心里咯噔一下,忙说:"妙莲妹妹何等金贵? 怎能配给我这样一个孤儿? 万万不可! 万万不可!"

家境贫寒又是孤儿,若是换了别个,能寻个寻常人家的女子便是万幸了,稍微差些的,连寻常女子也寻不着。可黄武全生得一表人才,又机敏能干,侯秋林、皮鹤、大公公三位长辈都对他另眼相看。武全自然也晓得自己这点本事,因而对婚娶之事并不着急。

族长睨着眼问:"怕是我家三妹子配不上你?"

"岂敢,岂敢,"武全连连作揖,"大公公莫羞我了! 武全什么人品你老人家怎会不知? 从小到大,偷鸡摸狗、打架斗殴,哪一样少得了我? 妙莲妹妹若是跟了我,有得苦吃呢!"

族长见他宁可贬损自个儿也不愿应承,便借酒盖脸岔开话去。

武全心想：若是铁定娶不得静仪姐姐，倒唯有那夏槿篱尚可为伴。

7

头一回在异乡过年，张宝祥心里空落落的。自打进了侯济仁栈，回回过年都是屋下人盼着，药栈里望着，恨不能将一个人掰成两半，眼下却只有一个非亲非故的小兄弟伴在身边。

何锄却欢喜得紧。他长期流荡在外，许久未见亲人，宝祥是他近年见到的最为亲近的人。在临江时，他便对宝祥佩服得紧，二人每次交往都牢牢记在心上。在他心里，宝祥早已亲如兄弟。

于宝祥而言，此前种种却未留下多少印记，直到何锄救了他一命，才真正有了亲近之感。

一个是他乡遇故知，一个是落难结新朋，自是各有不同滋味。二人因而一个欢欢喜喜，一个却是冷冷清清。

何锄一大早便向屋主借了米筛、兜了两把秕谷到野地里去捕鸟。宝祥怕被熟人撞见，不敢出门，独自等在房里。午饭时分何锄才带了一兜子鸟雀回来。宝祥说："何苦来的？费这老大工夫。"

何锄笑眯眯说："往年一个人，我啃两口红薯填填肚子也就罢了，今年有哥哥在，好歹弄口肉食团个年。"

宝祥黯然："想不到我张宝祥沦落至此，吃这么两口鸟肉，竟要兄弟奔忙一个上午。"

何锄说："宝祥哥莫要多想，你一身的手艺，好日子还在后头呢。"

何锄将借来捕鸟的米筛还给了屋主，另送了一对斑鸠作为酬谢。宝祥说："用下米筛而已，什么金贵东西，哪里用得着这样千恩万谢的？"

何锄笑笑说："出门在外，嘴巴甜些总是好的。"

何锄将剩下的上十只鸟雀去了毛，拎起来晃晃："哥哥莫看这鸟仔瘦小，烤一烤,肉可香!"

宝祥看着他喜滋滋的样子,心下微微一酸:几只鸟仔而已,高兴成这样,可见长年不曾吃过什么好的。

心酸过后,又略微有点看不起。一个汉子,出来好几年了,竟混不上一口肉食。

何锄赔着笑脸找做饭的刘妈借用了厨房,将鸟雀拿到厨下剖洗。宝祥也跟过去帮手。何锄说:"哥哥只消在一旁看着,我一会儿就好。"

宝祥也懒得动手,就在灶前坐着。何锄没话找话:"哥哥可曾捕过鸟?"宝祥懒得说话,只抬了抬眼。

何锄见他了无兴致,当他思念家中亲人,便说:"以哥哥的手艺,不出三五年定能闯出一片天地,到时有的是时候与家人团聚,不必拘于这一时。"

宝祥摇头:"我一世不回临江了。"

"为何不回?哥哥不是跟侯家小姐定了亲吗?"

宝祥叹了口气:"此前种种皆为幻梦。"

何锄听得云里雾里:"可是你家那个外姓学徒作梗?"

"那口白客惯会哄骗女子,"宝祥恨恨地说,"偏生女子都爱听他哄骗。"

"哥哥与侯家小姐的婚事临江府无人不知无人不晓,怎能说断就断?我看侯家小姐是个明辨是非的,也不至于跟寻常女子一样受他哄骗……"何锄顿了顿,又说,"不过黄武全那小子别的倒还好,只这一件着实惹人厌。"

宝祥说:"岂止这一件?你不晓得,那口白客花样多着呢。如今侯济仁栈上上下下都被他搅翻了天。只是人都爱听好话,他花花哄哄一番笼络,侯济仁栈那帮糊涂蛋,倒都向着他了。我勤勤恳恳那些年,倒比不上他一条三寸不烂之舌。如今我又出来了,更不消说,侯家小姐,迟早是他的。"

何锄听得这样说,便料定侯家小姐是被那黄武全哄骗去了,也跟着宝祥愤懑起来:"哥哥这些年为侯济仁栈做了多少事?他家怎能如此亏待哥哥?就说那侯大善人,虽不是哥哥生父,哥哥待他却如亲生父亲一般,不说卧冰求鲤、割肉救亲，却也是端茶递水、铺床叠被，无不周全。再说那侯家小姐，哥哥打小将她捧在心尖儿上，待她如珠如宝，她怎能为着一个才刚进店几年的外姓学徒，反倒负了哥哥？"

"谁说不是呢？"宝祥狠命往砧板上捶了一拳，震得剖开的鸟雀落了一地，"如今这世道，便是如此人心不古！可我张宝祥偏不认命，我活一日，便要教世人一日——何为'天公地道'，何为'方圆规矩'！"

何锄刚要俯身捡拾鸟雀，门外响起一个尖厉的女声："要死了！我好心借了砧板给你，你这么大力，剁坏了算你的还是算我的？"

原来是刘妈。宝祥正说到气头上，听了这般叫骂，一个箭步便蹿了出去。

何锄追上去拦着："哥哥息怒！她一个帮厨的，有什么见识？一副砧板在她眼里便是不得了的金贵了。哥哥莫要跟她一般见识。"

刘妈腰子一挺："谁没见识？你两个大男人连块砧板都买不起，死皮赖脸求着我借了，我不笑话你们便罢了，倒叫你们来笑我没见识？！"

宝祥劈手便是一个巴掌，打得刘妈晕头转向。

何锄吃了一惊，只当刘妈要闹，却见她翻着眼皮四下望了望，见近旁无人，只吞了吞口水。

何锄拍了拍刘妈说："你老人家也是，大过年的，说什么'死'呀'活'的？谁听了不生气？"

刘妈瑟瑟地扛了下肩，将脑袋缩进颈窝子里。

宝祥说："贤弟莫管她了。如今这世道，净是这种人！你好生敬着他，他偏要欺你；你凶悍些，他倒怕了。"

何锄应着："哥哥说的是。"

何锄敬佩宝祥，他说什么做什么，他都觉着在理。

宝祥的气性越养越大，光是正月里就与人闹了五六回。他是赤手空拳打过豺狼、颈脖子上挂过吊死鬼的，出手格外凶狠，凡有争斗，没有不占上风的。便是比他高大壮实的后生，被他的威势镇着，也使不出劲来。

凡有争斗,何锄必定要说:"哥哥是为了天公地道、方圆规矩。"

宝祥便更是以维护天公地道、方圆规矩为己任,虽是唯恐碰上熟人,却忍不得世道不平,不论何事,只要有违规矩、有悖公道,他便要一管到底。

一来二去,湘潭的临江人碰到了什么不守规矩的人事,都托了人来寻他论理。所谓论理,也不过是拳头说话而已。

宝祥叮嘱何锄:"若是有人问起,莫说我姓张,只说皮家老五便是。"

何锄不知"皮"是宝祥母家姓氏,奇问:"哥哥为何改姓皮?"

宝祥也不明说,只让他记着:"此后世间再无张宝祥,只有皮家老五狼头青。"

久而久之,湘潭的临江人只知有个绰号狼头青的皮老五,不知张宝祥。

张宝祥那死守规矩的性子用在生意上不受侯济仁栈诸人待见,用在打抱不平上,却颇得湘潭的临江人拥戴。不出半年,张宝祥竟在湘潭纠集起了一股势力。

张宝祥因而更加以为自己有理,将黄武全恨得牙根作痒。

不是那黄武全,他何至于用块砧板都要遭人训斥?

恨得久了,连带着侯静仪与侯木生也一并记恨起来。不是他们,他又何至于会跟那黄武全同门学艺?

再往下细想,那侯济仁栈一众师傅、学徒、伙计,竟无一个不可恨的。人人都是帮凶,人人都是小人,人人都负了他一腔忠诚。

张宝祥越来越狠,将对侯济仁栈的恨,都发泄在了不守规矩的湘潭人身上。

他带着何锄上山捕了一头狼,用狼制成了一条带着狼头的狼毛围领。

粗布白衣,炭灰遮面,颈脖上挂着狼头,令人闻风丧胆的狼头青回回出现都是这身打扮。

张宝祥不再担心被人指认。炭灰遮面,不是十分熟识的人认不出来。便是有人窥得些许端倪,也不敢贸然告发。口口相传中,狼头青于谈笑间便可连杀数人。告发这样一个凶徒,除非是不要了性命。

他日渐频繁出入于街市,随心所欲交朋结友,原本谨慎的性子变得骄横,炭灰以上青白相间的眼珠里,渐渐生起一抹凶悍的残忍。

残忍与凶悍看在寻求庇护的人眼里,反倒是一种踏实的安稳。前来投靠的临江人越来越多。有人提出要推狼头青为首,将湘潭的临江人联合起来,结成帮派。宝祥本无意于此,何锄却极力鼓动。何锄飘零日久,受尽欺辱,深知孤身在外的苦楚,深感结帮之必要。宝祥几经煽动,耐不住应了下来。

因帮众大多来自临江府樟树镇,又大多是吃药饭的,切药、斗狠常使临江药人特有的樟刀,便称"樟帮"。

8

大年初二,夏谷禾照例带着妻儿到丈人家拜年。他并不晓得丈人、丈母都与黄武全相识,只晓得黄武全第一回带走槿篱时,槿篱是到外婆家里住了一阵,他便暗盼着女儿这一回仍在外婆这里。

进了门,不见槿篱踪影,却听得丈母反问:"怎的槿篱没来?"

夏谷禾支吾一声:"她肚子不舒服……"

"肚子不舒服?"他丈母眉头一拧,"这丫头打小就亲我们,再不舒服,也不会不来给我两老拜年。"

"女大不由娘啊,"夏谷禾假意叹息一声,"如今姑娘大了,我跟她姆妈哪里说得动她?"

他丈母冷笑一声:"贤婿哪里的话?槿篱再大,也是你的女。"

夏谷禾说:"待她好些,我再叫她来。"

他丈母说:"贤婿莫要忘记。"

夏谷禾躲闪着"嗯"了两声。

因丈母逼着要人,夏谷禾便认定槿篱不在外婆这里。正月里忙着做客、待客,他也没空四下去寻。过了正月,槿篱外婆又特意托人给夏谷禾带了信去,叫他放了槿篱来住几天。夏谷禾交不出人，更是连丈母家的门都不敢进了。槿篱便在皮鹤屋下安安稳稳住了下来。

此前学医，槿篱只不过是兴之所至随意玩玩而已，并不十分上心，跟了武全跑出来，她便一心尽早出去谋生，医术成了安身立命之本，因而每日里起早贪黑，跟正经药店学徒一样，从认药、制药、用药学起。针灸虽以扎针为主，却一样需通药理，她外婆早年跟着她老外公也是学过的，指点她不在话下。再加上皮大先生也是吃过药饭的，巴不得将通身的本事倾囊相授予她。同时有两位师父随身指教，槿篱自然较一般药店学徒学得快些。一般学徒都要兼顾药店杂务，师父得了闲才略加指点。

扎针需以阴劲催动，除了学医之外，槿篱还要跟着外婆练气，跟着皮大先生练拳，一个二八女子，每日里操练得如同糙汉一般。她索性换上男装，以头巾束发、布带绑腿。

何家针法讲究迎随补泻，捻转进针，擅治风瘫、咳疾、痹症、霍乱。

槿篱先学治咳疾：伤风发咳，脉浮而洪，针中府、列缺、风府、大杼、肺俞、膈俞、玉堂、天突；受寒发咳，脉沉而紧，针阳溪、水突、气舍、缺盆、气户、库房、屋翳、乳根、不容、风门、腹结、云门、孔最、商阳、膻中；受湿作咳，脉缓而濡，针扶突、厥阴俞、天溪、周荣、少商、缺盆、屋翳、华盖、行间、彧中、太冲；痰青为寒咳，针肺俞、前谷、手三里、列缺、鱼际、浮白、悬钟、幽门、彧中、肩中俞；痰黄为热咳，针肺俞、膻中、俞府、璇玑、步廊、列缺、尺泽、水突、聚泉；无痰为干咳，针聚泉、天突、水突、涌泉、然谷、太溪、大钟、大杼、肺俞。

皮大先生在每扇门板上都贴了铜人穴位图，以便槿篱随时练习。

夏谷禾久等女儿不回，便去寻黄武全要人。他倒不是担心女儿安危，从小到大，槿篱不曾安分过几日，擅自离家也是常事，去得久些，料她也是死不了的，不过是耗费许多米食养大了，不想让人白白带走而已。

初识黄武全时，黄武全还在侯济仁栈，夏谷禾便寻到侯济仁栈去问。

侯静仪才知黄武全带走了夏槿篱，却不肯透露武全去向，只说："他二人本就两情相悦,叔爷何苦为难?"

夏谷禾骂了侯静仪几句,又去街上打听,问了半日,才知黄武全在决云堂学艺。

夏谷禾寻到决云堂,侯秋林拿着把樟刀蒲扇一样在他面前扇来扇去:"我这暴脾气可不是任人拿捏的,到我店里要人,师傅怎不先问问自己是吃几碗饭的?"

夏谷禾被刀扇得直躲闪,也不敢强行进店寻人,只得又去街上照着侯顺良的相貌说给人听,向人打听姓名、身份。

又问了半日,有人说这相貌像是跟着秦大老爷的一个衙役。夏谷禾便蹲到县衙前去守候。

守得侯顺良出来了,却一直跟着秦大老爷。夏谷禾晓得这秦大老爷便是他那不肖女心尖儿上的人,但见他眉目干净,只是病恹恹的,不像长寿的。

虽是当着女儿已将秦大老爷骂过千百回,见了真人,夏谷禾却不敢靠近,只得眼巴巴看着侯顺良跟在这秦大老爷身后出出进进。倒是那侯顺良无意间瞥了这边一眼,认出他来,自行走了过来。

夏谷禾壮着胆问:"你将我那不肖女带去了哪里?"

侯顺良说:"叔爷只管放心,槿篱妹妹如今比在你屋下活得好多着呢!我侯顺良起誓,但活一日,便护她一日周全。待我日后有了出息,定然风风光光娶她进门。"

顺良说着,自袖袋里摸出几个铜板递到夏谷禾面前,又接着说:"眼下我身上只得这几个铜板,叔爷先收着,待我日后凑足了聘礼,便托了媒人前来提亲。"

夏谷禾问:"此话当真?"

"君子一言,驷马难追。"

夏谷禾心想:那走猪婆整日里与汉子们一处厮混,眼下又被两个陌生男子抢了去,月余未归,还有哪个正经人家敢来提亲?嫁得出去便是万幸了。有人肯出聘礼迎娶,那便是万幸中的万幸。

当下毫不犹豫,将侯顺良递来的几个铜板收进袋里,老他的口说:"大丈夫说话算话!你可要记着,定要带了聘礼前来迎娶槿篱。"

侯顺良说:"但有命在,我便定要迎娶槿篱妹妹!"

秦镛见侯顺良递了几个铜板给一个衣着破旧的汉子,当他接济穷人,便说:"你手头也紧,给了多少,我拿给你。"

侯顺良兴冲冲说:"多谢秦大老爷,只是这个钱却不能让大老爷出,这是我给相中的妹子提前预付的聘礼。"

另一个一同跟着秦大老爷的衙役骇笑:"哪家的妹子这样便宜?"

侯顺良说:"那妹子你也见过,就是那喜穿红衣的美人。"

秦镛问:"哪个喜穿红衣的美人?"

顺良说:"那美人大老爷也曾见过的,就是那姓夏的姑娘。"

秦镛双目一撑,自怀里摸出一锭银子往侯顺良身上一扔:"你那聘礼,这锭银子抵了!"

"大老爷给我这许多银子做甚?"侯顺良一脸迷惑。

先前骇笑的那个衙役猛力将他一推,嘘着嘴骂:"我就纳了闷了,你这么个蛮憨东西怎的敢起这个心?那红衣美人什么人品?你是什么东西?敢打她的主意?"

侯顺良打了几个趔趄退得老远,怯怯地跟在秦镛后面,不敢再近身。

秦镛走到夏谷禾面前问:"你是夏槿篱生父?"

夏谷禾张着嘴,呆呆地只顾盯着秦镛看。

秦镛又问了一遍:"你是夏槿篱生父?"

夏谷禾方才醒过神来,膝头一软,磕头如捣蒜。

秦镛说:"既是生父,为何两个铜板便将女儿许了人?"

夏谷禾只是磕头不止。

秦镛说:"令千金绝非寻常女子可比,日后必有一番作为,万万不可将她随意许配。"

听了这话，夏谷禾满心的敬畏顷刻殆尽，心想：这大老爷看着精明，却原来是个草包，我自家的女儿自家不晓得吗？那走猪婆能有什么作为？有人愿娶便是谢天谢地。又想：你将她看得这样重，你怎的不来提亲？那走猪婆缠了你这些年，你怎会不知她的心意？肯来提亲，便是做个五房、六房，我也将她给你。嘴上却应着："是。是……"

那边厢侯秋林叫了武全去问："你把那夏槿篱拐了出来？"

"哪个说的？"武全抵赖，"我日日吃住都在店里，果真拐了个妹子出来，怎能不去照应？"

侯秋林说："是真是假你也无须向我交代，只有一样你莫忘了，眉儿那丫头是特地从屋下跑来店里寻过你的。"

武全嘴里应着"不忘，不忘"，心下却琢磨着该当如何解开这层误会。

9

侯济仁栈生意渐好，但确如熊元文所说，大多百姓看不起病，因而收入仍旧不多。侯静仪本想着勉强撑过了灾年，百姓日子都好过了，药栈也就熬过来了。不想那熊睿渊见了她家略有起色，只怕又要抢占他家生意，便偷偷派人去给长颈父母传信，说是侯济仁栈如今富得流油，他儿子一条命丢在店里，多少得要他们出些血。长颈父母以为有理，又到侯济仁栈来闹。

侯贤喜叮嘱静仪："万万不可心软，一个铜板也不能给。"

静仪看那二老可怜，说："长颈本是我家伙计，莫说确是宝祥哥哥失手伤了他，便是他自己病死的，我们做东家的，也不能不动恻隐之心。"

侯贤喜说："果真是他自己病死的又另当别论。若他自己病死，我们周济些，他父母只会感念侯济仁栈仁善。偏生他不是病死的，却是宝祥打死的，我们便是将药栈都赔了进去，他父母也不会有一丝感恩。"

静仪到底过意不去："头回来，多少周济些吧。除了长颈，他家再无男丁，日子委实艰难。"

"有了一回便有二回。日后回回来,回回要给。"侯贤喜力劝,"不如开头便做丑人。"

静仪想:便是回回来回回给,二位老人也只吃用得这些。因而不受阻拦,硬叫贤喜先生在柜上支了钱。

头回讨得了银子,长颈父母还是有些谢意;二回来时,便是理直气壮的;第三回,这二老的侄儿也跟了来。

他侄儿原就巴望着讹诈侯济仁栈一笔,只因兴师动众闹了一回,不曾讨到半个银子,这才淡了心思,这会子见长颈父母来一回便拿一回钱,胃口又给吊了起来。

这回学乖了,他也不叫旁人跟着前来打杀,只独个儿伴着两位老人前来。两老得了钱,少不得要分他一些。他得了甜头,来得更勤,甚而无须两位老人同往,独自一人也时常跑来要钱。

他独个儿来时,静仪自然不肯给。那泼皮便在店里耍赖,一会儿骂人一会儿打滚。侯贤喜叫人赶了他出去,赶到哪里他便坐在哪里叫骂。静仪顶不住,又叫贤喜先生支钱。侯贤喜说:"这钱一给,武全那根手指可就白断了!"静仪还以为不至于此,说:"人要脸树要皮,不是活不得命,谁愿丢这个脸?待他日子好些,自然便不来了。"

把钱一给,这泼皮却非但还来,又带了男女老少一大堆,说是长颈的表兄、堂弟、侄媳妇等等,日日三五成群轮换着来。静仪才晓得自己的善心吊起了人的贪念。

店里常有人闹事,那些戴着眼纱的妇人也不来了,她们本就不愿被人识破面目,见了这些泼皮,自然不想招惹。侯济仁栈的生意重又清冷下来。

侯贤喜骂了静仪一顿,气得回乡去了。静仪倒是仍旧无悲无喜、平平静静。一面镜子,一片平湖,再怎么风云暗涌,也看不出什么波澜。

只是闲下来时跟老猴子说过一句:"我爷爷在世时曾说过,我心地过于纯善,就怕在这上头吃亏。果然在这上头吃了亏。"

她也无甚悔意,只将师傅、学徒、伙计们聚拢来,想走的都奉上盘缠送走了。大家伙儿虽是不舍,晓得她是为了节缩店内开支,还是有上十人离去。

她也晓得了,只要留在店里一日,长颈族人便会闹腾一日,想要清静,唯有离开。东家不在,长颈村上人总不好再来要钱。

她把老猴子叫到跟前说:"我原想着将顺了店里的事再去寻找宝祥哥哥,可眼下这情形,我再守在店里,莫说将顺事务,只怕连门都开不得了。不如先去寻人再说。"

老猴子想了想:"店里委实待不得了。只是宝祥杳无踪迹,无处可寻,你先寻个去处避上一阵,我们只说寻找宝祥去了便是。"

"左右不能守在店里,何不当真寻找一回?寻到了,是我的运;寻不着,是我的命。"

老猴子说:"妹子不曾出过远门,哪里晓得出门在外的艰难?你一个姑娘家,莫说强盗土匪,单是风霜雨雪就够你受的。"

静仪笑了笑:"我既来世上一遭,总要行这世人交到我手上的事。"

"什么是世人交到你手上的事?"老猴子说,"世人交到你手上的是要跟武全一起在侯济仁栈坐镇。这是天意!你不见宝祥虽是跟你定了亲,老天却安排他逃走了吗?这是老天爷都认定武全那伢仔才是你的良人。"

"老天怎会有意安排长颈丧命,来成全我跟……"静仪打了个突,撇下"武全"二字,改口说,"跟别个的婚事?"

"并非我对死了的心狠。"老猴子对着长颈安葬的方位作了个揖,"只是以为小姐不必如此自苦而已。"

"何为乐?何为苦?谁又说得清?叔爷不必再劝。待我走了,你老人家带着留下的几个师傅管好药栈,我便心无挂碍了。"

"我不带!要带你自个儿带!"老猴子负气地转开脸去。气闷了一会儿,又放软了声气说,"硬要去,便带了武全跟修贤同去。"

"修贤向来稳当,留在店里还能给你老人家做个臂膀,若是跟了我去,店里万一遇上什么难事,连个称手的人都寻不出来。武全就不消说了,他如今是决云堂的人。"

"什么决云堂、侯济仁栈?我担保只要一句话,武全那伢仔天涯海角也会随了你去。"老猴子将胸膛拍得"咚咚"响,"再说了,那决云堂还不也是从我们侯济仁栈分出去的?"

"出去了便是出去了,离了弦的箭哪有收回来的?"静仪说,"叫个伙计跟着我去帮忙赶车就行。"

"小伙计哪里见过什么世面?怎能护得住你?"老猴子又着急起来。

静仪说:"依我的性子,便是一个伙计也不愿带。伙计们都是有娘有爷的,这一去也不知何时回来,家中爷娘难免挂念。只是我晓得,若是一人不带,你们必定不肯。"

老猴子连连摇头:"不行不行,再怎么的也要有个师傅伴着。两个细伢仔怎么行?"

静仪笑:"我都二十多了,叔爷还把我当细伢仔?"

"二十多就不是细伢仔?你看你这小胳膊小腿,哪里不是细伢仔?"老猴子把眼一瞪,"在我老人家面前充大,你还早着呢!"

静仪笑了笑,不再搭话。

老猴子闷闷絮叨着:"贤喜先生也是!年过半百的人了,闹什么脾气?他若还在店里,你便是不准,我也硬要跟了去。如今这情形,我只得把心握在拳头里,先让别个跟了你去,待得贤喜先生回来,我再前来寻你。只是无论如何,你必得带个师傅过去。"

吃夜饭时,老猴子看着一个个留下的师傅,在心里轮了一遍,不是上有老下有小等着照料的,便是头脑不够灵泛的,找不出什么合适的人来。

10

老猴子特意等侯秋林出门后才假装随意溜达到决云堂,跟侯晨玉并侯晚玉寒暄了几句,才去刀房寻黄武全。

武全一听静仪要出远门,丢下手里的活计便往外跑。才跑到门口,兜头便撞上了侯秋林。

秋林师傅对着老猴子打了个拱:"果然是你啊,我才刚出去时便瞅着个后背有些像你。来我店里,怎的也不招呼一声?犬子不懂事,茶也没给你老人家泡一碗。"

老猴子觍着脸说:"事出紧急,不及招呼,秋林师傅莫要见怪。"

侯秋林有意拖长了声气:"哦?……什么事这样急?"

老猴子顿了顿,武全抢着说:"静仪小姐要出远门,细苟师傅说,她预备只带个小伙计赶车。出门在外,一个小姐,怎能只带个伙计?若是遇上什么强人……"

秋林师傅点了点头:"出门在外,自然是多带些人好。只是侯济仁栈那许多师傅、学徒,你慌慌地跑去做甚?"

"毕竟主仆一场……"武全听出师父话里有话,自悔一时心急,赶紧定了定神,放缓了语气,"我去看看是否帮得上忙。"

"要出远门,也不是说走就走得了的,你莫慌,先把润好的党参切完再说。"

武全只好反身回去切药。老猴子晓得侯秋林是不想放人,悻悻地走了。

切完党参,侯秋林又叫武全去磨刀。磨完刀,已到了夜饭时分,武全自然不好出去。用过夜饭,家家药店都关了门,武全也只好将决云堂的店门闩了,跟着秋林师傅打了一会子拳。

打完拳,秋林师傅说:"中秋节回去,眉儿还念叨着你,说是常见你穿着草鞋,预备给你纳双布鞋,这会子,想是差不多纳好了鞋底了。"

武全早想解开这层误会,只是一直寻不着话头,听了这话便说:"眉儿妹妹日渐大了,要她莫只在我身上用心,还得留意留意,寻个如意郎君。"

侯秋林见他有意撇清,便说:"那丫头心实,人许了她的,她便当了真。我瞧着,你二人倒也算得年貌相当,你若不弃,我便将那丫头给了你。"

听这意思,侯眉儿是将他往日戏言学给她爷爷听了,武全心知再不彻底撇清,往后便只有认下这桩婚事,当即把心一横,说:"武全不孝,骗了师父。那永泰夏家的妹子夏槿篱,确是被徒儿拐了出来,因不便带到药店,便安置在亲戚家里。徒儿唯恐师父责骂,原想着日后出了师再去迎娶。"

侯秋林睨眼看了武全一下:"小小年纪,心思倒是藏得挺深……"

"师父恕罪!"武全扑通下了一跪,"师父这般厚待徒儿,徒儿却无福领受,实乃武全之罪。"

"你且带我去你亲戚屋下看看……"

武全不料侯秋林竟会生起这个主意,不敢忤逆师命,只好带了他前往皮鹤住处。

过渡时,但见漫天朝晖映在水上,想起皮大先生说过要他娶了槿篱一同在樟树镇上开家医馆的话,武全的心也跟那映着朝晖的江面一样,烁烁地涌动起来。

他竟有些急切。急于见着槿篱。当然还有皮大先生。

这份急切是他不曾预料到的,想是那江水翻流不息,这才招得心急,又像是一直存在心里,不过是被引了出来。

黄武全领着侯秋林踏进皮鹤家门时,夏槿篱正在习练飞针。

她每日习练两三个时辰。起初是以银朱在墙上画上数十个大大的红圈,以银针飞刺,练到一飞即中时,再将红圈缩小。红圈越缩越小,直至米粒大小仍能一飞即中,便以铜人图上的穴位取代银朱画的红圈。铜人图与真人一般大小,共有354个穴位,每一穴位上有绣花针孔一般大小的红点一个。武全见到槿篱时,她正往那绣花针孔一般大小的红点上飞针。

"外甥女好俊的功夫！"侯秋林赞了一声。

夏槿篱回过头来，武全见她眉目间透出一种前所未有的宁静。

"舅舅谬赞了。"夏槿篱听得侯秋林叫自己外甥女，心知他是以自家老外公何大神针这边的亲戚自居，便对他以"舅舅"相称。

武全喊了声"妹妹"，欠身行礼。槿篱还了个礼。趁着行礼的当儿，黄武全暗向夏槿篱使了个眼色，对着侯秋林那边牵了牵嘴角。夏槿篱视而不见，仍旧转过身去飞针。

皮大先生原在屋后劈柴，听得人声进屋来看，见是黄武全，便有意撮尖了嗓门问："哟！什么风把黄家少爷给吹来了？"

侯秋林一听这声气，便晓得皮大先生对武全有些不满，不像是甘愿帮他照应什么人的样子。又见夏槿篱确在皮大先生屋下，也不知这三人搞的什么名堂。

皮大先生对着侯秋林拱了拱手："这位师傅面善，好似见过样的？"

侯秋林还了个礼，说："我原是侯济仁栈的头刀。先生带人前去黄家跳傩驱疫时，我正跟着老东家在黄家祠堂诊治疫症，便是那时见过一面。"

皮大先生又拱了下手："原来是侯师傅。"

侯秋林说："我如今已离了侯济仁栈自立门户，在临江府开了家小药铺，名为决云堂。侯济仁栈的老东家过世后，武全便跟在我店里学艺。这伢仔无父无母，我这个做师父的不免心疼，便想着前来拜会拜会他的亲友，也让他欢喜欢喜。"

皮大先生看了武全一眼。

武全忙说："我家中亲友不多，又大多嫌贫爱富，这些年，倒唯有皮大先生待我亲热些。"

侯秋林说："你爷在天有灵晓得有个这样厚道的同门师弟，倒也安得下心了。"

皮大先生转身冲茶去了。侯秋林试探槿篱："妹子怎的在这里？"

武全抢着说:"她被我拐出来后,便一直住在我叔爷屋下。"

侯秋林瞪了武全一眼。武全侧转身子可怜巴巴地看着槿篱,又使了个眼色,牵了牵嘴。

槿篱笑了笑,回侯秋林说:"我年纪轻不懂事,只因挨了父母几句责骂,一时糊涂,便跟着黄家少爷跑了出来。如今是有家也不能回,有郎也不能嫁,只得住在他叔爷屋下。"

武全暗暗松了口气。

侯秋林问:"听这意思,妹子似有了如意郎君?"

"事到如今,有没有还不都一样的?"槿篱闲闲地答,"都晓得我是跟着黄家少爷跑出来的,哪个正经男子还肯迎娶?少不得委屈些,待得黄家少爷出了师,便嫁给他去。"

"夏姑娘倒是快人快语。"侯秋林干笑两声,"只是姑娘原本无须这样委屈,天高地阔,哪里个个打听得到姑娘以前的事?果真看不上小徒,倒不如早些家去,隔两年再托了媒人远远地寻访寻访,访得了称心如意的再嫁不迟。"

槿篱"哎呀"一声,假意装出醍醐灌顶的神气:"果然舅舅才是明白人!只恨我小女子无多见识,竟不曾想到这一点。可惜如今已在外住了一年余,再要回去,只怕爷娘为着顾全自家名声,非把我沉了塘不可。"

侯秋林无言以对了,只得干坐了一会儿,待得皮鹤端了茶来,略抿了两口,又闲话了几句,送了包参片做礼,便告辞了。

临去时,武全定定地看着槿篱,暗暗用力作了个揖。槿篱转开脸去。

11

静仪素与伙计们亲厚,各家境况了然于心,晓得只有春芽家中无甚负担,便打算让春芽陪同出行。

春芽欣然领了命,欢欢喜喜带着店里给的补贴回家拜别了父母,收拣了些四季衣物。

静仪担心离店之后长颈族人闹她母亲,便将林妙儿送往她舅公公老家去借住,周妈仍旧跟着照应。

林妙儿倒没说什么,周妈却泪涟涟拉着:"心肝尖儿这一去,也不知路上多少风雨,我这肝肠心肺怕是要疼碎了。"

静仪说:"父母在,不远游。女儿如今却要舍下姆妈跟妈妈出远门去,心下着实愧疚,好在有舅公公在,我也放心一些。"

"你舅公公这把年纪,还有几年好活?"周妈将舅公公揪到静仪面前,"瞧这老胳膊老腿,都生锈了,姑娘可要早些回来呀!"

静仪忙说:"舅公公长命百岁。"

舅公公并不着恼,倒帮着周妈说:"何止是我?你母亲也年纪大了,周妈也不如往年利索了。你去个一年半载也就罢了,莫要耽搁久了。"

"孩儿不孝,还请姆妈、妈妈、舅公公万万珍重。"静仪对着三位老人各拜了拜,便回店里去了。

老猴子左等武全不来,右等武全不来,忍不住又到决云堂去打探。刚到门口,见着一个狐狸脸子的妹子正在买线。那妹子正是该上绣楼的年纪,看打扮,也是殷实人家的,不知为何却跑到这药店门口来买线。

略一分神,便被侯秋林瞧见了。秋林师傅迎到门口来问:"细苟师傅近日倒是清闲?我这决云堂开了小几年了,请过哥哥好几回,哥哥总不得闲前来指点。近几日倒跟扎了桩似的,总杵在我决云堂门前。"

老猴子说:"贤弟莫刮我了,直说了吧,我还是为着静仪丫头要出远门的事来寻武全。"

侯秋林笑:"细苟师傅这话听着可就怪了,你家小姐要出远门,总来寻找我家徒弟做甚?"

老猴子也顺着武全一般托词:"他二人主仆一场,该去看看。"

侯秋林说:"若论主仆,我也是从侯济仁栈出来的,我也该去看看。只是这几日店里忙得很,一时脱不开身。这不,前两日连小女都被我扯来做帮手了……"

侯秋林说着,冲着那狐狸脸子的妹子喊了一声:"眉儿,过来见过你细苟伯爷。"

那妹子搁下线板,走到老猴子跟前施了个礼。

侯秋林说:"待得忙完这阵,我带着武全一起去给小姐送行。"

老猴子无法,只得告辞回去。

备齐了行装,静仪叫老猴子请了个风水先生算了算,定下了出门的吉日与方位。

日子一定,老猴子更是心急,又去决云堂门口张望了几回,却只见侯秋林跟他那狐狸脸子的女儿,不见武全踪影。

老猴子纳闷:"便是日日忙活,总有出门的时候,怎的人高马大的一个后生,竟连个影子也捞不见?"

侯修贤听了,问明了原委,想了想说:"待我夜里摸进他家学徒房里探探究竟。"

老猴子说:"莫闹得跟前些年恒昌药栈那事样的。"

侯修贤说:"哪能啊?秋林师傅最看不起恒昌药栈,哪会照着他家行事?"

老猴子便由着他去了。

当日夜里,侯修贤才去了半炷香的工夫便跑了回来,圆睁了双眼说:"秋林师傅竟将武全锁在柴房里。"

"没看错吧?"老猴子不敢相信,"秋林师傅一向疼爱武全,虽是有些担心他会跟静仪跑了,还不至于把他锁起来吧?"

"哪儿能错呀?"侯修贤说,"我刚爬上院墙,便听得武全在柴房里喊,求他师父放他出去。声都喊哑了!想是已关了好几日了。"

"莫不是听错了声?"

"再不能错了。秋林师傅站在门外回话,喊的也是'武全'。"

老猴子两眼直直地看着修贤。

临行那日,静仪赶在出门前叫人把屋下的吃食跟柴火都挑到了药栈,又将厨房的水缸跟院里的莲缸蓄满,又围着屋前房后细细捡拾了一遍。

修贤宽她的心:"姐姐尽管去吧,每隔十日我便前来洒扫一回,把水添满。屋下干净,老鼠生不起来,往后不用火烛了,也走不了水。"

静仪说:"你做事牢靠,我放心。"

春芽从店里套了马车过来,停在门外等着。

老猴子见黄武全还是未曾露面,便叫修贤暂且稳住静仪,他自去决云堂要人。

"不是说好了要带武全去给静仪小姐送行吗?怎的连个影子也没去?"老猴子不再拐弯抹角,直冲冲指着侯秋林质问。

侯秋林气定神闲:"原本是要去的,因我女儿突然起了急症,做爷娘的,哪能丢下自家女儿性命去给别家子女送行?"

后头即刻传来两声女子的呻吟声。

老猴子气得拨了侯秋林一手:"你女儿起了急症,武全也有女儿起了急症吗?你去不得,为何不放了他去?"

侯秋林不料老猴子胆敢动手,当即把脸一沉:"细苟师傅可想好了?当真动起手来,你可要吃亏!念在兄弟一场,这一手,我先让了你。"

"你有种,今日便把我打死在决云堂!"老猴子说着,三两步便蹿进了后堂,直奔柴房而去。

侯秋林不料他晓得武全被关在柴房里,顺手捞了根扁担猛力往前一顶,将老猴子掀翻在地。

老猴子扯开嗓门大喊:"小武全,你姐姐即刻便要启程了,还不赶去送行?"

武全听得喊声,急得扑在柴房门上猛力摇撼:"师父慈悲,快放徒儿出去。"

老猴子听那声气,早已哑得几欲扯出血来。

侯秋林将老猴子压在身下质问:"武全年轻不懂事,你都这把年纪了也不懂事么？大小姐为何要将武全逐出侯济仁栈？还不是为着他的前程？如今大小姐要出远门，以武全的性子，怎能不硬跟着去？这一去，莫说拂了大小姐的一番好意，便是你、我，又怎生舍得浪费他这一身的好本事？"

老猴子说："什么前程不前程？我只晓得做人要重情义。大小姐待小武全是什么情什么义？那是过命的情、舍命的义！你不是跟我一样也一件件一桩桩看在眼里吗？跟着大小姐出回远门便会断送了前程吗？除非你料定了大小姐这一去便再无反身之日！"

"可不是再无反身之日？"侯秋林揪着老猴子的衣襟，一双虎目箭一样往他脸上射去，"如今民不聊生，盗贼四起，内有八大王造反，外有鞑子扰边，她一个女子硬是要出远门，怎能妄想安然反身？"

武全只晓得出门在外定有水火之灾、盗匪之患，却不知还有战乱之祸，更是急得不行，顾不得冒犯师父，抬腿便往门锁处踹。

侯秋林还在斥责老猴子："乱世之下，留得性命已是艰难，怎能狠心再让武全外出犯险？吃了几十年药饭，老哥哥可曾见过第二个如他这般武艺高强、头脑明敏、心思仁善的后生？这样难得一见的可造之才，老哥哥怎能忍心任他毁在女子手里？便是不惜他的性命，老东家留下的手艺也不惜吗？侯济仁栈剩下的几个后生，不是手脚乏力练不出刀功，便是头脑不活谈不成生意，或是存心不仁打不开名望，哪个有本事传得下老东家全套功夫？便是你、我二人，也不过是各有所长而已……"

武全一脚一脚踹着柴房门。那门板原就不甚厚实，踹了一阵，渐渐松动起来。

"只有武全，学得透老东家全套功夫。不仅如此，兴许还能有所增益！药栈在不在不要紧，只要功夫在，便有东山再起之时。姓黄姓侯不要紧，只要功夫一代代传下去，也就不枉咱哥儿几个把一世的精力都砸在药堆里。"侯秋林锐利的双目泛起红来，噙着一点点不易察觉的泪，"张宝祥接手药栈以来，我便晓得要走下坡路了。随后又横遭人祸，更是积重难返。加之静仪那丫头的妇人之仁，更是雪上加霜。不论侯济仁栈昔日如何荣耀，如今都只能眼睁睁看着它土崩瓦解，土崩瓦解啊……"

柴房门噗的一声倒了下来，黄武全纵身一跃跳到门板上面。侯眉儿不知从哪里钻了出来，跪趴在地上牢牢抱住了武全的腿。

侯秋林被老猴子牵制着，一时脱不得身，只能干喊："静仪丫头将你赶来决云堂，就是为着给她爷爷留个有本事的传人，你且想好，今日是遂了她这个愿，还是拂了她的意？"

武全拿手去推侯眉儿，左右推不开，想要抽出脚来，又上下挣不脱。那样一个瘦弱女子，不知哪来那样大力。

侯眉儿抽噎着说："哥哥这一走，我也只有一个死字罢了……原想着这一世有幸认得了哥哥……不料却是镜花水月，空空欢喜一场罢了……若果不曾见过欢喜，我也不识愁苦滋味……既见着了欢喜，又怎生在那愁苦里活得下去……"

武全见她说个不停，再顾不得什么怜香惜玉，把心一横径自迈开腿去。那侯眉儿体态甚轻，武全脚步一开，她便跟床薄被一般在地上拖行。

只听"哧"的一响，武全循声望去，侯眉儿翠绿的裙摆被扯裂了一块，纤纤的玉腿上渗出血来。原来是门板上的锁头正好卡在她腿脚边。

"妹妹何必自苦？"武全说，"你快些放手。再不放手，只怕还要出血。"

"你这畜生！"侯秋林骂，"说你仁善，竟对眉儿这样心狠！且随他去！管他是死是生！"

侯眉儿却不松手，仍旧紧搂着武全壮实的双腿。

武全一步一挪，缓缓奔向侯济仁栈。

12

静仪上了车，两边望望："怎的不见细苟师傅？"

侯修贤说："细苟师傅净手去了，小姐略等一等。"

静仪等了一会儿，仍旧不见人来，便说："再等下去只怕错过吉时，我跟细苟师傅原已话过别的，也不定要再等他来。只请你们代为转告，嘱他老人家千万保重身子。"

侯修贤眼见拖不住她，只得如实相告："细苟师傅上决云堂寻武全师弟去了。"

静仪点了点头，并不因此多留，仍叫春芽赶车。

修贤拦着："小姐不再等等？"

"不等了。"静仪面无表情。

车过恒昌药栈，熊元文蹿了出来："果然所料不差！素日我如何告诫侯大小姐的？莫治鼠疫！莫要救济流民！大小姐偏生不听！如今可好？果然撑不下去了！若肯听我半句，何至于金银散尽？凭着你家历年积攒的钱财，再撑两年不在话下。待得年辰好了，生意自然来了。"

静仪想着许是最后一面了，便不与他计较，笑笑地回："多谢熊大少爷提点。"

熊元文从未受她如此欢颜悦色相待，以为自己的非凡见识终得青眼，更禁不住要显摆一番："还是我恒昌药栈厉害！大小姐跟令先君那套是行不通的，蠢得厉害！"

静义听得他辱及先父，便不肯再囫囵应对，掰开了说："什么你家厉害我家厉害？临江药人本是一脉相牵，你家我家哪能分得那样明白？年辰好了，自然你好我好。年辰不好，又有什么你厉害我不厉害？覆巢之下安有完卵？不过是碎得早、碎得晚。"

熊元文听不明白："你家败了，我家生意自然更好……"

"谁说我家败了？！"春芽听不下去，又要挥鞭吓他。

静仪探身止住春芽，却见街口上远远地有人来回跑动。

熊元文还在说："侯大小姐左右只是女儿身，迟早要嫁人的。侯济仁栈是成是败，原不与你十分相干，便是撑不下去，未必便要出走。元文仍不嫌你，小姐若肯点头,我即刻明媒正娶迎你入门,共享富贵荣华。"

静仪放下车幔,不再多言。春芽将马鞭往熊元文那边指了指,示意他退后些。

远远地有人在喊"姐姐",静仪听出是武全的声气。严丝合缝的车舆里,她安安静静坐着,并不掀帘探看。

武全跑到车前,扯着春芽问:"静仪姐姐呢?"

春芽往身后看了看。

武全一脚跨上车辕,"呼啦"一声掀开帘幔。静仪白衣白裙坐在车里,一堆雪样的。她脸上的神气也是雪,静默的晶莹。

"姐姐往何处去?"

"姐姐出门寻夫去了,你好生保重。"

雪样的松软。雪样的冰冷。雪样的无情。

武全被这柔柔慢慢一句话堵得哑口无言,仿似有根冰溜子随着她唇齿的开合一寸一寸刺进胸间。

出门寻夫?她在心里已将张宝祥当作了夫。他奔腾的热血一截一截冷了下去。

"走吧。"静仪吩咐春芽。

春芽扬起马鞭。武全木愣愣地从车辕上挪下脚来。

"去呀!"老猴子推了武全一下。

"去呀!"老猴子把武全往车厢上一顶。

武全僵直地往前一扑,险些跌倒在地。

"你去!"老猴子见武全无意上车,又推了一下修贤。

修贤追上马车,预备翻身上去。静仪止住说:"余下的学徒以你为大,你若走了,还有哪个担得起大师兄的重任?"

修贤顿了顿。

"我去!"德生纵身跳上车辕,"我一个小伙计,店里随便再招个人来替换便是。"

德生虽跟春芽一样也只是个伙计,却比春芽稳当得多,老猴子颇为放心,忙说:"对对对,你去,你去。"

静仪说:"你爷娘年事已高。"

德生将腰上的汗巾子解下来递给老猴子:"我常搁衣裳的柜层里有些银子,是我素日拿积攒的零用钱换的,师傅帮我拿这汗巾子包了,改日瞅着哪位师兄弟有空,帮我送回老家,定要亲手交到我娘手里。"

老猴子说:"好孩子,你放心,我再添些银子亲身送去。"

德生说:"告诉我娘,待我返乡后,一世再不出门,守着她老人家终老。"

"你放心,细苟师傅三时三节都派伙计给你爷娘送节去。"老猴子通红的两眼泛起泪花来。

德生抢过春芽手里的马鞭,将他拱到一旁,占了车板子正中的位置,将马儿催得撒蹄疾走。

黄武全看着马车"咿咿呀呀"往街口奔去,不一会儿便被来往人流捂得没了踪影。

"你怎的不去呀?"老猴子摊开两手青筋暴突站在武全身前,"早知你不去,不论怎的我也要安排个师傅跟着!"

武全剧烈地咳嗽起来,咳了一阵,噗地吐出一坨暗红的血块。

马车笃笃的跑动声犹在耳际,人却从此见不着面……

人潮中,德生压低了脑袋侧向身后:"姐姐跟那熊蛮子啰唆了半日,跟武全师弟却只留了一句'保重'而已。"

身后寂然无声,静仪仿佛不在车里。

武全收回目光,揩了揩嘴角,回过头去。侯眉儿站在他身后,泪人一般,腿上滴着血。

第五章 战祸

13

张宝祥个头不高，只因豁得出去，这才逢斗必胜，闲常操练无须拼命，看上去倒也力道平平。何锄因贴身跟着宝祥，托了"狼头青"的名望，也日渐有了些势力。他家有个远房表亲，听得他得了些势，便时常抽空前来拜会。这表亲见狼头青生得矮矬矬的，拉足了把式也就是稳敦些而已，心下便有些轻视。

这人姓聂，在家排行老大，人称"聂老大"，长得熊腰虎背、凶神恶煞。他祖上也是临江樟树吃药饭的，洪武年间江西填湖广到的湘潭，传至他这一辈已不知是第几代。聂老大因记性不好，学不会认药，只跟在药栈里做些力气活儿。他自诩是个人物，却总不得重用，眼高手低的，难免有所抱怨，自见过了宝祥几回，便常跟人说："我看那狼头青也不过尔尔。论力气，我还比他大些。同是吃药饭的，凭什么人人对他俯首帖耳，对我却是冷语冷面？"

人笑他："你也算吃药饭？照你说，那码头上凡是扛过两包药的都算吃药饭的。"

聂老大说："我是专在药栈里扛货的，自然是吃药饭的。"

人玩笑说："你若不服，寻个时机前去比试比试。"

聂老大再去拜会何锄时，见着宝祥练拳，便当真上去比试。宝祥只当他切磋武艺，随手陪他比画了几下。那聂老大见狼头青果然身手平平，更是自认高明，此后回回去，回回要跟宝祥比画一回。宝祥并未留意输赢，聂老大却回回占了赢头才罢。

何锄看不过去，便不许他这表亲再去走动。这聂老大非但不觉自己冒失，倒怪何锄因着一个外人疏远自家亲戚，憋着劲儿非要大闹一回。

有一回宝祥召集堂会，这聂老大也去了。议完事，一干人等就在近前酒楼畅饮。几杯酒下肚，聂老大跟店小二要了个钵碗，满满地筛了一碗水酒端到宝祥面前，说："皮首事向来待聂某不薄，某感念不已，一碗水酒聊表敬意，我先干为敬。"

宝祥端起酒杯跟他的钵碗碰了一碰。聂老大睨着宝祥手上的酒杯说:"首事就是首事,再怎么称兄道弟,上下还是要分,我聂老大不是没上没下的人。行!我满饮此碗,首事随意抿一口就是。"

临江人喝酒讲究平等,除非是敬酒的人真心体恤,否则敬多少便要跟着喝多少。宝祥听聂老大大谈上下之分,显见得是怪他以上压下,便也叫店小二拿了个钵碗过来,跟他平着喝了一碗。

一碗饮毕,聂老大又筛了一碗,凑在嘴边说:"上一碗是敬首事,这一碗,敬兄弟。皮首事真把聂某当兄弟,还请满饮此碗。"话一说完,咕噜几声,一碗酒又已饮尽。

何锄抢过宝祥手头的钵碗说:"老表要喝,我陪你喝便是。"

聂老大说:"哥哥的酒量我是晓得的。只是哥哥跟首事称兄道弟,我这个当老弟的便高攀不上首事吗?"

何锄说:"我哥哥已喝了十余杯,又跟你喝了一大钵碗,如何再接连喝得下一碗?"

聂老大将手里的钵碗倒转过来,递到宝祥面前晃了晃:"我也喝了十余杯了。"

宝祥端过何锄手里的钵碗说:"无妨。今日高兴,我就再跟聂兄弟喝一碗。"

宝祥碗里的酒尚未喝干,聂老大又拎起酒壶来咕嘟咕嘟往自己碗里倒了满碗,边倒边说:"这一碗,敬壮士。皮首事身为我樟帮头号人物,自然是个壮士,这碗酒是无论如何都要喝的。"

何锄伸手往聂老大酒碗上一按:"老表吃醉了,我带你回去。"

聂老大大手一挥:"两碗酒而已,哪里醉得了我?老表拦着我不让敬首事,倒显得首事当不起壮士似的。"

何锄说:"壮士不壮士,不以酒量而论,莫在这里胡言乱语。"

聂老大冷哼一声:"这是在酒桌上,酒桌上不论酒量,却论什么?我若是喝

第五章 战祸

不得,便一声不吭夹着尾巴缩一边去,哪有脸面坐在这里高谈阔论?"

此言一出,众人先是一愣,继而纷纷放下杯盏围拢过来,将聂老大与宝祥隔开,嘴里劝着:"真吃醉了,真吃醉了,早些回去歇着吧。"

聂老大一手拨开众人,笑着说:"我跟皮首事熟得很,就算真吃醉了也不妨事的。首事见多识广,哪能容不得一点醉态?我这便耍套醉拳为首事助助酒兴。"说话间猛然身形一矮,一个反手将宝祥挟在腋下,耍花枪般上下颠倒抢转起来。

宝祥眼前一花,才知这聂老大并非醉酒,乃是借酒装疯存心挑衅。

但见众人惊骇不已,嘴上虽在呵斥着聂老大,面上却一脸的不可置信。不可置信威名赫赫的狼头青竟被一个名不见经传的小药工耍着玩。只有何锄扑上来相助。

宝祥寻思着:若借他人之力制服了这莽汉,恐怕从此威名扫地;若以一己之力相抗,却又未必占得了赢头。当即稳住了心神,搂住聂老大的肩头站定,纵声大笑两声说:"聂兄弟果然神力!他日要摆场子,能得兄弟相助才好。"

那聂老大这才作罢。

自堂会一宴失了面子,宝祥绞尽脑汁要扳回一局,无奈那聂老大一身蛮力,于拳脚上难有胜算,少不得要另辟蹊径。一日秋风乍起,吹在身上猛地一凉,宝祥打了个激灵,陡然计上心来。

正是采挖茯苓的时节,便在这茯苓上做些文章。

宝祥寻到那聂老大做工的药店,假装凑巧路过,与他攀谈起来。闲话了几句,宝祥假意说:"聂兄弟天生神力,按说,你来给樟帮主事才好。"

聂老大深以为然:"论力气,我是比你大些。我若当了首事,樟帮定能打遍湘潭无敌手。"

宝祥点头:"那是一定。我明日便召集堂会,周知帮众推你为首事。"

聂老大大喜:"此话当真?"

宝祥说:"怎的不真?你这般神力,我便是不愿让位,你一脚把我踢飞了去,我又能把你怎的?"

聂老大深觉有理:"我若存心夺位,你也奈何不得。"

宝祥说:"正是这个理。只是要做樟帮首事,需得通些医理才是,即日起,愚兄便将所学手艺悉数传授于你。"

聂老大说:"我记性不好,记不住药。"

"你怎会记性不好?"宝祥说,"十八般武艺,你样样如数家珍,怎会记性不好?"

聂老大说:"不知为何,我样样事物都记得牢,唯独记不住草药。"

宝祥略一思忖:"哦!想来是你未得药王附体。"

聂老大奇问:"药王附体?"

宝祥说:"你不见一个药师带出来的徒弟,有些一学就会,有些却死不开窍?那些一学就会的,都是药王附过体的。"

聂老大恍然:"我说怎的死学不会,原来是未得药王附体。"

宝祥说:"这药王附体也分三六九等。有些附体片刻的,只能学得一般手艺;有些附体一个时辰的,便能攻克疑难杂症;有些附体一整日的,就能跟你东家那样开店当财主了;更有甚者,附体一整月的,便可称霸一方。"

聂老大问:"想来皮兄弟是有药王附体片刻的?"

宝祥答:"实不相瞒,药王现今仍附在愚兄身上。"

聂老大肩头一缩:"你莫诓我!"

宝祥说:"你若不信,今夜与我同去山里。"

聂老大见宝祥心诚,便早早用过夜饭,背着几根火把前去山脚下会合。宝祥问他背这许多火把做甚,他说夜间照明。宝祥说有药王附体,无须火把照明。

宝祥走惯了山间夜路,又事先探过地形,一进了山便显得异常矫健。聂老大跌跌撞撞跟在后面,确见他有如神灵附体一般。

在山上摸黑转悠了两个余时辰,聂老大累得汗出如浆、眼花头晕。

宝祥却大气不曾喘过一声,催着他说:"快些走,再往东边越过一个山包,转过东南角上一片乌桕林,往正南边一个山坳子里疾行半个时辰,有成片的茯苓。"

聂老大举目四望,不见半点月光,哪里辨得清东西?勉力跟着宝祥疾走了一阵,果然见着一个小山包,转过山包不久,又见一片乌桕树,乌桕树尽头是一个狭长的山坳。

聂老大问:"乌漆麻黑的,皮兄弟如何分辨方向?"

宝祥说:"药王附体,有药的地方,药王自会领着我去,无须分辨方向。"

聂老大想想也是,黑咕隆咚的,若非药王附体,便是晓得方向也寻不着地方。

二人在山坳子里走了一阵,宝祥说:"前面有片松林,进了那片松林,聂兄弟莫再吭声。"

聂老大问:"为何不能吭声?"

宝祥略一犹豫,附在他耳边压低了声气说:"进了那片松林,药王会将我领到一个松针茂密之处,他老人家要借着松针的遮掩显形。"

聂老大听得又把肩头一缩,瞪圆了眼说:"你莫诓我。"

宝祥说:"诓你做甚?药王显形的地方,便有成片又大又密的茯苓。"

聂老大将信将疑地跟在宝祥后面,约莫走了一盏茶的工夫,果然进了一片松林。在松林里走了半炷香的工夫,松针逐渐密实起来。一到了松针密实的地段,宝祥即刻放轻了脚步,猫一样拱起背来。聂老大见他身形一变,也不由得跟着拱起背来。脚下一慢,只觉后背一阵阴冷,他不禁打了个冷战。宝祥阴恻恻走在前面,不时回过头来对他使个眼色。密实的松针下透出一点点远天蒙蒙的夜光,打在宝祥脸上,一团儿漆黑一团儿麻亮。聂老大只见他双目一递一送,扯动得面颊扭转,在漆黑、麻亮的夜光下,有种陌生的异样。正自疑心药王要在他脸上显出形来,却见他手臂缓缓舒展开去,极慢地伸了个指头出来。顺着指尖看去,密实的松枝后面远远有一线红光闪现。

聂老大吓得一激灵,只道药王便要在那红光处现身出来,宝祥却直往红光处奔去,厚实的身板将红光挡在了黑暗之外。

定睛看时,红光已然消逝,宝祥蹲在远处喊:"还等什么?茯苓就在这里。"

聂老大跟上去依着宝祥的指点挖了一阵,果然成片的都是茯苓。

当夜挖了满当当两大篓子。不等天明,宝祥赶着说:"天光一现药王就要走了,趁他没走之前,我们速速下山。不然便要困在山里,寻不着出路。"

聂老大跟着宝祥一路奔下山去,不到半个时辰便返回了二人会合处,原来转悠了大半夜,却并未走远。回身看时,只见曙光乍现、草木葳蕤,夜间所见皆无踪影。

聂老大从此深信宝祥有药王附体,逢人便说宝祥山间夜行如履平地,药王化身一道红光给他指引。

宝祥又诓他说:"药王在我身上,你敬我便是敬药王。敬得药王高兴了,他离了我身上后,便会往你身上附体。"

聂老大本就是个有力气没脑子的,听了这话,便如对待亲爷一般服侍起宝祥来。服侍了一阵,还嫌不够殷勤,硬缠着要给他做马凳,供他上马下马踏脚。宝祥原是被他扫了面子这才设计诓他,乐得借此讨回颜面。

人见狼头青又添了个凶神恶煞的人肉马凳,对他更是畏怯之极。

只有何锄越看越不是滋味。早年去侯济仁栈寻宝祥时,他曾听得侯大善人讲过许多有关草药的传说,其中有个故事说的就是茯苓。侯大善人说,相传夜晚在松林里,往那松针茂密的地方寻去,有时可见红光闪现。有红光的地方,便有成片的茯苓。

何锄固然嫌厌他那远房表亲,见他受人如此捉弄,心下却难免不忍。况且,他心目中的宝祥哥哥并非这般装神弄鬼的人品。如今的狼头青皮老五,已不是当日诚实、守信的张宝祥。他又亲又敬的宝祥哥不仅改变了姓名、装扮,也改变了性情。这改变,让他恍如在枕头下塞了个贵重物品,一觉醒来,却变作了另一样东西。

14

夏谷禾两眼冒火守在县衙口。自被黄武全跟侯顺良抢走后，他那不肖女竟然石沉大海一般，消逝得无踪无影。端阳、中秋，他都到临江寻过几日。原打算趁那走猪婆来寻秦大老爷时捉了回去，不料那烈货竟如未卜先知一般，并未在两大庆典上露面。转眼一年余，再捉不着人，只怕外孙都要给他生出来了。

秦镛已跟他会过几次面，见他远远蹲在墙根下，便走上来问："令千金仍无下落？"

夏谷禾对这知县老爷已然全无畏惧，努嘴冲着侯顺良说："问他便是。"

侯顺良接口说："时机未到而已。槿篱妹妹说了，时机一到，她自会现身。槿篱妹妹还说了，不论现不现身，都没你老人家什么事。"

"信不信我打死你？"夏谷禾拳头一挥。

"打死我，她也不会现身。"侯顺良大义凛然道。

秦镛说："令爱既然无恙，你便安心去吧。"

夏谷禾两手一摊："十余年的米食，便是养狗，也有几顿狗肉好吃。我跟她娘一把屎一把尿拉扯大个人儿，竟连个影儿都没了，大老爷叫我怎生甘心？不论怎的，今日就算拼了老命，我也硬要求了秦大老爷令你这得意属下带我前去寻人。"

秦镛护短说："侯护卫原与令爱相熟，这才前往府上叨扰过一回，若要寻人，却也未必晓得令爱下处……"

侯顺良却抢过话去："人是我救出来的，也是我安置的，我只等攒足了聘礼便去提亲！断断不会供出妹妹下落！"

秦镛瞥了他一眼。

夏谷禾嚷嚷起来："我这便去寻了代书写个状子，告你拐骗我家闺女！"

侯顺良说："要杀要剐悉听尊便！要我出卖槿篱妹妹，却是门都没有的事！"

夏谷禾指着秦镛说:"大老爷听听他这混账话!今日若不办了他,我便告到临江府去!大老爷莫要怪我连累你老人家得个包庇下属的罪。"

秦镛皱了皱眉说:"生养之恩,山高海深。子女失散,爷娘岂有不心急的?我这儿有几两银子,你先拿去花销,待我再差人细细寻访令爱下落。"

夏谷禾想着他那不肖女离家这样久,也寻不着什么好人家了,当真跟侯顺良闹起来,只怕连这憨子也不肯再认这门亲事。现成有送到手边的银子,便能拿一点儿是一点儿了。

夏谷禾拿了银子走了。秦镛又瞥了侯顺良一眼。

当夜就寝时,侯顺良摸着被褥湿漉漉的,抬眼看去,屋顶并无滴水,况且来日天晴,也无雨可漏。正自疑惑,同屋一个衙役说:"莫找了,水是我们泼的。"

顺良问:"泼我被褥做甚?"

另一衙役说:"你这伧伧冲冲办不成一件事的东西,秦老爷仁厚,这才收留了你。你不想着为他老人家分忧解难,却惹出一大堆没名堂的破事。不泼你,却泼谁?"

顺良说:"你们不晓得,那夏家姑娘真是天仙一般的人物,世间再寻不出第二个来。我因护着她惹了些麻烦,哪里算得没名堂的破事?"

"你还有理了?!"后头说话那衙役冲了过来,被褥一掀将他捂在里面,"再要犟嘴,这便憋死你去!"

顺良"咿咿唔唔"手脚乱撑,划拉了一阵,逐渐失了气力。

打头说话那衙役不紧不慢走了过来,揭开被褥往他脸上拍了拍:"要想活命,明日便寻个托词回家去。我们都是秦大老爷带出来的,为着让他老人家得个清静,做了你也是有可能的。"

顺良迷糊着看了二人一眼,边咳边说:"回家去,我更攒不起聘礼了。为了那夏家姑娘,我便是被你们做了也心甘情愿。"

正说着,听得门板一响,抬眼看时,只见秦镛躬身进来。顺良不及调匀气息,唬得赶忙挣扎着起身,跟另两个衙役齐齐下跪。

那揭开被褥的衙役说:"这是怎么说的?大老爷有什么差事,传唤小的们一声便是,倒亲身到我们这破落处来?"

秦镛说:"原没什么差事,只是叮嘱他几句话而已。"

见秦镛看向顺良,另两个衙役便回避出去。

秦镛摸出一个软布包儿说:"这里有些银子,你照着定亲下聘的规矩,妥妥地置办了各样物事,上那永泰夏家提亲去……"

顺良喜不自胜,不待他说完便扑将过去,将软布包儿搂在怀里。

秦镛说:"你莫性急,还有一句话需得牢记。提过亲后,你不可当真前去迎娶。那夏家姑娘原不是你能配得起的,叫你前去提亲,不过是帮着她买几年自由身。"

顺良不解:"既提了亲,怎能不去迎娶?"

秦镛说:"过两年,她寻得了如意郎君,你再寻个说口将亲事退了便是。"

"这怎么成?"顺良说,"被人退了亲的姑娘,要遭万人耻笑的。"

秦镛一笑:"她那性子,怎会理会他人耻笑?"停了停又说,"她的如意郎君,又岂会不懂她的好处?"

顺良迷迷茫茫:"我断然做不得这样生儿子没屁眼的事。再说了,我本就爱她爱得恨不得死了去,为何要下了聘礼却不迎娶?"

秦镛的脸颤了一颤,顺势牵动嘴角"哼"了一声:"你只管说爱,却为何不想想何为真爱?她那样的人才,跟了你,岂不委屈?"

顺良说:"我这一世,定不让她受半分委屈!"

秦镛又是冷哼一声:"你护得住吗?"

"我拼了命也要护住她!"

"便是拼了命,你又护得住吗?"

顺良愣愣地看着秦镛,也不知看了多久,转而扑倒在濡湿的被褥之上。

秦镛兄弟般坐到他的床头,抚了抚他的后背:"日后自有她中意的郎君,自有护得住她的人。"

顺良哽咽着说:"我护不住她,大老爷帮着我护着便是,却为何非要让她嫁予别个?"

"既有远天任她高飞,又何必定要捂在你我羽翼之下?我护她,也就是护她一程而已。"秦镛看着漆黑得仿佛没有尽头的屋顶。

顺良捧起那装满银子的软布包儿说:"这便是护她一程?"

秦镛不语。

顺良说:"今日大老爷以银两护她一程,我没银子,他日,我便以这条命来护她一程。"

秦镛说:"你好生活着,她恐怕还欢喜些,莫要动不动就生生死死的。"

顺良问:"大老爷是说槿篱姑娘在意我的死活?"

秦镛笑:"她那样的人,自然疼惜人命。"

顺良又问:"大老爷是说槿篱姑娘疼惜我?"

秦镛拍了拍他捂着软布包儿的手:"明日一早,便照我说的把事办了就是。今夜且将银子收好,莫让旁人见了。我今夜跟你说的每句话,半个字也不许说给别个听。她,也一样的,半个字也不许让她晓得。"

"他?"顺良问,"哪个他?"

秦镛无奈地笑了笑:"夏槿篱。"

顺良迷迷惑惑地看着他。

秦镛又补了一句:"记住。定亲之后,万万不可当真前去迎娶。你若食言,秦某不曾杀过无辜之人,却不惜为此开一回戒。辱没了她,你也算不得无辜。"

顺良并不十分明白这是说"当真迎娶了夏槿篱,便要杀了他"的意思,只是见这秦大老爷突如其来的目露凶光,此前在他脸上从未见过这样神色,唬得不禁打了个冷战。

"就说银子是你跟族上借的。"秦镛说着,拉开房门走了出去,官靴踩踏着地板发出的"笃笃"声起处,扬起细细的哼唱声,"贫者流离非得已,富者何为复行贾?辞家转盼七八年,出门转辗数千里。不惜家园久别离,那堪道途多梗阻。

陆行既怕豹虎俦,水浮又恐蛟龙得。一朝疾病兼死亡,十万腰缠亦何益？吁嗟呼！上有高堂白发垂,下有闺中少妇朱颜开……"

清俊的嗓音里,夹着一点吵吵嗦嗦的声气,顺良记得,那是他跟槿篱妹妹在薛家渡时唱过的戏文。

15

侯顺良去夏家提了亲,夏谷禾自然满口答应。得了聘礼,又忙于应付农事,也就不再急于寻访女儿下落。

夏槿篱已被爷娘许了人家,自己却是全然不知。

黄武全更是毫不知情,还口口声声跟他师父说,既拐了夏槿篱出来,少不得要给她一个交代。

他师父说:"我看那夏家妹子强蛮得很,倒不像个靠人交代的。她那样子,也不像对你有意。"

武全只得又去樟树央着槿篱给她圆谎。

过渡时,看着满江清波漾漾,他又急切起来,恍惚不是为着寻她帮忙,倒像情人会面似的。

槿篱见着他时只抬头扫了一眼,仍旧埋头翻她的医书。

武全深鞠一躬:"多谢妹妹上回相助。"

槿篱也不还礼,低着头问:"又有什么馊主意？说！"

武全尴尬地笑了笑:"确……确有一事相求。"

"徐而疾则实,疾而徐则虚……不对不对……"槿篱也不问他所为何事,只捏着银针一边往稻草人身上扎刺一边念念有词。

武全干咳了一声,接下话去:"还请妹妹日后每回前去探望秦大老爷时,顺便也去决云堂探一探愚兄。"

"这徐而疾,说的是徐出针而疾按之,则为实？这疾而徐,说的是疾出针而徐按之,则为虚?怎的不通啊?"槿篱歪头思索。

武全接着说:"不瞒妹妹,只因我一时莽撞,顺嘴许了一个妹子说要娶她为妻,如今那妹子日夜杜鹃啼血般在我面前哭泣不止,为着让她死心,还求妹妹帮我做一做戏。"

"既许了人家,娶了便是。"

"并非真许!"武全忙说,"我原是心疼她被迫裹脚,便让她放开脚带,若因脚大嫁不出去,我才娶她为妻。她如今不过十四五岁,哪里就断定嫁不出去了?却生生死死非要逼我迎娶。世间哪有这般不讲道理的事?"

"你倒有闲,可着劲儿四处疼人。"槿篱双目仍旧紧盯在医书上面,"徐而疾则实,疾而徐则虚。究竟作何解?……那妹子既有机会天天在你面前哭泣,必然是决云堂的人吧?想是你师父的亲生女?不然怎能天天守在药店里?"

"妹妹英明!"武全讨好地上去帮槿篱扶着书页,"是家师幼女。"

"既是你师父的亲生女,你师父又任她天天守在店里与你厮混,自是也是中意这门亲事。我去浑闹,不怕被那侯秋林剁了手脚?"

武全涎着脸笑:"妹妹使的是针,家师使的是刀。家师还没近身呢,便被妹妹飞针迫退了,如何剁得掉妹妹的手脚?"

"可着劲儿撺掇我吧!他日当真斗起来,你才晓得厉害。到时可别怂了。"槿篱招了招手,让武全站到稻草人的位置上去,按了按他的穴位,"你家静仪姐姐寻夫去了,左右失了心头爱,为何不干脆娶了那妹子便是?"

武全平伸了双臂,任她东摸西探:"我黄武全可不是人尽可妻的人,便是娶不得静仪姐姐,这不还有你吗?再说了,天高地阔,上哪儿寻那张宝祥去?静仪姐姐寻一圈回来,说不定倒死了心了,自此安安心心跟着我。她便是不回来,我顺着德生跟春芽的音信,也可寻着他们。她漂泊日久,到时见了我,自有不同滋味。"

"你打算得倒是周全。"静仪拈起银针往他身上扎去,"疾出徐按……不对。徐出疾按……不对。……徐从内出针而疾按之于既出是为实……疾从内出针而徐按之于既出是为虚……什么鬼东西?!……哦！我晓得了！留针待阳气至而针下热为补,留针待阴气至而针下寒为泻。这才是正解!"

武全不拘听没听懂,先赞叹说:"妹妹果然高明!"

槿篱翻了个白眼:"手法如何?"

"不痛。"

"看在你把我从夏谷禾手里抢出来过两回的分上,我也陪你做上两回戏吧。哦……不对。我曾在火里救过你一回,抵了吊猪笼那回。一寒一热,正好抵消。上回你师父前来拜会皮大先生,我也帮你圆了一回谎,这又抵了一回。我俩早已两不相欠。不过我这人天生厚道,不似你那般斤斤计较,就再送你一回。就一回,再多就没有了。"

武全说:"怎能这样算?你帮我圆谎,那是顺嘴几句话的事,不过是费些口水。我把你抢出来,却是穿山渡水,翻墙爬树,十八般武艺用尽。一回抵十回!就算吊猪笼跟救火那回两相抵消了吧,至少还剩十回,折个价,少说也要算八回。"

"我一年才去临江几回呢?"槿篱搁下医书,"四回。不能再多。我要打坐了,你速速回去。不多一会儿皮大先生就要回来了,晓得你还有脸来求我帮忙,不把你的脚筋挑断才怪!"

"倒不是惧怕皮大先生,只是还没过去拜会外婆、外公,我这便去。"黄武全说着,一溜烟儿跑了。

他本就是瞅着皮大先生出了门才溜进屋去,哪敢跟他碰面?

在药市逛了一圈,买了几两三七粉,便往槿篱外公、外婆家去。槿篱外婆照旧殷勤款待,暖得他通身舒泰,不由得想着:日日与这两老相伴,倒是人生一大幸事。

回了决云堂,一天天等着夏槿篱,偏生她左不来、右不来,倒让他整日里记挂着似的。

16

　　立春那天,夏槿篱才到了决云堂。

　　侯秋林一见她便假惺惺问:"夏姑娘可是从县衙那边看秦大老爷鞭春牛来?"

　　槿篱回:"侯师傅还当我小孩家呢?年幼时爱看热闹,如今大了,却好安静,不往人多处去了。这回来,是特为探望我武全哥哥的。"

　　"哦?"侯秋林料定她仍恋着秦镛,有意故作惊讶,"怎的方才我家伙计说在县衙那边瞧见了姑娘?"

　　"如我这般身形的女子也多。"槿篱拿起一根杜仲一撅两断,两边扯了扯,见白丝不断,说,"好货。……再者,你家伙计也没怎么见过我,看走了眼也非怪。"

　　侯秋林抽出一张桑皮纸说:"包点回去送你外公泡酒?"

　　槿篱一笑:"心领了,他老人家戒酒呢。"

　　侯秋林晓得夏槿篱泼悍,见她存心要与武全亲近,不好硬拦,便借故说:"柳县丞传我过去一趟,他老人家也在研习岐黄。武全在后面,姑娘自行进去吧。"

　　槿篱说:"你忙。"

　　决云堂统共只有三进。刀房、杂房、细料房混在一处。槿篱进去时,武全正在码燕窝。槿篱笑:"哟!哥哥深得东家器重呢,这样金贵药材交与你料理。"

　　武全大喜,旋而又有些怨气,压低了声气问:"怎的才来?"

　　"来了便是赏你脸了,这样招人嫌厌的事谁愿上赶着做?待会子你那侯家妹妹见了,不定暗地里扎纸人咒我呢!"

　　武全笑说:"扎纸人怕什么?妹妹这身子骨,前凸后翘的都扎满了针眼也驮得住。"

　　槿篱捞起身后一根淮山正要打他,但见有个下颔尖细的妹子在门帘下一闪,便故意揉粘了嗓音,将淮山调头一转,恋恋地看着武全问:"上回嘱咐哥哥每

第五章　战祸

日里切些淮山熬粥吃,哥哥可曾吃了不曾?"

武全强忍着笑回:"这东西最是壮阳滋阴,妹妹也该多用些才是。"

槿篱含羞低眉:"哥哥的话,妹妹绝无一句不照办的。"

"此话当真?"武全一脸坏笑趋近身去,"上回求妹妹一方帕子,妹妹怎的不给?"

槿篱恶狠狠瞪他一眼,示意他退后一些,手指却探进袖袋扯出条帕子顺势往他怀里一甩:"只求一条值什么？便要一百条,妹妹也舍得给。"

静仪走后,武全心里总是时不时烧火样灼痛一阵,跟槿篱这么一闹,倒是松泛了些。他晓得隔墙有耳,有意捞起帕子凑到鼻尖嗅了嗅,长长地舒了口气:"甜。"

"贼浪货不晓得好好说话吗？青天白日躲在这里鬼扯什么？"一个尖嘴猴腮的后生撞了进来。

"晚玉。"武全叫了一声。

侯晚玉怒冲冲看着夏槿篱说:"男女授受不亲,妹子屋下无人教过吗？你一个姑娘家巴巴地大老远跑来缠着个汉子,不觉面上流水吗？"

槿篱假意惊骇地看着那侯晚玉:"这位公子不晓得吗？我与武全哥是定过了终身的。莫说授受,便是肌肤也是亲过了的。"

"恬不知耻！这样的污言秽语也能吐出口来！"那侯晚玉一面说着,一边伸手去推槿篱,"我家店里容不得这样污秽,姑娘还请速速出去。"

"吵什么呢？"侯晚玉还没骂完,又有个跟他一般尖嘴猴腮的后生掀帘进来,"这妹子怎的跑到我家刀房来了？"

武全喊了声"晨玉"。槿篱便晓得这两个麻秆子样的后生就是侯秋林两个儿子。那侯秋林生得虎背熊腰,不料两个儿子却这般瘦削。先前门帘下闪过的那名女子也是瘦削不堪。想是三位子女的相貌都随了母家那边。

武全指着槿篱说:"这便是我时常说起的夏家姑娘。"

"原来是她。生得虽有几分模样,比起我家妹子,还是差了好些。"

夏槿篱听这侯晨玉言语亦是这般无聊,心想:怪道侯秋林死皮赖脸非要扯着黄武全不放,原来屋下养了两个这样不成器的东西。

那侯晨玉见夏槿篱神情倨傲,只道她不信他家妹子美貌,便探头出去唤了一声:"眉儿,你且过来。"

先前那门帘后一闪的妹子柔柔曼曼跨过门槛,低眉垂眼行了个礼。

侯晨玉神气活现:"怎样?可是比你强到天上去了?"

槿篱见那妹子肤白如雪,青丝如云,纤纤细腰盈手一握,修修长裙描翠点金。当真好模样!便伸手往她下巴颏儿上一托:"果然是个美人!"

侯眉儿骇得肩头一颤,不知如何应对才好。

黄武全见夏槿篱足足高出侯眉儿半个头,身形也是丰腴百倍,二人站在一处,竟一个似家雀儿一个如苍鹰。

侯晨玉将槿篱手掌一掸:"既知比不过,便莫再要自取其辱了。"

槿篱却转过身来,笑看着武全说:"妹妹何德何能,竟让哥哥为我舍弃如此佳人?"

武全会意,柔柔地执起她的手来。

那侯眉儿两眼瞪着武全,盈盈的泪在眼眶子里打转。

武全便知得逞了,恨不能抱起夏槿篱旋转欢呼一番。

晨玉、晚玉二人骂嚷起来:"去去去,柔情蜜语留到自家屋下演去,莫在我家店里招人恶心!"

槿篱不以为意,笑笑地说:"确是要走了。时辰不早了,我还要过渡。"

武全牵了店里的驴来送她。侯晚玉夺了缰绳说:"店里还要送货,哪有工夫让她骑?"武全只得雇了辆马车,将槿篱一路送到渡口去。

江水漾漾,武全没来由地又心急起来。夏槿篱把手一伸:"帕子还来。"武全略一犹豫,取出帕子还她。

夏槿篱促狭一笑,说:"这一回,顶十回。日后我再无须来了。"

"那可不行,说好了至少要来四回的。"武全将她衫袖一扯,"你不来,只怕我师父便要逼我成亲了。"

"这么着还不奏效,便是再来十回也无用了。"

"怎会无用?"武全说,"来了便是好的。再说了,不过是会了秦大老爷后顺道拐到我那儿去闲话几句,又不耽误你什么工夫。"

槿篱抽出衫袖:"他已许久未见我呢。"

武全奇怪:"妹妹不曾去会秦大老爷?"

槿篱说:"他形容愈瘦,气息愈弱,欢颜愈少……一缕青烟般,恍似随时要飘散在这天地间。"

武全听懂了,她去看过他,却未曾让他看见。

"既有这万般疼爱,怎不亲口说与他晓得?"武全换上了一副嬉皮笑脸的神色,"指不定他一听说有个这样如花似玉的妹子疼爱,身子骨一下便好了起来!"

说着,也不待槿篱回话,夺过车夫手里的马鞭使劲一甩,"啾儿"一声去了。

17

入夜后,塞过槿篱帕子的交襟处总有一股暗香飘荡,武全换了身衣裳,端坐窗前临帖。他师父看重他,待他跟自家儿女一样,腾了个单间给他住着。每日睡前,他定要习字,不知为何,这夜却聚不拢神,分明换过了衣裳,那前襟处塞过帕子的地方仍有一丝暗香涌动。字帖上的弯钩、点撇,便在那香气里幻化出槿篱的身形来,山尖一样顶到他的面前。

与夏槿篱相识并非一日一时了,缘何今日这样鲜明?武全想着,许是那侯眉儿跟她一瘦一肥两相对比,这才印象格外鲜明。他摸到厨下喝了一瓢冷水,又接着临帖。

笔墨一落,夏槿篱与侯眉儿并身而立的模样又盈盈地显在眼前,那鼓突的前胸与浑圆的后背在黑润的墨汁下漫洇,竟一颦一笑活动起来。武全又觉口舌作干,不得不再次起身喝水。

舀水的瓢是老葫芦剖的，武全想着夏槿篱的身形正如这水瓢一般，不禁暗笑起来：那丫头也不知吃了什么，竟长得跟个葫芦样的。正笑着，心里警醒起来：我莫不是想她了？这样想着，又记起那夏槿篱在渡口边说起秦镛的话，不由得面上一酸，撇了撇嘴，仍将水瓢丢进缸里。

侯秋林核对完一天的账目，他两个儿子即时围拢过来，将黄武全与夏槿篱种种不堪抢着说了，都说要将武全逐出药店，或是不许那夏槿篱再上门来。

侯秋林说："武全肯到决云堂来是我们父子的福气，怎有反倒逐他出去的道理？药店开着，总不能不让人进来。那夏槿篱是个烈货，只要想进门，便有十条好汉也拦不住她的。"

侯晚玉说："那便只能由着她在店里胡来？"

侯秋林说："擒贼先擒王，这事关键还在武全。"

侯晚玉便去唤了武全出来。

侯秋林问："那夏家妹子今日来会过你？"

武全答："会过。说是终日盼着徒儿出师，一出了师，便去娶她过门。"

侯秋林磕了磕烟枪里的灰："我不知你往日如何荒唐，也不知这话是真是假，我只晓得你是许过眉儿的，要她莫缠小脚，日后你来娶她。如今她一双天足那样大，你却又说什么要娶那姓夏的丫头？"

武全硬着头皮说："眉儿妹妹生得天仙样的，日后定有好人家前来求娶。"

"什么好人家？哪有富贵人家肯娶这样一双大脚的新妇？你不娶她，她还上哪儿寻更好的去？"

武全不料夏槿篱来这一回，非但没让师父死心，倒迫得他放下老脸说出这些话来，一时也不敢应声，只把脑袋低得几欲插到裤裆里去。

侯秋林说："我也不是那嫌贫爱富的，过年回去，你便托了你大公公聘了媒人前来提亲，一概聘礼全免。我图的，就是你这么个光人。"

武全忙说："怎可如此委屈眉儿妹妹……"

"这倒不算委屈，"不知何时，侯眉儿已站在门帘后面，急急地掀帘进来，挂着满脸的泪,"只有一样,娶了我,便不可再与那狐媚子碰面。"

武全不知她所说"狐媚子"是谁,想了一想,才知说的是夏槿篱。夏槿篱生得高大丰腴,怎么着也不像狐媚子的容貌,倒是她自己脸盘尖尖细细,颇像一只狐狸。况且,是她死乞白赖非要嫁他不可,却又反过来跟他讲起了条件,武全只觉哭笑不得。

"允是不允?"侯眉儿催促着。

武全看了看侯秋林说:"师父,你老人家是晓得我的,为了个义字,我连手指都断了。那夏家妹子原是我拐出来的,眉儿妹妹不能容我与她再碰一面,如此,岂不是要陷我于不义?果真如此,我便是把这条膀子留在店里也舍得。"

侯秋林打圆场说:"她哪里晓得什么?那夏家妹子虽是一介女流,却是何大神针的曾外孙女,也算是吃药饭的。日后你二人大可结为兄妹,一同切磋医术。"

"不可!"侯眉儿大叫,"爷爷不曾看见,那夏槿篱一脸的狐媚子气,又生得……生得……"

侯秋林使了个眼色,叫他两个儿子把他女儿拉了开去,心下想着:儿时没在身边,不承想被她姆妈养得这样蠢弱。

黄武全暗喜,却做了一副义薄云天的样子说:"那夏家妹子好歹是救过我的,长颈出事时,又不惜以传家之宝给我典当,师父都是晓得的。这样的大恩大德,怎能让我与她终生再不会面?"

原是为着堵他师父的口,武全才说出这些话来,说着说着,却又觉知委实如此,不过以往心思都在静仪身上,故而不曾细想这些。

侯秋林摆摆手说:"先去睡吧,改日再说。"

武全绷着笑返回房里,乐了一阵,又担心那侯眉儿临时改口。她若容得下槿篱,他倒不好办了。

侯秋林忍着气来到女儿房里,低声斥骂说:"发什么蠢?如今最要紧是先让武全娶了你,说那许多做甚?"

侯眉儿说:"爷爷不曾看见,那狐媚子身上跟涂了蜜似的,武全哥哥一见了她便粘了过去。"

侯秋林说:"我是过来人,难道不晓得吗?真情实意的男女哪有那样的?那般行事,多半是为着做戏。"

"做戏做甚?"侯眉儿说,"做戏哪有那样情酣意浓的?"

侯秋林不好直说"做戏是为着让你死心",便说:"若论情意,你武全哥哥原对侯济仁栈那位小姐还算有些情意,如今那丫头走了……不走他二人也成不了……除此之外,他心中再无别个。若是娶了你,往后定然待你一心一意。"

侯眉儿又哭起来:"这才走了个侯小姐,又来了个夏姑娘。"

侯秋林说:"那夏家丫头,中意的是衙门里那位。"

"衙门里哪位?"侯眉儿一愣。

侯秋林本不想说,为着宽女儿的心,只得鼓鼓劲说了出来:"衙门里领头的那位。"

"知县老爷,还是知府?"

"前头那位。"

侯眉儿深吸了口气:"她的胆儿可真大!"

侯秋林以为这便说通了,转身正要开门出去,他女儿却拉着问:"既是中意知县老爷,为何又来缠我武全哥哥?"

侯秋林皱了皱眉:"不是说了她是做戏吗?"

"便是做戏,凭她那股子狐媚劲儿,年长日久,难保假戏不能真做,我还是不能让武全哥哥跟她再会面了。"

侯秋林气得几欲打人,忍了忍压下火来,又宽慰说:"她与那知县老爷的事,你武全哥也是晓得的,断然不会对她动情。"

侯眉儿这才破涕为笑,自以为拿住了夏槿篱的把柄。

次日一早,武全正在绞着手巾洗脸,侯眉儿忍不住靠过去说:"那夏家妹子原本中意的是知县老爷,因知县老爷不愿纳她为妾,她才跟着你。武全哥哥可

第五章 战祸

075

晓得这些?"

武全笑笑地说:"晓得。这不知县老爷不愿娶吗?我娶。"

侯眉儿不料他会这般作答,登时五雷轰顶:"武全哥宁可娶个弃妇也不愿……不愿……"

武全抖开手巾往面盆架子上一掸:"这不是知县老爷的弃妇吗?知县老爷呢!哪是我们平头百姓比得的?知县老爷哪怕是弃了的妇人,也比寻常女子高人一等。"

侯眉儿又呜呜咽咽哭了起来,钻进房里拿着枕头被褥撒气。

侯秋林不料女儿蠢昧到如此地步,耐不住骂:"个没用的东西!莫说别个,便是我这个做亲爷的,见你这般动不动哭哭啼啼,也恨不得离你远些。那夏槿篱是什么人物?那是千夫所指岿然不动的女子。你如此这般,如何斗得过她去?"

侯眉儿更是伤心:"听这意思,爷爷也像欢喜她似的。"

侯秋林扬起巴掌便要猛扇过去,狠吞了一口气才放下手来,摇着头说:"罢罢罢!你也莫在店里住了,再住下去,怕是连我也要活活气死去。"

18

侯眉儿走了,黄武全只觉天宽地阔。侯秋林将女儿接到店里,本是指望二人朝夕相伴多少生些情意,不料武全却愈加觉知自由之可贵,立志非可心的女子不娶。

转眼又是除夕,侯秋林邀武全一同回家团年。武全推说:"我拐了那夏家妹子出来,自然要去与她团年。只能多谢师父盛情了。"因女儿先前闹了那么一出,侯秋林也不好十分盛情,倒像强人所难似的,便随他去了。

黄武全本打算仍回自家村上过年,并非当真去陪槿篱团年,出了朝天门,脚下却不听使唤,一径儿往薛家渡那边拐。

浇起冰水洗了几次脸,脚下仍往薛家渡拐。

他也不知自己为何总忍不住要往樟树那边去,便猜着:大约是从屋下将那夏槿篱抢了出来,怕她年下孤苦,这才想去探望探望。想至此处,心下才脱洒一些,放宽脚步大刺刺过了薛家渡,直往樟树镇去了。

槿篱正在给皮大先生熏艾,见了武全,抬眼奇问:"大年三十的,不去团年,跑来这里做甚?"

听她一问,武全没来由地有些委屈,也不知缘何委屈。

皮大先生倒是一改前态,招呼说:"既来了,便进来吧。你那村上都是远亲,跟他们团年,倒不如来我这里。"

槿篱问:"不是还有视你如珠如宝的师父、师妹们吗?"

武全没好气地回:"你又不是不晓得我那师妹!"

"团个年而已,有什么干系?"槿篱仍旧浑不在意。

"你没干系,你跟着她一起团年去!"武全气呼呼将包袱一扔。

"这人吃错药了?"槿篱两眼直直地看着皮大先生,"我才说错话了?惹得他这样生气?"

皮大先生打圆场说:"我家丫头伶俐,自然不会说错话的。只是武全不同别个,年节之时难免孤苦些……"

槿篱恍然大悟:"呀呀!果真是我说错话了。都怪我心思粗些,哥哥莫要见怪才是。"

武全本是宽慰自己因怕槿篱孤苦这才特来伴她团年,几句话下来,却变了她怕他年下孤苦,容他一起过年。他心下虽是不服,但见她陡然温存起来,倒也不忍多加分辩。看那皮大先生也是前嫌不计,待他和颜悦色,更是无谓再做口舌之争。

皮大先生见他闷声不响,招招手说:"来来来,你妹妹如今灸熨的手法又有精进。身上可有寒气?让她帮你看看,也熏一熏。"

武全说:"并无寒气。"

"便是并无寒气也可熏上一熏,"槿篱说着,点了根艾条过来,蹲下身为他撸起裤脚,"天寒地冻的,熏着舒坦。"

武全一震。不想她那样的性子,竟肯这般屈尊。许是听了皮大先生暗指他家中无人的话,怜他孤苦。这份善心,让他既不自在,又深为感激。

"可是冻着了?"夏槿篱大约觉出了他的震颤,"这大冷的天过渡,可不得冻着?"

皮大先生说:"无妨,我厨下炖着鹿肉呢,待熏完了艾,吃两碗暖一暖,什么寒驱不散?"

武全心下又是一动。这皮大先生对他那般怨愤,只因怜他过年孤苦,便将昔日旧账悉数抹开,只剩慈父般的体恤与关怀。

这二人,是真善。

他过世的师父侯大善人也是真善,是面善心善。他静仪姐姐自然也是真善,是面柔心善。皮大先生与槿篱姑娘,却是面凶心善,不加细品,难以察觉。

熏完了艾,夏槿篱又拿了两根银针出来,一径儿往草人身上捻。

武全凑过去搭讪:"光在草人上怎么练?须得扎在皮肉里才识得轻重。"

槿篱袖子一撸,露出扎满了针眼的一截藕腕:"你且看看,可还寻得着一寸落针的地方?"

"不想……妹妹竟如此……"

槿篱一笑:"就你那偷奸耍滑的性子,哪里晓得何为全力以赴?"

武全分辩:"学起艺来,我也是勤力得很。"

"勤力?也就跟你那些师兄弟们比比罢了。在我面前,你有什么脸说勤力?"

武全嗫嚅:"我不也是给你练过针吗?"

"还不是为着求我帮你做戏?"槿篱放下草人,又站起来习练飞针,"不是求我做戏,你哪舍得这个血本?"

武全假意站在铜人图前:"我这便给妹妹习练飞针,妹妹只管把针扎过来便是。"

槿篱翻了个白眼,放下银针,自去后院劈柴。

武全另寻了把柴刀,也在旁边劈着。融融的肉香飘荡在院儿里,有种安适的富足。

劈了十余根,武全直起腰身问:"看看?我可是勤力得很?"

槿篱说:"当真勤力,你便无须见了我劈柴才想起要来劈柴。过了除夕,直到初七不可劈柴。当真勤力,你便不会在厅里闲话半日,早该想着要来备好七日用的柴火了,还是眼里没活儿。"

武全"哎哎"两声,却也无话可回。

这头劈着柴,槿篱又去那头灶前添了两灶火,把锅里炖着的鹿肉翻了翻。回来接着劈柴。

武全自愧不如了。

皮大先生买了爆竹回来,也脱了外袍前来劈柴。

武全问:"怎的这才赶着去买爆竹?"

皮大先生说:"我跟丫头不兴这个,什么时节都不装灯,今日你来了,我们也热闹热闹。"

武全心头又是一暖:"原来叔爷是为着我才特地去买了爆竹来。"

"温书去吧。"皮大先生看着槿篱说,"这边有我呢。武全也去吧。"

槿篱放下柴刀进屋去了,武全仍旧接着劈柴。

"妹妹每日里都排得这样紧吗?"

"你才见着十之一二呢!你不晓得她,每日里天色未明便起身梳洗,早饭之前先要练十套拳、习五百字,饭后看半个时辰医书,练半个时辰飞针,又看半个时辰医书,练半个时辰扎针。午饭过后点一炷香打坐,打完坐便去药市上打探行情,回来时不是带着柴火便是带着野味,不消说,定是偷摸溜到山上或打柴或打猎去了。因我怕她劳累,不准她上山劳作,她又怕我劳累,便偷摸着去了。不是说,这样好的妹子,便是十万个里也寻不出第二个。你若错失了这一个,日后打着灯笼也没处寻去了。劳作回来或学着制药或学着配药,铡刀、片刀、刨刀没有一样不会使的。碾槽跳得稳,冲钵用得活,真真是,学什么会什么。夜里又是温书、扎针,还要帮我浆洗衣物。她宝贝白日里的光景,都用来做紧要事,洗衣便留到晚上摸黑做了。"

武全听得有些心疼:"这样没日没夜的,可不要累坏了?"

"你瞧瞧她,哪有半点劳累的样子?"

武全暗笑自己白心疼了,偷眼望去,只见她坐在摇椅里,就着八仙桌上的灯盏正在翻书,神情悠然得很。

19

夏槿篱装了香、烧了纸,打了一挂爆竹。皮大先生勾了一壶酒来。三人围坐桌前,喜气洋洋吃起了团年饭。

一大面盆的鹿肉,配着两样素菜,另有一碟花生仁,武全甚感合意。

几盅酒下肚,槿篱想起来,跑进房里拿了医书出来,指着当中一页递给武全看:"霍乱吐泻,是胃失其藏纳水谷之职,而大小肠、三焦、膀胱兼失其职,总由脾而已。这是我老外公对霍乱的记述。我虽不曾治过霍乱,却晓得这病凶险得很,其发病之急、死人之多,不亚鼠疫。前几日研读至此,我便想着,定要说与你听,可巧你就来了,正好给你细读。"

武全眼眶一热。听她意思,这书还是她老外公何大神针传下来的,是她家传秘技。以家中秘技相示,可见她待他何等赤诚!此次前来,他原是为着会她,自己总不肯认。她却洒洒脱脱拿了家传秘技出来,倒是较他豪气。

槿篱指着几行字念:"霍乱之为病,尤每因湿得之。就伤于外感者而言,以在夏秋之交为多,是病由暑湿所致也。就伤于内滞者而言,以犯生冷之物为多,是病由寒湿所致也。"

武全见那书页已有破损,不知翻读过多少回,又见每张书页皆呈方形,不似寻常书籍,细看之下,竟如前柜捡药的桑皮纸一般,想是那何大神针每有发现,便随手取了包药的桑皮纸记取,想来亦是性情脱洒之人。

槿篱说:"你我年轻,好事说不坏,日后只怕真有遇着这病的时候,届时只怕措手不及,误了一众性命。趁着年下有闲,须得细细琢磨透了为好。"

武全本以为槿篱是待他一腔赤诚,这才将家传秘技相授,心下好不感动,听了这话,才知她只是担心一时病起,匆促间救治不来,到时只能眼睁睁看着病人白白死去。明白了这一层,他便不禁有些讪讪的,暗怪自己自作多情。讪了一会儿,又想到她小小一个女子,竟怀天下之忧,瞬时又热血涌起,感动之情竟比先前更甚。

皮大先生见他面上时冷时热,双目几欲滴下水来,睨眼一笑说:"莫不承认,我晓得你这回是为丫头来的。"

槿篱说:"好歹我二人是要将医术传给天下人的,他怎能不来拜会拜会我这高人?不来拜会,他那三脚猫的功夫,拿什么手艺传予天下人?"

武全听她重提旧话,心下又不禁暗自惭愧。自说出那话以来,他倒并未常存心间。倒是这夏槿篱,自打应了他,便一心一意奔着这事去。

槿篱说:"以下是各种霍乱常用针法,你且用心记诵。"

武全默诵了几回,说:"一时尚不能领会其中奥义,日后慢慢参详。"

槿篱说:"莫要忘了才好,我另写一张给你。"

武全止住说:"只怕无意遗落,让人看了去。"

"怕什么,"槿篱说,"本就要传于天下人周知的。"

武全说:"只怕被那些个见钱眼开的人得了去,倒害了穷苦百姓。"

槿篱说:"也是。这等绝技,只能授予善人,对穷苦百姓分文不取才是。"

二人又议论了一番,只觉越说越是投契。

吃喝至半夜,武全恍惚听得槿篱说:"我去睡了,有胆子,你便跟来。"

武全心想:这疯丫头果然大胆!只是我与她并无男女之情,断不可行男女之事。这样想着,脚下却跟了上去。

槿篱秉烛掀起房门帘子,通红的飞花布映得她眼波流转:"怎的?平日里那般轻狂,这会子倒没种了?"

武全猛然往前一扑,将她浑圆的后背顶在自己前身,两手掬着两坨棉球般揉搓起来。

槿篱嘻嘻一笑说:"你可上了当了!待你静仪姐姐回来,我便将你今夜所为告诉她去!"

武全腿脚一软,险些跌了一跤。定睛看时,却正趴在桌上,皮大先生仍在对坐豪饮。原来是场醉梦,好一阵虚惊!

"是要被窝呢,还是披风?"夏槿篱却当真秉烛站在红帘下相问,盈盈的双目映着烛光,秋波般跳荡。

武全忙说:"披风就好。"

槿篱进房取了件皮大先生的披风出来给他披上,又撸起衫袖跟皮大先生划起拳来。

武全暗自羞惭:这夏槿篱并无缠绵之意,我却无端做起被她勾引的醉梦来,真是万万不该!于是借酒盖脸,一径儿趴在饭桌上假寐。

那夏槿篱酒量甚高,直喝到皮大先生拱手告饶,收了碗筷自去后厨清洗。槿篱一走,穿堂风自她空出的位置扑上身来,武全醉意散去大半。未关财门,前门、后门都大开着,久浸了夜寒的冬风扑进屋子,带着远处冰雪的气味。

槿篱洗好碗筷,安置了一应物事,又拿出医书坐到火边翻看,陪着皮大先生守岁。

虽为酒力所乱,但黄武全确是对夏槿篱生起欲念了,他自己不得不认。在花滟洲偷西瓜时,他就生过这样的邪念。那时他走在后面,她浑圆的后背扭摆在他身前,他就极想趋近身去,在她背上翻滚一回。

那一回,只是一闪念而已。这一回,却是实实在在地在梦里做了出来。

那一回,一想到静仪姐姐他便心如止水。这一回,却是万般滋味夹缠不清。

怎会如此心神不定?许是姐姐离得远了吧,这夏槿篱却近在眼前。

静仪姐姐就好似定海神针。她在,他的心神就被定得牢牢稳稳。她走得越久越远,那定力便越加微弱。

倏忽数月,她走到哪里去了呢……

兴许也不只是远、近,还是因着那一句……

那一句——"姐姐出门寻夫去了。"

有了这一句,出门在外的姐姐便跟"夫"连在了一起。

连着"夫"的姐姐,已对抗不了夏槿篱丰腴的身形。

武全悲凉地想:原来我对姐姐,仍是有所索求的。仍有机会娶她为妻,我才对她矢志不移。毫无指望娶她为妻,我便不觉间心散神移了。姐姐临行那日,我不惜冲撞师父踢翻柴房门,任侯眉儿划伤双腿也硬要跟着去,听了那句"出门寻夫"的话却再无半点力气。我虽时常宽慰自己姐姐寻不着张宝祥自会返乡,或不返乡我便循着春芽与德生的音信去寻,实则心下早已晓得姐姐是断然不会再嫁我的。

自责了一阵,转念又想:我对姐姐是敬、是惜、是爱,对夏槿篱只是欲,只要将这欲念压制住了,倒也算不得对不住姐姐。

这样想着,心下方才安适了些。

又想那侯眉儿,虽也算得上千娇百媚,不知为何,却是既不敬、不惜、不爱,便是连欲也无。硬说有点什么,最多不过是对弱小女子的一点点怜。这点点怜,随着她的逼婚,也早已耗尽。

20

依规矩,黄武全大年初一是要到师父那儿拜年去的。拜完年,自然没道理再折返皮大先生屋下。因与皮大先生跟夏槿篱说得投契,他便有些不愿离去,偏生师父的年却又不能不拜。

槿篱哪里晓得他的心思,天一见亮便备了两坛鹿血酒,叮嘱说:"告诉你师父,这酒是我送的。也好向他证实我是铁了心要跟定你的,将你的师父当成自家的长辈一般孝敬。……瞧瞧你净惹些什么事?为着陪你把戏做得真些,我可是舍了老本。"

武全道了谢,到厨下刷了两把秆,蹲下身打起秆络子来。

槿篱奇问:"这人可是傻了?打什么络子?你这么大个人,一手一坛抱过去不就是了?待你打得络子来,天都黑了。还得过渡,渡了河还有许多路要赶。难不成要赶到下昼再去跟你师父拜年?看你师父不打断你的狗腿才怪。"

武全说:"滑不溜手,不打络子怎生好拿?"

槿篱说:"不好拿,抱了一坛去就是。"想了想又说:"只怕你那师父讲死礼,到时又说逢单,倒像我年轻不知礼似的。"

于是从墙上取了两个葫芦下来说:"干脆就装了两葫芦去,好歹凑个双数。"

武全忙将葫芦挂回墙上说:"一葫芦能装多少?还是坛装的好。"

皮大先生见他一味延挨,早已琢磨得当中缘故,便说:"你拜完年仍旧回来,我孤家寡人一个,正月里冷清得很,多个人陪着也热闹些。"

武全听了,把打了几结的络子一扔,说:"叔爷放心,武全拜完年就来陪你。"

槿篱倒看不明白了:"怎的又不打了?"

武全懒得理她,一手抱了一坛酒便出门去。

"这什么人啊?弄了这些秆来,又乱糟糟扔在这里,害我来收捡。"槿篱抱怨。

皮大先生暗笑不止。

武全去了大半日,返来时已近黄昏。蒙蒙的天光下,槿篱正在灶前炖鸡,笃实的肉香里,有种丰衣足食的安稳。

武全恍似回到了爷娘在世时的光景,满心欢喜揭开锅盖闻了闻。槿篱拿起一根柴火顶开他的手去:"还没熟,莫跑了气。"

他娘在时,也常这样说的。武全一时只觉那坐在灶前的少女如同家人一般亲近,挤过去说:"我来烧火。"

槿篱朝着柴房那边努了努嘴:"真要帮忙,便去抱些柴来。"

武全挑了一大捆又粗又大的木柴抱进厨房,献宝样说:"这些够吗?"

槿篱奇问:"今日怎的这样乖巧?想是在师父家吃了蜜?"

武全羞羞答答一步一步挨近,在她身畔坐了下来。

槿篱说:"伴着我做甚?你到前厅去陪着皮大先生说话便是,一会儿就有得吃了。"

武全还是再坐了一阵儿,两眼蒙蒙地说:"那我去了。"

槿篱只觉他怪里怪气不同往日,却不知个中缘故。

要到很久很久以后,历经了离别与战火,武全才想起来说:"你可记得那年大年初一,我从师父家拜年回去,在皮大先生屋下的厨房里,你正在灶前烧火炖鸡,屋下尚未点灯,我借着火光看见你,恍似看到了我母亲。"

他对她的真情,大约便从此时开始,只是年纪轻时,看不透自己。

年轻的黄武全,只当自己对夏槿篱只有欲念而已。而欲念,人人都说是个卑污的东西。武全虽不至于以为卑污,却也认定须得克制。他只苦恼克制不住而已,却未看明这瞬间迸发的真情。

次日二人照例研读医书。按规矩,大年初二槿篱须得到外公家去拜年,因她父亲初二定然要去,她便延至初三。

大年初三一早,夏槿篱艳艳地打扮起来,上穿绯红窄袖小袄,下系月白绣边玉裙,头上戴着白兔毛昭君套,配着淡黑肤色,明丽又野气。

武全不禁多看了两眼。素日只知淡雅、娇媚、华贵皆为女子之美,却不知这一种跳脱另有摄人心魄处。

皮大先生拿出一双鹿皮靴子递给武全:"头回去拜年,略微带样东西。一双,也算是两样了。"

武全猜着这靴子大约原是皮大先生自己预备送给他婶娘的,因他是生客,便让给他了,便说:"我还是去街上买两匹缎子吧。"

皮大先生说:"大过年的,上哪儿买缎子去?再说了,你一个学徒,又哪里来的这许多零用？"

武全便收了靴子，掖了块红纸在里面。

槿篱扯了件纯白雪披系在颈上，雪地里领着路，一跳一蹦，更如精灵一般，令人直想上前将她捉住。

槿篱外婆晓得他们要去，早已备好茶点，一面掸着桌凳一面笑着："都是自家人，还带什么东西？"

武全将鹿皮靴子放在长凳上，槿篱顺手帮她外婆收进房里。

皮大先生领头，三人依辈分一一给槿篱外婆拜过了年，问："我叔爷呢？"

槿篱外婆说："在灶前呢。屋下就我们两老，手又拙，你叔爷早起就开始杀鸡备饭了。"

皮大先生说："我去给叔爷拜年。"

槿篱外婆说："你叔爷满手油污的，都是自家人，就免礼了吧。"

皮大先生说："平日里免了也就罢了，这拜年的礼，却不能免。"

槿篱外婆便打头领着三人往厨房去，一面扬声叫着："老头子，你侄儿跟黄家少爷拜年来了。"

槿篱外公自灶上反转身来，呵呵笑着："来了就是，来了就是。"

皮大先生规规矩矩下了一跪："侄儿给叔爷拜年了。"

槿篱外公乐颠颠在面盆里洗了洗手，扯下湿手巾擦了擦，忙忙地躬下身子只用两边手腕将皮大先生托了起来："莫要多礼，莫要多礼。"

武全接着跪了，槿篱外公仍用两边腕子把他托了起来。

槿篱拜毕，她外婆又领着返回厅上吃茶，一盏盏热茶直递到手边。武全只觉无一处不体贴、无一处不周全。

四人吃着茶点，说着闲话，槿篱外公端了两碗酒酿鸡蛋出来："先喝口汤，还要好一阵子才摆酒呢，莫饿着了。"

皮大先生说："才吃的早饭，哪里会饿呢？叔爷就是这样多礼。"

武全也跟着说："饱着呢，不会饿。"

皮大先生先将一碗蛋汤捧到槿篱外婆面前,又把另一碗推给武全:"你是生客。"

槿篱忙站起身来,她外婆止住说:"今天你也是客,我去端。"

槿篱外公笑说:"两碗汤而已,哪里用得着劳动夫人?"

槿篱外婆说:"厨下事多,能替你省下手脚便省。"

槿篱外公悬着手掌只拿腕子按了按她的肩:"有我呢,你好生陪着客便是。"

武全禁不住说:"人人都像外公、外婆这般,什么日子过不欢实?"

皮大先生连声称"是",满屋子"呵呵"笑了起来。

武全只想浸在这老屋子里,一世无须离开。

21

何大神针所传针法以捻转为主,循经取穴,外捻为泻,内捻为补。虚症以补法加灸,实热症用泻法。

黄武全日日跟着夏槿篱习练针法。

槿篱亲刺手腕为他讲解。武全不忍,捋起袖管说:"扎我吧,你手上哪有一寸好肉?"

槿篱笑:"哥哥身上倒都是好肉,待我这几日替你扎个满身窟窿再回去。"

"只怕扎不满身。"武全斜眼看着槿篱。

槿篱会意,却并无羞怯,凶巴巴回:"你看我扎得满扎不满?"

武全不禁乱想一回,又暗骂自己:忒的嘴贱,净说些这样没油盐的东西。

槿篱专注地捻起针来,一丝儿发辫挠着武全的手腕。武全止不住用嘴去吹。槿篱骂:"吹什么?你手断了吗?"武全可怜巴巴:"这不被你扎着针,不敢动吗?"槿篱说:"你扎针的手莫动便是,还有一只手呢?"武全才想起自己另有一只手干放着。

二人日日这般耳鬓厮磨,武全时时有如发辫挠着心眼。夏槿篱性情放犷,别有一种糙汉般的粗莽,让他禁不住总想调笑。夏槿篱无心于此,并不多想,倒是他自己时常吊得自己心旌摇荡。

他体内的火一点一点簇燃起来,烧得日夜难安。

暗夜里,他裹在被窝里翻来转去,夏槿篱的身子笋一样顶在胸前;天明后,他又装出插科打诨,一派浑不在意的神气。

他日日在冰火两重天里,夏槿篱却毫不知情。

这日,夏槿篱为着跟他讲牙痛的针法,一手托着他的下颌,一手拿着银针在他嘴里拨来拨去。她那老树皮般的手掌本不像是女子,不知为何,自对她生起了欲念,那糙实里却像有了别种意味。他忍不住双唇一抿,将她两根手指噙在嘴里。夏槿篱唬了一吓,哇哇直叫:"要死了!不怕把你舌根扎烂了吗?"他见她并未动气,也当自己只是玩闹而已。

假借的玩闹里,他揉了她的脸,闻了她的鬓,摸了她的腿,只差将她直接搂进怀里。他时而暗骂自己无耻,时而又深感甜蜜。

外人眼里,他们便是一对璧人。

大年初六夜里,若不是那溺水的汉子及时醒转,武全真不知会做出什么荒唐事来。

那事原因槿篱而起,她素爱打抱不平,得罪过一个巡检司的小吏。那小吏到镇上来走亲戚,恰巧瞧见槿篱跟武全笑闹着往她外婆家去。

"我说怎的年轻轻一个妹子净爱管些男欢女爱的事,原来自个儿就不正经。"

武全初听那小吏说这话时,还闹不明白怎么回事,只见槿篱身形一晃,拔腿便往远处跑去。

那小吏揪着她的雪披一把扯了回来:"侠女跑什么呢?不是英武得很吗?"

槿篱假笑着说:"那不是年幼时不懂事吗?"

"不懂事?我看你懂事得比谁都早呢!那年不过十四五岁,便晓得男女之事。"

槿篱说:"哪里懂呢?不过是瞎胡闹而已。小官爷与那女子原是两情相悦。"

武全约莫猜着是那小吏调戏良家妇女,被槿篱坏了事。便摸出块碎银子塞与那小吏说:"官爷大人大量,还请念在我这妹子年幼时不懂事的分上,放她一马。"

小吏说:"当年我险些被她闹得革了职,一句年幼无知便想推脱干净?"

武全说:"官爷便是剥了她的皮,当年的委屈也换不回了。小的不才,略微学了些制药的手艺,这便回去取了两罐上好的参片来,给官爷补补气。"

小吏说:"谁稀罕你那几两参片?我今日只要剥她的皮。"

槿篱唯恐惹人耳目露了踪迹,不愿闹事,便对武全使了个眼色,说:"只要官爷高兴,今日听凭官爷处置。"

那小吏淫笑一声:"我方才见这后生在你身上摸来搓去,分明就是调戏良家妇女,你二人且随我回巡检司问话去。"

二人乖乖跟了这小吏到巡检司去,直被关到夜饭过后,听尽了污言秽语。

放出来时,武全笑:"妹妹如今可是大变样了,怎的这样乖顺?换作当年,不把这小吏的祖坟挖了才怪。"

槿篱说:"事有轻重缓急,关半日算什么?如今最要紧是把针法练精。"

武全心下略感钦佩,嘴上却说:"只是害得我也陪着你听了半日的奇闻,也不知那小吏说的膝袜是什么东西?"

槿篱白了他一眼,自顾前行。

冬夜苦寒,武全未系披风,冷得直往槿篱身边蹭。夏槿篱本是个不遵礼法的,见他一再蹭了上来,手臂一撑将他揽入雪披中去。

武全不料她这样爽利,先是一阵慌乱,闻得她通身暗香袭来,禁不住又心猿意马。

槿篱说:"今夜同袍之谊,你可毕生报答不完了。"

武全心中一荡,这"同袍"二字,颇有义薄云天之感。正自激荡,忽听得"扑通"一响,紧接着有人惊叫。槿篱打头奔了过去。武全赶去时,只见有个汉子扑腾在水塘里。

槿篱披风一甩便要下水救人。武全扯住她,将她拦在身后,自己脱了鞋袜下水。

冬夜的塘水混着薄冰,冷得蚀人心肺,武全拼着命三两下扑向那人,揪住他飘散的顶发拖上岸来。

那人还是闭过去了,也不知是呛的还是冻的。武全勾起那人双膝,头下脚上倒背着跑了一阵,不见吐水。槿篱拿出银针,预备为那人刺穴。武全拦着说:"性急什么?一个女子,什么穴位都刺得的吗?"

槿篱方才省悟过来,咬唇一笑说:"人命关天,我这不是一时忘了避嫌吗?哥哥的针法如今已是非比寻常,还是哥哥前来施针。"

武全抬脚拨开槿篱,接过银针,将那人裤带解去。

槿篱忍笑背过身去。

武全摸索了半晌不见动静,槿篱忍不住提醒:"针会阴穴一寸。"

武全听得有气,粗声说:"谁叫你多嘴?一个女子,什么穴位都是能从嘴里吐出来的吗?我哪里不晓得要刺哪里?哪个要你提醒?"

槿篱奇了:"平日研习针法,我是什么穴位都跟哥哥讲的,不见哥哥这般生气。"

"平日是平日,今日是今日。平日说的是铜人的穴位,今日是个活人,还是个正当壮年的汉子。"

槿篱见他浑身打战,便脱了雪披将他裹紧,说:"且不论这些个了。还需即刻寻个和暖处才是,否则救不得他,连你也要冻死了。"

武全哆嗦着说:"才刚路过一个秆堆,先往那秆堆里暖暖身子去。"

二人一头一脚抬着那生死不明的男子寻着了秆堆。武全先扒开外头的秆,抽出一个洞来,将那男子塞了进去,自己也跟着爬了进去。

槿篱见他仍在打战,便也跟着爬了进去,将他搂在怀里。

武全还在生气,扭开脸说:"下回再要这样,再不睬你！我可不想有个这般不知羞的妹妹。"

槿篱说:"治病救人,难免的嘛。"

"你还有理?"武全圆瞪的双目蒙眬起来,"怎的难免？我不还在？我若不在,你说难免倒也算得难免。有我在,哪里用得着你去解汉子的裤带？你分明就是喜欢……喜欢……"

槿篱扑哧一笑:"我不喜欢,我不喜欢。"

"你还笑?"武全肩头一抖,想把槿篱甩开。逼仄的秆堆里,却哪里甩得开？又不好硬将她赶出秆堆子去,直把自己气得几欲憋出泪来。

这黄武全也是个奇人,性情豪放又多愁善感,豪迈时自是铁骨铮铮,感怀时却是楚楚可怜。

夏槿篱见他为着这样一件小事,俊朗的双目竟泛起泪来,心下又是好笑又是爱怜,便贴紧身去摇着他的双肩。

武全慢慢止了泪影,桃花带雨般的眸子里渐渐显出夜空般的深邃。槿篱不得不承认,这样一双色彩琳琅的眸子,确是引人遐思。

黄武全消下气来,才觉出一丝暖香萦绕鼻端。那香气一旦钻入鼻尖,便如干旱的田垄里注入了一条活水,疾速在全身漫洇开来。他脸上陡然发起烫来,俄而周身火烧样的。

他心想着:与其让她触摸别的汉子,不如让她先摸了我的身子。

夏槿篱哪里晓得这些？还在说着:"这可好了,你身上暖了。"

武全身子一挺,便要将她压在怀里。那溺水的汉子猛然咳了一声,接着翻身呕起水来。

武全连呼:"好险,好险,幸而醒了。"

槿篱也说:"好险。"

武全暗想:你晓得什么？只管跟着胡叫？

转而又想:便是这汉子不醒,她若不愿,我也未必奈何得了。真要用起强来,不定被她打成怎样,岂不是笑话一场?

可她愿不愿呢?

22

槿篱借火去了。武全问那落水的汉子:"兄台家住何处?怎的跌到塘里去了?"

那汉子支吾了一下,操着一口外地口音答:"吃醉了,迷了路。"

这一支吾,武全警醒起来:闲常一句问话而已,他为何支吾?

便有意试探:"听口音,兄台不像临江人。"

那汉子又支吾了一下:"不是临江人,到临江走亲戚。"

武全追问:"兄台哪里人?"

那汉子抬头扫了他一眼,武全没来由地身上一紧,赶忙岔开话去:"进门都是客。不管哪里人,到了临江府,就是我们临江的客人。"

槿篱借了火来,那汉子拱了拱手说:"多谢姑娘救命之恩。"

槿篱指着武全说:"他救的你,谢他便是。"

那汉子却不谢武全,只抽出几把稻秆,就着槿篱借来的火折子点燃。

槿篱取过雪披烘了起来,那汉子直勾勾地盯着她看。武全只觉毛骨悚然,急急地掀着湿衣裳在火堆边打了个转便要离开。

槿篱问:"怎的不脱下来烘干了再去?"

武全说:"外头冷得人死,倒不如回去再烘。"

槿篱还想说话,武全一把拉住她的腕子暗暗使了使劲,转头冲那汉子说:"我家就在近前,兄台路远,烘干了再去。"

那汉子抬眼看着他,既不搭话,也不起身。

武全拉着槿篱疾步走了一阵,槿篱禁不住问:"你为何骗他?"

武全踮脚往后看了看,眼见得火光离得极远了,才松手说:"你不见他饿狼一样看着你吗？不说住在近前,只怕他要追赶上来。"

"看着我是看着我,何来饿狼一说？我救他一命,他多看两眼也是有的。为何疑心他会追赶？"

"你便只管这么着吧。"武全又生起气来,"等得闹出事来,你才晓得厉害!"

槿篱只知自打救起那汉子后,武全的心思便总在男女之事上打转,却不知他因何如此。当即不再吭声,只管埋头赶路。

武全见她一声不响了,心下更是气闷,走得越久,气得越狠,返回皮大先生屋下时,直气得饭也不吃,倒头便睡。

皮大先生问:"这是唱的哪一出啊？怎的气成这样？怎的半夜才回来？"

槿篱狼吞虎咽扒着剩饭:"哪个晓得他呀？想是看我不顺眼吧。"

"这可想岔了。"皮大先生说,"我瞧着,他倒对你欢喜得很。"

槿篱鼓着腮帮子说:"欢喜什么？欢喜我泼悍？我待他哪有半点值得欢喜的？"

皮大先生说:"你看着吧,他定然是欢喜你了。"

槿篱只顾吃饭。

一觉醒来,武全的气已消了大半,想跟槿篱搭话又拉不下脸来。槿篱倒跟没事人样的,笑眯眯问:"哥哥起来了？"

武全刚想回个笑脸,槿篱掏了个软布包儿出来,说:"哥哥今日就要走了。这是我家传的银针,送给哥哥练手。"

武全笑了一半的脸僵在半路:"才刚起来,饭还没吃呢,你便这样急着赶我走吗？"

"谁要赶你走了？"槿篱一脸莫名,"大年初七你不是必得回药店去过上席吗？我生怕临时忘了,这才守着及时给你,你却当我赶你回去？"

"真心想送,怎会忘记？"

槿篱把软布包儿往自己怀里一塞:"我吃饱了撑的,一大早守在这里跟你假意做戏?！你不要便罢了。"

武全见她转身走了,也气呼呼背转身去埋头便走,才走了两步,嘭一声撞上门柱。槿篱回身大笑起来。武全翻了个白眼。

用过早饭,武全向皮大先生辞行。皮大先生拿出一本医书说:"叔爷没什么金贵东西送你,这是我早年诊病所录心得,你若瞧得上眼,得了闲便翻翻。"

武全单膝跪地双手接过说:"没有比这更金贵的。"

皮大先生叹了口气:"叔爷潦倒半生,一事无成,这点心得若能助你成得半点事,我便此生无憾了。叔爷晓得,你他日是必成大器的。"

武全磕了个头说:"多谢叔爷吉言。只是不管成不成事,武全都会跟孝敬父母一般孝敬叔爷。"

皮大先生说:"我自有我的去处,无须你来孝敬。倒是槿篱丫头可以助你成事,你莫犯糊涂,失掉了她。"

槿篱跷着腿说:"你爷儿俩自去细述你俩的情意,又扯上我做甚?"

武全立起身来拍了拍衣裳,冲着槿篱问:"你那银针,还送我不送?"

"不送。"槿篱答得干脆。

武全三两步上前将她手臂一扯,一手钩住她的脖颈:"送出去的礼泼出去的水,岂有收回的道理?再不掏出来,我便将你掳去,就当是,你是那包着银针的大包袱。"

槿篱掏出软布包儿说:"何苦来着?轿子不坐坐猪笼!才刚要送你,你那样名名堂堂,这会子又自己来要。"

武全打开软布包儿,只见白森森粗粗细细一长溜儿银针,精致得很。

槿篱说:"决云堂虽不用针,你偷空练两回也不至于怎的,只是莫要当着你师父的面给人施针。我教了你这几日,你莫丢生了才是。"

武全听她殷殷叮咛,丝毫未将他几回斗气放在心上,倒比得他自己气量狭小,一时也不知说什么好,只"嗯嗯"应着。

堪堪在皮大先生屋下住了七个日夜,武全却恍惚住了小半辈子似的,恍惚他打小便有这样一个叔父,叔父家中历来养了个夏槿篱这样的妹子。

他是有些不舍的。可收好了银针，背起了包袱，他再无道理耽搁着不走。

皮大先生送出门来，夏槿篱也跟在后面，走到门口，靠着门框盈盈浅笑，不见半点离愁。

她怎能毫无留恋？黄武全心下又憋闷起来。七日七夜的耳鬓厮磨，这女子竟如风过无痕。

怎样的女子，才会如此心肠如铁？

是了，她是拳头下打出来的女子，她是吊着猪笼、挨着砖头长大的女子，她是被鱼叉捅过、被缰绳套过、被唾沫星子浸过的女子。她是心寒如冰的女子。

冰样的冬风打在脸上，武全只觉心口都要冻成冰了，除了加紧脚步，想不出第二个躲避寒风的法子。

气吁吁跑到了渡口边，江岸上人潮攘攘。大过年的，人人喜气洋洋，唯独他清清冷冷孤身一人。武全只见靠近堤岸的江面上也结起了薄冰，一漾一漾的水波将薄冰冲挤得支离破碎。尖的、脆的冰片儿在水波里一晃一晃，割在他心上样的，又冷又硬又锋利。

他憋着劲儿忍了一阵，越忍越是难忍。渡船偏偏迟迟不来……

他猛然转身，直往樟树镇上奔去。皮大先生的屋子就在镇东，他一头闯进门去。皮大先生正往火盆里添炭，他说："外头冷。"这时节，外头怎会不冷，有什么可说的？皮大先生满脸讶异。他冲进厨房，掰起槿篱的身子。槿篱正在刷碗，满手的油腻。他直往她身上猛冲过去，槿篱举起双手连连后退。他将她逼到墙角根下。槿篱大叫起来："做什么？这样疯天魔地？"他俯下身子嘬住她的双唇。饿极了的人吃了一顿饱饭似的，他通身舒泰。

23

皮大先生屋后失火的那户人家盖起了新屋，日子过得紧巴巴的。他家婆媳本就不睦，穷下来了，更是三日一小吵五日一大吵，他家大新妇时常气得胸口发闷。过年忙乱了几日,又受了她婆母的闲气,大年初八,这大新妇就发起病来了。

皮大先生虽不行医,因前后屋住着,图个近便,这大新妇便到皮大先生屋下来问药。

皮大先生见她面色潮红,耳后起了硬块,舌苔黄厚,又听得她说颈下、胸上长满了水泡,剧痛无比,便疑心是蛇串疮。叫槿篱帮她解了衣裳查看,说是大小水泡红湿无脓,又把了脉,脉象弦滑,是蛇串疮无疑了。

皮大先生跟那新妇说:"你这病汤药来得慢,不如灸穴。"

那新妇说:"就灸穴吧。我痛得一日也忍不得了。"

皮大先生说:"我不擅灸法。你若信得过,便让我这外甥女帮你试试看。"

那新妇日日看着槿篱习练灸法,又晓得她是何大神针的曾外孙女,便点头应了。

槿篱帮她在足三里、曲池、三阴交两侧各灸了八壮,再用艾条熨热灸血泡处,灸完后疼痛即止。

那新妇说:"眼看着一个小丫头子,如今竟这样有本事了,才没多少功夫便帮我止了痛。"

槿篱说:"只是暂时止了,嫂嫂回去后,约莫三个时辰后又要痛起来了,届时再来灸上一回。"

那新妇回去三个时辰后,果然又痛起来了,心下不禁称叹,连声跟她家人说:"奇了,奇了……那妹子初次行医,竟算得这样准,说三个时辰便三个时辰,想来跟她老外公一样,也是个神医。"

槿篱又帮她灸了一回,嘱她夜里还要再痛,只得暂且忍着,次日一早再来。

次日一早,这新妇来了,槿篱帮她灸过后又说:"五日后便可结壳了。"

过了五日,血泡果然结起痂了。那新妇喜得逢人便说:"那何大神针的曾外孙女跟她老外公一样,神得很!说五日结痂便五日结痂。"

灸了十日,血泡都消了,痂皮脱落,那新妇便一切如常了。人见夏槿篱轻轻快快治愈了蛇串疮,便也试探着到皮大先生屋下来就诊,槿篱由此开始行医。

黄武全并未在夏槿篱心里留下多少痕迹,虽被他强压着亲了一回,她却并未当真。她是个有主意的人,惯于先拿了主意再加行事。那不明不白的一场亲昵,尚不足以让她拿定主意,甚至不足以让她考虑是否要拿主意。

她拿定了主意要将医术传于天下人,便一心一意钻在医术里。

黄武全却日日悬着心。起初悬心的是夏槿篱要来逼婚。时日久了,却又悬心她不曾露面,不知做的什么打算。

夏槿篱并无打算,只顾治病救人,不到半年便在樟树镇有了些名声。

端阳节将近,黄武全想着夏槿篱兴许要来临江看望秦大老爷,悬着的心上又添了一丝酸味。他并不想跟夏槿篱定亲,却又忍不得她与秦大老爷相会。

他的心又跟大年初七那日一般七零八落割痛起来。端阳近一日,割痛便多一层。若不是樟树镇离得远,直恨不得再冲过去将那夏槿篱怎样一番。

端阳节前一日,心上的痛楚掩不住浮到了面上,黄武全一早起来便有些失魂落魄的。侯晚玉问:"这是吃多了朱砂吗?怎的变得这样蠢了?珍珠粉也不晓得研了?"武全才发觉自己把珍珠粉洒了一柜。

看着满柜的珍珠粉,他猛然把心一横,抽出块绢子将筛好的珍珠粉悉数倒了上去。

"你做什么?"侯晚玉问。

武全将绢子包好,一把塞进怀里。

"拿了我家的珍珠粉去做什么?"

武全说:"在我零用里扣便是。"

侯晚玉说:"这可是你说的!下半年的零用可就没了。"

武全懒得跟他细算,又去牵店里的驴。

"牵我家的驴做什么?不是店里的事,不能骑店里的驴。"

武全又说:"算我租用的,在我零用里扣便是。"

侯晚玉拦着说:"你一个当学徒的,能有几多零用?买了珍珠又租驴,钱早扣光了。"

武全揉了侯晚玉一下。侯晚玉大叫起来："你个小学徒，竟敢打少东家？"

武全才想起他师父还在店里，抬头看时，侯秋林正端着烟枪站在远处看着。

武全咬了咬牙，跨上驴背去了。

"嘀嘀笃笃"的驴蹄颠到了薛家渡。上了渡船，武全心绪缓了下来，几次想要调头回去，船却只往前开。

他中意那夏槿篱吗？似乎并不十分中意。他只是忍不得她跟秦大老爷相会。他看着天上的云，飘到东边便遮不住西边的天，飘到西边又遮不住东边的天。他忍不得夏槿篱跟秦大老爷相会，只得像这天上的云一般，亲身飘过去与她相会。

他不禁生起一丝怨愤，怨那夏槿篱不像静仪姐姐那般令他一见倾心，又怨她令他这般难以舍弃。

他气汹汹跨进了皮大先生的门槛，皮大先生正从楼上往下吊石灰。他迎着扑扑的石灰粉往楼口上看，掏出珍珠粉往上一递："送给叔爷过节的。"

"什么东西？"

"珍珠粉。"

"我糙汉子一个，要珍珠粉做甚？"

"叔爷送给那些勾栏里的姑娘便是。"

"小崽子，说什么浑话？"皮大先生笑，"我哪有什么勾栏里的姑娘要送珍珠粉的？你也是个奇人，大过节的，不送馒头、粽子，却送起珍珠粉来了。留给槿篱丫头吧。"

自然是留给夏槿篱的，不过是先见了皮大先生，又没带别的东西，假意拿出来应个景。

"槿篱在哪里？"

"摘粽叶去了。"

武全帮皮大先生把雄黄拌进石灰里，留着端阳节洒在墙根下驱虫。

皮大先生说:"我这屋下如今要变作医馆了。不是过节,这厅上每日里来来去去都是看病的人。"

武全问:"寻叔爷的还是寻槿篱的?"

皮大先生说:"我是起过誓不再行医的。"

武全不料分别数月而已,夏槿篱竟如此出息了。她的心思,原来都在这里。他日日悬着心,她竟一刻也不曾挂怀。他再不飘到她的天上去,莫说秦大老爷,光是这些病人便足以将她的天地挤得严严实实。

"槿篱妹妹在哪里摘粽叶?"

"不晓得,总在这近前哪里。"

武全往屋后园子里寻去。寻了许久,只见着许多先前跟他挤眉弄眼过的妹子,不见夏槿篱的踪影。

妹子们假意摘采粽叶,围着他转来转去。他一一拱手施礼,又急急地接着寻人。

情急时,他是耀目的。身姿格外英挺,面容格外莹润,利落的行止中带出一股天然的倜傥劲儿,眼风过处如落英缤纷。

不论是怒、是喜、是恼、是恨,只要是情急,他那盈盈的桃花眼里总像盛着一腔深情。

他深情的双眸引得妹子们心如撞鹿,又不敢趋近。

这腔深情,为着哪位美人?

他寻不着夏槿篱,亮开嗓门喊了起来:"夏槿篱,你死到哪里去了?"

夏槿篱?妹子们面面相觑。这样的一双眸子,竟会将夏槿篱看在眼里?

……定是哪里出了差错……

是了。那夏槿篱是皮大先生认作外甥女的。这黄家少爷与皮大先生交好,出来寻那夏槿篱也是情理当中的事。他自然是看不上那个疯婆子的,不听他喊她"死到哪里去了"吗?心尖儿上的人,怎舍得这样喊?

他一遍遍喊着:"夏槿篱,你死到哪里去了……"

他定是寻那疯婆子寻得着了恼。

他一路喊,一路将暗中心仪他的妹子引了过来。一个人喊成了一溜儿长队。

夏槿篱狗一样从棕叶里钻了出来,身着男装,粘了一头一脸的蛛网,嬉笑着问:"哥哥怎的来了?可是来给皮大先生送节的?"

黄武全问:"你跟我不跟?"

夏槿篱"啊"了一声。

黄武全又问:"你放不放得下别个男子,只跟我一人?"

围观的妹子们张大了嘴,他不光是来寻这疯婆子定情的,还是来寻她放下别个男子后再跟他定情的。这么疯疯癫癫的一个丫头,何德何能得他如此垂青?

夏槿篱定定地看着黄武全的脸。她晓得,这回是该拿主意的时候了。她一动不动地看了他老半天,慢慢吐出一个字:"好。"

24

夏槿篱叠好她外婆的嫁衣收进箱子里,轻轻关上满箱陈年的香气。这箱子,她将永不再开启。

那高声喊她只许跟定他一人的男子,将给她怎样的情怎样的意?他的情意有没有跟着那侯家小姐离去?还留多少在她这里?

她哽着喉咙将下颌扬起。留多少是多少,她不在意,拿定了主意便是拿定了主意。

她跟外公、外婆知会:"即日起,我跟黄家少爷一起。"

她外婆大喜:"这可好了!你二人原是天造地设的一对。"

她外公作揖:"果真是菩萨显了灵,给我这样好的一个外孙女婿。"

黄武全好吗?确乎是好的,好在侯家小姐那里。她却姓夏,名槿篱。

她不是他的意中人。他也不是她的意中人。他们将一生一世在一起。

她返回皮大先生屋下，继续习练飞针，直至天色微明。她要去辞一辞她的意中人。

她的意中人簇拥在一群随从里，青竹为身，白玉为面，朗星为目，悬胆为鼻……她极想触一触这张远观了六七年的脸。

这张脸与她隔得天宽水远。他站在江风漫卷的堤岸边，膝头有野茼蒿在挠扰，眼目有金龙舟在牵扯。

他无暇看她一眼。数十条龙舟横呈在江面，江上鼓声震天，岸上呼声撼地。

她一身男装，站在震天撼地的鼓点与欢呼里，遥望着叫她情窦初开的男子。

未穿红衣，他能否将她辨认出来？攘攘人流江波般推涌，他如何看得见她的脸？

她屈起膝头，朝向他站立的方位跪了下来。前头的人慌忙一闪："哎哟妹子！可别拜着我了！我可当不起的！"

人潮自行退出一条路来，由她膝下延伸至他的身畔。他转过脸来，循着这路将双目送了过来。他的目光，碰上了她的脸。她举起手来，倒头拜了三拜。

他一动不动凝望着她的脸。

她轻轻地哼起歌来，唱的是："贫者流离非得已，富者何为复行贾？辞家转盼七八年，出门辗转数千里。不惜家园久别离，哪堪道途多梗阻。陆行既怕豹虎侜，水浮又恐蛟龙得。一朝疾病兼死亡，十万腰缠亦何益？吁嗟呼！上有高堂白发垂，下有闺中少妇朱颜开。稚子成行未识面，劝君束装归去来……"

人潮随着龙舟拥到下游去了，她的歌声萦回在蔓草丛生的堤岸上面，和着远处隐约的鼓点。

25

夏槿篱望着决云堂的招牌提了提神，跨过门槛朝里面喊："黄武全，你出来。"

大过节的，店里没什么人。当然，侯秋林还是坐在堂上的。

黄武全探头探脑从前柜下直起身来，偷摸扫了他师父一眼。

夏槿篱大刺刺冲着他说："我才去拜别了秦大老爷，日后再不与他会面。"

黄武全忍不住露出点美滋滋的笑意："倒也……不定再不能会面……"

"少废话！"夏槿篱说，"你那点歪歪肠子我不晓得吗？再会面，你不把天翻了才怪！"

黄武全满意地绽出一个大大的甜笑："这可是你说的哈，我可没逼你。你日后再不可与他会面。"

夏槿篱把双手握在他双手上面："你告个假，随我去趟永泰。"

黄武全又扫了他师父一眼："我这媒人还没请呢。"

"请什么媒人？我替你做媒便是。"

"真的假的？"黄武全不敢置信，"我可当真跟着你去了。"

"跟来便是。"夏槿篱把手一挥领头去了。

黄武全看了看被夏槿篱握过的手，壮着胆子蹭到他师父身边。他师父闷声抽了一会儿烟，挥挥手随他去了。

夏槿篱大步流星走在前面，黄武全试试探探跟在后面，不看二人相貌，倒像她是男子，他是女子。

这女子竟要亲身给自己做媒，黄武全从未听过这样的事。这样的事，究竟是好是坏？他左右摇摆的性子又发起作来。

若不是夏槿篱追来，他断然没有这样快去提亲。

已近正午了，就这么走过去怕是天黑也到不了永泰。黄武全说："雇辆马车吧？"

夏槿篱说："雇什么车？要快，便租匹马吧。"

黄武全原想着女子不便骑马，这才想着雇车，听得夏槿篱这样说，才想起她不似寻常女子。

二人租了匹油黑的大马，黄武全率先跃上马背。夏槿篱不待他招呼，一个翻身也跃了上去，翩翩地落在他身后。

换作寻常女子，断然没有这样灵活的，黄武全暗自赞了一声。

夏槿篱扶着黄武全的后腰，旁人看来，二人便似一对小夫妻了。男子俊美壮实，女子明艳丰腴，这便是旁人眼里的黄武全与夏槿篱。二人轻骑慢跑出了清波门，一路载欢载笑，可谓招摇过市。

实则直待出得城来，黄武全才真正开始谋算他与夏槿篱的亲事。

这一世，他原是铁了心要娶他静仪姐姐的，却不料即将要娶的会是夏槿篱。他有些缓不过神来，虽则明明是他自己跑到樟树镇去追着夏槿篱应承的。

他谋划过一百回追着静仪姐姐应承，却不曾当真做过一回；他做梦都未想过要述取夏槿篱，却稀里糊涂追到了樟树镇去。

人说世事难料，果然世事难料，他从未料到自己的姻缘竟会在这里。

到了丁家渡，黄武全想起发鼠疫那年，他头一回独自一人过渡。那时他不过十四五岁，硬着头皮假装到樟树镇上去寻人跳魁。他原以为兜兜转转、费尽心机，是为着救他村上人的命，却不想，原来那场假戏是为着把夏槿篱引到他的生命里。

他有些茫然，亦有些欢喜。

直到夏谷禾说已将夏槿篱许了侯顺良，黄武全才不再茫然。

他把拳头往夏谷禾面前的八仙桌上一捶："槿篱妹妹这般聪敏，怎能配给那样一个憨子？"

"憨子？"夏谷禾说，"憨子给了我这些银子下聘。你不憨，来了个光人就想弄走我的人？"

"要银子，我日后只怕不止孝敬你这十倍，不过是需得等待些时日罢了。那憨子有什么本事？花完这些，日后就断了根！"

夏谷禾算计着，不得不承认确是这个理，只是远水解不得近渴，便说："你自去筹了银子来，我便将这些退了去。"

第五章　战祸

黄武全把碗口般粗壮的胳膊一抡："我先去打得那憨子自行过来退了聘礼,再论筹银子的事!"

出得门来,黄武全先将夏槿篱稳稳地抱上马背,自己再翻身上去。这一回,他要将她拥在身前。他已笃定,要娶她为妻。

二人又奔回临江府去。进城时,清波门已关了大半。夏槿篱说："今日先歇了吧,明日再论。"

"明日?哪里还有明日?"黄武全猛然将她搂紧,下颌抵在她的鬓发上使劲一蹭,"今日我便要将那癞蛤蟆想吃天鹅肉的侯憨子打得满地找牙,看他还敢不敢娶你?"

夏槿篱一缕鬓发散落下来,夜风里荡着她的脸。她恍然附着在了那缕发丝之上,有种柔软的缱绻。

二人来到县衙前,黄武全奔到内衙后角门上去喊："侯顺良,你给我滚出来!"有个衙役探出头来呵斥："嚷嚷什么?不要命了?"武全答："不要命了!速速给我喊了那大马猴出来!"那衙役听得是寻大马猴的,幸灾乐祸去了。想来侯顺良那伧伧冲冲的性子,平日在衙门里没少得罪人。

顺良一脸茫然地佝着身子往外看了看。黄武全二话不说,上去便是一拳,打得他跌出门来。

"你疯了吗?打我做甚?"

"疯了的是你!你吃饱了撑的,跟我槿篱妹妹提亲做甚?"

"槿篱妹妹何时成了你的?"顺良奇问,"你不是倾心静仪姐姐吗?"

提到他静仪姐姐,武全的怒气才稍稍顿了顿："是不是我的都不许你去提亲!"

"既不是你的,我为何提不得亲?"

"就提不得!"

"为何提不得?"

"她看不上你。"

"看不上我怎的？看不上我我也要去提亲！看不看得上是她的事，提不提亲是我的事，关你何事？"

"她是我的！我要向她提亲！"

顺良笑："你要向她提亲便去向她提亲就是，跑来打我做甚？"

武全气结："你娘的在我前头提了！我还怎的去提？你娘的赶紧给我去退了聘礼！"

"你提得，我自然也提得，我为何要退？她看不上我，说得好似便能看得上你似的？"

"她当然看得上我！她已应了我的！"

"应了你？"顺良看向槿篱，"你应了这龟孙子？"

槿篱说："应了。"

"不对呀，"顺良说，"你中意的不是秦大老爷吗？怎的应了这孙子？"

"谁中意秦大老爷？"武全一把揪住顺良的头巾，"再要狗嘴里喷粪，我拔了你的舌头！"

"你拔了我的舌头她也中意秦大老爷呀！这事临江府哪个不知谁人不晓？"

黄武全铁样的拳头软了下来，拧紧了双眉看向槿篱。夏槿篱借着夜光看见他盛怒的双目朦胧起来，好似剑雨变作了飞花乱。一伤了心，他便是这样的。

武全缓缓挑动眉尖："你说她中意秦大老爷？"

顺良嗫嚅着："本来就是嘛……"

"你说她中意秦大老爷？！"武全陡然提高了声气。

顺良吓得一激灵，刚要再说什么，只见两只拳头雹子一样落了下来。

"中意秦大老爷？！中意秦大老爷？！她还中不中意秦大老爷？！……"

顺良抱着脑袋缩在地上，"嗷嗷"如幼犬低吠。

黄武全打得累了，将侯顺良往墙角一推，转面揪住夏槿篱的衣襟，饿狗舔食般亲了下去。

夏槿篱闷得透不过气来，挣扎着直往墙根下蹭。黄武全扳正她的脸，将她

第五章　战祸

105

揉到侯顺良面前:"看仔细了,她嘴上的胭脂都被我给吃了,她是我的女人!再敢说她中意别的男子,我要了你的命!"

侯顺良"哇啦"一声哭了起来:"槿篱妹妹是我先看上的,你怎能这般不讲道理?"

26

临江府清江县的内衙里面,秦镛倚在案头翻着书卷。一个身形瘦长的侍役走了进来。

"顺良来了?"秦镛搁下书卷,"我便猜着你今夜要来。"

"这如何猜得着?"侯顺良揩了揩鼻尖,"大老爷怎的不问我为何这般鼻青脸肿的?"

秦镛仍是不问。

侯顺良只得自行接下话去:"我跟槿篱妹妹的亲事怕是不成了,我明日要去永泰退聘礼了。"

"我晓得,"秦镛笑了笑,"她今日拜别了我。"

"哪个拜别了你?槿篱妹妹?我怎的不曾瞧见她来寻你?"

"她相中的是什么人?"

"是我那蛮不讲理的小师弟,"侯顺良不以为然地撇了撇嘴,"姓黄名武全的,大老爷也曾见过的。"

"果然是他。"秦镛说,"我早猜着,该当是他。"

"这又如何猜得着?"

"猜得着呢。"秦镛还是笑了笑,"他俩原是天造地设的一对。"

被秦大老爷、皮大先生、夏槿篱外婆当作与夏槿篱天造地设般相配的黄武全,此刻却软恹恹骑在马上。制服了侯顺良,他心里着实畅快了一阵,可过不多久,却又想起侯顺良说过的那些话来:

"你中意的不是秦大老爷么？怎的应了这孙子？"

"你拔了我的舌头她也中意秦大老爷呀！这事临江府哪个不知谁人不晓？"

想起这些话，黄武全又气闷起来。他自然晓得夏槿篱是中意秦大老爷的，只是她已许诺过再不与秦大老爷会面了，他便以为自己已然丢开了此事，毕竟他也晓得夏槿篱跟那秦大老爷并无实情，不料听得那侯顺良莽莽撞撞喊了那么几句，他还是跟被毒蜂蜇了样的。

夏槿篱仍旧坐在他身前，满脸兴冲冲地左顾右盼，丝毫不曾觉察他的心绪。

于男女之情上，黄武全总是容易陷入一种混乱的局势里。

他的静仪姐姐明明有个张宝祥，他却总觉着她的心在他身上；夏槿篱明明此刻正与他并骑在一匹马上，他又觉着她的心在秦大老爷身上；还有那侯眉儿，明明让他厌烦得很，他却又时常忍不住软语关怀。

他并不十分明白自己，一不留神就把自己编织在一堆乱麻里，却又不愿挖空心思去解开麻团，只任由一堆麻烦缠绕，美其名曰顺其自然。

或是说，他指望自己稍稍有所暗示，麻团便能自行解开。

此刻便是如此，他阴沉着脸，盼着夏槿篱主动贴近身来，柔情地给他安抚。

他盼着她说："别听那侯顺良胡言，我中意的是你。"

只需这一句，他即刻便可释然。

偏生那夏槿篱连头都不曾回望一眼，虽轻贴着他胸口坐着，却如同远在天边。

她那样精灵，怎会浑然不懂他的心思？不过是懒得理他罢了。有意装出这个样子，只因压根就不愿给他安抚。她的心从来就没有多少在他这里，高兴或是难过，都是他自己的事。黄武全这样想着，心下越发烦乱。

夏槿篱却仰起头来问："武全哥哥饿了吗？奔忙了一整日，夜饭还没吃呢。"

他看见她小小的脸——他从未想过自己有一日会觉着她的脸是小的——她小小的脸上挂着明快的笑靥，绿草地里轻风掀动的小黄花样的，一摇一摆一闪一闪。

"武全哥哥想吃什么?"

他得着了一丝丝儿关怀,心绪即刻平伏了一点。

"那边有个卖粽子的,我去买两只。"夏槿篱哧溜一下滑下了马背,蹦跳着跑到一个小摊前。

他几乎就要原谅她了。他那漫无边际的烦乱,实则只需她三两句软语温言顺一顺。

只需再关怀两句,他便可暂且从麻团里抽身出来。

"哥哥要豆子的还是不要豆子的?"偏生夏槿篱凑了这么一句。

豆子?黄武全心下一梗。他跟她说过他是不吃豆子的,她却问他要豆子的还是不要豆子的?

"我吃豆子的,那哥哥也吃豆子的吧。"夏槿篱自顾地做了判断。

她竟做出了这样一个判断?果然,他的话,她是从来都不记得的。

夏槿篱剥了个粽子,踮起脚来送到他嘴边:"武全哥哥尝尝看。"

秦大老爷的话她也会不记得吗?她待秦大老爷可是样样细致得很。

"哥哥怎的不吃?"夏槿篱收回粽子,往自己嘴里送去。

秦大老爷不吃,她也这么只顾着自己吃吗?黄武全又烦躁起来,只觉她淡黑的圆脸跟个土钵子似的,也不知先前怎的会看出娇小来。她津津有味地嚼着粽子,可恶得很。

夏槿篱攀着他的腿爬上马背。黄武全默默地往后挪了挪身子。一个中意别人的女子,是不配与他贴身共骑的,他有意在两人之间隔出一条空隙来。

夏槿篱摇头晃脑啃了一会儿粽子,突然扭过身来往他嘴里一塞:"哥哥也吃一口呗!"

黄武全闪避不及,粽子恰巧塞进嘴里。

"你不晓得我不吃豆子吗?这种圆圆小小的东西,我跟你说过,我最看不得。你还往我嘴里塞?"黄武全气得几乎恨不得把她推下马背。

夏槿篱"咯咯"笑着:"我这不是怕你饿吗?你不吃豆子,我帮你换了不搁豆子的来。"

"换什么换？早上哪儿去了？我明明跟你说过不吃豆子，你还硬要买了搁豆子的来。"

"我不是见你平日下酒时也吃豆子的吗？"

"那是炒的。我跟你说过，炒得干干爽爽的我是吃的，这种湿湿软软的不吃。"

夏槿篱扯了扯下唇："这哪里记得清？"

"怎的记不清？心思不在罢了。"

夏槿篱皱了皱眉："怎的扯到心思上去了？一个粽子而已，多大个事？"

"这是一个粽子的事吗？这是你的心！"

"我的心怎了？我的心是黑的？存心买个搁豆子的粽子来恶心你？"夏槿篱也有点动气了。

"你还顶嘴？"黄武全见她一副理直气壮的样子，更是怒不可遏，"自己做了错事，反倒病人凶似郎中，真是混账得很！"

"我做了错事？"夏槿篱指着自己的鼻尖，"我就买了个粽子而已，花的又不是你的钱，我错在哪里？"

"你错在心里没我，却要跟着我！"黄武全终于喊了出来。

"我见了你的鬼！"夏槿篱把吃剩的粽子往他脸上一拍，"你要发疯上别处发去！姑奶奶懒得陪你。"

黄武全脸上粘了糊糊的一团，再顾不得脸面，又惊又气地叫着："你敢打我？你竟敢打我？秦大老爷这样你也敢打吗？果然，你心里是十万个看不上我的！你心里只有秦大老爷！秦大老爷不要你，你才跟着我！"

夏槿篱将他往后一掀，扑通一声跳下马去。

黄武全还要再说，却又不敢说了。夏槿篱气咻咻一径乱走，从鞭子街一路走到了夹城巷。黄武全不愿驱马去追，却也不敢掉头离开，只得不远不近跟着。

眼看到了后半夜了，黄武全想着：这夏槿篱早起从樟树镇上跑到临江府来，随我跑了一趟永泰,这又在街街巷巷里走了大半夜,只怕脚板早磨破了。这货性子刚硬,便是走断了脚也断然不肯告饶的,再这么着也不是办法。

于是软下脸来说:"莫乱走了,夜深了,这城墙边冷清得很,快上马来。"

夏槿篱说:"我这样的混账女子,配得上你的马吗?"

黄武全忍了忍气,说:"怕是嫌我配不上你吧?"

夏槿篱睖了他一眼,万分失望地调转头去,又要接着乱走。黄武全身形一矮,一把将她捞上马背。

夏槿篱倒转着落在黄武全身前,慌忙抓住马鬃,歪斜着稳住身子。黄武全马鞭一甩,将坐骑催得发足狂奔:"你拧哦?我看你能硬到哪儿去?"

夏槿篱倔强地爬了起来,费力坐直身子,与他隔出一条缝来,一星儿也不肯挨着他的衣衫。

黄武全将马鞭甩得噼啪作响,打爆竹样的。夏槿篱左颠右晃,紧紧揪着马鬃,半点也不肯向他靠拢。

"你就不能哄哄我吗?"黄武全嘶着嗓子大喊起来。

夏槿篱仍旧直愣愣绷着身子。

"你就不能说心里只有我吗?"

夏槿篱僵着身子定了一会儿,缓缓扭转脸来,脸上疑疑惑惑的。

"我都这样说了,你还不肯应一声吗?"黄武全绝望地仰面向天。

夏槿篱看着他的下颌。这下颌曾磨蹭在她的鬓边,它此刻悬仰在她的眼前,有种柔软的孤单。她伸出手去,摸了摸它正中一条浅浅的小沟。这小沟,俗称美人沟。相传生了美人沟的人,一生都将在情爱里辗转。

她微启双唇,在黄武全注定要为情所累的下颌沟上印了印。

黄武全诧异地低下头来,眼里残存着软弱的怒气。她直起身子,在他雨落桃林般纷乱的双眸上亲了亲。

黄武全负气地扭转脸去。夏槿篱将他的下颌捏正过来。他又扭转脸去,她又捏正过来。她轻声问:"你要什么呢?"

他要什么?他要她的心!可她的心不在他身上。他忍不得她的貌合神离,却又舍不得弃她而去。他恼恨自己一旦动起情来便如女子般优柔,却又对这优柔无能为力。

"你要什么呢?"她还在问。

他丧气地甩了甩脑袋。她猛然调转身子,双腿往他胯上一挂,胸口浪一样往他身上一顶,一口噙住了他的舌尖。

"你要什么呢?"

他在搅动的舌尖里翻天转地,脑袋里"嗡嗡"有声,双目瞎了一样沉入暗地,心尖在盲目的虚空里乱窜。

"你要什么呢?"她钩着他的脖颈。他身下铁锤一样坚硬。

他要的就是这个东西。等到她给了,他才晓得自己想要的。做不成她头一个心上人,便做她头一个身上人。

"你还要哪里?还要哪里?"她水葫芦一样吊在他胸前。他一手攥着缰绳,一手托着她的后背,止不住全身战栗。他要人迹未至的城池,他要独一无二的领地。他跃下马背,扯着她一劲儿往僻静处钻去。她跌跌撞撞跟在后面,发丝时而挠着他的手腕,他周身虫爬蚁咬般痒痛不止。他在难耐的痒痛里将她往草堆子上一掀,她被窝面子一样铺展开来。再没有比这更好的事。她的身子桃一样掰了开来,熟透的蜜汁漫溢。他在汁水里起落,寻得了他的安宁。人人都说他们是天造地设的一对,说的原来是这两具身体。

27

黄武全从未想过与夏槿篱会如此合契,二人一个殷实饱满一个孔武有力,两具身子一旦贴紧,便是刀枪剑戟也分不开。

原来肉的念想,竟可将心的牵念遮蔽。

黄武全自是仍旧牵念他的静仪姐姐,只是沉溺在夏槿篱的身子上,那牵念便如远天里的孤星，无暇举目追寻。他恨不得日日与夏槿篱相伴，虽则自以为对她只有肉欲。

只有肉欲，已够一个血气方刚的汉子失魂。

他不止一次扯着她追问："你是不是只钟情我一人？是不是我一人？"

她起初浅笑不语，问得多了，才敷衍说："是，我只钟情你一人。"

他自然晓得这话并非真心，也曾负气闹过几回，只是回回都被她轻而易举哄了回去。他挣不脱她的身体。不知问到第几回时，她抬手抚了抚他急得发红的双眼，轻声应了句："是。我只钟情你一人。"这一回，她的声气比先前几次都要飘忽，不知为何，他却晓得这一回才是真的。

他终于真正成了她的心上人。

这让他欢喜，又让他伤心。

欢喜是总算赢得了她的心魂，伤心是竟历经了这样曲折的争取。

他自知极讨女子欢喜——当然，这并非轻狂，无数的秋波暗送并侯眉儿的拼力纠缠为他增添着实证——他原以为除了神仙似的静仪姐姐，再没有哪个女子会让他这般费心逑取。

他却为着夏槿篱如此费心，这让他爱恨交织。

而他终究……屈从在爱里。

尽管这爱，他只看见了身体的欢愉。

黄武全迫不及待地要跟夏槿篱成亲："待我大公公允了我们的婚事，我便求着他老人家预备起来，待到中秋过后，我们便把婚事办了。我无父无母，又尚在学徒，少不得委屈了你。只是再不能等了……再不能等。"

夏槿篱轻偎在他怀里。自打作真应了只钟情他一人，她便总是这般乖顺，一扫早先的蛮悍。这让他终于觉着自己是个男人，她是女人。他女人说："万事依你。"

"待得成亲后，我再在决云堂帮工一年，谢了师，便出来贩药，好好孝敬你那见钱眼开的父亲。待得攒够了银子，我们夫妇二人便在樟树镇上体体面面开个药店,欢欢实实过好日子。"黄武全意气风发的。

夏槿篱柔声说:"那夏谷禾讨嫌得很,你若不愿,不认这个丈人亦可。"

"老丈人再讨嫌,到底养了个这样讨喜的女儿出来,仅这一项,便是头功一件!"黄武全哈哈笑着,"再怎么讨嫌,为着你,我也忍得!"

夏槿篱用面颊贴着他下颌处蹭了蹭。他耸了耸鼻梁:"再来。"她又蹭了蹭他的脸。"再来。……再来我便把你扑到草地上去。"

夏槿篱娇笑起来,推开他扑倒过去的身子。二人闹作一团,在临江府到黄武全村上的黄泥路上策马飞奔。

过了枫林铺,漫山栽满了黄栀子。正值八月,一只只将熟未熟的黄栀子小瓷罐子样的在风里招摇,红的、黄的、绿的。

黄武全想起来:"那年在永泰,在老樟树洞里面,我说过要带你到黄栀林铺来看栀子花的。"

夏槿篱想了想:"确乎是说过的。"

黄武全说:"这几年忙忙叨叨的,倒把这事忘了。明年,明年我定带了你来!也好,那时我们都是夫妇了。"

夏槿篱说:"好呢。"

二人说笑着到了黄武全村上。夏槿篱见祠堂口一堆后生正在顶棍子玩,感叹说:"闹鼠疫那年,这村上都快没人了,如今又有了这许多后生。"

"可不是呢?"黄武全说,"真是天大地大不如命大,留得命在,什么都有了。"

有个大眼小后生走了过来:"武全哥哥回来了?武全哥好福气呢,带了个这样齐整的姐姐回来。"

黄武全指着那大眼小后生说:"这小子闹鼠疫那年险些饿死了呢!如今出息得这样灵泛。我还记得他时常追着我讨东西吃呢。"

有人认出槿篱来:"这不是闹鼠疫那年来帮我们村上跳傩的小仙姑吗?武全兄弟怎的把小仙姑带回来了?"

"啧啧啧,"有人笑说,"怪不得人人都想吃药饭,看看武全哥哥,才当了几年学徒,连仙姑都带回来了。"

黄武全只觉心满意足,带着夏槿篱去见他大公公。他大公公听得他要娶这夏家女子,虽有些讪讪的,到底应了他们的婚事。

夏槿篱搬到她外公家去住了。二人只等中秋过后成亲。

中秋前两日,黄武全去广济门外送药,瞅着个汉子有些眼熟。那汉子也像认得他似的,直愣愣瞪着他看。武全一时想不起名姓,忍不住多看了两眼。那汉子见他一再转头来看,便朝他走了过来。

不知为何,那汉子一走近来,黄武全没来由地有些胆寒,不自觉地错身一闪。这一闪,原本要插在他左胸口的一枚钢针便插在了膀子上面。

黄武全捂着膀子大喊:"抓贼呀!有贼人啦!抓住那贼!"

广济门人来人往,黄武全却恰好身在一个空当处,路人各忙各的,无人听见。

黄武全痛得蹲下身来,眼看着那人隐入人流中去。

有人见他倒在地上,凑近来问:"后生怎的了?哪里不舒服?"

黄武全指着远处:"抓贼。贼……"

他听见自己声气微弱得很,想是那针上有毒,否则只插在臂膀上断然不会这样厉害。猛然之间,他忽地记起那汉子是大年初六夜里在樟树镇上巡检司近旁的水塘里救起的那个溺水者。那溺水者为何要用毒针刺他?若非及时一闪,这毒针便刺到心口上去了。

那汉子要杀他!黄武全惊出一身冷汗。

他救那汉子一命,他为何要杀自己?便是垂涎槿篱,都大半年了,就算当夜一时起了歹心,也断然没有过了这样久还追到临江来杀人的道理。

"这不是决云堂的小黄师傅吗?"有个人认出他来,"小黄师傅怎的了?哎呀!这里插着根尖针!"

那溺水者是外地人,大年初六那晚说是到樟树镇上给亲戚拜年,吃多了酒迷了路,眼下都要过中秋了,他怎的还未返乡,又跑到临江来了?

"快去喊了秋林师傅来!他徒弟像是中了毒针!"

黄武全怎么也想不明白,一个外地人因何会对他生起杀心?

28

侯秋林的性子是眼里容不得沙子的,有人伤了他徒弟,他自然要追查到底,药店的生意也不管了,成日里只在广济门依着黄武全说的样子向人打探那行凶者的行踪。

这日他又在广济门向人问询,蓦地里蹿出几个乞丐打扮的人来。他一看那干人等的面貌便晓得并非乞丐。假乞丐们围着他戏耍起来。他艺高人胆大,并不闪避,倒跟他们撕打起来。可怜以一手好刀功闻名临江府的侯秋林师傅,被几个不知名的假乞丐围扯到广济门外的僻静处,竟乱七八糟被数十根钢针插得跟豪猪样的。他两个儿子赶到时,只见到一具冰冷的尸身。

插在侯秋林身上的钢针跟黄武全膀子上的如出一辙,他两个儿子自是将父亲的死因归咎在黄武全身上,一时寻不着真凶,便嚷着要黄武全抵命。

黄武全自忖除了张宝祥之外并未与人结过仇怨,可那张宝祥犯下了命案,再怎么记恨,也断不敢买凶到临江府来杀人。他捶破了脑袋也想不出究竟是什么人这样阴狠。

侯晨玉与侯晚玉把黄武全往死里踢打了一顿,不是侯眉儿跟她母亲拦着,只怕当真要打死了。黄武全自认他师父终究是受他牵连,任由他们打着撒气。

秦大老爷带着一干人等赶过来时,黄武全已被打得口鼻流血。

自打跟夏槿篱定下终身后,黄武全不止一次想过要怎样英武地出现在秦镛面前,毫不留情地将他比下去,不料再碰面时,竟是这般情状。

秦大老爷令忤作查验了一番,并未寻着什么线索,只得命人详查当日进出广济门的各色人等。

黄武全跪在他师父的尸身前,如在梦中一般。秦大老爷见他一身是血还那般伤痛,走近去说:"莫跪着了,再自伤也无用了。"

黄武全含泪抬起头来:"怎会如此?如今这世道怎会如此?我好端端地走在路上,怎会突然被人刺伤?我师父不过是想查明贼人来路,怎会青天白日被人刺死?再骇人的噩梦,也没有这样梦的。这世道是没有王法了吗?你们这些官老爷们是做什么吃的?"

"王法?"秦大老爷冷哼一声,"乱世之下,何来王法?我们这些官老爷?我一个小小的知县,何德何能担得起你唤一声'官老爷'?我倒想跟你一样问一问,他们这些官老爷是做什么吃的?"

黄武全听不明白:"乱世?他们?"

秦大老爷说:"如今张献忠、李自成已在武昌、襄阳两地自立为王,还算不得乱世?他们只管敛财,不该受百姓质问?"

黄武全一介草民,并不热心国事,只知如今匪兵四起,并不知晓有人自立为王,更不知秦大老爷所言"他们"究竟是何人。

"如今这世道,莫说白日里杀个人,便是灭座城也是常事!"秦大老爷说,"那黄虎、黄娃子固然可恨,可是他们!他们……"

黄武全听得目瞪口呆,也不知黄虎、黄娃子所指何人,只道跟他一样都姓黄,唯恐他们也是江夏黄氏的后人。

秦大老爷玉一样的白面上泛起铁一样的坚硬:"你且莫再哭了,日后杀人越货的事还多着呢,你有的是哭的时候。"

侯眉儿同她母亲早已吓得止了哭声,瑟瑟地偎在一起。那侯晚玉却不以为意,还板起脸说:"话可不是这样说的,世道再乱,杀人偿命欠债还钱也是亘古不变的理!我爷在临江府也算得上是一号人物,秦大老爷若是查不出真凶,只怕这临江府的人明面上不敢说,私下里却免不得要骂大老爷无能……"

"放肆!"一个跟着秦大老爷的典吏听得"无能"二字,揪住侯晚玉便要掌嘴。

秦大老爷拦着说:"真凶自然是要查的,适才一番话,不过是秦某见黄家小哥悲痛过逾,给他提个醒而已。"

"悲痛?"侯晚玉冷哼一声,"我爷原是代他死的,他此刻只怕庆幸得很,有何悲痛可言?要我说,要查真凶,便该自他开始拷问。"

秦大老爷也冷哼一声:"秦某不才,如何查案,却还无须劳动一个黄口小儿指点。"

"哎?!"侯晚玉两眼一白直起身来,"知县老爷怎的骂起人来了?我侯晚玉好歹也是决云堂的少东家,做了这些年的生意,怎能以黄口小儿相称?这黄武全是大老爷什么人?竟让大老爷这般维护,不顾往日斯文?"

黄武全是秦大老爷什么人?黄武全是心心念念要把秦大老爷从夏槿篱心里赶出去的人。侯晚玉却说这秦大老爷不顾斯文出言维护于他。秦大老爷维护了他吗?不论有意无意,确乎是维护了的。黄武全一阵愧疚。他时常巴望着世间从未有过秦大老爷这号人物,这号人物却在这样的紧要关头对他出言相护。

秦大老爷无意再跟侯晚玉夹缠,领着一众人等去了。那先前便想教训侯晚玉的典史走了几步又反转身来,当胸一脚将侯晚玉踢翻在地。

黄武全迷迷茫茫站起身来,晃晃悠悠往决云堂走去,路上遇着一个相熟的后生,便扯着问:"你可晓得如今是乱世?"

"乱。"那后生说,"男盗女娼,饿殍遍地,可不是乱?"

黄武全说:"不是这个,我是说,如今有什么黄老虎、黄娃子自立为王了,你可晓得?"

那后生说:"什么娃子、老虎?我只管吃饭、穿衣,哪个称王我还不是要吃饭穿衣?管他哪个称王称霸!"

黄武全又拦着个老者问:"老先生可晓得如今有个黄老虎自立为王了?"

那老者说:"后生仔问的是黄虎吧?是张献忠。"

黄武全说:"我不晓得是什么黄虎还是张献忠,就是自立为王的那个。"

老者说："那便是张献忠了。在武昌自立为王了，自称大西王。"

黄武全狠命揪了自己一把，手臂上钻心的痛。不是梦。不是梦。当真有人自立为王了。他师父当真死了。

"后生仔莫要这样。"那老者说，"悠悠万世，王者争霸本是常事，只不过人活一世匆匆数十年，生逢太平时，便当作太平之世方是常情。小老儿虽未亲历战事，却时常听得说书人讲古，自古太平盛世，至多不过百年。你我遭逢乱世，却也无甚稀奇。"

好一个无甚稀奇。黄武全只得带着晴天霹雳的震荡，投入这无甚稀奇的乱世里。

29

决云堂的侯秋林师傅无故被人杀了，这事迅速在临江药人中传开。夏槿篱起初只当是讹传，听得多了，才略略悬心起来，却也并不十分当真，只想着空跑一趟求个心安，顺道看看武全，三日之后才动身前往决云堂去探看。

进得府城来，只听街头巷尾都在谈论这桩命案，她才心下一凛，确知真有其事。

策马奔至决云堂前，只见店门紧闭，门口贴起了白联，夏槿篱猜着侯家人是返乡做白事去了。黄武全是侯秋林的徒弟，自然也要跟着去的。

决云堂隔壁药店一个小伙计探出头来问："妹子是寻决云堂的人吗？"

夏槿篱点头说"是"。

那伙计说："秋林师傅也不知前世作了什么孽，无端被人用毒针插死了。那毒针足有半尺来长，插得满身都是，好不骇人。"

夏槿篱问："你可晓得他家住经楼哪里？"

小伙计说："不知在哪里，只听得他老人家平日里说是离集市不远。"

夏槿篱便往经楼集市上去，一路上还悬心着不易找寻，到了经楼，却哪里需得她找寻？人人都晓得那无端被人刺死的药师家住哪里。夏槿篱循着路人的指点,不消多少工夫便寻得了侯秋林住处。

侯家门外挂满了挽幛,一个个披麻戴孝的人穿梭往来,他家屋子孤落落盖在一个小山坡上,被这凄怆的热闹衬得越发孤单。

夏槿篱下了马,缓步朝着屋子走去。有个人横刺里厉声喝问:"你来做甚?"

夏槿篱扭头一看,是侯晚玉,便行了个礼说:"我来拜拜秋林师傅。"

"你是什么人？也配拜我爷?"侯晚玉骂,"若不是你跟黄武全这对狗男女作怪,我爷怎会死于非命?"

夏槿篱听这意思是怪她跟武全害了秋林师傅,心下甚是奇怪,却也不愿向他细问缘由,只想快些拜了秋林师傅,再去询问武全。

"你还敢硬闯?"那侯晚玉见她意图进门,跑上来搡了一下。

"莫说相识一场,便是素不相识,如秋林师傅这般德高望重的老药师,我身为药人,途经此处,也该下马祭拜。"夏槿篱说得恳切。

"人人都拜得,唯独你这样的浪货拜不得。我爷一世清明,你这下贱胚子莫要拜脏了他老人家的名声。"

夏槿篱体恤他丧父之痛,无意与他争执,便说:"那我就在此处拜拜。"

夏槿篱刚要跪下,一泡牛粪噗地摔在她身前地上,抬眼看时,侯眉儿正气咻咻站在远处,手里拿着个粪臿子。

夏槿篱换了个地方再跪,侯眉儿又噗地浇了泡牛粪过来。

如此五六回,夏槿篱不再挪步,直挺挺往稀烂的牛粪上跪去,依着灵前祭拜的规矩,行了三跪九拜之礼。

那侯眉儿非但不感其心诚,倒气得大骂起来:"屎尿般腌臜的东西,莫在这里装好人,速速给我滚远些!"

夏槿篱见她容颜憔悴,如一大朵揉脏泡涨了的白纸花,倒也不忍跟她斗嘴,只问:"黄武全在哪里?"

侯眉儿冷哼一声:"我便晓得你这烂淫妇是来纠缠我武全哥哥的!否则哪

有这样好心,特来祭拜我爷爷?"

夏槿篱因怕徒增侯眉儿伤心,有意对黄武全以全名相称,平日里,她也是亲亲热热唤作"武全哥哥"的。侯眉儿却丝毫未解其中善意,只顾骂着:"若不是你这破浪淫妇,我武全哥哥怎会招上那些贼人?我爷爷又怎会无故丧命?"

夏槿篱听这意思,像是她武全哥哥也招上了贼人,不免有些悬心,便追问说:"黄武全现在哪里?"

侯眉儿听得她一径询问黄武全,更是气不打一处来,指着侯晚玉说:"你是死人吗?还不赶紧把这烂娼妇拖走,由着她在爷爷灵前作骚?"

"你没死,你怎的不把她拖走?!"侯晚玉回骂了一句,走上前来推搡夏槿篱,"快走快走!这里不是你作骚撩汉的地方。"

"待我见得黄武全无恙便走。"夏槿篱扎稳了身子,侯晚玉竟推搡不动。

"武全哥哥是我家学徒,在我家中自然无恙,何须你来验看?速速给我滚开!"侯眉儿也动起手来。

夏槿篱任由他兄妹二人推打着,只说:"今日不见到黄武全,我是不会走的。"

"嘿!你还来了劲儿了?"侯晚玉反身拿了根孝杖过来,"再赖着不走,我便打断你的腿。"

夏槿篱四面望望,不见黄武全,便扬声喊了起来:"黄武全,黄武全……"

侯眉儿夺过她哥哥手里的孝杖,劈头便是一棍:"你再喊?"

夏槿篱反手抢过她的棍子,那侯眉儿忽地往地上一趴,梨花带雨号哭起来。夏槿篱抬眼看时,黄武全已从屋下冲了出来。

"武全哥哥!"侯眉儿哀声叫着,"这夏家妹子发起蛮来,硬要打我!"

夏槿篱一脚拨开侯眉儿,也跟黄武全一样向他直冲过去,二人瞬时聚在一起。夏槿篱缓缓抬起手来,摸着黄武全的脸问:"怎的搞成这样?"

黄武全不顾脸上青肿,捧着夏槿篱的手紧捂在自己脸上。

侯眉儿又叫了一声:"武全哥哥,这夏家妹子打我!"

黄武全恍似不曾听见侯眉儿喊话似的，只捂着夏槿篱的手说："我……害死了我师父。"

夏槿篱一咯噔：那侯晚玉说是竟是真话？秋林师傅真是武全害死的？

"怎会这样？"夏槿篱问。

黄武全将来龙去脉细述了一遍。夏槿篱边听边止不住问："怎会如此？怎会如此？"

黄武全说："秦大老爷说，如今是乱世，乱世之下诸般乱象都是有的，日后只怕愈发混乱。"

"乱世？"夏槿篱喃喃重复着，"对，外婆说过，是乱世。"

黄武全问："外婆也说是乱世？"

夏槿篱颔首："她老人家早跟我说过，天下即将大乱，我是生不逢时，因而纵着我四处撒野，只图让我得个痛快。"

"她老人家怎会晓得这些？"

"她老人家是'人在家中坐，尽知天下事'。不止这些，她老人家还晓得如今那张献忠已攻下长沙，夺取衡州，直取萍乡。"

黄武全听得目瞪口呆，禁不住又问了一句："她老人家怎会晓得这些？"

"她老人家十三四岁足不出户，便将皮、何两姓诸般人事摸得一清二楚，孤身一人舌战两族，以一条三寸不烂之舌平息两姓千年械斗。你问我她为何晓得这些？我只能说，这便是她老人家的本事。"

黄武全见夏槿篱眉宇间透着英气，大有她外婆当年舌战两族的气概，不禁靠近身去，紧紧将她揽在怀里："既是外婆也这样说了，那便断然不会错了，你我……"

"你我便在这乱世里，将医术传给天下人。"夏槿篱接过他的话头，紧紧捂着他的双手。

121

30

侯眉儿相貌娇弱,却也不是个省油的灯。她先前只因中意黄武全,便不顾脸面硬往上贴。如今她父亲去世了,又听得秦大老爷说天下即将大乱,她两个憨里憨气的哥哥显见得是靠不住的,因而愈加要将黄武全留在身边。待得听那夏槿篱说了乱兵已直取萍乡,与临江府近在咫尺了,更是宁可死了也要把黄武全弄到手里。

一介弱女子,再无别个本事,只得以死相拼,光是头七里,侯眉儿便寻了上十回短见。

黄武全本就对她父亲有愧,见她如此,更是心下难安,因而日日守着她寸步不离。

回煞那日,黄武全跟着侯家人守得他师父回了魂,便到屋后柴房里睡了。侯眉儿见众人都已睡下,便偷偷溜到屋后的一株板栗树下,悬了根麻绳上去,垫起砖头踮起脚来把脖颈往里一伸。黄武全身上有伤,本就睡得不深,又距那板栗树不远,侯眉儿才把砖头踢翻,他便听得"哗啦"一声,紧接着一只大鸟扑上空窗,跑出去看时,只见一个身着孝服的女子吊在树下。

无须细看黄武全便晓得是侯眉儿,忙跑上前去托着她的身子放下地来。侯眉儿压着哭腔说:"哥哥何必救我?我如今这样子,活着也是个拖累,不如死了算了。"

黄武全说:"妹妹莫想窄了。你年华正好,往后的日子还长着呢。便是不为自个儿想,也该想想师娘。她老人家只得你这么一个独女,往后还指望你孝敬。"

"孝敬?"侯眉儿将一双大脚往黄武全面前一递,"长着这样一双脚,寻得着什么富贵人家?我又不像夏家姑娘跟侯家小姐那般有手艺在身上,日后顶多嫁个穷汉,只怕还要娘家人倒贴呢!如何孝敬母亲?我原想着一死百了,偏生哥哥不肯成全，左一回右一回将我救了回来。今夜我父亲回魂，我本想跟着他老人家的魂魄去了，不想哥哥耳朵生得这样尖，我都躲到这样远了，哥哥还是听得见，又把我救了回来。这一回来，我再要死，可是连我父亲的魂魄都追不上了，便是死了也只能做个孤魂。天可怜见，我这样一个没出息的人，便是做了鬼，又怎敢孤身往地府里去？我可如何是好啊？"

黄武全见她哭得几欲昏厥，只得将她搂在怀里："妹妹莫怕，只要留得命在，总有活路可寻。"

"活路？"侯眉儿凄凄地说，"如今这世道，怕是哥哥这样的好汉都不定寻得着活路，我一个嫁不出去又无以谋生的女子，哪里来的活路？"

这话正中黄武全的心思。先前听得秦大老爷说如今已是乱世，连他这样堂堂一个八尺男儿都禁不住心生惊惧，侯眉儿这样手无缚鸡之力的女子害怕过逾也在情理当中。

"哥哥想要我活，便将我娶进门去护着。哥哥若不娶我，即刻便把我掐死算了。"侯眉儿说着，便扯着黄武全的双手去掐她的脖颈。

黄武全慌乱地缩回手来。侯眉儿一头撞进他怀里："哥哥既不让我死，又不肯娶我，留我在世上任由千人万人糟蹋吗？"

黄武全打了个冷战，想到乱兵一旦杀将过来，侯眉儿所言也不定不会发生……

"真要打起仗来，哥哥也晓得，侯晨玉、侯晚玉那两个犊子是没半点骨气的，届时哥哥不护我，依靠那两个软骨头，莫把我推在前头便算好的！"

黄武全心知她说的确是实情，将她留在那两个龟孙子身边，诸事顺遂也就罢了，万一有个万一，侯眉儿定是当先受罪。

"先父命苦，我不怨哥哥。可若不是为着哥哥，他老人家也不定这样后生就走了……"

黄武全听她说到这个分上了，再无底气加以推脱，木愣愣笑了一下说："是我该死，害死了师父，我娶你便是。"

侯眉儿放声啼哭起来,招得她母亲并两个兄长都围到板栗树下来看。黄武全当着侯家人的面,又把应承侯眉儿的话说了一遍。

这头应了侯眉儿,黄武全便不敢再去樟树镇上寻夏槿篱了。夏槿篱左等他不来右等他不来,误作他被侯家人扣住了,便又寻到经楼去。

到了经楼,却不见黄武全,只见侯家请了匠人在弹棉花。那侯眉儿见了她,倒不再打骂,甜笑着说:"夏姑娘看我这棉花成色如何?给我同武全哥哥做喜被可还使得?"

夏槿篱听她意思是要跟黄武全成亲了,只当她有意惹她生气。

"武全哥无父无母,我怜他孤苦,如今也顾不得孝道了,自愿跟他先行圆房,待得三年孝满再行大礼。"侯眉儿又说,"我如今只盼着早些给他生下一男半女,也免得他总是孤身一人。好歹临江也早有这个先例,如此行事,也算不得我不孝。武全哥年纪也不小了。"

夏槿篱男儿般抱了抱拳:"请问侯姑娘黄武全现在何处?"

"自然是回我家店里去了,这还用问吗?"

夏槿篱心想:既回决云堂了,怎的这许久不去寻我?

侯眉儿见她若有所思,作势掩嘴轻笑:"不是我说,夏姑娘便有天大的本事,又哪里晓得男子的心思?如我这般娇弱无力的女子,才是男子心头所爱。夏姑娘这样的,便是为他跪了牛屎、挨了棍棒,又能怎的?"

夏槿篱也笑了笑,自去决云堂寻黄武全。

31

黄武全正在帮着侯晨玉甩卖店里的药材。侯秋林死了,决云堂的生意越发不景气了,多数药材留得太久于药效有损,侯晨玉便清了些出来折价处理。那侯晚玉却自认为比他父亲更有本事,只当生意冷清只是受了他家白事影响,稍待些时日自会回暖。两兄弟因而争执不下,黄武全只得一边稳住侯晚玉,一边帮着侯晨玉招呼买家。

夏槿篱走进决云堂时，黄武全正在嬉皮笑脸跟人兜售淫羊藿："我跟你说啊，我们店里的羊藿是跟别家不一样的，你用过了就晓得了，我保管一服药下去啊，一晚上都不得消停……"

夏槿篱走到他身畔，静静地盯住他看。

"哟！妹妹来了？"黄武全抬头间看见她，满脸堆起笑来招呼，"干站着做什么？来来来，里面坐。"

这一招呼，夏槿篱觉出了一丝莫名的生疏。平日里，她若看着他，他定然也是默不作声回望她的。他对她的情意，在两相会意的柔情里，不似这般热络客套。

"来来来，坐这里。"黄武全将夏槿篱引入刀房。

刀房里只有侯晚玉一人。夏槿篱本不愿与他独处，因黄武全指点着让她坐在此处，她便依他指点坐在此处。

"你还来做甚？"侯晚玉一边往板凳上掷色子，一边挑起眉梢问。

夏槿篱并不应声。

"黄武全跟我妹妹已定了亲了，你若还要脸面，便莫再来纠缠。"

夏槿篱回身看时，黄武全将将踏出刀房，侯晚玉这话，他定然是听得见的，却见他并未反身否认。

"我那妹妹真是吃多了猪油蒙了心智，依得我，不逼着这龟儿子替我父亲偿命便罢了，还要跟他结亲？"

夏槿篱拿起一把刨刀看了看，又放下。

"怎的？这刨刀是我爷在世时亲手磨的，你莫要摸脏了。"

夏槿篱说："这刨刀磨过后还没使过吧？你家生意不好。"

"好不好我家也有个生意，你有什么？"侯晚玉嗤笑一声，"你如今只有个弃妇的名声。"

夏槿篱一动不动地坐在那里。

侯晚玉又掷了一会儿色子,忽地凑过去说:"不如你干脆给我做个小妾吧?你虽生得拙些,好歹懂些手艺,我家如今正缺人手,本少爷委屈委屈,娶了你来当个药工使。"

夏槿篱眼皮都不曾抬一抬,仍旧一动不动坐在那里。

"怎的?不愿?过了这个村可没这个店了!"侯晚玉闲闲地抖动着身子。

夏槿篱还是一动不动。

"妈的!"侯晚玉将色子往地上一摔,"黄武全,你给我滚过来!把这死了一样的女人给我轰出去!坐在我店里,晦气!"

有颗色子爆到夏槿篱面前,夏槿篱偏头闪了闪,眼角余光带到黄武全的脸。黄武全嬉笑着往这边看了一眼,又调转头去兜售药材。

堂上闹哄哄的,夏槿篱时而听得黄武全喊:"哟!刘掌柜来了?……皮师傅!坐坐坐……吴先生,吴先生就是识货……"

夜饭时分,各路买家才依次散了。黄武全过来招呼说:"妹妹随我一道去厨下用饭吧。"

夏槿篱摇了摇头:"不了。我过来只问你一句话……"

黄武全抢着说:"什么话用过饭再说。"

"不了。我不在生处用饭。"夏槿篱仍旧摇了摇头。

黄武全眉头一皱:"怎的这样多的讲究?决云堂便是我家,又哪里算得生处?"

夏槿篱笑了笑:"哥哥去用饭吧,我不饿。"

"罢罢罢,我同你出去吃吧。"黄武全烦躁地拍了拍衣裳上的灰。

他并未想好要如何面对槿篱,他只想好了不可待她如先前那般亲近。

亲近如常,如何能将应了侯眉儿的话说出口来呢?

他是必得要娶侯眉儿的,无论怎的都逃不掉了。可夏槿篱……夏槿篱不是他静仪姐姐,为着给侯眉儿一个交代,他是宁可有负于她的。

止于肉欲的眷恋,终究敌不过心魂的牵念,为着他静仪姐姐,他是管不得侯眉儿是生是死的,可是为着夏槿篱……夏槿篱跟他不过数月而已,她原有个秦大老爷的。她既可离了秦大老爷跟着他,自然亦可离了他跟着别个的。侯眉儿离了他却是不能活的。

侯秋林于他是恩深义重的,他怎能为着贪图一个女子的身子,便将这恩义抛开不顾,由着他唯一的女儿去寻死?

说到底,夏槿篱在他心里是不够分量的,若非侯眉儿逼迫,他娶了她便娶了,遇着这般以命相逼,他连欲念都被压制住了。

少了欲念,他对夏槿篱的情意不过尔尔。他是这么自认为的。

32

黄武全大刺刺问:"你有什么话要问我?"

夏槿篱张了张嘴。

黄武全看天看地看树影,就是不看夏槿篱。

夏槿篱见他如此,抿上了嘴,低头继续前行。

"哎?你方才不是说有话要问我吗?怎的又不问了?"黄武全有些烦躁。

"不问了。"夏槿篱淡然说。

"一会子问一会子不问,你想怎的?"

"你想怎的?"夏槿篱反问了一句。

"我早起忙了一整日,累得跟狗样的,你莫跟我斗气。斗起气来,我没力气哄你。"

夏槿篱笑笑说:"我唯恐你被侯家母子为难,一大早在镇上租了马,顶着要被侯家人羞辱的风险,到经楼去寻你。你不在,我任由那侯眉儿耻笑了一番,任她说我不懂你的心思,便是为你挨了棍棒、跪了牛屎,也得不到你的心。我从经楼又快马加鞭赶到商里,在决云堂任那侯晚玉轻薄……"

"快莫说了!"黄武全扭开头去,"你究竟想问什么?"

夏槿篱捧住他的脸："你到底是怎么了？"

黄武全清了清嗓子："那侯晨玉跟侯晚玉你也看到了，这样两个不成器的东西，怎能担得起决云堂来？如今我师父他老人家去了，我少不得要把全副心思放在店里。"

"放在店里便放在店里，这与你我何干？"

"我若是一世都在决云堂再不出去，你还肯要我吗？"

"为何不要？莫说在决云堂，你便是一世都在街上讨饭，我也要你！"

"我若是……我若是做了决云堂的上门女婿，你也要我吗？"

夏槿篱悲哀地问："哥哥当真要娶那侯眉儿？"

"这是没办法的事。"

"怎的没办法？"

"我不娶她，她便活不成了！"

"怎的活不成？"

"她已自尽了上十回。"

夏槿篱笑："真要自尽，岂有上十回还死不了的？"

"妹妹可不好这样说话，若不是我及时撞见，她已死了十余回了。"

"偏生回回这样巧，都让哥哥撞见了？"

"你且积些口德吧。"黄武全拉下脸来，"就说我师父回魂那夜，她本是要到屋后板栗树下自缢的，幸而惊飞了一只夜鸟，这才被我听见。不然的话，她这会子已埋在黄土垄下了。你还这样疑她？"

"兴许那鸟是她早看好了的。"夏槿篱笑。

"妹妹怎的将人想得如此龌龊？真是令人心寒！"

"是啊，我将人想得龌龊，我龌龊得被那侯眉儿拿孝棍打了她却反倒赖在地上说是被她打了。"

"那事是她不对。只是事关生死时，妹妹却不好总以她那日所为胡加揣测。"

"胡加揣测？我以小人之心度小人之腹,怎算得胡加揣测？"

"她确是个小女子,不似妹妹这般女中丈夫,却也算不得是小人。"

"还要怎样才算小人？寻死觅活夺我心头所爱,还算不得小人？"夏槿篱梗着脖颈看着黄武全。

黄武全听她母狼一般喊着"夺我心头所爱",不禁有些动情,便说:"妹妹若不嫌弃,待我日后发达了,便纳你为妾。"

"妾？"夏槿篱两眼白白,"你说要纳我为妾？"

黄武全心想:你早先不是生生死死要给那秦大老爷做妾吗？怎的给我做妾便受不得了？于是有意轻快地说:"但凡有些头脸的男子,哪个不是三妻四妾的？妹妹若是真心待我,又怎会计较这些？"

夏槿篱嗤笑一声:"哥哥的好意我心领了,妾室的位子还是留给别个吧。"

黄武全见她这等不屑,咕哝说:"侯眉儿原是容不得你的,我见你待我多少有些真心,这才宁可违拗她。早知你这等看不上,我便不说了。"

"倒要多谢哥哥为我力争这个名分了,"夏槿篱说,"是我不识好歹,还请哥哥担待。"

"你还要我怎的？"黄武全说,"我害死了她父亲,难道还要眼睁睁看着她去死吗？"

夏槿篱一脸淡然:"你放心,她不会死的。"

"你总说她不会死,却不知她不像你,你有一身的手艺一身的本事,自是怎样都好活,她却是连只蚂蚁都踩不死的,如今这世道,若没个可靠的人护着,便是自尽不成,她迟早还是要被糟践死的。"

"她不像我？因而她才当真会死？"夏槿篱笑问,"你怎的晓得我不会当真去死？"

"你不会死的,"黄武全说,"便是千难万险,你也不会死的。我晓得你。"

"你晓得的倒是挺多。"夏槿篱说,"你怎的料定我便断然不会为你去死？"

"你不会死的,你不是那种人。"

第五章　战祸

129

夏槿篱扬手朝着远处水塘一指："你且看着,我究竟是哪种人？我这便死给你看！"

"你何苦这样逼我？"

"逼你？"夏槿篱不可置信地问,"当初是你说,要我钟情你一人,如今我钟情于你,你却说我逼你？"

"你分明不是寻死觅活的人,这会子却非要跟那侯眉儿斗劲,对我以死相逼,不是逼我是怎的？"

夏槿篱深吸一口长气,扭头奔着那水塘跑去。深秋的水,有些寒凉,她扑通一声跳了进去。月光隔着水波在夜空里闪耀,她只见白茫茫一层东西越沉越厚,长发荡到眼前,黑纱一样。

"你莫存心惹我心痛！"黄武全在岸上叫,"你就不能迁就我一回吗？"

那越沉越厚的东西原来是水,夏槿篱呛了一口才反应过来。原来从里往外看,水是这样的。

"你做正头娘子,她做妾,这样总行了吧？你莫闹了,快上岸来！"

夏槿篱心肺里针扎着样的,"咕噜咕噜"越呛越狠,雾一样坠落在无尽的虚空里。

"她做个小妾,到时不就是家里添双筷子的事吗？你那样有本事,哪里有她说话的分？届时你我日日厮守在药店,她不过是搁在屋下做个摆设。"

夏槿篱嗷的一声钻出水面,拼尽全力往岸上游来。

黄武全见说服了她,松口气说："这就对了。你我做了正头夫妻,她敢把你怎的？莫说我是向着你的,便是不向着你,她又哪里斗得过你？便说她那日拿孝棍打你,你若真动了气,抢了孝棍打回去,她哪有还手的余地？"

夏槿篱爬上岸来,整个秋夜的凉风都扑进她的身体,她瑟瑟地发起抖来。

"快随我去决云堂换身衣裳。"黄武全揽住她的肩头,"何苦来的？弄得一身湿。"

他是断定她不会死的。她果然没有死。她没有死,不是她不想死。她是当真想要死在这秋夜的水塘里的,黄武全一世都不会晓得。他晓得的,只是她委实没有死。他所料不差。

他连水都没下,等着她自行游上岸来。她不游上岸来,便只得当真死在水里。为着这样一个人,她怎能去死?她决绝地掰开他的手。

"你还想怎的?"黄武全又烦躁起来,"我都答应你做正头娘子了,你还想怎的?"

夏槿篱绞了绞滴水的衣衫。

"你不晓得,要她做妾,我有多难办!可为着让你满意,我还是乐意去办!你还没个笑脸?"

夏槿篱抹了一把脸上的水,一声不吭往决云堂走去。

"好了好了。"黄武全追上来理了理她的湿发,"到底是我让你受了委屈,我这一世都会好好补偿你的。"

夏槿篱解开拴在决云堂门口的马,转身一跃翻上马背,双腿一夹去得远了,不曾吭喝一声。

黄武全"哎耶"一声,两眼直直看她没入夜色。城门关了,也不知她要奔到何处去。

黄武全到底是个男子,总觉着只要有本事养活,三妻四妾不算什么。于他而言,让夏槿篱做大娘子,已是待她格外恩重。他心想着,夏槿篱当真看重他,自会再来寻他的。

除了他静仪姐姐,在他心里,再没有别个女子能让他绝不纳妾。

33

夏槿篱窝在草垛子里过了一夜。这草垛子,还是她与黄武全初次欢好时的那堆。她晓得黄武全是不会前来寻她的,却又盼着他寻到这里。她晓得黄武全在等着她反身,却又宁肯死了也不愿反身。她心目中的夫妻,是像她外婆跟外公那样的,一生一世一双人。她说要给秦大老爷做妾,只因晓得他不会纳她为妾。她追寻秦大老爷,只是追寻幻梦里的一束远光而已,自知迟早都要散的。黄武全才是她白日里的真实……这真实,却比幻梦散得还快。

这一夜心寒与热盼的反复交织,是她不愿受的。她宁可透彻的心寒,却禁不住时而燃起的热盼。她药一样在水深火热里煎熬,一夜犹如一生。

她想起黄武全在皮大先生屋下养伤时,曾有许多莺莺燕燕纠缠。她劝她们说:"待你动了真心,才晓得他是什么狼心狗肺呢!"如今,却是她自己动了真心,却是她亲尝了他狼心狗肺的滋味。

晨曦微现,她骑马守在万胜门边,在日夜交替的光影里,恍似遗落在人间的孤魂。城门敞开的第一道光射进府城时,她策马迎了上去,消融在盛大的敞亮里。

随之消融的,是她遏制不住的那一腔热盼。

牵着马上了渡船,江上秋风漫卷。她是吊着猪笼、挨着拳头、顶着鱼叉长大的女子,她没有泪。

她腰板硬挺、目光铁硬地走在樟树镇上。黄武全说过的话飘过耳边:"待得攒够了银子,我们夫妇二人便在樟树镇上体体面面开个药店,欢欢实实过好日子。"她挥了挥手,如同驱散嗡鸣的蚊虫。她的好日子,无须他来成全。

她向外公、外婆辞行:"孩儿不孝,想要出去闯荡闯荡,待得长了本事,再回樟树孝敬二老。"

她外公说:"外头兵荒马乱的,你这一去,只怕凶险异常。"

她外婆说:"外头乱,樟树也不定安生,你活一日,便随一日的性情就好。我跟你外公身子骨还硬朗,无须牵念。"

她倒头拜了几拜,背起她外婆打点的包袱便走。

她也不知要走向何处,出了樟树镇,见了路便走,见了山便翻,见了水便渡……一路行走,一路为人诊病。

也不知行至第几日上,忽地遇着一个有些面熟的人。那人也认出她来,跑上来问："夏姑娘怎的孤身出门？"

夏槿篱施了个礼："这位哥哥看着眼熟，像是金近仁堂的大师兄。"

那人说："我就是金近仁堂的金卫生，我认得妹妹。妹妹是何大神针的曾外孙女，姓夏名槿篱的。"

槿篱说："哥哥眼尖。"

金卫生说："不是我眼尖，只是樟树镇上晓得针灸的女子原本没得几个，妹妹又是何大神针的曾外孙女，樟树药人个个都认得。"

夏槿篱问："哥哥要去何处？"

金卫生说："如今乱兵四起，我们金近仁堂怕是撑不住了，出来讨个生活。"

槿篱说："金近仁堂医术不凡，哥哥这一出来，定能有所作为。"

金卫生说："作不作为先且不论，有口饭吃便是好的。妹妹孤身一人，不如与我同行，也好有个照应。"

夏槿篱问："哥哥预备去哪里？"

金卫生说："如今烽烟遍地，也不知接下去要打到哪里，赣州府是铁城，我寻思着那边好歹比别处安生，且去那边看看。不知妹妹要去哪里？"

夏槿篱说："我本无甚打算，哥哥既说赣州是铁城，便跟着哥哥前往赣州府看看。"

金卫生带着夏槿篱同往赣州去，仍是一路行走，一路为人诊病。行了十余日，金卫生又遇上个熟人，是回春堂的皮茂生，也是药店撑不住了，预备外出谋生，听得他二人要去赣州，便也同行结伴。

越往前走遇着的临江药人越多，都是外出讨生活的，一个认得两个，两个认得四个，拉拉杂杂走了近一月，竟浩浩荡荡结起一支队伍来。

黄武全等了一月有余，仍不见夏槿篱，心下略略有些不安。这日正想着寻个日子抽出空当到樟树镇上去看看，忽听得侯晚玉从外头跑回来喊："不得了，不得了！听说那张献忠不日便要打到临江来了！"

黄武全心里一咯噔，虽说早有准备，事到临头还是不免惊骇，越发想要早些

第五章　战祸

133

跟夏槿篱碰面。

"既要打来了,你母亲跟妹妹还在经楼,你跟晨玉赶紧关了门,一起回经楼去跟她们做伴。"

侯晚玉说:"也不定当真打来,我只是听得外头有人这样传言。"

黄武全说:"管他当不当真,先把人拢在一起再论。"

侯晚玉双目看天眨了眨眼:"店里本就没剩多少生意,再把门一关,岂不是更没生意做了?"

黄武全气极:"你要生意还是要命?"

侯晚玉说:"你不是许了我妹妹要跟她成亲的吗?你怎的不去经楼跟她做伴?"

黄武全气得把手里的活计一丢:"我今日要去樟树镇上,你们去不去经楼,悉听尊便!"

"哎?你还想着樟树那个疯婆子呢?"

黄武全不管他说什么,牵了店里的驴便要动身。

侯晚玉死命拦着:"你去寻那骚浪货,还想用我家店里的驴?"

侯晨玉也赶过来说:"不是店里的事,不能用店里的驴。"

黄武全指着二人大骂:"个王八孙子!不是看师父的面,我今日便把你们两个的骨头拆了!"

黄武全光凭脚力步行,赶到薛家渡时,已是申时,渡口挤满了人,都吵吵着:"听说要打仗了,我得赶紧回去。"

武全夹杂在人群中,被他们七嘴八舌吵嚷着,越发地心急如焚。等了近一个时辰,渡船杳无踪影。

等船的人群逐渐散去,余下数十位或打算就近借宿的商贩或本就住在近前的村民又等了一阵,月上林梢时,也都一一散了去。

空荡荡的渡口只剩下黄武全一人,他枯站在冷风里,直到子夜时分。

后半夜了,渡船再不可能来的,他正待转身离去,忽见府城那边亮光一闪,定睛看时,却又乌沉沉一片,再待转身,猛然一阵江风吹来,府城那边又是一闪,俄而冲天烈焰直冲霄汉。

失火了?谁家烧得这样惨烈?黄武全细看时,却哪里是一家?整个临江府拢在火膛子里似的,怕是烧了一小半。

"咿呀!啊!"隐隐的似有厮杀声,倾耳听时,却又只有江风呜咽。

打仗了?不至于吧?不是传言还要隔几日才会打到临江来吗?哪有这样快的?想是谁家失了火,牵连得左右都烧了起来吧?救火也是呼天抢地的,难免嘈吵些。何况那惨叫声也听不真切,也不定当真有人在喊。

静悄悄的渡口,实在无法让武全相信确有战事发生。他犹豫了一下,往近前村子里走去。

34

走了一个多时辰,黄武全没能敲开一家农户的门,渡口近旁的村子跟死绝了人样的,黑沉沉关门闭户。他忍着饿,在一个敞开的柴棚里盹着,才迷糊了一会儿,便听得犬吠不断。他钻出柴棚去看,只见绿莹莹的一双双狗眼都守在自家门前,朝着村口吠叫不止。他先前进村时也惊起了几声狗吠,却不似这般叫得厉害,不知什么东西惊得这些畜生如此。他顺着狗眼往村口看去,只见府城那边仍有微光忽闪,却不似渡口边所见那般炽烈。火都要灭了,这些畜生怎的反倒又冲那边叫了起来?武全正想着,"嗯啊"一声驴叫声传来,听着离得甚远,却把狂吠的夜犬都震了一震。怎的叫得这样狠?武全不禁循声走去,又听得"哞"一声牛叫,尔后是"咯嘎咯嘎"的鸡鸣鹅噪。走到村口时,先听得噼哩扑噜一阵阵乱响夹杂在鸡鸣鹅噪驴嘶牛吼里,紧接着像有一锅滚水烧开在了耳边,咕噜咕噜嘈吵的人声并踢踢踏踏的脚步声混在一起涌了过来。

"还看什么?快跑啊!"随着这一声叫喊,武全看见一个骑驴的身影撞进夜色里。

"八大王来了,快逃命去!"

骑驴的身影一个个从他面前蹿了过去,随后是背着包袱徒步奔逃的后生仔们。

"什么八大王?不是张献忠吗?"黄武全扯着一个后生仔问。

"管他什么八大王、张献忠?我只晓得想活命的便赶紧跑!跑得越远越好!"

黄武全逆着人流看去,只见抱鹅的、抓鸡的、推车的、牵牛的都赶了上来。有个后生仔抢过一个壮汉手里的牛绳摔在地上:"都什么时候了,还牵着牛做什么?"

"没了牛我怎的种地呀?"

"命都要没了,你还惦记种地?"那后生仔一面喊着,一面跑远了。

真打仗了?不是说还要隔几日才能打得过来吗?怎的当夜就来了?临江的官老爷们怎的毫不知情似的?

有个老者搀着个婆婆边跑边哭:"丧天良的狗崽子们!只顾自个儿逃命,爷娘都不要了!"也有老者推着自家儿孙往外跑:"爷爷年纪大了,跑不动了,你们快逃,留得青山在不怕没柴烧……"

侯眉儿还在经楼,侯晚玉跟侯晨玉那两个犊子定然不曾回去。黄武全朝着经楼那边跑了两步,又停下来……

人人都在逃命,那侯眉儿母女也不定还在屋里……经楼距府城甚远,她母女也不定得着了消息……还在不在屋里也该先去看看,总要看过了才能放下心来……指望侯晨玉、侯晚玉那两个孙子是靠不住的,他们这会子不定还关在城里……战火是半夜才烧起来的,那两个孙子定然还关在城里……不在城里他们也不定会回去救人,多半只顾着自个儿逃命……先前从渡口回城的那些人也被关到城里去了吧……决云堂再无别个男丁留在城外了,不去经楼寻那侯眉儿母女,她们便只剩孤女寡母两个了……

千万种念头一齐涌了上来,黄武全直涨得头疼欲裂,死命地捶着脑袋。

"捶什么脑袋?"有个壮汉搡了他一下,"快跑呀!"

黄武全跟着这汉子跑了两步,抬眼看时,只见原本不见人迹的村子已然翻腾起来,家家户户的门窗都被掀开了,一扇扇门窗后面站着衣衫不整的男女老幼,惊惶不定地探出头来朝外头喊:"当真打过来了?"

"当真打过来了!"

屋里的油灯都亮起来了,绰绰的人影乱晃,牛棚、驴圈、鸡窝里嘈杂一片,抓鸡的、牵牛的、赶驴的乱作一团。

手脚快的人家顺着这远处逃来的流民便跑了,手脚慢的也赶着撵了上去。黄武全只见他们蝗虫一般拥往远处去了,也不知汇集了几个村子的人。

去不去经楼?去不去经楼?黄武全原以为一旦有了战事,他定然会护着侯眉儿母女,事到临头,却远非预想中那般容易。并非怕死,单对单的打斗,他便是明知不敌也会豁出命去,而战场……战场是一个阔大而血腥的东西,这东西有种压倒一切的威慑力……

夜色褪尽,黄武全孤落落站在空无一人的村子里,他罗圈着腿,先往经楼那边跑了几步,又往府城那边张了两眼。他悲哀地发现,自己虽是舍得下性命,却扛不住战场上遮天蔽日的血肉四溅。

他只想快些去往夏槿篱身边。

他朝着渡口那边遥望了一眼,夏槿篱就在那江波对岸。

他把脚一跺,绝望地转过身去,追着奔逃的流民去了。

他过不了渡……

一连数日,黄武全夹杂在逃难的人群里,起初还有好心人给他几口吃食,三五日后,便几乎无人再理会他。

他试着给人瞧瞧头疼脑热,无奈身上未带成药,也不是样样草药都挖得着,人都不太信他。好在夏槿篱所赠的银针还带在身上,他也不管对不对症,装模作样给人扎几针,换两口干粮。

他越来越思念槿篱。她强健的体魄、泼悍的性情、非凡的勇气,在这凄凄惶惶的境况下想起来,无一不让他心安。

原来不是她非他不可,而是他非她不可,在这乱世里。

难民走走停停,很快便将随身带着的食物吃了个干净,不得不各奔前程。

黄武全落了单,只得四下寻些野果野菜,好在秋日里多的是柿子、板栗,倒也勉强活得了命。不知在外晃荡了几日,也不知怎的晃到了赣江边,恰巧碰上两个打鱼回来的人。

武全本想上去讨鱼吃,听得当中一人说:"这可好了,左将军来了。他老人家跟八大王交战多回,虽说算不上逢战必胜,却也是胜算颇多。"

"哪个左将军?"武全凑上去问,"跟八大王在哪里交战?"

那人上下打量了武全一眼:"后生是出来逃难的吧?看你这样子,恐怕还不晓得,左良玉将军来了,与八大王正在樟树镇激战。"

激战樟树镇?黄武全脑袋里轰隆一声。那夏槿篱岂不是身陷战火当中?

"不是我说,这般打来打去,倒不如干脆让那八大王把樟树镇占了去。我们平头百姓,管他哪个坐天下,只要莫打仗了便是好的。"另一个打鱼的人说。

"你要死了?说这个话,不怕掉脑袋吗?"先前说话那人喝住他。

"要死就卯朝天,不死就万万年。如今这世道,死了兴许比活着还好。"后头说话那人兀自说着,"我看当今朝廷里也没几个好官了……"

武全悬念槿篱安危,打断他问:"这是哪里?如何去樟树镇?"

"这时候去樟树镇做甚?"那人奇问,"方才不曾听说那边正在打仗吗?"

武全脑袋里又胀痛起来:是啊,那边正在打仗,这时候过去,不是明摆着送死吗?可槿篱妹妹还在那里,她跟外公、外婆两老一小,如何应对乱兵?

"我……我家娘子还在那里。"武全嗫嚅着说。

那人骇笑:"我还当你是去增援左将军呢,原来是去寻娘子的。果真是去寻娘子的,我便劝你莫再去了。兵荒马乱的,你家娘子只怕早就做了别家娘子了。"

武全只觉心上被人扎了一针般,痛得全身一震。这话虽听着粗鄙,却八成便是实情,槿篱只怕早已遭难。

"听哥哥一句,留得命在,比什么都强。只要活着,指不定日后还有三妻四妾的好日子在后头等着呢。这时候去樟树,你便是死了也救不回娘子。"

武全木然地跌坐在江堤上,脑袋里犹如万马奔腾。去,还是不去?流落在外的这些日子,他无时不想即刻奔向槿篱身畔,待得生死抉择时,却又这般难于取舍。

老天何苦要给一介小民这般考验?武全几乎要仰天号哭起来。

不,不要哭。夏槿篱是不哭的。黄武全面前蓦地闪过一张戴着傩面的脸,那脸上青面獠牙的面具被揪了下来,夏槿篱长发一甩,扬起长剑劈将下来,圆瞪的双目不见一丝慌乱。夏槿篱是临危不惧的,她不像寻常女子那般容易遭难。她定有办法保全自己!

"去樟树!我要去樟树!"黄武全霍地站了起来,眼神炯炯瞪着两个打鱼的人看。

二人只见他暴突的双眼逐渐迷离起来,身子一晃,摇摇摆摆倒了下去。

"哎呀!后生怎的了?"

"定是饿的,看他这样子,定是多日未曾进食了。"

"速速抬回去给他弄口吃的。"

……

黄武全在二人村上养了两日,稍稍长起了气力便又要往樟树镇去。因临江那边战况不明,薛家渡那边也不知是否开渡,便厚着脸皮跪求二人用渔船送他过江。当中那个活得不甚耐烦的想着对岸是丰城地界,距樟树镇甚远,便冒险送他去了。

过了赣江,黄武全一路逆流沿江往樟树镇走。刚到樟树地界,便听得说左将军已将八大王赶出来了。武全精神一振,飞跑起来。

途经一大片芒草滩,蓬蓬的芒花晃荡着,总像藏着人似的。武全不由得跑远些,刚跑了几步,果见一人捂着胸口远远地钻入芒草中去。隔得那样远,几乎看不清颜面,不知为何,武全却好似那张面孔忽地一下拉到了眼面前。是了,是那用钢针当街刺杀他的人。他赶紧绕道狂奔,所幸那人并未追来。

原来这人是八大王的探子,难怪大年初六那晚略略多问了几句话,便被他饿狼一样盯着。难怪他先出现在巡检司,又出现在广济门,广济门外有临江营。难怪他师父查问了几回,便会被人无故残杀。他是怕人识破身份,暴露行踪。

早知如此,便该任他溺死在水塘里!可是医者仁心,又如何能见死不救?但救了他,又不知他探得的情况害死了多少人。黄武全从未想到,行善有时竟与作恶无异。

究竟何为错?何为对?竟是这般无从辨识。

他心绪不宁地跑着,赶在午饭时到了樟树镇近前。

大战方罢,也不知镇上是何情形,他不敢走正路,绕过凉伞洲,从一条排水的暗沟里钻入进去。

初冬的水有些刺骨,他在暗无天日的水道里凫游,手脚一寸一寸凉透骨髓。暗沟仿似永无尽头,他觉着即将像冰人一样冻结在这屎尿混杂的污水里了,想要反身回去,却又于心不甘。回望间,只见入口处一线微弱的亮光。亮光起处,不远便是凉伞洲。凉伞洲对望,是花滟洲。他想起初次对槿篱生起欲念时便是在花滟洲。那日的夏阳火一样照在姹紫嫣红的各色野花上,花香毒一样馥郁。夏槿篱鼓突的前胸与浑圆的后背蛇一样扭摆在面前,他如今已然尝过了,那后背与前胸是蜂浆的滋味……他渐冻的身子活络起来,饿狗抢食般往水道深处扑去。

那暗沟其实并不长,否则他便不会挑选这条通道。他自信轻易便能穿渡过去,却不料历经了这样的生死艰难。他浮出水面时,只觉元气耗尽。

躺在地上歇了一阵,看四面屋舍,像是到了小市坊一带。

坊间关门闭户，不见人影，也不闻厮杀声。他琢磨着，想是战事已过。

浸湿的衣裳冰得蚀骨，他不敢久停，在浅淡的冬阳里疾步走起来。穿过菜市街，到了封溪巷，忽听"咿呀"一声喊叫，一把长矛从巷口飞了出来。原来里面有人巷战，他吓得反身便逃。

也不知逃了多远，衣裳忽地被人一扯。

"不想活了？"一个娇软严厉的女声响在耳畔。

回身看时，只见一袭艳黄的衣裳配着一张莹白的脸。

"这时候乱窜什么？"黄衣裳将他卷入室内。

武全见那女子生得眉眼开阔，鼻峰硬朗，一双丰唇红得几欲燃起火来，只觉有些面熟，却又一时想不起来。

那女子说："你不认得我，我是勾栏里的冷逢春，是你皮家叔爷的好友。"

武全想起来了，他与皮大先生逛药市时，曾与这女子偶遇过一回。那日她亦穿着这样一袭黄衣，灿灿如旭日东升。

武全烘了烘衣裳，打量屋内陈设，不像是勾栏瓦舍。他是聪明人，自然晓得冷逢春这样的女子多的是恩客，因而并不多问，只说："幸而姐姐见的世面多，眼尖，认得我。"

冷逢春说："并非眼尖，你时常跟皮大先生伴在一起，我是时常看见的，只是你看不见我罢了。"

武全问："我皮家叔爷一切可好？"

"他死了。"

"啊？"武全惊叫。

"他死了，"冷逢春还是那样淡然，"张献忠攻进樟树时便死了。"

"怎的死的？"武全又悲又急。

"不晓得。打仗么,很多人都死了。总归是被人打死的。"

武全愣怔了一会儿,想起皮大先生生前说过等到老了就抱块麻石沉河的话,不禁潸然落下泪来。他当时只觉那等死状已够凄凉,不料先生竟连沉河自戕的机会都未得着,年轻轻就被人打死了。

"莫哭了,你浑身是水,哭伤了元气,邪气内侵,要害病的。"冷逢春说着,唤了个小丫头进来,"早上煮的酒酿小汤圆还有吧?端两碗进来给这位壮士活活血。"

小丫头应声去了。冷逢春又问武全:"你这会子跑来镇上做甚?"

"我……我来寻我未过门的娘子,便是我皮家叔爷收作外甥女在屋下养了两年的一个妹子。"

"我知道,是夏姑娘。她早就走了,你不晓得吗?"冷逢春面露疑惑,"你既与她定了亲,怎不晓得她早已离开了樟树?"

她竟走了?武全怎的也料想不到,他自以为待她想通之后定会前去临江寻他,她却早已走了。

"那……姐姐可晓得她去了哪里?"

"不晓得。"

武全扭着身子扯了扯半湿不干的衣裳。先前一心惦记着槿篱,并未觉着这衣裳裹在身上难受,这会子却难受得紧。

"走了也好……走了也好……"武全喃喃说着。

走了,至少避开了这场战祸,只是四下都不太平,也不知她会不会遇上别的祸事。

"我这儿也没合适的衣裳给你换。"冷逢春看着他难受的样子,拿火箸拨了拨盆里的炭。

"无妨,无妨,烘干了就好……"武全有口无心地应着,伸手往脖颈、胸口上抓挠起来。

"你且脱了衣裳,拿被子裹着,我叫人帮你把衣裳洗了,烘干了再穿。"冷逢春起身转入里间抱了床被子出来。

"也不知怎的,痒得这样厉害。"

"想是你在脏水里浸着,被什么虫子咬了。"

"想是……"武全嘴里这样应着,心下却晓得,不论什么脏泥臭水都不曾让他这样痒过,他是听得槿篱走了。

武全晓得冷逢春这样的女子并不在意男女之事,便背转身去宽衣。

冷逢春也只是略微扭转了身子,背对他站着。

武全裹好了被子,仍在火边坐了。冷逢春又唤了那小丫头子进来,嘱她就在屋下把衣裳洗了。

武全拨着火,心思飘得老远。槿篱走了,他孤零零地困在这战场上了。

"你要不要擦擦身子?"冷逢春拧了个手巾把子过来。

"不用……"武全又倏地落下泪来,"我不晓得她会走……"

"世事向来如此。"冷逢春说,"昔日你皮家叔爷也不晓得那女子会死。"

武全想起来,皮大先生跟他说过多次的,让他莫要跟他后生时一样,自己欢喜人家还不晓得,让他莫要失掉了夏槿篱。

他还是失掉了她,在他急需她的时候。

"她怎的这样心硬……招呼都没一声……"

"死了的心,总是硬的。"

"死了的心?……她为何死心?……我都应了她做大娘子了……"

"大娘子?"冷逢春问,"你这发妻还没娶呢,便想着分大、小了?"

"我……"武全本以为自己问心无愧,更以为冷逢春这样的女子不会在意大小,不想她却这样问,一时竟噎住了,只得说,"我有难言之隐。"

"什么难言之隐?"冷逢春轻笑,"世间男子,但凡遇着情事,总有难言之隐,若是加官晋爵、求财聚富,便什么隐都没了,不过是孰轻孰重罢了。"

黄武全不得不承认,他是把夏槿篱看轻了,只是老天爷偏生在这样的困境里,却又让他看出了她的重来。他追悔莫及,却也无法可施了。

小丫头洗好了衣裳,冷逢春抖开一件拿在手里烘着。武全也要帮着烘,才刚起身被子便滑下身来。冷逢春看了他一眼,脸上并无羞赧之色。那小丫头子也看了他一眼,咧着嘴笑了起来。

　　论长相,冷逢春是远在夏槿篱之上的,黄武全却对她毫无欲念。他终于想到,他眷恋的,不仅是槿篱的身子,还有她那强悍、热辣的性子。那样的身子与那样的性子合在一起,才是他的欲火之源。有那样的身子不定有那样的性子,有那样的性子也不定有那样的身子。再寻一个跟夏槿篱一模一样的女子,怕是再不能够了。烘好了衣裳,武全问:"这是哪里?我适才一通乱跑,也不知撞到哪条街上来了。"

　　冷逢春说:"磁器街。"

　　"竟跑了这样远。"黄武全说,"我要去我外公、外婆家看看。"

　　冷逢春立起身来隔窗往外瞭了一眼:"等会子再去吧,这会子外头还有散兵余寇,待得夜深些,我带两个人跟你同去。"

　　武全心想:你虽有些人手,想来也不过是些大茶壶、小丫头,跟着去又有何用?便说:"姐姐已为我忙乎了大半日了,不必再跟着,莫要白白地累及无辜。"

　　冷逢春说:"外头不定什么时候又要打起来呢,没人跟着,你不定到得了地方。"

　　武全心想:我好歹自幼习武,若是到不了地方,赔上几个茶壶、丫头便能到得了地方么?却也不便与她争论,只得点头称谢。

　　坐到后半夜,冷逢春说:"走吧。"

　　武全见她也预备跟着一起,便说:"姐姐生得这般花容月貌,还是莫要四下乱走为好。"

　　冷逢春说:"我不去,跟着的人也不会去的。"

　　武全正想说"我独个儿去便好",冷逢春已推门出去,俯身跟守在门口的小厮耳语了几句。那小厮点了点头,躬身跑了。武全出去时,已见那小厮招来了六七个手执刀枪的汉子,隔得远,看不清面目。

"请黄家少爷引路。"冷逢春伸手看着武全。

武全打头走在前面,冷逢春跟在身畔,传话的小厮跟洗衣裳的小丫头陪在冷逢春两侧,后头是那六七个手执刀枪的汉子。武全才晓得,这冷逢春是有贵人相护的。

37

夏槿篱外公外婆家屋门紧闭。黄武全抬手拍门,屋内无人回应。他一遍遍喊着:"外婆、外公,我是武全,我来寻你们了……"

一阵咿哩哇啦的打斗声远远传来,有人嗷的一声惨叫,在寂寂的街巷里回响,尤为凄厉。

"破门吧,"冷逢春说,"待会子当真有人打过来了。"

手执刀枪的汉子们刚要上前,武全抬手止住,说:"我外婆常坐在这门后缝补,莫要冲撞了她。我们从后门进去。"

他晓得槿篱外婆家后门有一个活动的门闩,顶开了便可开门。

武全在后门口折了根竹枝,自门缝里插进去,轻轻一挑门闩便开了。

后厅漆黑一片,他摸索着走进前厅。幽微的夜光透过天井照在厅上,屋内一切陈设如常,外婆常坐的椅子还摆在大门后面。

武全摸进外公、外婆房里,只见床上铺着块宽大的白布,细看时,却是两个身穿白衣的人。

武全轻声叫了一句:"外公。"

无人回应。

又叫了一声:"外公、外婆,是二老吗?"

仍是无人回应。

他轻手轻脚靠了过去,外公、外婆安详的脸映入眼帘。

"外婆……外公……"他声气颤抖起来,盼着二老回应。

无人回应。

他腾地跪了下来,头磕在床沿上:"外公外婆!这是怎的了?"

窗外映入的夜光照在两位老人身上,外公双手搂着外婆的肩膀。

他颤颤地立起身来,伸手往外婆鼻尖下探了探,又往外公鼻尖下探了探。

"莫摸了,他们死了。"冷逢春说。

好端端的,怎的就死了呢?身上素素净净的,未见一丝血迹。武全在外公外婆身上上上下下摸索起来。

冷逢春扯住他的手,指了指脚下。

武全抬起脚来,地上淌满了乌水,是血!

"老天爷呀!"武全放声号哭起来,"两位这样好的老人家,你怎舍得杀了他们?"

"莫喊!"有个护送他们过来的壮汉扬了扬手里的大刀,"当心喊得流寇来了。"

冷逢春说:"任他喊吧,来了便来了。"

那壮汉不再作声了。

武全哭了一阵,想把外婆翻过身来察看后背的伤口,才刚一抱,只听外公两手咯嗒一响。

冷逢春忙说:"莫动,老爷子手要断了。"

人都死了,还抱得这样紧!武全不禁又悲从中来。想来槿篱打小伴在这二老身边,日日见得他们万般恩爱,她想要的夫妻也是这样的吧,是生是死两两相依,绝无第三人。他终于懂了,他许了她做大娘子,她却依然死了心。

这样恩爱的两老,哪个畜生竟下得了手去杀他们?他们是断然不会犯着别人的。那畜生纯粹是灭绝人性,杀人为乐!

黄武全恨不得即刻手刃仇人。可谁是仇人?是八大王的人,还是张献忠的人?他寻不着仇家。甚而,连八大王便是张献忠都浑不知情。

也或许,是自己人。

谁是自己人呢？小老百姓有没有自己人？他们把官家的兵勇叫作自己人，可那当真是自己人吗？自己人都是他们这些小老百姓自己说的。官家有没有把他们当作自己人呢？

外公外婆究竟是怎么死的？黄武全茫然四顾，困兽般寻不着出路。

便有练了二十余年的武艺在身又如何？这铁拳该往何处招呼？黄武全想起冷逢春说的："打仗么，很多人都死了。总归是被人打死的。"

被谁打死的将永不可知了，打仗便是这样的。他又哀哀地哭起来。

也不知哭了多久，冷逢春并丫头、小厮、壮汉们木头一样杵着，既不劝他节哀，也不催他离开，窗外逐渐亮了起来。

"天要亮了。"黄武全说，"走吧，眼下也办不得丧事，待得仗打完了，再来安葬二老。"

一行人又从后门出来，黄武全仍用竹枝子挑着活动的门闩把门闩了，仿似无人来过一般。

他恋恋地走到屋前，想到外婆总是用素白的手绢掸着纤尘不染的椅子请他落座，心痛得气都喘不上来。

清冷的晨光里，那枝谷叶还在墙缝里长着，武全记得外婆跟皮大先生都是将谷叶唤作楮桃的。那楮桃结出的果子大都落了，只剩半颗孤伶伶的留在上面，通红的、半透明的、汁多浆满的，咬上一口便有黏甜的浆汁溢满齿唇样的。武全连日奔逃，又彻夜未眠，嘴里苦津津的。他想着这甜甜的果子，嘴里却是苦的。

黄武全走到后门口拔了根竹子扛到大门前，对冷逢春说："我皮家叔爷常想帮我外婆拔了这枝楮桃，今日我便帮叔爷拔了吧。"

楮桃长在那样高的墙缝里，冷逢春不知他要如何拔除。只见他慢慢地转过身去，扛着竹子往远处走，走了许久许久，走得人都要看不见了，猛然呼地一下转过身来，烈马一样往回冲来。冲到石阶上，立起竹子拼力一撑，身子箭一样弹射起来。他凌空一跃，双脚踩着墙面一阵踢腾，揪住那棵楮桃用力一扯。

第五章　战祸

老屋轰然倒塌下来，仿似触动了机关，那楮桃的根须带动了整墙的砖瓦，山崩一样炸裂开来。在升腾的粉尘里，老屋的断砖烂瓦做了外婆、外公的坟。

也好，外公、外婆原本不愿离开这间屋子的，临死前还把门闩得好好的。

二位老人便该安葬在这里。

黄武全对着一堆瓦砾拜了又拜。

38

走走停停，夏槿篱一行抵达赣州时，隆冬已至。

众人陆续寻得了落脚处，槿篱因是女子，药店不收，只得暂且游走坊间。

她并不灰心，看着一个个临江药人融入赣州府的街街巷巷里，好似看见一粒粒种子撒播在田地间。她原想着跟黄武全一起将医术传于天下人，不想二人竟各奔东西，便是仍在一处，仅二人之力也终究有限，这许多临江药人四散各方，才是真正将临江医术遍播于天下。她与黄武全的宏愿，竟经由这些陌路相逢的药人之手兑现，这让她感慨，又让她豪情满怀。她本是为情出走，而夹杂在这些药人中，她终将与他们一样，成为弘扬临江医术的一员。

赣州极少下雪，这日却飞起雪屑子来，槿篱避到一家药店门廊下去。有个药师打扮的汉子探出头来招呼："外头冷，小兄弟进来烤烤火吧。"槿篱说："多谢师傅，倒不觉得十分寒冷，我歇口劲儿便走，这雪也下不久的。"

空站了一会儿，那药师上上下下总盯着她看。她只当他认出了自己是女子假作男儿装扮，局促地赔了个笑脸。那药师却试探着说："这位兄弟不像本地人，听口音像是从临江来的，长得好似我一位友人……"

槿篱定睛看时，只见他身形微胖，憨厚的一张圆脸，确似有些面熟。

"是夏姑娘吗？"那药师眼里泛起粼粼的光来，"……夏姑娘，我是侯济仁栈的侯润墨啊！"

槿篱想起来，在侯秋林身边，确曾见过这药师跟着，只是那时他还是个小学徒,略微有些腼腆,不曾跟她说过话。

侯润墨喜不自禁冲上来,一把握紧槿篱的双手,随即又赶忙松开手来:"这……这……他乡遇故交,一时忘情了,还请夏姑娘恕罪。我……我……"

夏槿篱心想:也算不得故交,只是这身处陌陌,猛然间碰上个熟人,确是欢喜。

侯润墨说:"夏姑娘穿起男装,倒真像个男子,只是较寻常男子俊些。"

"哥哥谬赞了,"夏槿篱施了个礼,"出门在外,图个方便而已。"

侯润墨听得她唤"哥哥",便也以"妹妹"相称,问:"妹妹也是出来逃难的么?还有哪些亲友一同来了?"

"只我一人。"

侯润墨有些吃惊:"妹妹孤身从樟树走到赣州府来,这一路上……唉,如今这世道真是……好在妹妹是有些拳脚功夫在身上的。"

槿篱说:"哪儿有什么拳脚功夫?跟哥哥比起来,我那花拳绣腿就是装装样子而已。"

"这一路上,想是吃尽了苦……"

"也没什么苦,不过是多走两脚路而已。"

润墨眼里又泛起粼粼的光来:"怎会不苦?我一个男子从临江走到赣州,都吃尽了各种苦头,何况是一个女子?"

槿篱说:"只有享不了的福,哪有吃不得的苦?众生皆苦。"

润墨默念了一回,想起来说:"你看我,光顾着说话了,害妹妹一直在冷风里站着,快进店里烤烤火吧。"

槿篱说:"我虽穿着男装,毕竟是个女子,不便进店闲坐。"

"妹妹顾及这些个死规矩做什么?快快进来,我如今在店里也是大师傅了,别个不敢说什么。"

槿篱看他这样子,晓得他是宁可触了众怒也要邀她进店的,便寻了个借口说:"我在米市街那头还有要事,今日便不坐了,改日再来拜访哥哥。"

润墨见留她不住,只得说:"如此……那……妹妹改日定要再来寻我。"

"定来的。"槿篱说着,男儿般拱手作别了。

润墨看她转身走了,越走越远,忽地追上两步说:"夏姑娘……我……我原打算年底要出去单干的,做保荣丸。我……我孤身在赣州……我想……你我……你……"

夏槿篱止住他说:"如今战事频繁,待得世道太平些再离店吧。"

润墨只得眼睁睁看着她去了。

在府城游荡了一段时日,夏槿篱随身的盘缠都用光了,只得往城外农户家去借宿,仍跟来时路上一样,帮人看病换口吃食。

一日借宿在一位老妇人柴房里,那老妇人说:"如今这世道真是,逼得女子都四处逃难了,昨晚也有一个女子借宿在我这里,身边虽跟着个下人,却还大着肚子,瞧着惹人心痛。"槿篱说:"婆婆心善,见不得大肚子逃难,自然心痛,可如今这世道,只要活着便是好的了。"老妇人叹着气说:"也是,活着便好。"

次日一早,夏槿篱起身后谢过那老妇人便要走。老妇人拉着说:"早饭还没吃呢,怎的便要走了?"槿篱说:"我原是个女郎中,一路给人看病换口吃的,婆婆没病没痛,我也没什么好东西给婆婆的,怎好在婆婆处用饭?"老妇人板下脸来:"说什么混账话?吃婆婆一口早饭,还要拿什么好东西换?谁不是娘生父母养的?在婆婆这里,放开量来吃便是,只是莫嫌我吃的粗淡。"

夏槿篱便依言留下用饭。老妇人边吃边说:"你这么着也不是个办法,前头那长着三颗头的老樟树边有个村子,村后有个破庙,原住着个神婆,我年轻时常去采花树的。那神婆前些年发相时升天了,如今那破庙空着。那神婆在世时,常给人画符治病的。我听得你说是个女郎中,眼下也没个落脚处,不如把那破庙拾掇拾掇,就在那里暂且住下。先帮人看看病,待得开春了,到婆婆这里拿些种子,房前屋后种点吃的,也是条活路。"

槿篱用过早饭便依着老妇人的指点寻着了那个村子,村后果然有座小庙。庙前有几个人围坐在那里。槿篱走近了些,见当中有个女子正在给人把脉。

原来已有人在这破庙里行医了,只是难得也是位女子。槿篱想着,再走近了些,见那女子素白的衣裙上已沾染了不少脏物,一头黑发垂落胸前,腹部高高隆起,似有五六个月的身孕。

那女子也瞧见了她,撑起笨重的身子缓缓站起身来:"是槿篱妹妹吗?"

槿篱盯着她隆起的腹部,一脸疑惑。

"槿篱妹妹?你怎的也到赣州来了?武全呢?"

槿篱伸出手去搁在那隆起的腹部:"你当真寻到张宝祥了?"

女子摇了摇头。

"那这是……"

女子柔声说:"孩子。"

"哪个的孩子?"

"不晓得。"

"不晓得?!"槿篱含泪笑起来,"你倒好,放着好端端的侯济仁栈女东家不做,偏要跑出来寻那丧尽天良的张宝祥,如今可好,白白得了个孩子。"

这女子,正是侯济仁栈的大小姐侯静仪。静仪说:"宝祥哥哥并非丧尽天良之人呢,若是晓得那一扁担下去会把长颈打死,他定然下不去手的。他原是个好人。"

"好人?世间除了这白给你送个孩子的人,还有哪个不是好人?"槿篱冷笑。

"那人也不定不是好人……那人……"

夏槿篱啪的一拳打在庙门上:"蠢妇!给我闭嘴!奸淫妇女,作践人命,这样的人还不定不是好人?你那割肉喂鹰的菩萨心肠,便是要将这世间的豺狼都喂得膘肥体壮吗?"

就诊的几个病人吓得纷纷立起身来,互相使着眼色,急急地避开去了。

静仪冲着当中一名妇人的后背喊:"你回去,用软布包了盐粒子,在炉火上烘热,早晚捂在手腕上敷一盏茶的工夫,两个月后便好了。日后再莫下冷水,便断了根了。"

那妇人头也不回,背着身子躬了躬腰,算是应了。

静仪又看着槿篱接着说:"能做人,谁愿做狼呢?"

"人便是人,狼便是狼!这世间,天生的人面兽心遍地都是!"槿篱还是恨恨的。

"妹妹莫要生气,"静仪说,"先恕人,才能恕己。"

"生气?"槿篱仰面大笑,"我何止要生气?我还要杀人!"

她把庙门一摔,转身便走,却咚的一下撞在个兜着衣襟的男子身上。

那男子后退了两步,盯着槿篱颤颤地问:"夏姑娘……是夏姑娘吗?夏姑娘怎的也到赣州来了?"

槿篱见这男子衣襟里兜着糠饼子,两颊瘦得凹陷下去,瞧着年纪不大,却甚是老态。

"夏姑娘不认得我了?我是侯济仁栈的伙计侯春芽,姑娘去我们店里时,还跟我说过话。"

夏槿篱确是不认得他了。侯济仁栈的高堂阔院,仿若前世的一个幻景。

"在这里遇上姑娘可好了。姑娘不晓得我家小姐……我家小姐……"侯春芽扑通一下跪了下来,"我没能护住小姐……我们本是往湖广那边去的,在路上遇上了乱兵,我家小姐……我家小姐……我不是人,眼睁睁看着小姐……德生哥白白送了命了!"

夏槿篱反转身去冷眼看着侯静仪:"这就是你的善心?"

"我不该把德生带出来。"侯静仪还是那样柔声软语的。

"怪不得小姐的!"侯春芽扯了扯静仪的衫袖,又跪行到庙门边跟槿篱分辩,"我听说乱兵也早已攻破了临江府了,德生留在店里也不定还有命在。"

夏槿篱也晓得张献忠早已攻破了临江府与樟树镇,如今虽已败走,却曾与左良玉数战于城内,留在府城与镇上的人,确是生死难料。侯济仁栈不知怎样了,她外婆、外公与皮大先生也不知怎样了。

"我讨了些糠饼子来,夏姑娘吃一块吗?"侯春芽怯怯地问。

静仪在侯春芽衣兜里拿了块糠饼子,摇着臃肿的腰身走到槿篱面前:"吃一块吧。"

槿篱颓然打开她的手去。

糠饼子掉在地上,侯春芽趴上去捡在手里,急急地拍掉上面的灰:"夏姑娘不吃,小姐吃。"

夏槿篱看着侯春芽把糠饼子往侯静仪嘴里送去,一面又警惕地回过头来留意她的脸色,唯恐这个举动又要惹她生气。他眼神又急又怯,如同被乱棍打怕了的野狗。

39

黄武全回到临江府时,决云堂已烧成了一片瓦砾,侯济仁栈侥幸逃过一劫,却也被抢夺一空了。老猴子做主,放了药师、学徒们返乡,他独个儿空守药栈。

老猴子告诉黄武全:"秋林师傅那两个儿子舍不得钱财,乱兵占城期间,二人自作聪明把银子装在竹子里,藏在柴房里。那些贼子东征西战,什么诡计没见过?不消多少工夫便搜了出来,一刀削了两个脑袋。"

武全想:师父被人刺杀时,还引得临江府街谈巷议,他老人家两个儿子被人活活削了脑袋,街坊邻舍却再无一人提起。秦大老爷说得没错,杀人越货的事还多,哭都没有眼泪了。

老猴子也就这么简简短短交代了几句,即刻转了话头:"你日后有什么打算?"

武全说:"我还是想做药。"

"还想做药,便只得往别处去了。如今临江府的药店都撑不住了,连对街的恒昌药栈都关门了。"

武全说:"我皮家叔爷有位好友,在樟树有些路子。"

老猴子点点头:"那便好。"

武全说:"待得我做出些名堂,再接师傅过去。"

老猴子说:"你静仪姐姐临走时将药栈托付于我,我就不去别处了。她不在,我守着;她回来,我伴着。"

"姐姐若是回来了,师傅要即刻派人知会我。"

老猴子看了他一眼,垂首无言。黄武全晓得,乱世之下,出去的人不定有得回来。二人默坐了一会儿,似有千言万语,又似无话可说。

别了老猴子,黄武全又去经楼寻侯眉儿母女。来到她家屋前,只见大门紧闭。他拍了拍门,喊:"师娘,我是武全,你老人家在不在屋下?"

喊了几句,听得里面有人跑动,随即门板拉开一条缝,侯眉儿尖细的脸在门缝里显露出来。

"你可来了!"侯眉儿一把将他抱住,转头往屋里喊,"姆妈,是武全哥哥!"

她姆妈颤颤地跑出来,作神看了黄武全一眼:"真是武全!晨玉跟晚玉呢?"

侯眉儿越发瘦了,纸片儿做的一般:"听得打仗了,好些人都逃难去了,我跟姆妈孤儿寡母的,也不敢四下乱逃,只得天天闩起门来躲在房里,也不知仗打完了不曾。"

"打完了,"武全说,"经楼离得远,不然铁打的门闩也无用的。"

"打完了便好。"侯眉儿说,"如今哥哥来了,我跟姆妈不用怕了。"

侯眉儿母亲又问:"晨玉跟晚玉呢?"

武全顿了顿,说:"死了。"

"死了?"侯眉儿母亲两腿晃了晃,"哪个死了?"

"两个都死了。"

"两个?不会!怎的会?你还活着,我两个儿子怎的会都死了?"

"我那日恰巧出了城。"

"你出城怎的不带他们一起?"

武全心想:我出城办事,怎的会带两个少东家一起?再说了,那日我曾劝过他们回经楼来寻你母女二人的,是他们财迷了眼,舍不下生意。二人但有一个顾念母子之情的,也恰巧能够逃得一命。

心下虽这样想着,却也不忍告以实情,只说:"谁晓得那日便会攻城呢?"

"你也不晓得吗?"侯眉儿母亲又问,"我听得那日是半夜打起来的,你出城办事,怎的会半夜未归?怕是听得了些风声?"

武全说:"并未听得风声。"

"未听得风声怎的半夜不归?"

"姆妈!"侯眉儿喝住她母亲,"你两个儿子都已死了,如今只剩这个女婿,还问这些没油盐的东西做甚?"

侯眉儿母亲震了震,露出一脸讨好的神气看着武全:"是、是,不问了,不问了。你可吃了饭不曾?姆妈这就去烧给你吃。"

武全听侯眉儿跟她母亲的意思,这就是硬生生将他当作上门女婿了,不管他愿不愿意,也不管他跟侯眉儿圆没圆房、成没成亲。

他木然地看着侯眉儿,往后便要跟这纸片儿般的女子过一世了。他原以为自己的姻缘在静仪姐姐那里,不想却来了个槿篱妹妹;他又以为自己的姻缘会在槿篱妹妹那里,不想却落在了这一阵大风就会吹跑了的瘦弱女子手里。他不要这样只晓得闩起门来躲在房里等着他来救命的女子,在这乱世里,他要的是水里火里一起跟他闯荡的女子。可他一面这样想着,一面却伸出手去,揽住了侯眉儿竹子枝般细窄的双肩。

侯眉儿回抱着他的腰,哀哀地哭了起来。

他心里一万遍地喊:"莫再哭了!哭死了也无用的!"嘴里说的却是:"哭吧,哭出来会好过一些。"

"有你在,我便什么都不怕了。"侯眉儿梨花带雨。

黄武全想起在皮大先生屋下养好伤后回临江时,夏槿篱假意护送。他那时还未对她动心,也不在意她是去会秦大老爷。他哄着她帮他拿药,她左右不肯,说:"你又不曾当真残了。当真残了,莫说一包药,一座山我也替你背着。"他晓得她是当真会为他背着的,只要他背不动。而怀中这女子,却只想让他顶着天

第五章 战祸

155

立着地。

侯眉儿母亲看了二人一会儿，颤颤颠颠跑到厨下烧饭去了。武全正想着：死了两个儿子，怎的不见她掉一滴泪？忽听"天哪"一声，她在厨下掀天般哀号起来："这可让我怎么活呀？我两个苦命的孩儿呀……"

侯眉儿赶过去劝慰。她母亲说："你倒好，有了如意郎君，自然想得开的！我死了两个儿子，怎能想得开？"

"你儿子不是我哥哥吗？姆妈怎的说出这个话来？"

"哥哥算什么？哥哥怎比得过夫君？莫以为我不晓得，你暗自欢喜着呢，幸而死的是哥哥，不是夫君……"

"姆妈莫说这个混账话了，也不怕人听了心寒！"侯眉儿压低了声气呵斥。

她母亲也压低了声气，却还忍不住质问："你敢说你肯用你夫君的命换个哥哥回来吗？"

"生死有命，这哪里容得我想不想换的？"

"什么生死有命？我看那黄武全定是听得了什么风声，这才逃了出去，枉费了我跟你爷爷将他当作亲儿子一般相待，生死关头他却只顾着自己，连个醒都不跟你两个哥哥提一提……"

"武全哥哥还在厅上呢，姆妈只管这样胡说，让我武全哥哥听了去，往后你还靠不靠他活命？"

她母亲这才不敢再说，探出头来往厅上看了看，又堆起一脸讨好的神气："武全还在吧？姆妈很快便把饭烧好了。"

40

越是乱世，勾栏里越发歌舞升平，黄武全跟着冷逢春，借机向各路前来寻欢的达官贵人兜售补药。他注重衣饰，没挣多少银子便财主一样打扮起来，人都当他发了家了。

流言传到侯济仁栈的学徒、师傅们那里,有人特地跑来寻他谋求活路,他笑笑地应着:"待我开了店,请你来当师傅。"也有人看不上眼,跑到侯济仁栈去寻侯细苟说:"那黄武全太不像话了,居然靠着勾栏里的女子营生。知道的还好,不知道的,还当我们侯济仁栈都是这样的下九流,一粒老鼠屎坏了一锅粥。眼下店里你老人家当家,怎么着也得管管他。"侯细苟说:"当年老东家看重他,便是见他头脑灵泛,如今这世道,保得住侯济仁栈的手艺便是头功一件,管他使的什么手段,莫要伤天害理便罢了。"那人说:"靠着勾栏里的女子谋生,还不算伤天害理吗?"侯细苟跟他扯不清,只得随他去了。

这人憋着火,出门时见恒昌药栈的老东家闲坐在墙根下,便凑过去说:"我当年只当你家不讲道义,谁承想我家老东家一走,这些后生仔们一个个恬不知耻的,什么勾当都干得出来。"熊睿渊有意激他:"我是老朽了,跟不上这些后生仔们,宁可药栈散了,也做不出那些个没脸没皮的事。我这样的老古董,只得白白地受穷了,你莫学我。"那人说:"君子固穷,老先生这样才是正路。"

这人一走,熊睿渊便唤了他几个儿子过来,吩咐他们到樟树镇上去寻黄武全。别个都嫌丢脸,不肯去,只有熊元文说:"我跟黄武全一向交好,我去寻他,他定然会给几分薄面。"

恒昌药栈虽倒了,几件好衣裳还是有的,熊元文体体面面打扮起来,骑上家里仅剩的一头驴子,往樟树镇去了。

到了镇上,因怕黄武全笑话他骑驴,便把驴子拴在晏公庙前,自去打听黄武全的下处。

沿路净是乞丐,一个个蓬头垢面、半死不活地倚坐在樟树下、屋墙下,伸着手,连身都没力气起了,只空口说着:"大官人纳福了,赏口吃的吧。"

这般惨状,黄武全还能混得出来,显见的别有门路。

熊元文见着一个提着两张驴皮的人,便凑上去问:"师傅可认得一个叫作黄武全的药工?长得人高马大,面相却有些女子气的?"

那人说:"你问的是小黄师傅吧?他就住在那头。"

熊元文不料才问一人，便打探得了黄武全的住处，心下不甚确信，又拉着个提着党参的妇人问："你可认得一个叫黄武全的人？生得人高马大，面相有些女气。"

那妇人说："小黄师傅哪里女气了？你们这些汉子自己长得糙，便说小黄师傅女气，他是貌若潘安，风神俊逸。"

熊元文连说："是是是，貌若潘安，貌若潘安。你且莫管他貌若哪个，只说晓不晓得他的住处？"

那妇人说："小黄师傅就住在那边，你见了他，可莫要再说他生得女气。"

"不女气，不女气。"熊元文应着，依着她的指点寻去。

那黄武全也是个奇人，生得面貌出众，又惯会讨人欢喜，到樟树镇不过半年，竟已妇孺皆知，熊元文不消多少工夫便寻得了他的住处。原来他略略修缮了皮大先生的屋子，就在门口给皮大先生安了个衣冠冢，日日与坟为伴。熊元文去时，倒唬了一吓。

"贤弟如今也是贵人了，怎的跟座坟山伴在一处？"熊元文一路想好的说辞是夸赞黄武全如何有本事，临了却蹦出这一句。

"熊大少爷哪里晓得？这大贵之人，需得有贵人相护。我虽不曾大富大贵，却自认皮大先生是贵人，将他葬在身边，他在天之灵定会日日护着我呢。"

熊元文见黄武全衣着华贵，远在自己之上，便觉那"熊大少爷"之称分外别扭，忙说："莫叫什么大少爷了，我如今是落难的凤凰不如鸡，贤弟若不嫌弃，便直呼我表字便是。"

黄武全笑笑说："熊大少爷这一说，我倒成了鸡了。"

"不是，不是。"熊元文分辩说，"贤弟如今是大贵之人，怎能拿鸡作比？"

黄武全说："比起熊大少爷，我算什么贵人？你看我这屋子，还是先人遗物。真是贵人，还不跟熊大少爷一样，宽庭阔院住着？"

熊元文讪讪地红了脸："贤……贤弟也晓得，我……我家如今不过是个空架子罢了，但凡值点钱的东西，都被乱兵抢了去了。"

黄武全还是笑笑的:"空架子也得有个架子呀,我这儿连个架子都没呢。"

熊元文被他堵着,便说不出要跟着他讨生活的话来,急得搓手挠腮。黄武全也不问他所为何来,只管将一排排鹿茸、虎骨摆了出来。

熊元文佝着身子凑过去问:"如今平头百姓连饭都吃不上了,这样多的名贵药材,贤弟卖给什么人去?"

"我也苦于寻不着销路呢。"黄武全说,"我一介草民,不像你们恒昌药栈家大业大,有的是财主寻上门去。"

"贤弟莫要笑话我了。"熊元文说,"但凡有条路子,我也不到樟树来寻你。"

"寻我做甚?"黄武全又笑,"你家常说我们侯济仁栈假仁假义,又迂腐得很,不像你们恒昌药栈那般灵泛,迟早都要败落的。如今我们果然败落了,连门都不敢开了。你寻我,是要跟着一起败吗?"

熊元文羞得头都抬不起来了:"原是我不知事,如今我才晓得,侯大善人所言句句都是对的。平头百姓若是活不成了,我们这些做药的,头脑再灵泛也是空的。侯大善人不是假仁假义,是深明大义!他老人家舍命诊治鼠疫,也并非收买人心,是委实晓得要让百姓活着,才能做好生意。"

黄武全听得他说了几句人话,这才收起那似笑非笑的神情,正色说:"晓得就好。只是我师父的心,世上能有几人懂呢?"

思及先师,黄武全眼眶泛起红来:"我师父他老人家倒痛快,一撒手便去了,留我们这些小辈在世上,抵死挣扎。他老人家常说,世人信奉阴谋,莫说做生意确要使些手段,便是一样手段不使,人照常能看出阴谋来。如今我略略挣了几两银子,便有人时常地寻上门来,托我指路子。这世上哪儿有什么路子?无非是以心换心罢了。"

熊元文试探着问:"没路子,怎的别家的药卖不出去,你的却走俏得很?当中定有窍门。"

黄武全见熊元文又混账起来了,脸色一变,挑眉横扫了他一眼,又恢复了笑笑的神气:"我不是说过有贵人相助吗?熊大少爷回去后,只消在府上如我这般修起一座坟来,埋上你家贵人的尸骨,自有神灵相护。"

"这……这……"熊元文支吾起来,"贤弟莫要哄我,宅院里修坟,这是大大的不吉,怎会于生意有利?"

黄武全也并非纯然哄骗,冷逢春舍了命帮他,便是看着他对皮大先生一腔深情。只是在修坟之时,他并未做过这番算计。

"我……我将贤弟当作至交好友,贤弟竟拿这些玩笑话来搪塞我。"熊元文有些抱怨。

"我何德何能,当得起熊大少爷的至交好友?"

熊元文一脸认真地说:"当得起,当得起!我晓得人人都看不起我,都当我蠢,都以为我是靠着我爷才能活命。可你是晓得我的,我哪里用得着靠那个老家伙?你虽不曾跟我说过,我却晓得你是实实在在晓得我的本事的,不然也不会顶着侯济仁栈跟我家的仇怨与我相交。那侯秋林跟张宝祥,哪个见了我不跟乌眼鸡似的?贤弟宁可开罪他们也要与我交好,这片真情,我常存于心。莫说你如今已是贵人,便是你当学徒那会儿,我也素认你是个知己。我这一世,得着了你这么个知心人,也算有点慰藉。"

黄武全见熊元文两眼钩子样的在他脸上逡巡,盼着他点个头,或是应个声,瞧着有些可笑,又有些可怜,倒是不忍再加戏弄了,埋头擦拭起手里的片刀来。

41

夏槿篱擅用银针,手头虽是草药不多,闲常头疼脑热却还应付得来。加之医好了几例久治不愈的头风,近前村子里的人都渐渐晓得了破庙里住着这么一号人物。

这日来了两个声称腹痛的后生,槿篱拣了些石块在火里烧热,预备帮他们煨在下腹。谁知当中一个后生待她将包好的石块刚往下腹一塞,便摸起她的手来:"好浪的一副身板,可惜流落在这破庙里,日日劈柴烧饭,活生生把一双软乎乎的小手磨得跟老树皮似的。"

夏槿篱说:"我自幼习武,向来皮糙肉厚的。"

那后生说:"习什么武?妹子这副身板,什么汉子不能斩于腰腹之间?哪里用得着吃那个苦?"

槿篱见他一味出言调戏,晓得他们并非当真前来就诊,便说:"你们只是受了些风寒,不算什么大病,只需将我方才给你们的石头带回去,依着我的样子在灶火里烧热,一日煨两回便好了。"

那后生说:"我们又不是郎中,哪里晓得怎么煨,煨哪里?"

侯静仪见状,撑起笨重的身子走上去说:"我来告诉你们。"

"我只晓得她是女郎中,你这个大肚婆是什么东西?"那后生嫌弃地撇了撇嘴。

侯静仪说:"我是临江府鼎鼎有名的药店侯济仁栈的大小姐,论医术,我还比她高些,只是碍于行动不便,不曾显过本事。"

"你也晓得你行动不便?"那后生说,"你这大肚婆快些给我有多远滚多远。医婆有孕还不许入宫呢,莫给小爷惹了晦气。"

槿篱拉起静仪说:"姐姐莫管他了,他们不肯回去,我们出去。"

先前那个一声不吭的后生忽地蹿了过来,一下便把槿篱撂翻在地,骑坐在她身上撕扯衣襟。

静仪慌忙扑上去推打那后生,被他一反手掀到干草堆里。

春芽本在庙门口晒药,听得响动冲进屋来,却空空地站着,不知如何是好。

槿篱一边跟那一声不吭的后生打斗,一边冲着春芽喊:"你是死人吗?快抄家伙呀!"

春芽慌手慌脚捡了块石头,虚张声势地举在头顶,却绕着圈子跑来跑去。先前那不停调戏槿篱的后生闲闲地走到春芽面前,一下便把他手里的石头夺了过去:"不晓得怎么砸人?我来教你!"

手起石落,春芽脸上瞬时迸出一片血花。他颤抖着托起双手,看着血水一点点往手心里滴落。

"操你娘的！怕死你就跑啊！"槿篱冲着春芽喊，"难道要等在这里眼睁睁看着姑奶奶被这两个畜生玷污？"

春芽可怜兮兮看了静仪一眼。

"走。你走。"静仪挥了挥手，"走得越远越好。"

"对不住了！"春芽趴在地上冲着槿篱磕了个头，连滚带爬逃出去了。

静仪撑着香案强行稳住身子，呼啦一下将衣襟撕开："你们想要便冲着我来吧，她还是个闺女，菩萨在上，都看在眼里，你们要遭报应的。"

槿篱脑袋里轰隆一声，想不到侯静仪为着保她竟肯如此。但见她裸露着鼓凸的下腹，胸前一对饱胀的巨乳，乳头却幼女般小得可怜，配在一起，既强悍又羸弱。她常讥讽她割肉喂鹰，今日，她便割了肉来喂养自己了。再怎么自以为是，她对她的善心，也不忍再生出半点讥讽之意。

"我们要的就是闺女！"那一声不吭的后生终于开口了，槿篱见他长着一口烂牙，像铺在茅坑上虫蛀过的窨板。

"我操你娘的！但凡你长得稍微齐整一点，老娘忍了也便忍了。你这蛆一样的畜生，今日忍了你，老娘一世都活得恶心！"槿篱骂着，摸出一根银针直往自己喉咙上插去，"今日便是死了，老娘也不从你！"

那后生显见得未曾料到这个节骨眼上她还有空咒骂他的容貌，许是平日里常被人拿容貌讥笑，手下不禁顿了一顿。静仪趁着他这一停顿的工夫，扑上前去也抢了一根银针在手里，直刺刺往下腹插去："你二人今日非要逞强，便是两尸三命。"

槿篱伸手往静仪下腹一挡："姐姐莫要如此！我与你非亲非故，不值当陪我赴死。"

静仪紧紧将她搂在怀里："今日要生一起生，要死一起死。"

侯静仪连自己的清白都毁了，竟会为着护住她的清白甘愿赴死，槿篱一时又是感动又是震惊，竟不防静仪已将银针扎入下腹。

"啊哟!"一声惨叫,静仪滚在地上翻腾起来,一股热流喷涌而出。

那烂牙的后生原与她们撕扯在一处,冷不防手背触上了静仪下身的热流,怕烫似的缩起手来骂骂咧咧告诉他同伴:"这大肚婆子怕是破了水了。"

"管她破不破水,"他同伴说,"你先破了她边上那个再说!"

烂牙看了槿篱一眼,似在掂量轻重。静仪猛一用力,血水浪一样喷了出来。

"哇呸!"那烂牙后生连连吐着口水,"真是倒了血霉,竟会碰上这样的晦气!汉子见不得婆娘产子,要倒一辈子血霉的。算了算了……"

两个后生走了。槿篱紧握住静仪的手:"姐姐莫怕,莫怕! 有我在呢。我会接生。接生,先烧水,对,先烧热水。"

静仪强忍着腹痛,回握着她的手:"我今日若是死了,你莫再四处流落,临江的仗该打完了,回去寻武全吧。武全……定然念着你呢,他也可怜……"

"你不会死,你不会死。有我在,你不会死。"

"记住,回去寻武全啊……"

槿篱抱着吊罐出去打水,一脚绊在庙门上,扑通跌了一跤。她趴在地上哭了起来。才哭了一声,又赶忙抱着吊罐爬了起来。

"先烧水。再……再……再找一把剪刀。对,剪刀也要用火烧一烧……"

侯静仪产下了一名男婴。夏槿篱到近前村上去讨鸡蛋给她补身。人人都吃不饱,哪里舍得把这样的好东西舍给她去。她索性在村上吃喝起来:"我是近前破庙里的医婆,我的本事你们是见识过的,今日我姐姐产子,为着让她吃上一顿好的,我愿将家传绝技相授,换只母鸡给她补身。哪个舍得下本钱的,尽管来学。一只母鸡换一手绝技,划算得很!"

吆喝了半晌,引来了许多村民,却无人上前学艺。

夏槿篱指着村前一棵老樟树说:"我要飞针扎那樟树第二根枝丫上的第三

片叶子,你们且看看,扎得准不准。"

说着,便从软布包儿里抽出银针,"嗖"地一下往那叶片上飞去。人群里发出"哦"的一声惊叹。

"我再扎那第三根枝丫上的第二片叶子……"

夏槿篱刚要再抽出一根银针,人群里有人喊:"莫扎了,我信你。"

是个十四五岁的少年,拨开人群挤了出来。

"你信我,却不知你家养没养鸡。"

"养没养鸡,我今夜都有老母鸡送到你庙里去。"

一听这话,夏槿篱无端地想起了黄武全。这少年与黄武全并不相像,不知为何,她却想起他来。

"师父在上,我温虎今日拜你为师,自此上刀山下油锅,悉听师父吩咐。"那少年双膝落地,拜了几拜。

"上刀山下油锅倒是不必,我只要一只母鸡。"槿篱笑。

"妹子莫听他的,他是个遗腹子,家里穷得锅都揭不开了,哪里来的母鸡给你?"有人好心提醒槿篱。

槿篱含笑看着那少年,看了一阵,说:"我信你。"

她将那少年唤到一旁,拿出银针晃了晃:"若能令缢死者回生,可算绝技?"

那少年说:"算。"

"我这便将缢死回生之术传于你。"

那少年目不转睛盯着她手里的银针,她边施针,边讲解。

那少年似有所悟,仰头"哦"的一声。

众人见二人不过三两句话便说完了,纷纷猜疑:"这妹子定是哄那遗腹子的,世上哪有这样的事,家传绝技,两句话便交代了?"

那少年说:"叔伯们这话可就少了见识,你们不见我师父举手飞针,说刺哪里便刺哪里吗?所谓师父领进门修行在个人,这绝技听来容易,想要精通,却还需深下苦功,要跟我师父一般练就针随心动的本领。"

槿篱大喜,不想这少年如此有悟性。

少年跟着槿篱回了庙里。槿篱指着静仪说:"这是我姐姐,你唤她师伯便是。"又指着少年说,"这是我夏槿篱新收的首徒,姓温,名虎。"

温虎磕了个头,依言称侯静仪为"师伯"。静仪说:"师伯现下也没什么东西给你,我家有治疟疾的方子,这便说与你听,权当见面礼。"

温虎依言记下,又磕了个头。

夏槿篱扎了个草人,指点着位置教温虎飞针,又吩咐说:"你下回带些纸墨过来,我把穴位写在纸上,贴在草人身上,你带回屋下也可习练。"

温虎说:"我带了纸墨来,却仍在师父庙里习练,跟着师父,我心里安适。"

静仪笑看着槿篱问:"妹妹觉不觉得他像一个人?"

槿篱岔开话去,看着温虎说:"手未练熟时,不可胡乱帮人扎针。"

温虎拱手称是。

静仪说:"你这样欢喜虎儿,却对那人那样疏离,却不知你欢喜的正是这样的性情。你与那人,原是两情相悦的。"

"你还有完没完?"槿篱瞪起了眼,"若不是看在你产子不久的分上,我这便将你赶出庙去。"

静仪低头逗弄起怀里的婴儿来,脸上带着点浅淡的笑意。

日暮时分,温虎收起草人说:"我去屋下拿些米来,帮师父、师伯烧口粥吃。"

槿篱说:"罢了,我这里还有些吃食,你且去吧。"

温虎说:"那等我下半夜送了鸡来烧汤吃。"

静仪听着奇怪,问:"怎的下半夜来送鸡?"

槿篱说:"他一下昼都在庙里练针,屋下耽搁了许多活计,待得回去忙完,可不得下半夜了?"

温虎便晓得槿篱知道他的打算,冲她会心一笑。这一笑,更像黄武全的神情。

静仪说:"既如此,那便明日再送来吧,下半夜好生在屋下歇息。"

温虎说:"我天生不爱睡觉的,夜里精神得很。"

下半夜,温虎果然送了鸡来,不是一只,而是一对。

静仪问:"你哪里来的一对母鸡？我看你衣着粗简,不像家境宽裕的,这时节,平头百姓有口饭吃便不错了,哪里养得活好几只鸡？"

温虎说:"叔伯不晓得,我惯会摸田螺、挖蚯蚓,养几只鸡不算难事。"

静仪将信将疑。温虎三两下拔了鸡毛,搁在吊罐里,煮了满满一大罐鸡汤三人分着吃。

静仪见他手脚这样利索,禁不住又说:"真像那人。"

槿篱懒得搭话。

温虎问:"我几个小兄弟听得我在跟着师父习练飞针,也想跟着同来学艺,不知师父肯不肯一并教教他们？"

槿篱说:"既是你的兄弟,定然都是正派人,只管带来便是。"

温虎说:"师父放心,不是正经人,徒儿不敢带到师父这里。"

次日,温虎便带着七八个跟他一般年纪的少年到了庙里,一群人日日热热闹闹跟着槿篱练针,一应吃食都有这帮少年张罗,那些个对槿篱生过邪念的人不敢再来。

每隔十日,温虎便在后半夜送一对母鸡到庙里。一两回倒没什么,次数多了,静仪又起了疑:"虎儿,你老实告诉师伯,哪里来的这许多鸡？"

温虎晓得瞒不住了,便厚着脸皮说:"左右不就是个'偷'字吗？"

"快还回去。"静仪说,"你还这样年少,莫把路给走岔了。我不吃鸡还不照样活吗？"

槿篱笑笑地说:"岔都岔了,还回去又有何用？"

"一时走岔了不要紧,还回去了便是回到正道上了。日后莫再走岔了便是。"

"我去他娘的正道！正道上哪儿有活路可寻？"槿篱说着,抽出根稻秆往当中一只母鸡脖颈上一绕,用力一扯,那母鸡登时毙命。

温虎拍掌笑说:"我师父就是我师父,这般行事,才是当得起我师父的人。"

槿篱又抽了根稻秆,将另一只母鸡吊死了,扔给温虎。温虎煮好了鸡汤,跪在静仪面前求着她吃。静仪拗不过,只得吃了。

槿篱跟温虎说:"你这师伯样样都好,就是有些死心眼。"

温虎应和着说:"可不是呢?不是徒儿不敬,如今这世道,师伯一味这样心实,只怕伤了自个儿。"

静仪看着二人,又浅浅地笑了起来:"我便晓得自己不曾看错,果然如此。"

"不曾看错什么?"温虎问。

槿篱拍了温虎一下,使了个眼色。

温虎便不敢再问。

村上总有人丢鸡,虽未抓住现行,村民们也约摸猜着了当中缘故,派了人整晚守在破庙旁。温虎机灵,晓得有人蹲守便不再动手。村民们守了二十余日,不愿再耗精神,为着斩草除根,也不管抓没抓住现行,只说庙是他们的,不留外人,将槿篱跟静仪赶了出去。

温虎要跟着槿篱同去。槿篱说:"你家中还有寡母,怎能丢下不理?我不收不孝之人为徒。"温虎说:"我母亲年纪尚轻,一时也不用依靠我。我跟着师父练几年针再回来也不迟。"槿篱说:"年纪再轻也是妇人,没个男儿傍身怎么行?"温虎说:"师父、师伯不也是女子吗?"槿篱看了看静仪:"她是女子,我不是。"温虎听不明白。槿篱说:"我是自幼习过武的。"

温虎只得抹着眼泪帮槿篱收拾东西,也无甚东西可收拾,不过是一个包袱塞了两件衣裳并一本医书。

槿篱将医书拿出来交与温虎:"这书上的针法我都烂熟于心了,留着给你吧,你要好好参悟。"

温虎连连摆手:"这是师父家传的医书,怎能送给徒儿?"

槿篱说:"放心,待我日后得空,再依样默记一本便是。"

温虎这才接了,紧紧捂在胸口:"只恨我晚生了几年,若是……若是……"

槿篱止住他说:"这书上的针法,你尽可传授于人,只是莫让那些存心不良的人得了去。"

温虎点头:"师父放心,我只与正派人相交。日后若有本事收徒,也以人品为重。"

槿篱笑看着静仪问:"谁说偷了只鸡便是走岔了路呢?你看我这徒儿,可有半点歪心?"

静仪颔首:"虎儿是极好的。"

静仪想回临江。槿篱说:"你家还有药栈在临江,自然想回去,我这两年却是不愿回去的。你非要去,也再养上一阵儿,待得身子再好些再去。我也借机帮你把春芽寻回来,与你同去。"

静仪说:"我并非惦记药栈,只是武全离了你这些时日,怕是惦念得很。我是想要陪你回去与他相见。"

"总惦记他做甚?"槿篱烦躁起来,"莫说我跟他,便是你,他当日把你当神仙一样供着,你如今这个样子,便是回去了,他也看不上你。"

"我……"静仪被她噎得哽了一下,"我与他,毫无男女之情。他中意的是你。"

槿篱冷笑一声:"这样无用的话便不说了,命都活不下去,还管这些做甚?"

静仪只得跟着槿篱留在赣州,仍是帮人看病换口吃食,勉强度日。

说是要去寻找春芽,一日三餐尚且混不饱,二人一时也腾不出空闲去寻。这日静仪正苦于奶水不够,刚要出门去讨碗米糊来给孩子充饥,一出去便见着一个缺口的钵碗里盛着浓白的一碗东西。

她举目四望,春芽从一个柴堆后瑟瑟索索地钻了出来。

春芽说:"我一直跟着你们。"

静仪叹了口气:"既来了,便一起吧。"

"我……对不住夏姑娘。"

"夏姑娘也不曾怎的。"

春芽面色一喜，双手合十念了声"阿弥陀佛"，说："好在老天有眼……"随即又阴沉下去，"靠着我这样没用的人，是不顶事的。"

静仪说："也不怪你。生死关头，谁都保不准心生怯意。活着便好。"

春芽捧起钵碗递到静仪面前："这是牛奶，快喂孩子喝了。"

静仪也不问他从哪里得来的牛奶，只问："烧开了不曾？"

43

临江府清江县出产的江枳壳是贡品，清江的制药技术也跟着扬名朝野，宫里年年都会派中使到当地采购药材。当中有位太监爱听冷逢春唱曲儿，一到樟树镇，便日日在她勾栏里流连。时下战事频繁，冷逢春原以为中使不定再来，到了时节，那太监却如常而至，仍旧日日听她唱曲儿。

她瞅了个空子，特地到黄武全住处告诉："有位宫里来的贵人日日要来听我唱曲儿，今夜唱罢后我假作旧疾复发，让小厮来喊你。你只消过来给我把把脉，开个方子，我便假装好了。引那贵人留意到你，你也借机与他相与相与。"

黄武全晓得冷逢春是想让他混个脸熟，日后伺机做些宫里的生意。可他也晓得那些宫里人个个都是雁过拔毛的，跟他们做买卖，只怕卖药的银子还不够拿来孝敬，便说："多谢姐姐，只是我如今只想做些小本生意，便是认得了这样手眼通天的人，也是用不上的，倒白白地辜负了姐姐的美意。"

冷逢春说："只要宫里用上了你的药，不管好赖，你的手艺便算有了定论，凭他是谁都要赞一声'好'的，你日后在清江也就站稳了脚跟，再做什么生意都容易。"

黄武全听着有理，却还是隐隐有些不适，也不知这不适之感来自何处。

冷逢春说："莫再思虑了，无论如何这都是个好事。"

黄武全心想：说好事也未必是好事，能得宫里人青眼，自然有利于在县里做生意，只是"请得婆婆来难送婆婆去"，届时只怕平添许多烦扰。

"我见你平日行事果断,今日怎的如此忧柔?"冷逢春催促起来。

黄武全一笑:"姐姐不晓得,我原是个胆小的,遇着大事便是这般难以决断。"

"这也不是什么大事,不过是去认个脸。"

"于我而言,见宫里人便是大事。"

冷逢春有些错愕:"倒是看不出来,你竟这般……这般……"

"这般上不得台面,是不是?"黄武全接下话去,"这事再容我想想。多谢姐姐美意。"

冷逢春兴味索然地去了。

黄武全总想不透那隐隐的不适感来自何处,说是怕惹上了宫里人平添烦扰,他却也并不是个惧怕烦扰的人。自拜入侯济仁栈以来,治鼠疫、请傩队、经战乱……桩桩件件无不烦扰,且有性命之忧,他却从未有过如此不适。

他翻来转去地想,不禁想起夏槿篱来。想到夏槿篱,便记起她欢笑着说:"我们一起将学得的医术传于天下人。"是了,他做药、学医,是想救治天下百姓,原与宫廷无甚干系。为百姓,再多烦扰也在预料之中;为皇家,他却是一丁点儿烦扰都不愿担的。他的不适感,便出于此处。

黄武全婉拒了冷逢春的好意,仍旧游走坊间,一点一点积攒声望。

他早前在怡丰药店借住过一夜,认得他家几个学徒、伙计,自打在樟树镇落定了脚,得闲便跟这几个学徒、伙计厮混。经由他们又认得了掌柜。那掌柜见他手艺好、武艺强、头脑灵泛,晓得日后能成大器,也有意结些交情。同样的药,不收别家的,只收他制的。瘦死的骆驼比马大,怡丰药店原是樟树镇上数一数二的大药店,战后生意虽冷清些,到底强过寻常药店。武全跟着这掌柜的,手上几乎不曾积压过药材。

日积月累攒了些银子,黄武全在樟树镇上开起了一家小小的药店,为感侯济仁栈之恩,又不好与侯济仁栈同名,便挂牌黄济仁栈。

侯眉儿母亲听得黄武全开了药店,便撺掇着她女儿一起搬到店里去住。那老妇娘家姓熊,家中男子世代习武,她身为女子不容操练,便时常躲在暗处偷窥,年长日久,逐渐养成了争强好胜却又鬼鬼祟祟的性子。黄武全劝这老妇搬回经楼,她一味阳奉阴违,嘴上应着,却不动身。武全无法,只得将她母女安置在皮大先生屋下。

这侯熊氏在皮大先生屋下落了脚,浑然不顾药店规矩,见天儿地带着女儿往黄济仁栈跑。出入黄济仁栈的人都当她是黄武全丈母,当她女儿与黄武全早已成亲。

成亲是在所难免的了,洞房花烛夜,黄武全搂着侯眉儿单薄的身子,有种英雄垂暮般的悲怆。夏槿蓠那雨后春笋般的蓬勃才是令他欲罢不能的,而侯眉儿……侯眉儿与之相较,如同枯木一竿。

枯木也有枯木的智慧,侯眉儿又哭了起来,黄武全只得柔声宽慰。

侯眉儿说:"我是配不上你的,可参天巨木也有藤蔓攀缘,哥哥只当我就是那无以自立的藤,你就是那顶天立地的木。我靠着你,才能生。"

黄武全心想:缠多了藤,再大的树也要死的,嘴上却说:"莫要胡言,你哪里配不上我了?我们原是一样的。"

侯眉儿说:"不一样。哥哥是个个女子见了都要禁不住仰慕的,我却是全无别个男子怜爱的。只有哥哥心慈,可怜我。"

"哪有你说的这样?"黄武全说,"我并无个个女子仰慕,你也并非更无男子怜爱。"

侯眉儿说:"我不如侯大小姐那般娴雅,又不如夏家姑娘那般本事,哥哥这样的人中龙凤,原应与她们相配才是。只是造化弄人,偏生侯大小姐跟夏家姑娘都远走他乡去了,只留我在这里,捡了这份福分。我自知受不起,今夜便彻夜诵经,为两位姐姐祈福,也还了老天爷白赏的这份福气。"

黄武全说:"这倒不必。"

侯眉儿却执意披衣下床,到厅上跪在药王菩萨面前,咿呀咿呀念起经来。

"这是药王菩萨,不管儿女情事。"黄武全也不知她念的什么,斜斜地靠在房门口看着。

"我也认不得什么菩萨,只知心诚则灵。"

黄武全晓得任她闹下去,恐怕一夜不得消停,便催促说:"快起来吧,已然灵了。你不睡,我也睡不成了。"

侯眉儿说:"享了别个的福分,我今夜如何睡得下?"

黄武全烦得不行,却也不忍将她独个儿留在厅上,只得上前将她抱了回来,宽慰说:"你是我正头娘子,与我同床天经地义,再莫说什么享了别个的福分。"

侯眉儿又泪光闪动起来:"哥哥这般待我,眉儿感念一世。"

黄武全将她放在床头,她便用那汪汪的泪眼一径儿盯住他看。他自然晓得她的意思,不得不趋近身去。

这男子,终究是心软,侯眉儿是拿捏得准的。她顺势将他脖颈一勾,滚在大红的被面上面。

黄武全屈就了一番,渐渐回过味来:柔弱,便是侯眉儿的兵器,她将它拿在手里,无往而不胜。

侯眉儿用泪水将黄武全与夏槿篱杀了个片甲不留。夏槿篱空有一身本事,却只知一味逞强,被个弱女子斗得一败涂地。黄武全总算明白过来,夏槿篱对他的需求,是同侯眉儿一样的,只是她选择了孤勇而已。

这孤勇,却又火一样烫灼着黄武全的心。他的心已被她摘了去。正如泪水是侯眉儿的兵器,孤勇也是夏槿篱的兵器。侯眉儿用示弱得到了他的人,夏槿篱用孤勇得到了他的心。她们都是强者,他自己才是那个手无寸铁的人。

黄武全掂量着生命中的三位女子,一个静、一个勇、一个弱,各有安身立命之本。唯有他自己,在左右摇摆中惶惶不定。他原以为在挑拣她们,却不料竟一点一点被她们瓜分了去。

大局已定,这一世,他的情爱便注定在这样的四分五裂中存在下去。

44

  一阵秋雨一阵凉,赣州虽不像苏杭那般多雨,却也时常一连四五日点不停滴。刚入了九月,霏霏的细雨洒在身上,竟如入冬了一般。夏槿篱琢磨着一天天冷下去,新生儿迟早扛不住,便生起了干脆将他们送到侯润墨那里去的心思。

  侯润墨是侯济仁栈的学徒,若是晓得侯静仪流落在赣州,定然会想尽办法照顾。只是药店不容女子栖身,要收留静仪,润墨就非得另置房舍不可。如润墨一般出门谋生的药工,个个都想尽早攒了银子返乡团聚,平白地要分出一份收入来另置房舍,是件令人颇为为难的事。槿篱便是想到了这一层,这才宁可让静仪跟着她四处游荡,也不愿告知润墨。只是天气越来越冷,也顾不得这许多了。

  夏槿篱晓得侯静仪的性子,若是告知她前去投靠润墨,她定然不肯随行,只得谎称要去府城办事,将她跟春芽带到润墨当药师的那家药店里去。

  进了药店,槿篱东张西望,总不见侯润墨的身影。左右无法,只得叫住个伙计问:"润墨师傅可在店里?"

  "润墨?夏姑娘说的是我们侯济仁栈的侯润墨吗?润墨哥哥也在赣州?"春芽听得槿篱那么一问,瞬时惊喜不已,急急地抢过话去。

  槿篱看了他一眼,算是默认。

  静仪也是才晓得润墨也在赣州,槿篱是骗了她来寻他的。

  那伙计说:"侯师傅早就出去了,现在米市街那边开了个小店,名为'保荣堂'。你们到那边寻去。"

  槿篱心下一喜:这可好了,润墨自己开了药店,更好照料静仪母子了。

  谢过了小伙计,槿篱领着静仪跟春芽往米市街去。静仪当着外人不好说,出来了才问:"来寻润墨,为何要瞒我?"

  "不瞒你,你肯跟着来吗?你那性子,看着柔顺,发起犟来却是十头牛都拉

173

不住的。"

静仪说:"我们这一来,他定然不肯再放我们走的。他在外讨生活,不知多少艰难,我们实不该前来寻他。"

槿篱满不在乎地说:"我原想着也是艰难,如今听得他已当上掌柜的了,却也无甚艰难。"

"虽说是当上了掌柜的,却也是血汗钱拼来的,我实不愿平添拖累。"

槿篱"嘿嘿"干笑两声:"你不愿拖累他,倒愿拖累我吗?"

静仪一愣。

春芽忙说:"都怪我无用,我原也是个汉子,是该照料小姐的,只是我……我……"

春芽原本也是个伶俐的,只是见着了德生被人活活打死,受了惊吓,因而变得极为畏怯,头脑也渐渐迷糊起来。

槿篱无心安慰他,接着说:"你家小姐也不知是个什么道理,放着个身高八尺、开得起药店的男儿不去拖累,却要拖累我个柔柔弱弱、身无分文的女子。"

静仪晓得要说什么"我谁也不愿拖累,自行去讨生活"的话都是无用的,槿篱定然不肯任她独行,不去润墨那里,只得仍旧跟着槿篱。可槿篱显见得是已无法可想了,这才会领着他们来寻润墨,想到这些,便只得闭了嘴,紧跟着槿篱往保荣堂去。

保荣堂开在米市街一个角落里,是家极小的铺面,主营保荣丸。店里只有侯润墨并一个小伙计。

润墨见了静仪,喜得什么似的:"一别经年,这……小姐连小公子都生了。"

静仪莞尔:"可不是吗?你也长进了好些。"

"是宝祥哥的吧?宝祥哥现在何处?"

"他……出门走药,也不知是被什么绊住了还是怎的,一去便不见回来。如今也不知怎的了……"

"呃……宝祥哥吉人自有天相,定然很快就会返来的。"润墨有些惊愕,因怕惹静仪揪心,便假装浑不在意一语带过,岔开话问,"这小东西可有乳名?"

静仪临时取了一个:"就叫诺诺吧。"

"诺诺,好名字。小诺诺,你可认得我? 我是你润墨叔爷呢。"

"你这保荣丸原是补药,如今哪儿有多少人吃得起补药?"槿篱插进话来问,"生意一向还好?"

润墨说:"勉力维持而已。"又说,"小姐既来了赣州,便跟夏姑娘一起在我店里住下吧。"

静仪说:"药店不留女眷,我们怎能住你店里?"

"怕什么?"润墨说,"当年在侯济仁栈,也是说药店不容女眷,老东家还不是日日让小姐伴在店里? 也没见损了生意。都是侯济仁栈出来的,还信这些?"

槿篱说:"这便是了。你家小姐也是个有手艺的,我看你店里人手也不多,留她住下,也可帮着照看照看。"

润墨说:"这话是了,我店里正缺人手,小姐跟夏姑娘就留下帮我吧。"

静仪便在润墨店里住下来了。她擅治女科,倒给保荣堂招了不少生意。槿篱不受挽留,仍旧出城去了。

年底,槿篱想着润墨做了掌柜的,兴许会回临江过年,便到保荣堂去问:"所谓衣锦还乡,我们润墨师傅如今也算小有所成了,新年里可会回乡热闹热闹?"

润墨说:"原不打算回去,若是夏姑娘要带什么东西,我回去一趟便是。离家这些年,也是该回去看一眼了。"

"倒无须带什么东西,只是我离家日久,不知外婆、外公是否安好。另有你家小姐,她家还有药栈在临江,也不能一直丢着不管。如今她身子也养得差不多了,你也把她跟春芽一并带回去吧。"

静仪说:"要我回去也容易,只消你跟着我一道回去。"

槿篱说:"我家又没药店在临江,扯着我回去做甚?"

静仪说:"武全还在等着你呢。"

润墨一咯噔:黄武全不是一直恋着静仪小姐吗? 怎的又说在等着夏姑娘?

"你又来了,"槿篱说,"不提那人你会死吗?"

"为着避开他,你要一直在外流落吗?"

"我为何避他?我犯不着避他,我也犯不着见他。我到赣州,是为长些见识,与他何干?"

"你流落乡野,连药店都进不了,上哪儿去长见识?"

"进不了药店,我便自己开家药店,到时候你才晓得什么是见识。"

"要开药店,回临江开不好吗?何苦留在这里吃糠咽菜?你分明就是为着避开武全。你总以为是他负了你,却不晓得,你这一走,却是负了他了。我晓得他的性子。"

"你晓得他的性子,你自己回去与他相聚好了。扯上我做甚?我并不晓得他的性子。"

润墨听这意思,夏姑娘与黄武全似是一对怨侣。他不曾奢望过自家大小姐,对槿篱却是有过绮愿的,心下不由得有些伤感,嘴上却还打着圆场:"如今兵荒马乱的,路上也不定安生,不回便不回吧。我独个儿回去看看夏姑娘外公、外婆便好。"

槿篱看着静仪说:"她不回去,你也原没打算回去,倒不必特地空跑一趟,只托了返乡的熟人问问便好。你们侯济仁栈的侯顺良晓得我外婆、外公的住处,你托了熟人到县衙里寻他去,让他去我外婆屋下看看。"

润墨问:"寻顺良怎的要到县衙里去?"

槿篱说:"他如今在知县老爷跟前当差。"

静仪说:"顺良呆呆的,只怕白惹了两位老人生气,不如就让武全过去看看。他不是也晓得你外公、外婆的住处吗?"

槿篱翻了个白眼:"你心里只有黄武全是好的吗?顺良虽有些憨气,却与我是至交,我外婆、外公晓得他耿直,不会跟他置气。"

夏姑娘怎的又跟顺良成了至交?润墨心乱得很,只"嗯嗯"应着。

年后,受托的熟人返来,却把侯顺良也带来了。

静仪问:"你怎的也来了?侯济仁栈诸事可好?"

顺良说:"我听得说槿篱妹妹托我去看她外公、外婆,便晓得她在赣州。我原与她是定过亲的,被那黄武全给活活拆散了。如今黄武全已娶了秋林师傅的小女,我跟槿篱妹妹的亲事自然仍作数的。槿篱妹妹在赣州,我岂有不来寻她的理?"

"娶了……娶了秋林师傅的小女?"静仪身子一晃,险些打了个趔趄。

"就是小姐出门那天流着血追着黄武全乱跑的女子,名唤侯眉儿的。"

"竟当真娶了她?"

"可不怎的?不是我说,那黄武全人虽不坏,于男女之事上却是乱麻一团。幸而槿篱妹妹不曾嫁他。"

"这事莫要告诉你槿篱妹妹。"静仪叮嘱说,"她听了还不知要怎样伤心。"

"有甚伤心的?"顺良浑不在意地说,"我才是槿篱妹妹的良配。如今我来了,她高兴还来不及。"

润墨揪住顺良的衣襟往上一提,恶狠狠说:"小姐叮嘱你莫要告诉夏姑娘,你听见了不曾?"

"听见了听见了,"顺良踮着脚尖愣愣地点着头,"不告诉她便是。另有一件事,恐怕也不能说给她听。"

润墨问:"何事?"

"她外公、外婆都被乱兵打死了。"

润墨颓然地放下顺良,空空地看着静仪。静仪也空空地回望着他。

二人呆立了一阵。侯顺良催问:"我槿篱妹妹现在何处?快些告诉我,我要寻她去。"

45

一位头戴瓜皮小帽操着外地口音的汉子背着一个鼓鼓囊囊的布袋闪入黄

济仁栈,跟黄武全说:"我远赴清江收购沉香,不料家中忽生变故,急需用钱。这东西金贵,一般人也买不了多少,我急着返乡,手头又再无余钱,只得自认倒霉,贱价出售,只求一次卖完,省得携带不便,不知掌柜的可有意购买?"

黄武全听他虽操着外地口音,间或却有临江口音夹杂其间,不像外乡人学说临江话,倒像临江人学说外地话,便笑笑地说:"我这巴掌大的小店,哪能吃得下这许多沉香?"

那人说:"我虽是外地人,却听得说黄济仁栈的黄师傅是最有路子的,你家店里若是吃不下,别个店里更吃不下了。我也无须再往别家问去了,只请掌柜的帮我请了你们黄师傅出来,他老人家肯出多少银子,我便多少银子卖了便是。左不过都是折本的买卖,折多折少而已。"

黄武全心想:这是赖上我了?又笑着说:"我便是黄武全,黄济仁栈的东家。我这小本生意,哪里舍得花钱另请掌柜的?老师傅真是高看我了。"

那人假作惊讶:"原来掌柜的就是黄师傅,我有眼不识泰山,不料黄师傅这样后生,还当那样灵泛的人物定然是位老先生。"

"所谓见面不如闻名,传得再神的人物,真人也不过尔尔。如今师傅见了本人,可要大失所望了。"

"哪里哪里?黄师傅风采卓然,比传言中精明百倍。"那人急急地解开布袋,"你看我这沉香,木色深沉光亮,香气怡人,是真真的上等货。你再叫伙计打盆水来……"

黄武全抬了抬手,有个二十出头的后生便跑到后堂端了盆水出来。那人拿了两块沉香往水盆里一放:"瞧,入水下沉。"

黄武全绕着水盆打了个转,从布袋里取出一块沉香塞进嘴里。那人定定地看着他的嘴。黄武全嚼了嚼,拍拍手说:"我原用不上这许多沉香,只是听师傅说家中突发变故,动了恻隐之心,便帮师傅一回,也算积点德。"

那人松了口气,说:"怪道樟树人都说黄师傅仗义,果然仗义。"

黄武全心想:你听得我仗义,便拿家中变故来诓我?这木头块子嚼之味淡,一口的木渣子,分明就是白木。沉香味苦,嚼之多有油脂。你当我年轻,便不识货吗?

沉香与白木本为一体,不过是沉香经虫蛀,脂油外溢,白木未经虫蛀,不含脂油,伪造者以蜂蜜浸制,造成饱含脂油的错觉,极难辨识。黄武全跟着皮大先生多在药市走动,见得多了,这才一嚼即识。若不是养伤那阵子日日跟着皮大先生混迹药市,还真被他诓了。

那人见黄武全面带笑意,却沉吟不语,耐不住说:"黄师傅既肯帮我,我便折了老本,五十两银子卖给你。"

黄武全指着黄济仁栈的招牌说:"你看我这药店统共值得五十两吗?"

那人顺着他手指的方位看了看,干笑了两声说:"四十两!四十两都给你了。"

黄武全仍是笑而不语。

"三十两!我三十两全卖了!"那人假作丧气地挠了挠头,"谁叫我倒霉呢?"

"我看你这沉香确是沉香,却不是上等货。"黄武全伸出三根指头说,"三两。三两我都要了。"

那人两眼一跌:"黄师傅莫不是说笑吧?三两?三两上哪儿买这许多沉香去?"

"你这沉香,只值三两。"

那人定定地看着黄武全。黄武全也定定地看着他。那人心中有数了,一跺脚说:"算我倒霉!银子拿来。"

黄武全抬了抬手,先前打水那后生又到后头取了一袋银子来。黄武全摸出两块碎银子扔在柜上,对着那人努了努嘴。

那人看着银子,佝着肩问:"这……这哪里有三两?"

"我说三两便是三两。"

"白木也不止这个价呀!"

第五章　战禍

"这一袋白木能卖三两？"

那人懂了，摸起两块碎银子便跑。

黄武全冷笑一声，唤了声："玉清。"

先前打水、取银子的后生附身过来问："东家有什么吩咐？"

黄武全说："你把这袋沉香背到药师寺前，架起香炉来烧。就说我们黄济仁栈看走了眼，买到了假沉香，不愿坑害街坊，悉数都烧了。"

那名唤玉清的后生听得一头雾水："这沉香是假的？东家明知是假，为何还买？"

黄武全笑而不语。

这名唤玉清的后生原是侯济仁栈的伙计，侯济仁栈关门后，便返乡做田去了。听得黄武全在樟树镇上开起了药店，便又寻到黄济仁栈来当学徒。对黄武全的性子，是有些了解的，见他如此，忽地明白过来："哦……哦，我晓得了……烧！我这就到药师寺前架起香炉来慢慢儿地烧。"

黄武全颇为满意，对他含笑点头。侯玉清将装满白木的布袋往肩上一撂，兴冲冲去了。药师寺前人来人往，听得黄济仁栈买到了假沉香，都围拢来看。

"我们黄济仁栈倒霉，买了一袋子假沉香。"侯玉清一边往香炉里添白木一边絮絮地说，"这样一整袋假沉香，几乎花光了我家店里的银子。我们东家心善，不忍诓骗街坊，宁可倾家荡产，也叫我统统烧了……"

围观者七嘴八舌议论起来：

"想不到那黄武全倒是仗义，我见他平日里总往勾栏瓦舍里钻，只当是个虚头巴脑的，不料竟这样实诚。"

"可不是吗？这么一袋沉香，不晓得花了多少冤枉钱，为着不坑人，他倒舍得烧了。"

"看来这小黄师傅跟他师父侯大善人一样，都是信得过的。"

"这么一大袋子沉香都舍得烧，自然不会拿什么不值钱的假药来哄我们。只是这小黄师傅到底年轻，经的事少，这才会着了人家的道儿。"

侯玉清说："你们不晓得,那外地人可会花言巧语,说什么家中忽生变故,急需用钱。我东家十三四岁便父母双亡,最见不得人家中有难。听那外地人这样说,二话不说便把他整袋沉香都买下了。谁想世上竟有这样大逆不道的东西,为着骗钱,竟咒自己家人?我们店里原用不着这许多沉香,只因我东家心善,这才悉数买了下来。果然好人没好报……"

"原来小黄师傅是被这样骗了。也难怪,他一个孤儿,尝尽了世道艰难,听得人家中有难,难免触动心事,这才失了判断。小黄师傅上这一当,正足以见得是个有情有义的好汉子。只是可恨那人却拿人痛处来行骗!"

有人凑上前问:"你说的那外地人,可是个四十上下的汉子,左眉心有颗肉痣的?"

"正是,你怎的晓得?"

"那是席彪呀!他哪里是什么外地人?他家便住在临江府近前席家,常到樟树来卖假药的,我们都认得他。你们黄济仁栈若是多问我们一句,也不至于着了他的道儿。"

"原来是个老骗子!"侯玉清说,"都怪我们年轻,经的事少。日后再有大宗买卖,定要先向叔伯们请教。"

那人听得颇为满意:"多问一句不折什么,小黄师傅这样的实诚人,大家伙儿都愿帮衬着的。那席彪定是晓得你们黄济仁栈新开不久,小黄师傅又年轻不知事,这才特意来诓你们。"

"我操他十八代的祖宗!"侯玉清恨恨骂着,"待我改日得了空,带了我们黄济仁栈的弟兄,打到他席家去!"

"该打!"众人应和着,"那席彪真是害人不浅,小黄师傅真是倒了血霉了!不能让老实人吃亏,往后要买药,我们都到黄济仁栈去……"

46

侯顺良原打算辞了县衙里的差事再来赣州,秦大老爷却说不必。临江药人

第五章 战祸

大量外出,清江药市凋零,秦大老爷嘱他到了赣州多加寻访,伺机劝说临江药人返乡创业,就当前往赣州是为县衙里办差,仍可领受一份薪饷。

顺良自然乐得如此,刚在保荣堂安顿下来,便转身出门去了。他忠于职守,每日里用过早饭便挨门挨户细细寻访,午饭时分又回保荣堂,用过午饭接着出去,直至夜饭时分。他也没什么本事,寻着了临江药人便张口吟唱《劝务本业歌》,跟个卖唱的样的。润墨大感丢脸,说:"得,我好比店里养了个唱的。"

夏槿篱回保荣堂打探回信时,已到了三月。她想着山迢水远,受托之人好不容易回乡一趟,定会多盘桓些时日,不料那人受不住侯顺良没日没夜地催促,早烦不过带着他到了赣州。夏槿篱前往保荣堂时,侯顺良已在米市街唱游了半月有余。

一进了米市街,夏槿篱便听得有人断断续续吟唱:"……吁嗟呼!上有高堂白发垂,下有闺中少妇朱颜开。稚子成行未识面,劝君束装归去来……"原来不少临江药人受侯顺良熏染,已学会了《劝务本业歌》,得了闲便学着哼唱几句。

缥缈的歌声将夏槿篱的思绪带回了临江府,她想起了秦大老爷。少女时,她曾心无旁骛地追随于他。他喜,她亦喜;他悲,她亦悲。他作歌挽留临江药人,她便化身红衣歌舞女,日日在薛家渡口吟唱不停。那时她还未对黄武全动情,她还不知何为爱恨交织。

侯静仪说她是为着黄武全才不肯返乡,她总不认。闲下来,却禁不住偶尔自问,果然没有黄武全的缘故吗?她不确定。

年前那样铁了心不肯回去,听着这歌声,她却极想策马在临江府的街巷中重新飞奔一回。

临江府有秦大老爷,还有疼她护她的外婆、外公。

夏槿篱缓步穿行于米市街,从街口到保荣堂,直如走了上十年,从横冲直撞的少女走成了历尽磨难的少妇。

保荣堂前,侯静仪正抱着小诺诺在门口晒日头。她轻拍着酣睡的幼子,素淡的妆容笼在冬日的暖阳里。槿篱难以理解一个惨遭强暴的女子,为何仍能那般恬静。侯静仪脸上的光,月色一般柔润。

"怎的赣州人都唱起我们临江的《劝务本业歌》来了?"槿篱笑笑地问。

侯润墨自柜上探出身来:"问你那至交去!"

静仪抬起头说:"顺良来了,都是他教的。"

"原来是他。他怎的来了?还别说,唱得我都有些思乡了。"

"既决意留在赣州,便莫要思乡了,白白地平添忧愁。"静仪柔声宽慰。

"这倒奇了,"槿篱戏谑地看着静仪,"侯大小姐不是生生死死非要逼着我回临江吗?怎的这会子倒又怕我思乡了?"

"既来之则安之。"润墨给静仪帮腔,"既不回去,思乡有何益?带信的说你外公、外婆诸事顺遂,尽管安心留在赣州好了。顺良是来寻你成亲的,趁着他不在,你速速躲开吧,省得受他纠缠。"

"我在临江时跟他一起在薛家渡唱过,如今想来倒也是个情分。那憨子别的不行,唱歌倒还卖力。我看看他去。"

"哎!"润墨拦着说,"不怕他缠着你不放吗?"

"他哪里缠得住我?"

槿篱循着歌声走去,十家药店里总有一两家传出这个歌声,想来里头都招了临江药人。有人从店里探出头来问:"夏姑娘一向可好?"槿篱认出来,是来赣州时路上碰到的樟树人,一起同行过十余日。那人说:"离乡日久,听得他们唱这个歌,倒真勾起了思乡之情。夏姑娘过年可曾回去过?"槿篱说:"不曾回去。"那人说:"夏姑娘什么时候想回去,招呼我一声,我们仍跟来时一样同路回去。"

槿篱想着,留在赣州府的临江药人便有这许多,上别处去的还不知有多少。临江药人当真是遍布天下了。

侯顺良正在一家药店门口唱着,见了槿篱便兴冲冲奔过来说:"妹妹可来了!等得我好生心焦!那黄武全已娶了秋林师傅的小女儿了,我与妹妹尽可放心操办婚事!"

"侯顺良!"侯润墨因担心顺良不着意说漏了嘴,便一路跟在槿篱身后,不料却哪里须得漏嘴？才刚碰面，那混账东西便直不愣登喊出这样的混账话来。润墨阻止不及，气得大叫，"你给我闭上狗嘴！"

槿篱看了润墨一眼，浑不在意似的，笑笑地看着顺良问："哥哥不是早把聘礼退了吗？还妄想跟我操办婚事？"

"那不是黄武全逼的吗？"顺良说，"如今黄武全娶了别个，面皮再厚也没道理还来逼我。妹妹一介弱女子，又失了靠傍，跟我成亲岂不甚好？"

"靠傍？"槿篱仍笑，"我何时将那黄武全当过靠傍？"

"我说的不是黄武全……"

"侯顺良！"润墨又断喝一声，"再要胡言，我打断你的狗腿！"

槿篱笑问："不是说他，却是说谁？"

"是……是……"顺良支支吾吾看着润墨。

润墨抢上前去一下将他拉到墙角："再敢说错一个字，今日你便莫想活了！"

顺良满面苦恼："我不会扯谎啊……"

"是谁？"槿篱蹙起了双眉。

顺良两眼一闭："是你外公、外婆！两位老人都过世了！"

润墨提起拳头擂鼓一样照侯顺良面门上招呼过去。槿篱也捏起了拳头，却只是慢慢地捂在了嘴上，将虎口塞进牙缝里，一下一下咬着。她刚想在临江府的街巷里再策马奔驰一回……刚想再奔驰一回……

侯顺良一边躲着拳头一边揩着鼻血，满腹委屈又满腔愤怒地问："我说真话，你凭什么打我？黄武全打我，你也打我！我何曾得罪过你们？你们一个个的，都欺我老实！没一个好人！你们没一个好人！世间只有我槿篱妹妹待我好，还有静仪姐姐……"

槿篱将拳头咬出血来了，沾在唇上，吐血样的。

润墨上去想要揽住她的肩头。她侧身避过，淡漠地说："过世了也好。"

"妹妹说得对。"侯顺良说，"人死不能复生，无须伤感。妹妹莫怕，还有我呢。"

槿篱看了他一眼,同样淡漠地说:"我如今管不得你们了,你们好生保重身子,我去了。"

"妹妹要去哪里?我与妹妹同去。"顺良拖着鼻血,跟在槿篱后面。

润墨烦躁地将他一把推开:"你莫再要吵她!"

"她是我未过门的娘子,我怎能不跟着她?"顺良满脸无辜。

"你这混蛋!"润墨又摇鼓似的捶打起来,直把个侯顺良打得满地乱窜。

这侯顺良却也执拗得很,虽挨着打,窜也似的往槿篱身边窜。打累了,润墨无可奈何地看着侯顺良追着夏槿篱去了,只觉手脚都被人抽掉了筋脉一般,乏力得很。

47

黄济仁栈在樟树镇声誉日隆,黄武全正打算多屯些药材,却有个衙役前来传话,说是知县老爷秦大人让他过去一趟。

自夏槿篱走后,黄武全便再未见过秦镛,二人又无甚私交,不知寻他做甚。

黄武全琢磨着:莫不是那侯顺良惹了什么祸事?或是那秦大老爷记着我早年说过待得从药栈出了师,便去给他看家护院的话?果真如此,便是死了也不能依他。我一个吃药饭的,开好药店才是正经……

到临江府时,已是日暮时分,灿灿的夕阳投射在县衙上,有种异样的壮美。

黄武全走进内衙时,天色猛地一沉,最后一缕夕阳落了下去。

他头一回留心到,夜下来时,暗得这样快。

秦大老爷端坐在一架书案后,见了他便立起身来问:"你店里可屯了药材?若是屯了,速速处理。"

黄武全也不问缘故,拱手称"是"。

秦大老爷说:"清军要打过来了。"

又要打仗了?怎的才没打完多久?又要接着打了?

"本朝总兵金声桓已降清,奉清西路军统帅英亲王、靖远大将军阿济格之命,引二十万清军入江西,不日即将攻入临江。临江保不住了。"

黄武全只听得"临江保不住了",全不明白前头那些话,心想:保不住临江,秦大老爷身为清江知县,必要遭受牵连,便说:"如此紧要关头,大老爷还惦记我那破落药店做甚?当务之急是保全自身呀!"

秦大老爷说:"我倒无甚要紧。只是不知你与宫里人可有生意往来?"

黄武全听得他说无甚要紧,心下松泛了些,摆摆手说:"未曾有过。"

秦大老爷点了点头:"那便好了。你清了店里的药材,歇业一阵。待得战后再做打算。"

黄武全似懂非懂,拱手称谢。

秦大老爷忽而一笑,从书案上拿起一本书来,说:"我念首诗给你听吧。"

武全心想:我哪里懂诗?却连声称"好"。

秦大老爷低低地吟诵起来:

吁嗟此日不再得,今古几人持道脉。
先贤讲学旧东林,明府得朋新丽泽。
四子言如万斛珠,二泉说与千金易。
绛帐清风拂子衿,黄堂化雨润丘陌。
一旦归舆赋随初,吾道虽南马首北。
仲尼归鲁是何年,泗水泉林并增色。
田间遗老顿无主,使我攀车泪沾臆。
草深一丈讲堂前,吁嗟此日不再得。

武全也不知他念的什么,只管叫好。

柳县丞在门外探了探头:"怎的还未上灯?人都跑哪儿去了?怎的这样夜了还不点灯?"

黄武全拱了拱手,唤了声"县丞大人"。

柳县丞这才看清:"小黄师傅来了?恕我眼拙,年纪大了,黑灯瞎火的,一时没认出来。"

武全说:"外头亮,里头暗,你老人家自然看不清的。"

"正是呢,"柳县丞絮絮念叨着,"里头这样暗,大老爷还作诗呢,这些人也不点了灯来。"

"是我叫他们先莫点灯的。"秦大老爷说,"暗点好。看那样清楚做甚?左右诗在心中,无须掌灯细看。"

柳县丞轻叹一声:"如今这世道,确是无须细看了。"

秦大老爷问:"县丞大人做何打算?"

"做何打算?不过是一条命罢了。"柳县丞说,"只是可惜了我苦心钻研数年的岐黄之术。"

秦大老爷说:"县丞大人一向醉心医术,何不隐身江湖,自去济世悬壶?"

"原本是有这个打算。"柳县丞说,"我原想着,待得小有所成,便辞了官,跟小黄师傅一样到樟树镇上去开家小药店。可如今这世道,怕是再不能够了。"

"有何不能够?"秦大老爷说,"清江还有我呢。"

"大战在即,你我理应同仇敌忾,我怎会弃你而去?"

"少一人是死,多一人也是死。何必多死一人?更何况你通晓医术,出去了还可救治世人。"

黄武全才晓得这秦大老爷是抱定了必死之志,适才却说无甚要紧,哄得他当真以为无甚要紧,还闲闲地听他吟诗。

"大老爷……"武全急急地唤了一声,却不知如何是好。

秦大老爷并不应他,只淡淡地冲着柳县丞挥了挥手:"莫多想了,你去吧。"

柳县丞定定地看着秦镛。有人掌了灯来,灯光扑打到秦镛脸上,照得他刀劈斧凿一般。他那样瘦,两颊几乎凹出坑来。

柳县丞后撤一步,对着秦镛拜了一拜:"柳某去了。"

秦镛目送他退出门外,缓缓走到书案前,看着壁上悬挂的一柄长剑:"我原也是文武双全的。案头有书,壁上有剑,有何惧哉?"

黄武全心想:秦大老爷生得这样赢弱,便是使剑,只怕也是拉个架子而已。

那秦大老爷却嗖地抽出剑鞘,飞身一旋,稳稳地落在书案上面。

黄武全心下一惊,不料他竟这般轻灵。贴身肉搏之际,要么以力取胜,要么以巧取胜。黄武全惯于以力取胜,便只知习武之人须得身骨健壮,从未想过身骨瘦弱之人,亦可以巧取胜。如秦大老爷这般行动迅疾,一旦动起手来,未必赢不了他。

秦大老爷伸手往剑身上一抹:"我这宝剑如何?"

武全忙说:"小的惭愧,只知用拳,不知用剑。"

"拳有何用?剑又有何用?"秦大老爷仰面向天,"想当年,我初到清江,虽则只是一名小小知县,却自认为大可守护一方百姓,自此报国有门了。谁知前朝党争不断,莫说守护百姓,便是独善其身亦非易事。这一路走来,是脚在火上踩,血往水里泼,再热的心也要凉了。如今,总算行至山穷水尽处,正好歇一歇了……"

黄武全问:"便再无法子可想了吗?"

"法子?"秦大老爷将书案上的笔墨、书卷一样样挑落下来,"法子原在这些笔墨里、在这些书卷中,谁要读?谁要看?事到如今,又还有谁要写呢?"

黄武全一样样捞着那些笔墨书卷,不忍任其摔落在地。他晓得,当中任一样,都是秦大老爷的心。

秦大老爷长剑一指,指在他这些纷乱的"心"上,双目怔怔垂下泪来。

他竟哭了!那样克己复礼的一个人,竟当着一个药师的面哭了起来。黄武全是想哭便哭的,他从不吝惜眼泪,可秦大老爷……秦大老爷一哭,黄武全便晓得,当真要亡国了。

剑锋一转,秦大老爷以剑身将黄武全手里的书卷托了起来,只见散乱的书页白鸽般在屋顶上乱窜。秦大老爷纵身跃入书页当中,呼呼的剑风四起,屋顶飘落着春雪一般。

黄武全伸出手去,几张碎片落在手心里,煞白的纸屑中,夹杂着几缕乌青的发丝。抬眼看时,秦大老爷已是长发披散,雁落林梢般轻轻栖身于地面。

他是愤懑的,又是安然的。他的愤懑,是他晓得原本无须落得这步田地;他的安然,是他早已料得到头终有这么一日。

他曾试图力挽狂澜,可生于这样势不可挡的时局之下,他的开篇,便注定了这样的终结。他入仕的头一日,便是他此生最为快意之时,往后便只有下坡路可走了。这便是他的命,他费尽心机、耗尽心血,终究挡不住一败涂地。

他是注定要败的。他当然晓得。

黄武全讶然惊觉,这秦大老爷的内里……内里的内里……跟夏槿篱有着一式一样的东西。那东西,便是明知终将落败,依旧一意孤行。他们竟是同一种人。同样的不管不顾,同样的豁得出去。只不过,夏槿篱的孤勇尽皆露在面上,而这秦大老爷,却暗藏在瘦弱的身子与斯文的言行里。他要动用怎样巨大的心力,才能将那烈焰一般的孤勇藏得纹丝不露?日日在这炽烈的煎熬中打磨,难怪他熬得那样瘦弱。她的狂放不羁,他的书生意气,竟是一脉相通的。怪道他对她那般惺惺相惜,怪道他从不厌倦她的纠缠。他是需要她来纠缠的。她是他唯一的一条暗道。顺着她,他才能将真实的自我疏通出来。

秦大老爷说:"寻你来,原不是说这些的。"

黄武全也晓得,特地叫他从樟树赶到临江来,该不会只为知会他莫屯药材。他与秦大老爷的情分,还不到这个份上。却不知还有什么更为紧要的话,能令秦大老爷在这即将兵临城下之时,搁下万般事务,特地寻了他来说话。

秦大老爷两手一拍:"长生,拿酒来!我要跟黄家少爷喝两盅。"

黄武全听得门外有个男声应了,想来便是那名唤"长生"的侍役。

秦大老爷指着半开的一扇小窗说:"你可看得见我窗下那棵竹子?"

黄武全顺他手指看去,窗下确有一棵枯竹。

"有一年初夏,有个喜穿红衣的少女,从山上将这竹子端了来,送到我手里。"秦大老爷走到窗前,伸出手去捻了捻竹子的枯枝,"这样大的一棵竹子,也难为她端得动。"

黄武全心下一咯噔:他说的莫不是我槿篱妹妹?

"那少女把竹子的心叶都拔了,插满了红的、紫的野蔷薇。满满一整棵竹子的蔷薇花呀!你想想那个样子……"

果然是槿篱!黄武全不料这秦大老爷竟当真把这竹子栽种了起来。他当日还曾在心下暗骂过夏槿篱:"除非秦大老爷也跟你一样疯了,否则怎会把你送的竹子栽种在身边?"

秦大老爷竟当真跟她一样疯了,当真把竹子栽在正对书案的小窗前。

长生端了酒菜来,秦大老爷说:"把菜收了,今日只吃酒。"

长生便收了各色小菜,端了个凳子给武全。

黄武全跟秦大老爷隔着书案面对面坐了。秦大老爷斟了两盏酒,把手一伸,说:"请黄家少爷满饮此杯。"

黄武全举杯饮尽,秦大老爷也自饮了一杯。

"今日,我便将这书斋当作酒肆,跟黄家少爷话一话心事。"

黄武全学着秦大老爷的样子,也斟满了两个酒盏,把手一伸。

秦大老爷举杯饮尽,黄武全也自饮了一杯。

"黄家少爷以为,何为世间最大憾事?"

黄武全自饮了一杯:"于我这样的草莽之人而言,世间最大憾事莫过于钟情于人,却毫不自知。秦大老爷心系天下,自然不作此想。"

"错。"秦大老爷也自饮了一杯,"天下,是天下人的天下,称不得是一己之憾事。于某一己而言,世间最大憾事,亦如黄家少爷一般,逃不过一个'情'字。只是于我而言,却是两情相悦,不可相亲。"

黄武全脑袋里轰隆一声,他本以为槿篱追寻秦大老爷只是一厢情愿的事,不想在秦大老爷心中,他二人却早已是两情相悦了。这秦大老爷竟是……竟是恋着槿篱的。

黄武全终于晓得秦大老爷为何要大老远将他从樟树叫来说话。他晓得他与槿篱有过男女之欢,他这些话不能说给槿篱听,便说给一个跟槿篱最为亲近的人听。只是他并不晓得他晓得那竹子就是槿篱送的,还当他并不晓得那赠竹的少女是谁。

换作往日,黄武全听得这些早已怒火中烧了,可如今他已娶了侯眉儿,夏槿篱又远走他乡了,这秦大老爷也抱定了必死之心,他醋意再大,也已无火可发了。

"我已许久未曾见到她了。"秦大老爷支起手肘斜斜地倚在书案上,他一头乌发低垂,更衬得眼波温存,有如女子般脉脉含情,"那丫头走了……我最后一次见她,是在五月初五,她立在看龙舟的人群中,一身男装,难掩丰姿……"

秦大老爷不知五月初五夏槿篱与他拜别后,便去决云堂告知了黄武全。武全听着这些话,直如针扎一般。

"她走了,只留我一人在这里。偌大的临江府,再寻不出第二个像她那样的人来。"秦大老爷又饮了一盏满酒。

黄武全也跟着饮了一盏:"秦大老爷能看在眼里的女子,定然是人中龙凤。"

"她也算不得如何貌美,"秦大老爷苍白的脸上泛起淡淡一层浅笑,"只是我欢喜她那个样子而已。头一回相见,她不过十一二岁,穿着一身松松垮垮的旧嫁衣,逢人便说长大后要给我做妾。她真是胆大!我从未见过这样的小丫头子,那样的愚顽,又那样凶猛。我看着她从一个身板瘦长的小丫头长成了身姿丰艳的少女。每一回相见,她都在变……"

"所谓的'情不知所起,一往而深',自己中意的女子,却也无须如何貌美。"

"你也以为如此?"秦大老爷眉梢一喜,"最要紧还是心意相通。我每回听得她在人群中唤我,便想到我在暗夜中独坐窗前高呼'皇上'。她与我,都在呼吁着一个永不可得的允诺。我与她,都在以一身愚勇孤身奋战。所不同的是,她唤我,我听得见。我唤皇上,皇上却听不见。"

黄武全虽已晓得秦大老爷恋着槿篱,却还是不曾料到他竟会将槿篱唤他等同于他唤皇上,这是何等的意重情深?皮大先生视槿篱如珠如宝,侯顺良视槿篱如珠如宝,这秦大老爷也视槿篱如珠如宝。聪慧的、愚钝的、有本事的、没本事的……个个都视槿篱如珠如宝。唯独他,被槿篱视若珠宝,却未曾看出她这等金贵……黄武全自悔不已。他往日常拿槿篱与静仪作比,只以为槿篱不能如静仪那般令他心生敬意,此时听了秦大老爷这番话,才知他槿篱妹妹如静仪姐姐一般可敬,怪他自己有眼无珠而已。他对静仪是敬、是惜、是爱,而此时对槿篱却是又敬、又惜、又爱,另有男女之欲。他对槿篱的情愫,竟比静仪多了出来。至此他才明白,他真正想要的,是槿篱妹妹那般的女子,并非静仪姐姐。难怪有那许多人,都说他与槿篱才是天造地设的一对。

秦大老爷摇着空空如也的酒壶高喊:"长生,长生……拿酒来!"

"大老爷少喝一盅吧。"长生劝着,却端了新的酒来。

"怕什么?"秦大老爷说,"喝完这一场,再没有下一场了。"

武全本想说"秦大老爷还年轻,还有的是酒喝……"话到嘴边却咽了下去。

是,他还年轻,而确确实实,这是他最后一顿酒了。不是最后一顿酒,他不会将这些话说给他听。秦大老爷仰头将酒壶高高举起,玉液似的酒水咕咚咕咚倒进嘴里。他乌青的长发铺满了书案,是一丝一缕鲜活的生命。这等鲜活的生命,却走尽了所有的前程。黄武全不禁悲从中来。

"再拿酒来!"秦大老爷扬手一挥,将喝空了的酒壶掷出门去。

"我也陪着大老爷喝!"黄武全也跟着豪气起来,"再取两壶酒来。"

长生取了酒来,黄武全跟秦大老爷一人一壶,顷刻间仰头饮尽。

"喝不得了!"长生捧着酒壶说。

"怎的喝不得?"秦大老爷不再避讳长生,"我那丫头走了,我却还在这里,伴着个远在千里之外听不见喊声的皇上,驾着个岌岌可危的江山,等着杀身成仁!我不能跟了那丫头去,连壶酒也喝不得吗?"

"喝得喝得!"长生揩了下眼泪,"我这便再去拿了酒来。"

秦大老爷转头一笑:"我那丫头真是傻!说什么花儿是没法子,便是带着根也要枯的,竹子栽进了土里,却是可以陪我一生一世的。她哪里晓得?这竹子虽带着根,却也是栽不活的,不多久就枯了。我记着她的叮嘱,虽是枯了仍旧细心看护,如今它还在这里,也算得是陪了我一生一世了。"

黄武全见他伸着手,跌跌撞撞往那栽着枯竹的小窗口走去,却东摇西晃用尽气力也走不到窗前。他走过去,托着黄武全的手,搁在那枯竹的枝杈上。

他有她送的竹子,黄武全却只有他辜负了的要一起将医术传于天下人的宏愿。黄武全伸手入怀,摸着他槿篱妹妹相赠的银针。她离乡之际,定然是想将这银针收回去的吧?这是她家传的银针,却赠予了他这负心人。

长生端了酒来时,秦大老爷已靠在武全肩上眠着了。长生要架了秦大老爷去睡,黄武全说:"就让他睡在这儿吧。他既特地叫人把我从樟树寻了来,今夜定是想要我陪着。"

长生想了想,便跟黄武全一起将秦大老爷架回书案前趴着,抱了床薄被过来。黄武全仍在秦大老爷对面坐了,一盏一盏独饮起来。秦大老爷迷迷糊糊地睡着,间或睁开眼来伸手往虚空里一抓。他想抓住什么?可是那远在人群中一声声唤着"秦大老爷"的红衣女子?

那女子将她跪过的长堤空荡荡留在今夜的星光里,一别经年。龙舟划过的江面,江风仍在漫卷。活到最后,留在心里的憾事,也就是那么一个人而已。一个永生不可再得的人。她未置一词的离别,是个填不满的深潭。拽回多少往事往里面塞,怎样都塞不满。

秦大老爷将所有心事都交付到了黄武全手里,黄武全却不知要将这满腹的心事去交付给谁。他越喝越是清醒,直至天色微明。

三月初,听得秦大老爷投缳的消息,黄武全心如止水。在他心里,秦大老爷已死在了这个开怀畅饮的春夜。他用通宵达旦的痛饮,敬完了他所有入殓、出殡、清明、冬至的酒。

48

夏槿篱听得她外婆、外公过世的消息时,并不晓得秦大老爷也已自缢了。她离开米市街后,便漫无目的地往乡郊野外疾步乱走。侯顺良跟在她身后,水田里的蚂蟥样的,甩脱了又粘上来,甩脱了又粘上来。

夏槿篱问:"你一个汉子,不做些实务,只管缠着个女子,不觉面上流水吗?"

侯顺良说:"人常说'成家立业',成家摆在立业之前,我想先成家,有何错处?何况我是奉了秦大老爷之命前来赣州劝返临江药人的,妹妹虽是女子,却也精通医术。若能劝了妹妹回去跟我成亲,也算得劝返了一位临江药人。秦大老爷还要给我论功行赏的。"

"你要成家,便寻那乐意跟你成家的女子去!与我何干?"

"妹妹特意交代文生说,我与你是至交,可见妹妹待我也是实心实意的。"

文生便是润墨托了帮槿篱带信的人。槿篱不料一句无心之言,竟被顺良认作真情,心知无法解除误会,又左右赶他不走,便假装并不认得他,见了身材高大的男子便上去求助:"大爷救救我吧,那泼皮一路尾随着我,小女子害怕得很。"人都不愿惹事,无人施以援手。

槿篱一路走,一路设法躲避,见了窄巷子便闪,见了小树林便钻,好几次以为甩脱了,一转身又看到侯顺良杵在面前。

如此二十余日,夏槿篱烦得不行。连日里胡跑乱窜,也不知到了哪里。这日刚翻过一座矮山,隐隐地听得似有马蹄声响,攀上树杈远眺,只见一队人马行来。

槿篱也不管来者何人,拨开草木便往来人处奔去。

人马当中有位骑着大马的汉子,生得面相爽朗,身形异常魁伟。槿篱心想:这个够力,还带着人马,想来不怕惹事,便冲着那汉子喊:"这位壮士,我见你威猛无比,不是英雄便是豪杰。所谓美女爱英雄,小女子虽算不得貌美,却还青春。不知壮士可愿收我留在身边？做个丫鬟也行。"

那汉子哈哈一笑，环顾左右说："这丫头倒是有趣。"

槿篱伸出手去笑望着他。他策马近来，俯身将她一扯。槿篱本就身手矫健，一借力便轻轻松松落在马背上面。侯顺良大惊，忙忙地来扯马尾。那汉子马鞭一挥，将侯顺良迫退开去，拥着槿篱策马狂奔起来。

槿篱吱吱咯咯地笑着，冲着逐渐远去的顺良喊："回乡去吧！我这一去，你一世都寻不着了。"那汉子见她笑得开怀，越发跑得起劲。从夏槿篱上马到奔至队伍尽头，足足跑了半炷香的工夫。顺着队伍跑了一回，夏槿篱才忐忑起来。看这阵仗，不是乱兵便是官军。她原只想借此甩脱顺良，不料竟闯入这样一支军队。槿篱也不识得服制，又不敢问，只得暗自留心，伺机而动。

那汉子带她一径穿山越岭，山野间时有乱枝杂蔓袭来，槿篱左闪右避，竟是纹丝不乱。

"好生伶俐！"那汉子赞叹，"乡野之间，竟能遇着这样的女子，我杨廷麟也算三生有幸。"

槿篱此时已唯恐这汉子对她生起好感，便说："如我这般的女子，世间多得很，不敢在壮士面前显露身手罢了。"

"姑娘莫要自谦。我纵横沙场数十年，还是头一次遇上姑娘这样的女子。"杨廷麟见她仍称他为"壮士"，便问，"姑娘未曾听说过我吗？"

夏槿篱心想：我一个赤脚郎中，还是个女子，上哪儿去听说你们这些打打杀杀的人物？你自认为杀得两个人死，便该人人称慕，却不知如我夏槿篱这般救死扶伤才是本事。

她心里这样想着，嘴上却怯怯地说："小女子愚昧，不知世事，还望壮士恕罪。"

杨廷麟又是哈哈一笑："未曾听说过也好，你便叫我一声杨大哥吧。敢问姑娘贵姓芳名？"

槿篱也仍旧装出怯怯的样子，蚊虫嗡鸣般说："姓夏，无名。"

无名女子甚多,杨廷麟不疑有他,吸了吸鼻孔说:"我闻着你身上有一股隐隐药香,便叫'药香'吧,姑娘以为如何?"

"药就篱成蔓,花因径作行",这"药香"二字,倒恰巧切合了外婆为她取名的诗源,槿篱点了点头。

"适才那样狂放,怎的这会子倒小心起来了?"杨廷麟问,"你说并未听过我的名号,为何忽地谨慎起来?"

槿篱低了头说:"我……我原是个胆小怕事的,适才……适才许是失心疯了。"

"快莫装了!"杨廷麟陡然将她拦腰抱起,抡在背上旋了两转,"你若胆小怕事,世间便再无不怕事的女子。"

夏槿篱胆子再大,也不由得惊叫连连。

日暮时分,军队就在山野中扎起营来,槿篱想着安置妥当后再要想跑可就难了,心下急得要命,脸上却仍旧装出云淡风轻的样子。

那杨廷麟却一径拉着她闲扯,自夸身子如何强壮,鼓起臂膀上的肉来让她捶捏。

槿篱心不在焉地捶着,眼目四下睃巡。

杨廷麟一径儿问:"硬不硬?硬不硬?"

槿篱想死的心都有。

杨廷麟又让她捶他的腿骨。槿篱再不顾忌男女大防,也忍不得如此亲近,假笑着说:"男女授受不亲,小女子已大为逾礼了,不敢再如此。"

"江湖儿女,理这些做甚?"杨廷麟大手一伸,扯住她的小手往腿骨上贴去,"你且摸摸,硬不硬?"

"硬硬硬。"槿篱拼力往后缩手,整个身子都往后倒去。

杨廷麟见她几乎跌到地上去了,忙扑将上来,托起她的后背。两人几乎搂在一起。

"杨……杨大哥的身子骨固然强健,却……却因滋补过盛……恐……恐有四肢麻木之患。"槿篱自认豪放,却也吓得磕巴起来。

"你怎的知道?"杨廷麟直起身来,"我近来确是时常手脚发麻,甚而偶有大半个身子不甚灵活之感。"

夏槿篱见他性情豪迈异常,想来喜食荤腥,果真如此的话,以他的年纪,十之八九患有阳亢。可她并未把脉,并不十分确定,只因一时情急,这才壮起胆子说了出来,不料竟说中了。

"我见姑娘习过武,想来也学过医?"

"略略学了一些。"

"怪道我闻得你身上隐约似有药香,这'药香'之名,可谓名副其实了。"

"多谢杨大哥赠名。"槿篱见他对身子异常担忧,便索性故作高深起来,"我见你红光满面,又听得你气息急促,无须把脉,便料得你患有阳亢。这阳亢之症,可大可小,杨大哥幸而遇着了我,否则恐有性命之忧。"

"姑娘真是神医,无须把脉便可诊断病情。"杨廷麟拱手施礼,"杨某自认阅人无数,却不曾看出姑娘身怀绝技,真是有眼不识泰山。只是不知这阳亢之症如何医治?还望姑娘妙手相救。"

槿篱心想:如今指着我医病,看你还敢不敢再让姑奶奶捶你的腿?便说:"医治阳亢却也容易,只需取右侧足三里、悬钟二穴做瘢痕,药灸三壮。灸后七日化脓,四十日结壳。期间、往后皆少食荤腥,便可痊愈。"

杨廷麟面露难色:"这扎针、药灸、化脓倒是不怕,只是少食荤腥,于我却是难事。"

槿篱说:"忌不得口,你日后便会逐渐半身不遂,继而口鼻歪斜,周身动弹不得。如此,还禁不禁得住荤腥?"

"禁得禁得!"杨廷麟忙说,"幸而遇上了姑娘,不然莫说上阵杀敌,我这条命还不知要丧在哪里。"

夏槿篱只当这杨廷麟不敢再将她怎的,便安安心心扎起针来。不料那杨廷麟待得扎好了营帐,便将她带入帐中,大手一挥说:"所谓'病来如山倒,病去如抽丝'。阳亢虽猛,却也不是立时要得了命的;姑娘医术虽妙,却也不是立时能医得好病的。左右也不急在这一时,你我先行了好事,再行药灸。"

夏槿篱一惊:这人当真不要命了!连病都不治了,只顾男女之事,忙说:"杨大哥敬我是个女医家,怎能如此轻慢于我?"

"轻慢?"杨廷麟面露疑惑,"姑娘不是中意我吗?怎的反倒说我轻慢于你?"

姑奶奶何时中意你了?夏槿篱心下大喊,却想了起来:是了。先前初遇那会儿,是我自个儿说美女爱英雄,要给他当个贴身丫鬟。自己作的死,想来只得自行收拾烂摊子了。

槿篱清了清喉咙:"杨大哥误会了,我只因是个女子,身怀绝技而苦无用武之处,这才谎称要给大哥当丫鬟,实则是想留在军中为军爷们看病,又唯恐军中不收女医。"

"看病便看病嘛,"杨廷麟说,"待我收了你,你想看多少病便看多少病,想看什么病便看什么病,还怕我这些部下不从?我也不委屈你,你也无须当什么丫鬟,给我做个小妾,日日宠着你。"

"杨大哥所言差矣!女医便是女医,小妾便是小妾,怎可混为一谈?"

"什么差矣、差矣?我不管你什么差矣还是对矣,今夜便先收了你再论!"杨廷麟说着,便动起手来,"我晓得纳妾有纳妾的规矩,你是怨我不曾依规矩去你家中送礼。我并非舍不得钱财,只是如今身在军中,委实不便。日后要什么金银珠宝、绫罗绸缎,我样样依你便是,还怕抵不得那点娶妾的财礼?"

"非也!非也!"槿篱急得咬文嚼字起来,"本姑娘并非看重钱财……"

"看不看重,日后都有的是使不完的钱财给你!我看你双眉散乱,并非处子之身,为何如此扭捏?"杨廷麟说着,嘶一声扯破了她贴身小衣。

我哪里扭捏了?槿篱心想,姑奶奶是不是处子也不肯跟你胡搞乱来呀!

事出紧急,夏槿篱再顾不得廉耻,伸手往杨廷麟下身一探,硬生生捏着说:"再要无礼,本姑娘今日便让你断子绝孙!"

"你竟！你竟……"杨廷麟惊诧之余,继而哈哈大笑起来,"我要的便是这般泼悍的妇人！"

49

杨廷麟沾不着夏槿篱的身子,却也不肯替她另置军帐,只扔了床褥子给她,任她在帐角里蜷着。

"我堂堂一代名医,还是稀若珍宝的女医,你不好生款待,却让我睡在地上。自认为英雄盖世的杨廷麟……将军？还是什么？我管你是什么？你便是如此礼贤下士的吗？"夏槿篱大呼委屈。

杨廷麟说:"不让你睡地上,你更不肯让我近身了。我且看你能熬多久,多早晚自行爬到我被窝里来。"

"做你的春秋大梦！"夏槿篱说,"我便是冻死了,也不跟你近身。"

在山间乡野辗转了七八日,夏槿篱夜夜睡在地上。她想躲躲不了,想逃逃不掉,便索性帮这干人马看起病来。

在外行军,饮食不调,多的是泄泻难止者。夏槿篱以粗盐炒热置于腹泻者脐内,艾炙九壮,炙完即止。无须服药,只以粗盐、艾叶便治好了久治不愈的腹泻,众病患无不惊奇,皆呼其为神医。

槿篱本欲传艺于天下,便借机教各色病人认起药来。百草都是药,她走到哪里便教到哪里,一干病患都逐渐跟她亲近起来。

一亲近了,话便多了,当中有位病患无意中说起:"此次吉安失守,实属意外,杨大人向来作战有方……"

槿篱一听得"失守"二字,便晓得这干人马是官军了。她一心只想早日离开,而军中之事听得越多,这些官军便会对她愈加提防,到时更是逃不掉了,便急忙止住这人说:"我一介女流,不想听这些打打杀杀的事。"

那病患问:"药香先生不想晓得我们要去往何处吗？"

"不想晓得。"槿篱说,"我一个赤脚郎中,只管治病救人,哪个病了便给哪个治病,管你们要去往何处做甚?"

"那药香先生……跟杨大人……药香先生也不想晓得杨大人是什么人物吗?"

"我管他什么人物,只当他跟你一样,也是我的病人。"

那人下颔一缩,露出一副"你莫当我是憨子"的模样,问:"药香先生这等脱洒?真当杨大人只是寻常病人?"

槿篱晓得这人是见她日日宿于杨廷麟军帐中,生了误会,却也无法澄清,只说:"原本就是。"

"药香先生真乃奇女子也!"那人意味无穷地赞叹着,"世间女子个个如此,天下男子便有福了。"

槿篱心想:原来个个男子都想万花丛中过,片叶不沾身。如他这般一个军中小卒亦作此想。世间男子真是全无意趣。

第九日,途经一个槿篱借宿过的村子。这村子离赣州府城只有一日脚程,槿篱猜着这些官军约莫是往赣州去的。一旦进了赣州城,更是难以逃脱了,她便谎称腹痛,钻入一个茅房当中。

杨廷麟在茅房外等了许久,不见槿篱出来,喊了半晌无人应答,又不便推门查看,便叫人在村上寻了个妇人过来。那妇人见了这许多官军,早吓得七魂丧了三魄,听得是叫她到茅房里去寻人,只忙忙地扒在破门栏上看了一眼,便说:"无人。"

"怎会无人?"杨廷麟说,"你可看仔细了?"

那妇人将门栏一推,说:"大人请看,就这么大的地方,哪里有人?"

杨廷麟难以置信,可确确实实,茅房里空空如也。

"明明看着她进去的,这茅房又没得后门,怎的失了踪影?"

"想是……想是……"那妇人支吾了好一阵子,却也想不出是何缘故。

"想是什么?"杨廷麟因过于心急,竟指望起这妇人能说出个所以然来。

那妇人见他急得双目冒火,心想着:若不能说出个所以然来,只怕今日便要命丧黄泉了。忽地心生一计:"敢问大人,这女子是否生得面目姣好?"

"岂止是姣好?"杨廷麟说,"说是貌若天仙也不为过了。"

"那便是了。"那妇人说,"我常听得说,时逢乱世,观音菩萨便会化身凡人普度众生。这女子,想来便是观音化身,才会生得如此貌美。如今她老人家尘事已了,仍回天上去了。"

杨廷麟想着:那药香姑娘于山野间现身,如今又凭空消逝于茅房当中,真是来无影去无踪。她又会武艺,又通医术,确不像寻常女子。她只说姓夏,无名,这'夏',莫不就是'下凡'的'下'?观音大士下凡之前未曾取名,因而才说姓夏无名。这药香姑娘,莫不真是观音菩萨显灵?

左右随从原并不以为夏槿篱如何貌美,因见杨廷麟如此焦心,恐受牵怒,便纷纷应和那村妇说:"我也听过这个说法呢,那药香姑娘一到军中便帮我们治好了许多疑难杂症,一个凡间女子哪有这样本事?定是观音菩萨下凡无疑了。"

"是啊是啊,此次驻守赣州,有观音菩萨相助,我军必胜。"

杨廷麟听得这样说,也唯愿确有观音菩萨下凡,因而愈发信了那村妇的话。只是陡失所爱,仍是有些怅然。

槿篱走后,杨廷麟一直有些郁郁的,无奈军令在身,不敢耽搁,只得打起精神仍往赣州府城行进。

官军进城时,赣州百姓夹道相迎,侯顺良亦在其间。

一见了杨廷麟,顺良便推搡着润墨喊:"是他!是他!就是这人!是他掳走了槿篱妹妹!"

润墨慌忙捂了他的嘴:"莫要胡喊!你晓得他是哪个吗?那是尚书大人!"

顺良"呜呜"叫着,兀自挣扎。

"可不敢乱喊了!"润墨叮嘱。

顺良"呜呜"两声。

润墨只道他应了,刚一松手,他又喊叫起来:"那个上什么书大人?你把我槿篱妹妹掳去了哪里?……"

润墨赶忙将他一头按倒在人群里,压着喉咙说:"再要乱喊,我跟小姐都要跟着你丧命!那是兵部尚书杨廷麟大人,是顶得天立得地的盖世大英雄,又不是乱臣贼子,怎会无故掳走槿篱妹妹?你定是看错了人。"

"他那个样子,再难寻着第二个一般模样的人,我怎会看错?确是他掳走了槿篱妹妹。"

侯润墨见杨廷麟生得异常高大,确是不易认错,只是不知这样的英雄豪杰为何会无缘无故掳走一名平民女子。

50

夏槿篱从茅坑中爬上来时,已被熏得几乎背过气去。原来她进入茅房之后,见里面空无一物,只有一副窨板架在粪坑上面,全无藏身之处,便把心一横,跳入粪坑当中,听得有人上前查看,便捏紧鼻尖潜入粪水当中。好在那妇人并未细看,杨廷麟也未曾派人进入搜查,她憋了一阵儿便偷偷露出头来,藏身窨板下面,待得人员散尽,这才爬了出来。

尚未立夏,虽有春阳照着,沾了一身屎尿,却还是冷得很。夏槿篱扯了几把茅房上用来挡雨的稻秆,胡乱打了几个结,蓑衣一样披在身上。

因怕遇上路人,她尽往冷僻处走,却还是碰上了个摘菜回来的妇人。那妇人见她这般模样,禁不住问:"妹子是从哪里来的?怎的这般模样?"

槿篱低了头,疾步错开身去。

那妇人自菜篮里拣了个萝卜出来,问:"妹子可曾吃过饭了?我这里有些萝卜,若不嫌弃便拿去吃吧!"

槿篱想起有一夜与黄武全一道从永泰走到樟树镇上去,二人一路走一路剥着菜地里偷来的萝卜吃。那萝卜跟这妇人手里的萝卜一样,白中带绿,嚼在嘴里清甜中带着些微苦涩。黄武全怎的会跟她一路从永泰走到樟树去呢?是了,那日他特地从临江到永泰去将她从家中带走。他看不得她父亲将她关在屋下。他待她，是有过这样善心大发的时候的。那晚他们一起趟过了泥沟，躲过了鱼叉，藏身一棵巨大的老樟树洞里。那晚的星光异常繁密，喜笑颜开地照着他们。

他们……他们能够合在一起并称为"他们"的时光，只有短短几个月光景。他们终究变成了"他"与"她"，隔着千山万水。

她如今孤身一人，藏身粪坑里，躲过万千官军的搜寻。

槿篱反身回去接过那妇人手里的萝卜，用浸透了屎尿的手指剥了皮，吱咯吱咯嚼食起来，虽是半点也不饿。

那妇人看着她缩在稻秆里的背影，抹着泪说："也不知是谁家的妹子，这样可怜。若是我家姑娘日后要遭这样的罪，我这个做娘的，真是……真是……"

谁家的妹子？她是外婆、外公家的妹子。可外婆、外公已然不在了。

她也曾以为，她会是黄武全的妹子，可黄武全……黄武全已娶了别家的妹子。

夏槿篱苦无衣裳替换，只得寻了条小河，在河边洗漱起来。晚春的河水还是冰得刺骨，她瑟瑟发抖地洗着，每从身上洗去一层污垢，便如蛇蜕去一层皮般，痛苦不堪。

洗干净了，她摊开衣裳仰躺在草地上，一如晾晒衣裙般，将外婆、外公逝世的消息拿出来摊在这午后的春阳下晒晒。连日里被侯顺良纠缠，又被杨廷麟困住，她直到此时才得了空闲，好好将这伤心事拿出来看看。

没有眼泪，她只是看看而已。晒干了衣裳，她到近前村上讨了两块生姜并几棵葱根，熬了水喝。她不能病。她果然没病。她是极少生病的。雨后春笋般的身子骨，有着一茬一茬生生不息的精力，她咽下悲伤，继续行医。

侯顺良为着打探夏槿篱的下落，时常到杨廷麟驻军处转悠。侯润墨恐生事端，劝他说："我与小姐跟你一样悬念槿篱妹妹，可凡事要用脑子，你日日这么着转来转去，莫说探不着槿篱妹妹的行踪，只怕还被当成探子抓了。"

侯顺良说："我原是个没脑子的。你有脑子，你怎的不好生想个法子？"

侯静仪说:"若说法子,倒有一样,只是仍要担些风险。"

顺良说:"我不怕担风险。什么法子?我去便是。"

静仪说:"军中日日操练,难免跌打损伤,我们配了跌打酒去,只说是感念军爷们守城之恩,想来不会引起疑心。一来二去,跟诸位军爷混熟了,才好再探消息。"

顺良两手一拍:"还是姐姐脑子好使,不像润墨,光有一张嘴。我这便去配了跌打酒来!"

润墨说:"就你那手艺,配什么跌打酒?连白勺都切不匀呢,你配的酒哪里有用?"

顺良说:"管他有用无用,终归是个说口。"

静仪说:"既要送去,自然要配好的,药到病除才行。"

"就是!"润墨说,"用了你的酒不见好转,指不定要掉脑袋的,你以为军中是你村上吗?"

静仪说:"我爷爷在世时,曾给过我一个方子。我虽不曾用过,我爷爷说的总归不会错的。"

"老东家说的还有错吗?"顺良便让静仪写了方子,配了跌打酒,往驻军处送去。

这跌打酒原是侯济仁栈的秘方,功效自然显著,用过的官军都说好。军中派了人跟着侯顺良到保荣堂来大加采购,这倒是侯静仪未曾预料到的,保荣堂因而声名大噪起来。

这日,润墨同顺良正在加制跌打酒,听得门外有人叫喊:"保荣堂哪个当家?速速出来!"

润墨跟着顺良出去一看,只见那杨廷麟昂然立于店前。润墨唤了声"尚书大人",倒头便拜。杨廷麟却只看着顺良,满脸极力回想的神情:"这位药工……这位药工……"润墨连忙接嘴:"小的常派这位药工前往军中送酒,想来尚书大人见过一眼半面。"杨廷麟说:"确曾见过似的,却不是在军中。"

顺良还直挺挺地站着,润墨将他猛力一扯:"见了尚书大人,怎的还不下跪?"

顺良这才跪了,却仍旧直挺挺瞪着杨廷麟。

润墨暗暗叫苦,心说:低下头来你会死吗?店里住着个憨子,果然什么事都能招来。

杨廷麟终于想了起来:"是了,观音……哦,不,药香姑娘现身那日,跟在身后的便似这位药工。"

顺良说:"我不认得什么药香姑娘,我……"

杨廷麟一听得他开声,便问:"听口音,这位药工不像本地人?"

顺良满口接话:"我原是临江府鼎鼎大名的药店侯济仁栈的学徒,因到赣州寻我娘子,这才暂且在保荣堂栖身。若非如此,这么巴掌大的药店,哪能容得下我?"

"小师傅是临江人?"杨廷麟面露喜色,"老夫也是清江人呀!"

"原来是同乡!"顺良挺身上前,便要跟杨廷麟拥在一起。

"怎的这样没大没小?"润墨止住说,"跟尚书大人回话,怎能立起身来?"

"无妨无妨。"杨廷麟"哈哈"一笑说,"我道你店里的跌打酒怎的这样神效?原来是我小同乡配制的。我们清江药人的手艺,那可是天下一绝!"

"可不是呢!"顺良说,"这赣州人的药跟我们清江的比起来,不是我说,能比出屎来。"

"正是正是,"杨廷麟说,"还是我们清江的药好……"

杨廷麟说着,又想起来问:"你说你不认得药香姑娘?"

"不认得。"顺良摇头。

"那你在山下遇见我那日,跟着的是谁?"

润墨又想将顺良扯住,顺良斜身一蹦:"你可莫要再扯我了。"

杨廷麟又问:"你那日跟着的女子是谁?"

顺良喜滋滋说:"那便是我娘子呀,她也是大人同乡。她老外公原是清江赫赫有名的何大神针……"

"原来是何大神针的曾外孙女,我道针法怎的那样高超。"杨廷麟忽而神色一凛,"我限你三日之内将她寻来,否则便人头落地!"

润墨一下瘫倒在地。

顺良叫着:"哎,我家娘子不是被大人掳……不是被大人带走了吗?怎的又限我三日将她寻来?"

"再敢称药香姑娘为你家娘子,我即刻便让你人头落地!"

"药香姑娘?我已说过我不认得药香姑娘啊……"

51

临江已陷入清军之手,药店都关了门。黄武全听了秦大老爷的话,战前便关了黄济仁栈,举家搬往侯眉儿娘家去了。经楼距樟树镇与临江府都有大半日脚程,清军围攻临江府与樟树镇时,此地不在战场当中。侯眉儿起初甚为得意,逢人便夸她家夫君如何机敏,避开了血光之灾。之后听得许多药商都被揪出去砍了头,又吓得惶惶不可终日。

"清军不会寻到经楼来吧?我们会不会被杀头?会不会被杀头?"侯眉儿不停追问。

黄武全说:"我从未跟官军做过买卖,清军怎会特地到经楼来寻我们?你当他们吃饱了没事干吗?"

侯眉儿还不放心:"你医过的病人当中也有在军中当过差的,清军不会晓得吧?会不会晓得?"

黄武全说:"你日日这么说,不晓得也要晓得了。"

侯眉儿吓得不敢再提,却架不住日日悬心,夜不能寐、食不知味。

覆巢之下,本就人人自危,黄武全亦不能免俗,本就有些忧虑,被侯眉儿这么一闹,更是烦闷至极。

这日,侯眉儿又说:"官军只怕是一时打不回来了,日日在这些乱兵眼皮子底下过活,我害怕得很。为免夜长梦多,我们干脆逃出去吧?"

"逃?"黄武全两手一摊,"逃去哪里?如今这世道,你且告诉我,逃去哪里保得住不受战乱之苦?还有何处可以安生?"

"我年前听得从赣州回来的药人说,你润墨师兄在那里开了个小药店。赣州是铁城,攻不破的。我们不如投奔你润墨师兄去。"

黄武全说:"要去你去。"

侯眉儿两眼一眨,落下泪来:"武全哥哥怎能这样噎我?"

黄武全耐着性子说:"不管攻不攻得破,赣州迟早也有一战,我们这时候去,不是送人头吗?"

侯眉儿说:"只要攻不破,我们住在城里,便能保住命了。"

黄武全跟她扯不清,懒得再说。侯眉儿见他默然无语,更是哭得凶了:"武全哥哥不为自家性命着想,也要替我跟我母亲想想。万一清军查得你曾替官军看过病,要来杀你,我与母亲也不能活了。"

黄武全火了:"我怎的不为你跟母亲着想?不为你跟母亲着想,我会娶你为妻吗?"

侯熊氏原在门口择菜,听了这话忍不得了,立起身来说:"这话我可不爱听了。娶了眉儿,难不成还亏了你?要不是娶了眉儿,你如今怎能住到我家屋下来?只怕乱兵打到樟树镇时,你早就死在那个什么皮大先生屋下了。"

黄武全才晓得他丈母竟是这样想的。他娶侯眉儿,原是为着报他师父的恩,又怜她们母女无以谋生,不想在他丈母心里,却是让他占了便宜。

他丈母见他不吭声,更是来了劲:"我晓得,你原想的是侯济仁栈那个木头美人。可如今那木头人早已下落不明,是生是死还不晓得。她家药栈也早就败了,师傅、学徒死的死散的散。你当真娶了她,只怕也早就死了。你又想那永泰夏家的狐媚子癫婆,可惜那癫婆也跟那木头人一样走了,也是生死不明。若是娶了她,你也好不到哪儿去。倒是我家眉儿,本本分分的,死心塌地跟着你。你师父又留得这间屋子在,给你安身。你不念我家的好,倒嫌起眉儿来了,做人怎能这样不讲良心?"

原来在他丈母心里,他静仪姐姐与槿篱妹妹都是远不如她自家女儿的。他原是讲良心才娶了她女儿,可在她心里,他若不是对她们母女言听计从,便是不讲良心。真是各人心头自有一本账,笔笔记得都是自己给别个的好处,别个给自己的,早就一笔勾销了。

黄武全不禁冷笑:"我原就是个没良心的,丈母将女儿许配了我,真是瞎了眼了。"

他丈母愣了愣,继而坐在地上拍腿大哭起来:"老头子啊,你听见了不曾?你拿命换了别个的命,别个却这般待我们孤儿寡母啊……我可怜、短命、枉死的两个儿啊,你们若是留得命在,哪里容得别个这样欺我?……"

黄武全冷冷地看着她:"我劝丈母还是莫再闹了。闹得乱兵来了,一刀便结果了你。"

他丈母咕的一声将顶在喉间的哭唱咽了下去,趴在门口四下看了看。

侯眉儿打圆场说:"都是自家人,莫说两家话了,我们一家人团团圆圆才好。"

黄武全操起一把药锄说:"什么自家人?我上山去了,丈母要哭只管接着哭,引得人来了,杀的是你们,与我何干?"

"你这没良心的……"他丈母还要骂,却到底不敢再大加声张,只强压着声气,捡了几片烂菜叶往他身上丢去,"你个白眼狼!"

黄武全掸了掸衣裳,不顾侯眉儿拉扯,径自上山去了。

四月里,山间零星的栀子花开了,小小一朵便香气四溢。武全摘了一朵托在手心里,想起多年前,在他尚未对夏槿篱动心时……兴许那时他已动心了,自己不晓得而已……他跟他槿篱妹妹一起躲在一棵老樟树洞里。槿篱妹妹说樟树香,他说樟树不算香,他家近前黄栀林铺漫山的栀子花开起来时,那才叫香。

他那时定然是已对槿篱妹妹动心了的,否则怎会特地从临江跑到永泰去将她从屋下抢出来？否则怎会说，等到了五月，要带她到黄栀林铺看栀子花去？

他是许过她的，他后来怎的忘了？

看一场花而已，耽搁得了多少时辰？

他为何不去？

黄武全将山地里寻得着的栀子花一棵棵挖回来，密密地栽在房前屋后。

侯眉儿问："栽这个做什么？黄栀子值得几个钱？莫如栽些值钱的药材。"

夏槿篱不会问他黄栀子值得几个钱，夏槿篱更不会问他清军会不会寻到经楼来杀他的头，夏槿篱更不会逼他在这乱兵四起的时候跑到赣州去投靠润墨师兄。夏槿篱是有见识的，侯眉儿却是毫无见识却乱作主张的。夏槿篱的外公、外婆是暖心暖肺的，侯眉儿的母亲却是刻薄寡恩的。黄武全不是不悔，而事到如今，再要说悔，也是无聊之极的事。

他早出晚归地挖着栀子花，也不管这时节栽不栽得活，只不歇不停地栽着，直至筋疲力尽。

夏槿篱仍跟先前一样，替人看病换些吃食。病人不是日日都有的，她便时常采些野菜充饥。四月底，估摸着栀子花要开了，她便上山去寻。

栀子花可入药，亦可做菜，抽去花蕊在水里泡上一夜，猛火一炒，清香适口。

槿篱在山中转了一阵，瞧见两个樵夫靠在一棵毛栗树下，却叽里咕噜说着一种听不懂的怪话。她向来胆大，也不回避，直不愣登走了过去。

当中一人叫住她问："哎，你，做什么？"

槿篱心想：原来会说人话。却一开口便晓得是外地人，只不知是从哪里来的。

另一人见她不理，立起身向她走来。槿篱见这人手里拿着一柄短刀，这才回："我上山去摘栀子花。"

"摘花?做什么?"

"咦?"槿篱奇怪,"你不晓得栀子花能做菜吃?"

那人满面狐疑围着她上上下下打量起来。槿篱懒得跟他纠缠,便想走开。那人忽地拉起她的手来,看着她的手指说:"你,练过拳。"

槿篱自小常打沙包,指节上生满厚茧。她把手一缩:"练过又怎的?"

那人短刀一挥,便向她扑来。槿篱暗呼不好,就地一滚拔腿便跑。那二人对视一眼,双双向她追来。槿篱虽留着天足、练过功夫,到底是个女子,哪里跑得过两个男子?情急中便往山道旁的深沟里跳去。那沟里长满芳丛,她强忍着痛,一径儿往芳丛里钻。那两个外地人叽里哇啦乱喊着,拿短刀劈斩着芳丛。槿篱常在这山中采药,熟悉地势,从深沟里爬上去,又钻入一片小山竹林。

两个外地人不知她已钻入山竹林,仍在深沟里搜寻。

槿篱猫一样趴在地上,在小山竹林里爬行,尽力不弄出动静。

南方的四月,草长莺飞,枝叶生得异常繁盛,借着遮天蔽地的草木,槿篱慢慢爬出了竹林。

竹林尽处是一大片栀子林。栀子花开得正盛,一朵一朵白得耀眼。进了这栀子林,便不好藏身了。可不进这栀子林,那两个外地人在深沟里寻不着人,又必然要往山竹林里追来。

槿篱把心一横,直往栀子林里扑去。偏生她这日穿着女装,裙摆牵牵扯扯勾在花枝上面。她顾不得羞耻,解去裙装,只穿着贴身小衣,野鹿一样在香花绿叶中奔逃起来。

快!快!!快!!!虽未见得有人追来,她仍不断在心里催逼着自己。待得追过来了,她便逃不掉了。

漫天的浓香熏得她头脑发晕。是谁说过?他家近前有整片山的栀子林,待得花开时,能把人的鼻子香破?槿篱鼻尖上作起痒来,她抬手一擦,满手的血。果然香破了鼻子?槿篱回身看时,只见身后一片片洁白的花瓣上,沾满了一滴一滴殷红的血。原来她早就在流鼻血了,跑得太急,未曾留意。她手上、腿上满是血痕,头脸上也火辣辣的,想必也已划满了血痕。自那样密实的芳丛里钻出来,怎能不划得满身伤痕?她想起来了,是黄武全说过,樟树还不算香,他家近前黄栀林铺漫山的栀子花开起来,那才叫香。遮天盖地的香!

她如今便在这遮天盖地的香里,想着黄武全说:"等到五月,我带你去看。"

自他许了她后,已过了多少个五月? 他从未带她去看。

她那时还应着:"那不就是半个月后的事吗? 快了。"

半个月——等等到如今。

如今她孤身一人奔逃在无穷无尽的栀子花中,为着保命。

那两个外地人不曾追来,她却半刻也不敢停留,从山上一路逃到山下,穿过了许多不知名的村子,直至夜半时分。

三日后,听得说清军开始攻打赣州城,她才想到,那两个说着怪话的外地人,莫不就是清军的探子?

清军攻城了,杨大人却患着阳亢,万一发起病来,如何御敌? 槿篱心里乱糟糟的。为着活命,自然是离府城越远越好,可惦着杨大人的病情,她又想入城去帮他诊治。

军中该有名医吧? 夏槿篱这样想着,便往离城更远处逃去。

可军中真有名医,为何看不出杨大人的病情? 槿篱又反身奔往府城。

她在来回奔逃中辗转,如此数日,倍受煎熬。

往返间碰上两个逃难的后生,当中一个说:"只望官军能击败乱兵,否则你我永无返乡之日了。"

槿篱听得这话,便绝了逃命的心,径往府城去了。

赣州府已被清军围得水泄不通,槿篱入不得城。她登高远眺,只见城墙上每日有官军缒城出入,想是轮番出城驻守。城内偶有喧嚷声传出,声响直达数里之外,想来是军民誓师祭天。

槿篱望着掩映于武夷山、雩山、九连山、大庾岭中的赣州城,但见贡水滔滔,那孤悬于崇山峻岭中的铁城,竟跟杨廷麟大人一样,显得强健而又羸弱。

第五章　战祸

杨大人还在城里，槿篱却近不得身，只得寻了座临近的小山，在山下扎了个茅棚，暂且住了下来。

她天不怕地不怕，唯独怕鬼。四下借宿时，到底近旁有人。孤身住在茅棚里，却是连只猫狗都见不着。夜幕一合，她便觉着黑黝黝的林子里挤满了鬼魂。她不敢闭眼，预想着千百种跟鬼魂对抗的方式，憋得满头大汗，浑身僵硬。

一夜夜，鬼魂不曾现身，槿篱在恍惚的睡意间看见了外婆、外公，看见了秦大老爷。

秦大老爷一如既往穿着官服，柔声安抚："丫头好睡。"

她便睡着了。

秦大老爷成了夏槿篱睡梦中的守护神，梦见了他，她便不怕了。

常听人说日有所思夜有所梦，为着梦见秦大老爷，她便于每日睡前拼力回想他的一言一行。天可怜见，秦大老爷果然夜夜入得梦来。间或也梦见黄武全。他总是离得极远，一脸茫然。她跟在他身后，从不追赶，也从不呼喊。二人一前一后地走着，直至他消失不见。

槿篱渐渐适应了独宿山野。茅棚里比她在农户家借住的柴棚还要更阴、更潮、更多虫蚁，好在天气一日日暖和起来，倒也勉强冻不死人。她身骨强健，也未曾病过，一日日熬了过来。

53

夏槿篱白日里出门行医、挖药，入夜后就着月光练拳、练针。夏至过后，日头越来越烈，茅棚里倒干爽了，住着还凉爽。

六月，听得有粤军赶来增援，槿篱才稍稍放下心来，潜心研习医术。府城近郊的村民虽有不少外逃者，但四处兵荒马乱，不愿背井离乡的也不少。槿篱日日混迹于村民之间，本事日渐显露出来。

有人见她医术高明，便想跟着学艺。槿篱本就打算将医术传于天下人，只要人品端正的,她悉数收为学徒。学徒们带来了南瓜、红薯,也带来了木料、土砖。不多久,槿篱便无须四处讨食了,小茅棚也变作了土砖屋。

有位身患哮症的女子被槿篱医好了,为感其恩,将自家院内数十棵杏树移至槿篱住处栽种,以彰其杏林圣手之名。说来也怪,那杏树虽在六月里移栽,却枝繁叶茂地活了过来。

此后,但凡被槿篱医好的病人,尽皆效仿这位女子,都到她住处栽上一棵杏树。槿篱暂居处因而得名"杏林里"。

这边厢杏树成林,那边厢清军借着水势上涨,登上十八滩,逼近赣州城东北二里远。官军每日里以炮火拒远敌,以药桶装入铁菱角狙近敌。槿篱日日听着炮火远近交接,起初心惊得很,时日久了,竟安定起来。炮火还在响,赣州城还在,杨大人还活着。

一日午夜时分,忽听得喊杀声一片,紧接着便是火光冲天。逃至山中避祸的村民告诉槿篱,是官军勇士突围了,烧了清军大帐。槿篱心想,如此铤而走险,定是杨大人所为,便往喊杀处奔去。

有位村民扯住她说:"女先生糊涂了?那边正在交战,怎的还往那边跑?"

槿篱说:"我有一位生死至交尚在军中。"

"便是生死至交,女先生一介女流,去了又有何用?"

"他原有盖世之雄,若因杀敌而死,倒也死得其所。可他身患阳亢,若因发病而死,岂不辱没了英豪?我虽不能助他杀敌,却可为他医病。"

那人说:"你这一去,可是九死一生啊!"

槿篱说:"生死有命,如今这世道,逃得了初一未必逃得了十五。待我医好了我那至交,便是与他一同赴死,也算对得住我们何家针法的名声。"

那人连连感叹:"义医!真是义医呀!"

槿篱径自往打杀处奔去,她常在近前村上出入,虽是半夜,却也轻车熟路。却不料她跑得快,那官军勇士奔袭得更快。她越是追赶,那喊杀声便离得越远,不多一会儿竟失了踪影。

待得次日午后，夏槿篱才听得说，清军深夜遇袭，万分惊恐，连夜后撤了三十余里。

近效百姓以为官军胜了，尽皆交口称赞，纷纷传颂杨廷麟大人如何英武。槿篱胡乱跑了半夜并一个上昼，累得筋疲力尽，奋力支撑着回住处去。途经李家山时，忽见一队人马行来，她正纳罕：不是说清军已被赶至三十里外去了吗？怎的还有这许多人马在此？却听哈哈一阵爽朗的笑声传来，有个异常高大的壮汉策马跃入眼帘。

无须细看，她便晓得是杨廷麟了。

那杨廷麟一路笑着，一路招呼近前人马。

夏槿篱立定身子，含笑看着他，抬起手来往那哈哈大笑声传来处远远伸去。杨廷麟也看见了她，眉头匆促地一锁，甚为愕然似的，继而双目一宽，响彻云霄地大笑起来。

"你怎的在这里？我曾派人四下寻过你呢！"

"我一直在这里，已住了许久。"

杨廷麟俯身一扯，夏槿篱轻轻落在他马背上面。二人一如初遇时一般，纵声谈笑策马飞奔。

杨廷麟在李家山扎下营帐，与驻守府城的万元吉形成内外呼应之势。军中士气为之一涨。

战事初歇，军中多有伤病，槿篱替杨廷麟医治阳亢之余，另制了跌打损伤丸，供筋骨损伤、刀伤、箭伤者服用。筋骨损伤、刀伤、箭伤，无六气之分与虚实之别，因而大可共用丸药，只需活血化瘀、消肿镇痛、舒筋活络便可。六月天，军中又有受热发闭者。槿篱以银针扎人中、中冲、少商、合谷诸穴。针毕即醒。

杨廷麟甚是欢喜："幸而碰上了你，否则这仗便不用打了，不等动手呢，便先病死了一半。"

槿篱说："军爷们个个壮实得很，便是一时发闭，或是受些轻伤，也死不了的。我不过是助他们早些复原。"

"非常时期,惜时如惜命,哪里等得他们慢慢养伤?早一日复原便多一分胜算。等得慢慢养起来,乱兵早就杀将过来了。还是我们清江药人有本事,我军中那些酒囊饭袋,一个个的自称神医,却是半点也不抵用的。"

槿篱说:"也莫低估了他们,他们自有他们的好处,不过是我们清江吃药饭的人多些,偶有绝技,恰巧被大哥遇上了。别处亦自有名医,只是未曾投到大哥帐下而已。"

"你便是这般……"杨廷麟露出点嗔怪的神气,"说句话也要滴水不漏。我怎会不知别外亦有名医?不过是一时痛快,只想尽赞我们清江药人而已。"

槿篱一笑:"大哥是想尽赞自家妹子吧?"

杨廷麟转嗔为喜:"你便是这般……这般善解人意。"

54

夏槿篱跟着杨廷麟在军中住了半月有余,近郊百姓都晓得杏林里的女先生在帮官军治伤,一个个钦佩不已。她虽不在杏林里,却有村民去她住处寻她徒儿买药。她收的几个学徒日日采药、练拳,将她屋下洒扫得干干净净。她的土砖屋,竟变成了一家小药店般。清军撤走了,村民们都放胆出来走动了,杏林里竟比她在时还要热闹。有个婆子见往来人员甚多,居然在她门口卖起凉茶来。

"来来来,杏林里的凉茶,喝了能治百病。"那婆子撮尖了嗓门招呼,听着喜庆得很。

夏槿篱以为自此便与杨廷麟同生共死了,不想有一日用过早饭后,杨廷麟却唤了两个人过来,说要送她回去。

槿篱不解:"大哥不是说你军中那些自称神医的人都不抵事,有我在才放心吗?"

杨廷麟说:"我如何舍得你?只不过如今清军兵力大增,直如蝗虫般滚滚而来,无休无止,不日便要反攻赣州府,增援的粤军又被迫退守南康去了,我守不

第五章 战祸

得李家山了。"

"不守李家山,我便跟着大哥回城去。"

"回城容易出城难。我这一去,指不定至死也出不来,如何能带你同行?"

"死便死!生逢乱世,生有何乐?死又何哀?我既在杏林里守得大哥出了城,怎会再弃大哥而去?"

杨廷麟火样地看着槿篱,猛地将她搂在怀里。

"大哥当日不是想纳我为妾吗?我今日便做了大哥的小妾!"槿篱猛地撕开衣襟。

杨廷麟扭头一转,错开眼去:"莫要胡闹,快把衣裳穿好!"

"怕什么?"槿篱说,"我又不是处子之身,今日给了大哥,也不失什么。"

"快把衣裳穿好!"杨廷麟暴喝一声,扭着头,伸过手去帮她提起衣襟,继而孩童般抱怨起来,"你只管这样,却不晓得我已忍了半月有余吗?依得我的性子,莫说今日,重遇那日便要收了你。"

槿篱兀自说着:"那便收了我吧!"

"我操你娘的!"杨廷麟又暴喝起来,"速速给我走开!再不走,老子当真忍不住了!"

杨廷麟揪住夏槿篱的后颈,一把将她推到帐外:"来人!快给我送了这妇人回去!军中住着个女子,晦气!"

槿篱听得他这样说,才不再强留,却指着帐前杨廷麟的战马说:"我既孤身而来,又何劳军爷相送?大哥便只把这匹马给了我,我骑了它回去便是。"

杨廷麟说:"不是大哥舍不得,只怕这战马要给你惹祸。"

槿篱一笑:"惹祸?何为惹祸?生逢乱世,世间还有比这更大的祸吗?我却不知是自何处惹来的!"

槿篱说着,跃身上马,两腿一夹,那战马奋蹄飞驰。

跑了一阵儿,仿似想起来似的,那马儿渐渐地慢了下来,不时地转头回看。回看了几回,忽而掉头跑了回来。

槿篱勒紧缰绳,又把它往远处赶。它急驰一阵又奔回来,急驰一阵又奔回来……

原来那战马闻得出杨廷麟的气味,一旦离他远了,便要循着气味回来。

夏槿篱跑来跑去,总在军帐间打转。数千官军看在眼里,想笑又不敢笑,硬憋着忍了好一阵儿。忍得久了,见那战马不停围着军帐回旋,直如死忠的将士一般,又不禁有些怆然。

夏槿篱骑不走马,只得仍将它拴在杨廷麟帐前,两手一拍:"还给大哥了!"

杨廷麟只看着她,默然无话。

夏槿篱笑笑地拍着衣裳上的灰,边拍边吊起嗓子唱起曲儿来:"月儿亮堂照床前,可叹明月缺半边。早知一去十年整,我只要郎君不要钱……"

她唱得轻佻,却听得一众官军落下泪来。

夏槿篱一摇一摆下山去了,那轻佻的歌声却总在山间缭绕,一忽儿在后一忽儿在前,夹杂着她轻灵的欢笑声,飘得极远极远。

55

侯眉儿劝说黄武全剃发时,黄武全正在给栀子树浇水。

"我看镇上不少人都剃了,与其等得人来强剃,不如自个儿先剃了。"

黄武全说:"国还没亡呢,便忙着剃发了? 不怕官军打回来? 到时再想蓄发,一时可长不起来。"

侯眉儿说:"打不回来了。我听得嘉定三屠、扬州十日,皆因不肯剃发而起。这劳什子留着便是祸害,不如早日剃了。"

黄武全笑笑说:"你欢喜剃发,不如你先剃了?"

侯眉儿愕然:"女子无须剃发,武全哥哥不晓得吗?"

"女子无须剃发,你却剃了,岂不是更显殷勤?"

侯眉儿想了想:"我改日去镇上照他们的式样裁两身衣裳便是……"

第五章 战祸

黄武全仰面大笑:"妹妹真是机敏过人!我只奇怪,你爷那等英武,怎的会生出你这样的女儿来?"

侯眉儿两眼一白:"我怎的了?我哪里配不得当我爷爷的女?"

"配得配得。"黄武全说,"原是我配不得你。"

"武全哥哥怎的说出这个话来?"侯眉儿抽噎着滚下泪来,"我原是爱夫心切,哥哥为何如此羞辱于我?"

黄武全反问:"你劝我剃发,不觉是在羞辱我吗?"

侯眉儿越发哭得凶了。黄武全拉着她走到一个面盆前:"来来来,你对着这儿哭,莫淹死了我的栀子树。"

夜饭后,黄武全在门口练拳,有个脑壳刮得精光只在头顶编条小辫的人走过来问:"是妹夫吧?我是眉儿妹妹的堂兄。"

武全未曾见过此人,草草见过了礼,便问:"哥哥有何贵干?"

那堂兄上下打量着武全:"早听得我婶娘给眉儿妹妹招了个贤婿,今日一见,果然一表人才。"

武全略略谦逊了几句,便朝屋内唤了侯眉儿与她母亲出来。

侯眉儿与她母亲也并不认得此人。那堂兄便自报家门:"我是桂林仔的长子。我父亲原跟秋林叔爷是堂兄弟,因秋林叔爷自幼出门学艺,往来便少了。到了我这一辈,更是少有往来。论亲戚,我们原是亲的,只是丢生了。我姆妈说,我周岁时,婶娘还曾抱过我。"

侯熊氏说:"原来是桂林哥哥的公子。你父母一向可好?"

"我父亲年前过了。"那堂兄说,"我母亲惦念婶娘,让我特地过来瞧瞧。"

黄武全心想:哪有夜里探望长辈的?分明是另有缘由。

侯熊氏却甚是欢喜,颇为自得地看了武全一眼,转而面对那堂兄说:"难为老嫂子记挂着,你回去便说我一切都好。"

说着话,侯眉儿倒了金银花茶来。那堂兄呷着茶,又闲扯了一会儿,说得热络起来了,便迂回着道明了来意:"我们原是一家人,只是秋林叔爷本事大,另置了雅舍住出来了。如今虽不在一个村上住着,却仍是一家人。我们大公公说,'秋林仔屋下的男丁,原也是我们家的。我们家的男丁都剃了发,秋林仔屋下的男丁也该一样的'。"

武全才晓得这人是来劝他剃发的。堂兄弟的儿子,原算不得至亲,这人却扯得跟亲兄弟一般,原是为着好将这番话说出来。

武全说:"我姓黄,不是侯家人。"

"妹夫这话可就说差了。"那堂兄说,"既进了我们侯家的门,自然便是我们侯家人。按说赘婿是要改姓的,只是如今也没那么讲究了,妹夫不愿改姓也罢了,人却还是我们侯家人。"

武全说:"哪个说我入赘了?我不过是陪着我丈母暂住一阵而已。"

"入住女方,便是入赘。"那堂兄说,"妹夫若是委屈,便住回自家村上去。"

黄武全拍案而起:"我道这黑灯瞎火的,你这几百年不曾走动的亲戚摸到我丈母屋下来做甚,原来是来赶我走的!"

侯熊氏忙打圆场:"哪里是来赶你走的?不过是话赶话的,说到了这里而已。"

那堂兄却说:"妹夫莫怪哥哥,如今衙门里已颁了剃发令,留发不留头、留头不留发,三日之内,各家族长必得令自家男丁悉数剃发。但有一例不剃,合族连坐。"

"我今日也正劝说武全哥哥剃发呢。"侯眉儿说,"待我再劝他两日。三日之内定按规矩剃好。"

武全说:"你何时做得我的主了?不牵连你族上,我这便回黄家去!"

侯眉儿又抹起泪来:"我家在清江,黄家也在清江。剃发令颁得到我家,便颁不到黄家不成?哥哥此时回去,不过是白忙一趟。"

黄武全说:"我黄家人没这样的软骨头。人还没寻上门来呢,便自行先把脑壳削个精光。你看看他那样子,像什么样子?"

那堂兄摸着光溜溜的前脑门说:"这样子有甚不好?大热的天,凉爽。"

侯眉儿与她母亲连连帮腔："是啊是啊，炎天水热的，剃了发凉快些。"

黄武全气得摔门要走。侯眉儿咚的一声跪到地上，紧抱住他的双脚："我有两个月未来月事了，哥哥莫走。"

侯熊氏哎呀一声："你这丫头！怎的不跟为娘的说呀？我道怎的未曾见着你穿身上，还当是我记岔了！有了身子的人，可不能这么着跪在地上。"

侯眉儿说："武全哥要走，我怎能不跪？"

她母亲说："你不爱惜自个儿的身子，也要为你肚子里的骨肉想想。"

那堂兄也说："妹妹快起来吧，你肚子里的也是妹夫的骨肉，跪坏了身子，妹夫也要心疼的。"

"武全哥哥答应不走了，我才敢起来。"侯眉儿含泪看着武全。

武全听着他们一唱一和，木然地伸出手去："拿刀来。"

侯眉儿吓得打了个抖。

"拿我的樟刀来。"黄武全又说。

那堂兄急急地跑到厅后去寻樟刀。侯熊氏跟过去指点："在这在这，这把才是樟刀。"

那堂兄将樟刀递到黄武全手里。黄武全头巾一摘："你们既个个都这么着，我今日便成全了你们一大家子。"

那堂兄拊掌含笑："这便是了，迟早要剃的么。"

黄武全唰唰两下，削去满头长发，只留光光的一个脑袋。

那堂兄说："却也……却也无须剃得这样干净。"

黄武全用力把刀往桌上一拍："干净些岂不更好？"

那堂兄灰溜溜地跑了。

黄武全也并非不肯剃发，他只是受不得侯眉儿一家如同丧家之犬般摇尾乞怜。若在黄家，历经一番争斗，扛不过剃了也便剃了。可侯眉儿以腹中骨肉相胁，却是令他有气不能出、有火不能发。

换作夏槿篱，莫说劝他剃发，便是衙门里逼上门来，她也定要争个高下。是生是死,先闹个痛快再说。人活着,不就是争一口气吗?可这侯眉儿,却事事让他忍着、憋着,窝囊至极。黄武全头脑灵泛,原不是个死守规矩的,却受不得这般连一丝儿男子气都留不得。

衙门里相逼,他恨的只是衙门。可自家人相逼,却是令他意冷心灰。

他娶了侯眉儿,原以为只是照料她母女二人的生计,却不料事事都被她们绑着手脚,凡事只得依从她们。

56

这一回进城,杨廷麟晓得必败无疑了。可败也有各种败法,败也要败个痛快。他将军中文武重做调配,城外驻防与城内御守各司其职,将城中百姓悉数发动起来协助城防,赣州府全民皆兵,同仇敌忾。

挺到七月,东阁大学士郭维经率军八千前来应援,退保南安的苏观生也派遣四千兵勇入赣助守,又有杨廷麟族弟杨廷鸿招募的千余义勇,另加募集的三千兵马及四千水师赶来增援,守军一时增至四万余众,军中士气重燃。八月,增援的广东水师也启程赶赴赣州,杨廷麟意欲出城破敌,与万元吉商议:"如今士气大振,正是破敌良机,我等先行突围,待得水师赶来,正好里应外合,不怕没有胜算。"

万元吉唯恐有失,说:"此时突围,只怕水师增援不及,暂且守城不出,清军一时也攻不进城,待得广东水师顺利抵达后,再里外合力出击,方为万全之策。"

杨廷麟据理力争,却拗不过万元吉,只得守城不出。不料赣江八月已进入枯水季,难载巨舟,增援的水师被清军半道拦截,焚毁巨舟八十余艘。再要出城突围,已纯属以卵击石。

广东水师败走,城外诸军纷纷不战而逃,只余二千余人,城内兵勇亦不足七千,而清军增至十五万之多,官军不战已败。

正值此时,隆武帝为清军所擒,悲愤之下自尽殉国,孤军又瞬时沦为了亡国遗民。仗,已不必再打了。杨廷麟与万元吉并城内军民却誓死不降。留在城内的侯静仪与侯润墨献出了保荣堂最后一味药材。

保荣堂空了,润墨说:"原以为将小姐留在店里,能让小姐过得安适些,不想却害了小姐。早知如此,还不如让小姐跟槿篱妹妹一般出城去。"

静仪说:"出了城的,也不定都能活,如今这世道,生死难料。"

润墨说:"别的倒也罢了,只是可怜了这个小的。"

静仪轻拍着小诺诺说:"胎死腹中的还不知多少,他已活了几百个日子,也算得有福了。"

润墨凄然:"这么精灵的一个小人儿,不该只有几百个日子的福分。"

"祸福难料。"静仪说,"当日顺良惹得杨大人逼他出城去寻槿篱,寻不着人,三日之内便要问罪,你我也只当是祸。如今想来,却是福了。"

润墨颔首:"他这一去,倒是好了。杨大人无暇治他的罪,他也无须困在城内。"

"只望他与槿篱妹妹都能活着。"静仪把头埋在小诺诺颈脖子里,嗅着他身上的气味。

"早知如此,让顺良带了小诺诺……不,让顺良带了你跟小诺诺一同出城寻找槿篱……"

"莫再说什么早知如此了。人生在世,原无回头路可走,凡事对得住自己的良心便好。若要思悔,时时事事皆有悔处,那便是片刻的安宁也享不着了。我跟诺诺现下不是好好的吗?"静仪拱了拱小诺诺的下颌,"小诺诺,你说是不是?"

小诺诺咯咯笑起来,嘴里喃喃着:"姆妈……妈……"

润墨含泪转开脸去:"也不知顺良跟槿篱现下到了哪里,只望他们走得越远越好……"

顺良在外走了三月有余,几乎寻遍了赣州城外的村村落落,不见槿篱踪影。

槿篱却在离城不足五里的一座小山下,日日设法打听城内的境况。隆武帝驾崩了,槿篱盼着杨廷麟出城降清。她只是一介女流,不拘什么家国大义,只望亲友活着便好。可她也晓得,以杨廷麟的性子,是宁死也不肯苟活的。

如她所料,打探消息的学徒回来说:"杨大人不肯偷生。苏大人力劝他南赴粤、桂,杨大人说'赣州府乃两粤门户,不可舍弃,有死而已'。"

"好一个有死而已!"槿篱说,"他要死,我便守在这里等他死了。"

那学徒说:"师父要不要暂且寻个去处避一避?"

槿篱说:"为师倒罢了。倒是你们,须得寻个去处了。"

那学徒说:"师父不走徒儿们也不走。"

槿篱吩咐他取了笔墨来,趴在饭桌上奋笔疾书。学徒们不敢上前窥视,也不知她写的什么。

如此数日,打探消息的学徒回说:"万大人将亲生子给斩了!"

槿篱说:"定是那逆子欲图降清,万大人大义灭亲了。"

那学徒说:"师父料事如神。那逆子缒城投敌,为官军抓获,万大人亲令斩首示众。军民深受震动,重燃抗敌士气,皆呼万元吉大人为万精忠。"

"是时候了。"槿篱说,"亲生子都斩了,最后一战为期不远了。"

槿篱将上十名学徒唤至身前,指着孤悬于群山中的赣州府说:"万元吉大人亲斩逆子以明不降之志,那城内数万军民不日将尽做忠魂。我等入不得城,便在此地拜上一拜吧。"

众学徒一字排开,面向府城,默然跪拜。

"军中将士如此,你我身为药人,该当如何?"夏槿篱面向学徒发问。

"将士守城,我等身为药人,便誓死守护我族医术。"学徒们齐说。

"城,怕是守不住了。"夏槿篱说,"可你我习得的医术,但有命在,便是拿不走的。我已将家传绝技记录成书,你们人手一份,带着这医书,自谋出路去吧。"

学徒们这才晓得师父连日来不分昼夜,是为他们默录医书,纷纷明志:"我等誓死追随师父,绝不偷生。"

槿篱说:"我毕生宏愿,便是将医术传于天下人,你等拼死追随于我,为此丢了性命,于天下医术有何益处?"

"那师父便跟徒儿们一同去吧。"学徒们叩首不起。

"这杏林里由我而创,我怎能轻易舍弃?况且那孤悬一线的府城当中,尚有我的生死至交,我怎能弃他们而去?"

"师父的生死至交便是我等的生死至交。"学徒们说,"要生,我等与师父一起生;要死,我等与师父一起死。"

槿篱说:"我何家的针法生,我便是生;我何家的针法死,我便是死。你们将我的何家针法传于天下,方是助我长生不死。"

学徒们泣不成声:"徒儿们要何家针法生,也要师父生。"

"人生自古谁无死?血肉之生,原本有限。这尸横遍野之时,多生一日也未必是福。只恨我不及将家传手艺一样一样亲授予你们,只得靠你们自己苦读医书参悟。得了这医书,你们只需牢记一样,万万不可授予品行不端之人。"

"徒儿牢记!"学徒们齐声说。

夏槿篱挥挥手,遣散了众学徒,在杏林里盘桓了两日,将草木修整得纹丝不乱,屋子洒扫得纤尘不染,对着这以一人之力从无到有缔结出的处所打量了几回,拣拾了几样衣物,遥望着赣州府,一步步往那城墙下走去。

57

侯顺良寻到杏林里时,夏槿篱已出山去了。

杨廷麟原指派两位官军跟着顺良,督他三日之内寻回槿篱,否则格杀勿论。两位官军年纪相仿,一位姓邹名江,一位姓范名贤,常在一处办差,心意颇为相通。三日之期过后,二人尽皆不提杀人之事,相互揣摩心思,自然是彼此心知杀了侯顺良也无济于事,最要紧是寻回夏槿篱,侯顺良因而得以活命。尔后清军围城,二人一时无从复命,便更无杀人之必要了。两位官军回不了城,又无别处可去,便改作寻常百姓装扮,仍旧跟着顺良四下寻人。

这日途经李家山,顺良照例拿出槿篱画像询问村民。有个村民说:"这女子跟杏林里那位女先生似有几分相似。"

顺良忙问："什么女先生？"

那村民说："大半年前，与此相隔十余里的一座小山脚下来了位女先生。那女先生医术高明，擅用银针，医好了不少疑难杂症。为感其恩，病愈者在她茅舍近前遍植杏树，那山脚下因而得名杏林里。日前官军在此地驻扎，女先生听得消息，不顾生死赶往军中看病，为诸将士助威，军中上下皆呼其为义医。我常在此地打柴，见过女先生几回，她时常带着患病的军爷们在这山上挖采草药。"

行医的女子本就不多，擅用银针又不顾生死为官军治病，侯顺良认定除了夏槿篱再无别个，便一把揪住那村民的衣襟问："杏林里怎么走？"

那村民缩起脖颈："后生仔寻女先生何事？可是家中也有人得了什么疑难杂症？"

"那女先生是我娘子！"顺良眼含泪影，却又自豪之极。

"不会吧……"那村民面露狐疑，"我看那女先生生得甚为齐整，又有一身本事，你这般模样……这模样……"

两位官军晓得那村民的意思是侯顺良这般模样配不上女先生，彼此对视一眼，各自窃笑不已。

邹江见侯顺良赌咒发誓仍无法取信于那村民，便上前说："那女先生原与他定的是娃娃亲，成人后见他无甚本事，长得又矬，便想悔婚。若非如此，女先生一介女流，怎会孤身在外流落？"

那村民以为有理，颔首说："原来如此，我道女先生那等人才，怎会配给这样一个……这样一个……"

两位官军又窃笑了一阵，还是邹江强忍笑意，正色说："我二人是女先生家中亲眷，此次前来，便是寻她回去解除婚约。"

那村民说："女先生于我李家山一带村民有恩，我们舍了命也要护着她的。空口无凭，你们说是来解除婚约的，谁知不是前来逼婚？"

邹江指天起誓："但有一句虚言，便让我合家老小悉数葬身乱兵刀下！"

那村民默想了一回，说："大战在即，料想你们也不肯拿家小性命来虚发毒誓。"这才捡了根枯枝，在地上细细画明了前往杏林里的路线。

侯顺良并两位官军依着这位村民所示路径紧赶慢赶，行了一个多时辰，果然见着一大片杏林。

已近十月，杏叶都黄了，几枚晚熟的杏子挂在枝头，杏黄中带着几点绯红。日头照在杏林里，满眼亮黄亮黄的，如同夏槿篱明艳的姿容。

"娘子，娘子……"顺良欣喜而又畏怯地唤着。

一条断腿的长凳出现在面前，长凳下扔着几个缺口的破碗，是那卖茶的婆子支起的小摊。

"娘子……"顺良的语气越发欣喜。

长凳近前有间屋子，屋前寸草未生，可见时常有人活动。

"娘子……"地面上留着竹笤的划痕，顺良想得见槿篱日日清早殷勤洒扫的样子。

"娘子！"屋门紧闭，顺良奋力一推，那门却是虚掩着的。他一头扎进屋里，屋内空空如也。

"娘子？……我家娘子呢？"顺良环顾左右。

两位官军摸了摸灶膛里的柴灰，又翻看了米缸跟床柜。

"我家娘子呢？"顺良追着两位官军问。

邹江回："这屋里没人住。"

"怎会没人住？那人不是说我家娘子住在这儿吗？"

"看这情形，屋子最多三五日前还有人细心收捡过。"范贤说，"现下缸里没米，灶灰也结了三五日，不见一件衣物，想是至少有三五日不曾有人住过。"

"才走了三五日，那定然不曾走远。"顺良说，"我们这便去追！"

两位官军随着顺良出得门来，但见杏叶招展，鸟雀啾啁，在这战乱之时，直如世外桃源。

侯顺良忽而把脚一跺："我不走了！这一草一木一砖一瓦，都是我娘子料理出来的,她定会回来,我就在这屋里等着。"

范贤说:"等两日也行,只是不定等得来。"

"除了这间屋子,我娘子在赣州再无别个住处。这屋子这样好,她定然要回来的。"

两位官军便陪着侯顺良在杏林里住了下来,一面打探夏槿篱的去处。住了五六日,打探得有人见她往东去了。二人便将探得的消息告知顺良,邀他一起往东去寻。

顺良坐在饭桌前,摸着桌凳上一轮一轮的木纹,仿似要把每条木纹都摸上一遍似的。

邹江等得不耐烦,催促说:"摸什么摸?先去寻了人来再说。"

屋内陈设井然,一应物事粗简却素净,也不知是舍不得槿篱置办的这些物具,还是在外游荡太久过于疲累,顺良对这屋子生起一种极深极深的眷恋,如同眷恋着槿篱本人。

"兵荒马乱的……除了这间屋子,我娘子再寻不着更好的落脚处,她定然要回来的……我这一去,万一恰巧她回来了,倒碰脱了……万一等我回来时,她又走了。如此往复,反倒一世都碰不上了。"顺良喃喃地说。

"罢了。"范贤说,"你便在屋里等着,我二人出去寻人。"

三人便兵分两路,各尽其事。

山路迂回,邹江与范贤往东寻了两日,又听得有人见着槿篱往南去了。二人便又往南寻去,又寻了两日,清军的营帐已在眼皮子底下了。

"想是寻错了路。"邹江说,"再往南去就是敌营,夏先生断然不会在此。"

"想来也是。只有背着敌营走的,哪有向着敌营走的?"范贤说,"只是不知为何,指路的都是将你我二人往敌营这边引。"

二人正自猜疑,瞥见不远处有浓烟腾起。

"这什么人?敢在敌营近前烧荒?"

"想是哪个不知事的山民。"

"我们速速走远些,万一引得敌军来了,白白跟着送了性命。"

范贤略一踌躇:"只是那山民也是无辜……我看烟起处相隔不远,不如先去提个醒,救他一命再走也不迟。"

邹江与他对视一眼,便往烟起处走去。

浓烟起处有方小小盆地,盆地当中生着一棵巨大无朋的银杏树。遮天蔽日的树叶如同一顶凉棚,罩得盆地阴凉之极。满树的银杏叶如同一把把精巧的掌扇,黄光灿灿,山风一起,直如筛金泻玉一般。树枝上结满密密实实的白果,引人垂涎。

树下盘腿坐着个粗布方巾的后生。那后生正往火里添柴,火堆上吊着个陶罐,滚滚地冒出青烟。

"不要命了?竟在敌军近前煮东西吃?!"

那后生抬起头来,两位官军看着有些面熟。

"我已饿了两三日了,"那后生说,"管他什么敌军,先把肚子填满再说!"

"这位后生……"范贤抽出夏槿篱的画像来,两眼急急地在画像跟那后生之间比对着看。

"这是什么?"那后生自陶罐里拈了颗白果塞进嘴里,一边嚼着一边走了过来,"嘻嘻,这不是我吗?"

两位官军还没反应过来,那后生便说:"你们是杨大人的人吧?除了他,再无别个会派人前来寻我。"

范贤试探着问:"你是夏姑娘?哦,不,夏先生?"

"是了。"那后生一面说着一面打开陶罐盖子,"我煮了一大锅白果,要不要吃几颗?"

"可找到你了!"两位官军大喜,"小半年来,我们不知寻遍了多少犄角旮旯,不料却在此处跟先生偶遇。只是先生为何滞留此地?不见敌军营帐就在近前?"

槿篱说:"正因敌军营帐就在近前,我才无奈滞留此地。我原打算进城去与杨大人汇合,行至此处为清军阻隔,只得暂留此地伺机而动。"

"先生真是!……"两位官军对视一眼,满眼钦佩,却无言以表,因说,"先生在此处生火,恐将敌军招来,我等还是速速离去,寻个稳妥处再议。"

"怕什么?"槿篱说,"如今哪儿有稳妥处可寻?逃来逃去,指不定照样丧了性命。来来来,吃饱了再说。"

两位官军只得跟着槿篱围坐在火边,战战兢兢吃起了白果。

58

乱世之下,人如蝼蚁,贪生怕死也未必真能偷生免死,不如尽兴而为,图个痛快。这是夏槿篱的道理。

一介女流尚且如此,邹江与范贤身为男子,又有军籍在身,也不好示弱。

槿篱说:"我在此地盘桓了数日,早已摸清周边境况,这银杏树后有个山洞,山洞出口是段峭壁,峭壁下有个水潭,顺着水流南行三五里便是府城。仗着天险,清军沿途少有布防。只是城门不开,到了城墙脚下也进不得城。"

邹江与范贤对视一眼:"先生铁了心要进城?"

"自然是铁了心。宁做忠魂,不做枉死鬼。"

"好个宁做忠魂不做枉死鬼!"邹江又看了范贤一眼,"要想进城倒也不是不行。杨大人与我二人之间有信鸽相通。先生定下了入城的时辰,我二人便以飞鸽传书,届时自有接应。"

槿篱也看了范贤一眼:"那便明日寅时入城。"

范贤点了点头:"你二人主意已定,我便舍命陪君子。"

邹江便以指代笔,饱蘸朱砂,书明事由,约定三长两短击掌为信,放了信鸽去。

说是次日寅时,实则便是当晚。放了信鸽,邹江便往林木深处去寻霹雳藤。范贤去砍松枝。

寻了霹雳藤来，槿篱细细地将本就粗壮的藤蔓编成一股更为粗大的藤绳，绑在银杏树上用力扯了扯，确保万无一失。

诸事俱备，三人坐在树下静待良时。银杏叶噼里啪啦翻腾不止，在飒爽的秋风里，如同少女明媚的笑靥。

待得落日西垂，槿篱说了声："走吧。"邹江便背起藤绳，范贤点燃了一根松枝，跟着槿篱往树后走去。

"山洞入口就在这里。"槿篱指着一蓬金樱子。

那金樱子生得甚为密实，结满了红红黄黄的果子，哪里有山洞？邹江狐疑地看了看范贤。

范贤伸出松枝，拨开一蓬金樱子，下面果然有个洞口。槿篱率先跳入洞口，猫着身子往里爬去。邹江又看了看范贤，跟着跳了下去。

那山洞入口低窄，刚爬进去便陡然开阔起来，无须爬行，猫着身子便可三人并行。行了半盏茶的工夫，连腰都不必再弯了。越往里去，山洞越高，行了半炷香的工夫，但见巨石层叠，奇峰罗列，除了不见天日，与洞外山间无异。只是地面阴潮些，滑溜溜地生满苔藓。又走了半炷香的工夫，淙淙的有水声传来。原来洞里有条暗河。

"当心些，"槿篱说，"莫要滑进河里。"

"先生也当心些。"范贤说，"莫只顾着我们。"

"我们没事。"邹江说，"多少刀光剑影都闯过来了，还怕暗河吗？"

正说着，听得他哎哟一声。范贤回身看时，见他一手攀着石壁，一手揉着脚腕，赧颜说："真要当心些，险些摔了爷……"

话未说完，又听他哎哟一声，攀着石壁的手猛然一缩，像被什么东西咬了，紧接着脚下一滑，直往暗河那边溜去。

"当心！"范贤伸手一抓，抓住了他套在肩上的藤蔓。

"吓死爷爷了！"邹江挣扎着稳住身子。

范贤举着松枝，浓浓的火光照在邹江脸上。邹江看了看槿篱，讪笑着抬起脚来。脚一落地,哧溜一下又是一滑。槿篱急忙赶上去想要抓住他,却只抓住了一根霹雳的嫩枝。那嫩枝入手即断,槿篱又赶忙抓住范贤的衣裳。范贤死命扯着邹江套在身上的藤蔓,三人一起往下滑去。

"快放手!"邹江骇叫一声,头颈一缩,从藤蔓里钻了出去。

"抓住!抓紧!"范贤将藤蔓向邹江抛去。

邹江已落入河中,却并不伸手来抓藤蔓,只匆促地笑了笑,万分抱歉似的。

"你抓住啊!"范贤嘶吼起来。

邹江沉浮在粼粼的暗河里,始终不曾伸手碰触藤蔓,只以一己之力不住地挣扎着。范贤举着火把站在河边,看着他慢慢漂出火光之外,直至消逝不见。那暗河水面平稳,水下却湍急之极,不到一盏茶的工夫,便带走了邹江所有的动静。范贤缓缓地跪了下去,对着暗河拜了拜。槿篱俯身捡起藤蔓,仍往洞穴深处走去。范贤也捡起散落在地上的松枝,赶着跟了上去。

出得洞来,已是星光漫天。夜空格外清朗,有着深秋特有的干爽。草木清香,一股细流蜿蜿蜒蜒漫过丛丛落叶,自峭壁当中一个凹口奔泻而下。从下往上看,便是一线飞瀑。槿篱说过峭壁下有个水潭,原来就是这飞瀑的汇流。

"有条瀑布,先生如何下得去?"

"不值什么。"槿篱说着,已将霹雳藤绑在一棵大松树上,"左右不过半炷香的工夫。你先下去,我在上面扯着。"

范贤听得明白,槿篱是怕藤蔓绑不牢,须得有人在上面扯着。垫后的人,便要冒着藤蔓松脱的危险。

"你先下去。我在外征战日久,晓得控制力道。"

"我身子轻,你先下去。"

范贤还要再让,槿篱将藤蔓往他手里一塞,将他往峭壁边沿推去。

那峭壁十余丈,算不得高,只因伴有飞流,观之令人胆寒。范贤想着先下去探探路也好,便依了槿篱。

长年濡湿,峭壁上生满青苔,落脚不稳,范贤荡荡悠悠一踩一滑,才下行了两三丈,掌心便磨破了皮。那飞瀑溅起的水雾起初只觉清凉,下得越深,便越感冰寒。下至半道,已觉冷冽刺骨,若非掌心剧痛,范贤几乎四肢麻木。如此苦痛,夏先生如何受得住?范贤试图阻止槿篱,可那瀑布眼看细小,置身近旁,水流击石之声却甚响,遥相喊话实不能够。事已至此,只得听天由命。范贤把心一横,任那藤绳磨得双掌血肉模糊,直往潭中滑去。

潭水深黑,落身其中,直如坠入一方黑冰。分明是水,范贤却只觉冷硬异常,原来他手脚已然僵直,些微水波已是十分阻力。他奋力游走,每前行一寸直如劈开一方冰块。忽听得咚地一响,黑冰一晃,夏槿篱已落在身畔,范贤顾不得多想,揪住她的衣裳便往石岸上拖拽。这一急,血脉倒通畅了不少,二人不多一会儿便爬上岸去。夏槿篱不顾男女有别,一头扎进范贤怀里。

二人瑟瑟发抖,依偎着窝进一丛枯草里。夏槿篱双手已破得不成样子。她晓得水雾极寒,抓住藤绳直接溜了下来,手掌磨损尤胜范贤。范贤心想:幸而夏先生不曾如我那般步步试探,否则多半已然命丧当场。

59

一阵阴风袭来,星光陡暗。范贤说:"等不得了,怕是要下雨。"二人不顾身上作冷,扯了些干草结成蓑衣,疾步顺水而行。

水流尽处,赣州府举目在望。夜风更猛,草衣如同羽翼,蓬得槿篱几乎要飞升起来。范贤牢牢抓着她的手,如同拽着一只即将脱手的风筝。

好在走得疾,并不十分寒冷。赣州府三面环江,章、贡二水汇成赣江,三江绕城,形成天然屏障。清军便是为三江阻隔,无法四面围攻,因而久战不下。余下一面虽有陆路相通,却亦有护城河隔断,等闲近不得城。范贤与槿篱行至护城河畔,劲风稍歇,身上微微沁出汗来。

护城河不宽,却也无以泅渡,范贤领着槿篱沿河缓步,三长两短击掌为信。绕河行了一盏茶的工夫,终于听得回响,亦是三长两短击掌之声。平日里一盏茶的工夫转眼即逝,于这非常之地,二人却直如熬了半宿。

范贤引着槿篱循声而去,两位官军跳出来问:"来者何人?"槿篱认得当中一人是杨廷麟贴身侍卫,迎上前唤了一声:"章大人,是我。"那人亦已认出槿篱,忙说:"莫叫我大人。先生可来了!尚书大人盼着呢!"

四人顺着河堤往下疾行,那姓章的侍卫忽而一顿:"还有一人呢?"范贤回:"路上没了。"章侍卫再无他言,复而疾行。下至河边,有艘小舟自暗处划来,章侍卫引了槿篱与范贤上船。船内另有一名相熟的侍卫,见了槿篱便递了个汤婆子过来,唤了声"夏先生",说:"杨大人料得今夜有雪,特嘱我带了来给先生暖手。"

刚入十月,怎会有雪?槿篱道了谢,又以"大人"对这侍卫相称。那侍卫跟姓章的侍卫一样,摆手说:"莫叫我大人。"槿篱便以"韩大哥"相称。这姓韩的侍卫说:"杨大人晓得先生的性子,说要进城便定要进城的。他老人家原本不忍先生涉险,只是晓得不来接应,先生亦将冒险进城,这才派了我们过来。大人是既盼先生来,又怕先生来。"槿篱看着窄暗的河面,夜风已息,水波平缓,哪里像会下雪的样子?

须臾间到了对岸,城墙就在眼前。那墙高三丈有余,以巨石垒砌,墙基灌以铁水,当真是铜墙铁壁。

韩侍卫击掌为信,城墙上吊了几个竹篓子下来。竹篓子与粗麻绳摩在城墙上,发出唆唆的声响,夜深人静,听来格外刺耳。槿篱不禁回望了一眼。韩侍卫说:"放心,看不见的。"

韩、章两位侍卫将夏槿篱扶入竹篓,说了声"得罪",便相继跨入篓中,一前一后护着槿篱。槿篱心知韩侍卫嘴上让她放心,却仍恐敌军乱箭袭来,他二人是以身为盾,护她周全。

夏槿篱想起有一回被她父亲吊在猪笼里,足足在北风里吹了两三个时辰,黄武全同侯顺良赶来将她抢了出去,拖着她在烂泥地里飞奔。那日的猪笼,也发出如此这般的唆唆声。那日黄武全说,要跟她一起将习得的医术传于天下人。

天下人在槿篱心里原无敌我之分,可如今,对峙的两军分明将敌我划得那样清晰,她无法佯装不知,城内是"我",城外是"敌"。她的医术,自是不可用于敌方的天下人。可日后的天下……

夏槿篱举目远眺,日后的天下,恐怕只在这城外密密麻麻的敌军帐里。

章、韩两位侍卫的鼻息近在咫尺,槿篱闻得见二人气息中的潮润。同生死、共呼吸,世间最近不过如此。她眼眶一热,几欲落泪,道不尽的凄怆与柔情。

登上城墙,韩侍卫伸手一指:"先生这边请。"

夏槿篱紧随其后,只见城内关门闭户,时有兵士逡巡。濡湿的草鞋踩在青石板上,硬硬地冷。

"先生可要换身衣裳?"韩侍卫说,"尚书大人见得先生如此,恐要心痛。"

槿篱说:"见了大人再换不迟。"

韩侍卫略一犹豫,槿篱便晓得他是唯恐杨大人怪罪,因说:"那便换了衣裳再去。"

韩侍卫便吩咐随从去寻衣衫,又将槿篱引入就近一间屋子,生了火,帮她破损的双手敷了药。

那随从去了许久,捧了一红一白两身衣裳过来,说:"这红衣是用过的,小的恐怕先生嫌弃,又寻了这白衣来。这白衣新倒是新,只是……"

"先生怎能穿人用过的衣裳……"韩侍卫一面说着,一面抖开那白衣一看,竟是一身孝衣,气得登时甩了那随从一个耳刮子,"你是吃屎的吗?竟寻了这样一身衣裳过来!"

那随从磕头不止:"小的寻了许多人家,委实寻不得半件像样的新衣,又恐误了时辰……"

槿篱忙说:"我穿这红衣便是。"

那红衣抖将开来,一望便知是身嫁衣。除了嫁衣与孝衣,这府城之内竟再寻不着可穿的衣衫,城中百姓之苦可想而知。

234

槿篱身披嫁衣出得门来,只觉冰风扑面,当真似有雨雪要来。

"只怕真要下雪了,"韩侍卫说,"尚书大人真是料事如神。"

城墙那边"啊呀"一声,章侍卫周身一凛:"坏了!怕是有……"

他话音未落,紧接着又是"啊呀!啊呀!"几声惨叫。

"先生这边请!"韩侍卫引着槿篱便跑。

惨叫声不绝于耳,韩侍卫说:"是小南门一带。"

"这边请!"章侍卫扯着槿篱钻入一条窄巷。

窄巷里墨黑一片,夜光已尽,晨曦未明,正是一日当中最为黑暗之时。槿篱只听得噼哩噗噜杂乱的脚步声,乒乒乓乓的拍门声,却看不见一个人影。

摸黑跑了一阵,有根火把划破夜空,槿篱认出来,已到了米市街。保荣堂便在街角。那店里,住着静仪同她的幼子,还有润墨,也不知三人可有命在。

接二连三的火把打了出来,一队队人马迎面奔来。韩侍卫紧扯着槿篱:"杨大人在这边……在这边……"

火光照得满街通明,米市街恍若金楼玉殿,在刹那的恍惚间,槿篱竟心生壮美之感。那壮美却极为短暂,不多一会儿便生起蒙蒙的绒毛来。

"起雾了。"章侍卫看了韩侍卫一眼。

"坏了!是大雾!"韩侍卫满面惊骇。

浓白的雾气流淌起来,仿似掬上一把便能捞在手里样的。一团团火把都变作了一点点红光,槿篱只见满街的红光乱闪,看不见一个人脸。

她在化不开的浓白里跑着,仿似挣扎在一锅豆浆里。韩侍卫连声喊着"闪开,闪开",却仍旧不断与人撞个满怀。

清军都拥到城下来,官军也看不见了。

赣州城守不住了,夏槿篱满腔热血凉了下来。她本就折腾了一整夜,只觉双腿发软,再也挪不动半步。

"夏先生!夏先生!不可如此!"是范贤在喊她,"夏先生,我们是穿山渡水来见杨大人的,不可如此。"

对,穿山渡水！邹江已顺水而逝,不能让他白白送了性命。是生是死,都要先见了杨大人再论。夏槿篱把牙一咬,重新挺直了腰身。

轰的一声巨响,是小南门那边在开炮。章侍卫侧耳一听:"不对！这炮声有异。"

夏槿篱听不出炮声有何异处,只听得喊杀声愈响,想是敌军攻得更猛。

"快跑！"章、韩两位侍卫再顾不得斯文,一左一右架起槿篱的胳膊,拖着她发足狂奔。

穿过文庙、阳明祠,抵达府署时,槿篱新换上的鞋袜已跑脱了,满脚是血。雌雄一对石狮驮于署前,鼓暴着眼,乱势当中看来,直如目瞪口呆。

望楼上不见杨大人,韩侍卫问:"大人呢?"有兵丁答:"往小南门那边去了。郭大人炮膛炸裂,震倒城墙,杨大人亲临督战去了。"

怪道章侍卫听得炮声有异,炮响过后,喊杀声愈烈。

槿篱回身要往小南门跑。范贤身形一矮,将她挟在腋下。槿篱奋力挣扎。范贤不予理会,直往内衙而去。二人一语不发,一个拳打脚踢,一个铁臂如钳,默然入得内院。

内院遍植花木,有迟桂在开,幽幽的甚是香甜。几个婆子、丫头偎在树下,见了他们瑟瑟地立起身来,桃红柳绿花容乱颤。

"玲儿,玲儿……"韩侍卫扬声大喊。

有个腰长眼媚的丫头从室内闪身出来。

"寻件衣裳给夏先生换。"

那名唤玲儿的丫头看了夏槿篱一眼,反身入内,却取了册书卷出来:"这是大人作的诗……"

韩侍卫双目一瞪。原在树下偎着的一个婆子慌忙迎了上来:"我带先生去换。"

叠叠青山贴碧天,游人笃速向栖贤。

云中石怪参差滑，雨后人家次第烟。

四境窒窅迷出处，十洲何必更神仙。

漫言此地堪招隐，笑问前途更举鞭。

玲儿衣袖轻展，妖妖娆娆吟起诗来。夏槿篱止住那引她更衣的婆子，定定地盯着玲儿曼妙的身段。

"我原是认得字的，又生得眉目娟秀……"玲儿说着，猛一转身，一头扎进飘着几片残荷的莲缸里。"玲儿姐！"有个小丫头如梦初醒般唤了一声，也跟着往那水缸里一扎，双腿踢腾了几下，再无声息。纷纷地哀号声四起，偎在树下的丫头、婆子们接二连三地，一个个或投缸或撞墙，大院内瞬时尸横遍野。

那预备带着槿篱前去更衣的婆子颤颤地踮着小脚，想要拉这个、扯那个，却一个也不曾当真伸手去拉去扯。待得只剩她一人，才茫然跌坐在地，喃喃说着："你们倒好，一个个走得这样快！只留我一个，少不得要替你们收尸。等得那豺狼来了，替你们把没受的苦都受了……"

换什么衣裳呢？左右是个死字罢了。槿篱凄然地看了韩侍卫一眼。

飞飞地有白絮飘落，是雪。

十月初，当真下起了雪。杨大人真是料事如神。一夜之间由秋入冬，风云数番急变，换了人间。

莹白的雪片飘落在鲜红的嫁衣上，槿篱想起少女时有一日大雪，她偷了外婆的嫁衣去会秦大老爷，火样地奔跑在一天一地的雪里。

秦大老爷已然不在了吧？无须听得消息，她已然晓得。

雪越下越大，雾早已散了。

"快带先生寻个隐蔽处躲藏。"韩侍卫交代范贤，"我与章兄要往小南门去护卫大人。"

"躲什么？"槿篱说，"我本就是来寻杨大人的，为何要躲？"

"不躲便换身衣裳，你这红衣太过惹眼。"

"不惹眼，大人如何瞧得见我？"槿篱率先奔出内衙。

"好歹穿双鞋。"范贤擎着一双翠绿的绣花鞋追上来。

槿篱认得，那鞋是玲儿的。

她胡乱将鞋套在脚上，只包住了半个脚掌，踢踢拖拖地才刚跑了几步，便见清军已然攻来。

说来也怪，那些清军一见了槿篱，便咿哩哇啦怪叫着相继扑来。

"这帮龟孙不好生与官军相拼，为何都来抓我一个妇人？"槿篱正自纳罕，范贤已身中数刀。

"范大哥！"槿篱回身一扑，想要护住范贤。章侍卫将她往后一扯，抛下范贤便跑。

清军追将上来，韩侍卫挺身相护。巷道中时有妇人窜出，清军却只抓槿篱。

是了，定是有护卫相随，清军料得她身份特殊，这才紧追不舍。

"莫跟着我！"槿篱将章侍卫一推，钻入一间破屋。

章、韩两位侍卫截住追兵，紧守住破屋入口。槿篱孤身自破屋后门冲出，果然不再有清军围攻。

寻常妇人虽不受清军围攻，兜头碰上了，却仍不免被杀。槿篱尽拣冷僻处跑。跑了一阵，见着一条窄巷，巷口寂然无声，便往巷道中钻去。

窄巷中空无一人，她松了口气，重整心神一路疾行。那巷道甚长，不见尽头，她刚想着这巷子若能直通小南门就好，忽听得一声惨叫，抬头看时，只见前头人头攒攒，刀剑乱晃。她才回过味来，那头正在巷战，怪道一路无人。

槿篱回身便逃，顾不得辨明方向，见了屋子便钻，见了人影便躲，慌乱间见韩、章两位侍卫正在苦战。韩侍卫见了她，扬声喊了一句："先生快跑呀！怎的又回来了？"她才晓得自己又跑回了原地。

有位官军策马而过,韩侍卫道了声"得罪",将那官军掀下马背。

槿篱助跑两步,踩着韩侍卫的背脊凌空一跃,扑上马去。韩侍卫翻身上马,将她扶起坐稳,不顾男女有别,紧紧拥在身前,猛力催马急驰。

呼的一声风响,韩侍卫俯身一扑。只见一柄短刀自他脑后掠过,当的一响落在马前,槿篱面上一凉。

"拿着!"韩侍卫塞了个东西在她手里。

槿篱定睛一看,是匕首。

呼地又一声风响。"杀了他!"韩侍卫大喊一声。槿篱才看清有个举着长矛的清兵正向他们奔来。

韩侍卫挥刀一挡,长矛咯噔落地。那清兵又扑将上来,紧扯着韩侍卫的腿脚。

"杀了他!"韩侍卫又大叫一声。槿篱举起匕首,却只是虚刺了两下。那清兵嘴角一撇,甚是轻蔑。

"杀了他呀!"韩侍卫大叫着,挥起大刀猛力一削,那清兵才撒手后撤。

"不杀人,你到不了小南门。"韩侍卫一边策马一边高喊。

杀人。杀人。她是救人的,怎能杀人?

又有清军扑来,槿篱心乱如麻。啊呀一声,那清兵已被韩侍卫削去手掌。

漫天飞雪,血肉四溅。槿篱竭力撑开双目,看着这纷乱的世间。

"先生快跑!"韩侍卫猛力一拍马背,倏忽跳下马去。原来正有上十名清军扑将上来。

不愧贴身护卫杨大人多年,韩侍卫将将落马,便将一众清军困在刀光之内,槿篱得以趁机逃离。只是寡不敌众,待她掉头回顾,已寻不着其人影踪。

小南门何在?槿篱早已不辨南北。温热的血泼在冰冷的雪上,刺目的脏。

她在脏乱里奔驰了一阵,几番险些为乱箭所伤。越往前去清兵越少。

"姐姐,姐姐……"有个粗布短衫的小后生躺在地上叫。

槿篱不敢停留。

"姐姐,我是你樟树镇的小同乡!"

槿篱手上一紧,勒马驻足,见那后生缺了一边臂膀。

"姐姐不认得我,我是常见姐姐在樟树药市上走动的。我晓得姐姐姓夏……"

这样冷的天,他穿得那样少,又身负重伤。槿篱心下一酸,翻身下马:"你也是吃药饭的?"

"是。我旧年刚到的赣州,本想在这儿谋条活路……"

"撑过去,总有活路。"

后生凄然一笑:"姐姐言之有理,只是……我……我这儿有块玉佩,是我姆妈送我出门时塞给我的。这东西是她老人家的嫁妆,我如今回不去了,姐姐若能回得去,帮我带给磁器街的皮六娘……"

清军已掠地,四面喊杀声。他回不去,她又如何回得去?槿篱将那玉佩塞回小后生怀里:"断了条膀子而已,哪里就怎样了?我替你扎针止血。"

"我晓得姐姐是何大神针的曾外孙女,针法高明,若是太平日子,遇着了姐姐,我自然是死不了的。可如今……如今……这冰天雪地的,痛不死也冻死了。"

"我带你走!"槿篱说着,便要上前搀扶。

那后生止住她说:"姐姐莫费事了。真心疼我,便帮我带了这玉佩逃回樟树镇去。"

敌军当前,槿篱不敢久留,把心一横收下那玉佩,回身寻马,马已不知去向。

"不骑马也好。"小后生说,"骑在马上反倒惹人注意。只是姐姐这身衣裳……"

"这身衣裳,待我上小南门寻得了杨大人再换。"

"杨大人?姐姐寻的是哪位杨大人?"

"尚书大人杨廷麟。"

"姐姐不晓得吗?小南门失守了,尚书大人早已往西去了。"

舍生忘死寻来，丢了范贤、韩侍卫两条性命，杨大人竟已往西去了。

"消息确实？"

"确实。我们便是从小南门那边退下来的。"后生伸手一指，"那边还有好些樟树同乡，都是从小南门退下来的。"

槿篱抬眼望去，只见一路粗布短衣的汉子，或死或活躺在地上，悉数冻得面无人色。

活着的，也比死了的好不了多少，不是缺手便是断脚，甚而周身插满刀剑。

小后生说得没错，这冰天雪地的，即便暂且活着的，不多久也要死了。槿篱只觉五脏翻腾，痛不可抑。

"夏姑娘莫哭。"有个汉子远远向她伸出手来，似要帮她拭去脸上泪痕。

槿篱心尖一颤："金大哥？！"

那汉子便是金近仁堂的金卫生，曾与槿篱一道同往赣州。

"张大哥在那边。"金卫生冲着身畔歪了歪头。

那"张大哥"亦是一道同往赣州的樟树药人，槿篱见他早已奄奄一息，只翻着一双白眼费力眨巴着，算是跟她打招呼，发不出一点声息。

槿篱一张张面孔看去，死伤者多有共赴赣州时的同路人……定是官军人马不足，拉了药商凑成一队。想来润墨也在其中。

"妹妹要想出城，便仍往小南门去，现下那边松泛些了……"金卫生提醒槿篱。

怪道越往南来清兵越少，在此逗留许久亦不见来人，原来兵马都往西去了。

槿篱后退一步，对着死去的同乡拜了拜，疾步向西而行。

与南来时不同，向西一路少有搏杀，只剩满地尸骸。槿篱孤身在脏污的雪水里走着，才觉出脚下冰寒。

原来鞋不合脚,那双自玲儿脚下脱来的绣鞋不知何时又跑丢了。她赤着脚,踩在冻结的血迹与冰碴子里,步步惊心的冷。

穿过一条巷子,巷道中尸身层叠,是巷战后的遗体。她攀着尸身往上爬行,仿似翻越一道人墙。人墙中,偶有残留的温热。她脚下时暖时冷。

不知翻过了几条这样的巷子,前头又有打杀声,她不敢近前,只得绕道而行。

七弯八拐又回到了米市街,有人在街角包扎伤兵。她正待避开,听得一个女子高喊:"槿篱妹妹……"

槿篱回身,是静仪,瘦得只剩一副骨架。若非那恬淡异常的双眸,槿篱几乎认不出她。

"妹妹上哪儿去?那边乱得很,莫往那边去。"

槿篱才看清包扎伤兵的都是妇人。不论官军、清军,那些个妇人一视同仁。

不消说,定是静仪的主意。槿篱把嘴一撇:"你们好生包吧!他们现下动不得,等到动得了,一刀便结果了你们。"

静仪说:"人心都是肉长的,我们帮了他们,他们怎会杀我们?"

槿篱笑了笑:"好在他们只剩等死了,想要杀人也没气力。"

有个清军忽地掷了把短刀过来,槿篱侧身一闪:"瞧瞧!这还动不得呢,便要杀我了。"

"妹妹莫激他们。"静仪说,"跟我们一起包扎伤口吧。"

槿篱懒得理她,正待转身,又想起来问:"诺诺呢?"

静仪脸色一沉,有位妇人往保荣堂那边指了指。

槿篱直奔保荣堂而去,推开门来,只见前柜下面的摇椅上包着个小人儿。打开包袱一看,诺诺直挺挺躺在那里,嘴角洇着一丝血迹。

谁杀了这孩子?这孩子身上流着静仪跟一个不知名的清军的血。无论官军、清军,于他而言都是自己人。

是哪个自己人杀了自己人?

"谁干的？谁干的？……"槿篱举起匕首，目露凶光。

有个重伤的清军见她如此，只当她要杀他，拼尽气力捡起一把长矛向她刺来。槿篱抓住长矛顺势一扯，将那清军扯翻在地。那清军见她身手敏捷，显见得是练过的，当即既意外又惊恐，趴在地上发出嗷嗷的怒吼声，却也攒不起气力起身再战。

近前几名清军料想槿篱要杀那人，也纷纷跟着怒吼起来，拖着伤残的身体向她爬去。槿篱并不畏惧。近前的官军却唯恐她受害，也放声怒吼起来，爬行着前来相助。满街的伤兵蠕动，犹如两群狂吠的野狗。

再待下去，这些将死之人即将以最后一丝气息拼力一战。槿篱不忍目睹，撤回匕首，猝然奔出米市街去。

"妹妹莫往那边去呀！"静仪又叫了一声。

槿篱往西直行，听得打斗声也不再闪躲，好在身为女子，无人特地上前杀她。偶与一两名清兵劈面相逢，她拼力自保，人也无意与她缠斗，砍刺几下未能得手，便丢下不管另与官军拼杀去了。她跌跌撞撞混战在一众散兵当中。

许是红衣惹眼，有人认出她来，远远地唤了声"药香先生"。槿篱循声望去，是在李家山时救治过的官军。那官军奔近身来接应。

"先生怎的在此？"

"我寻尚书大人。"

"这等情形，还寻尚书大人做甚？"

"活要见人，死要见尸。"

那官军一顿，将槿篱往另一官军怀中一推，压低嗓门说："带她去寻杨大人。"

那人拉住槿篱后撤，那认出槿篱的官军为二人断后。二人奔逃一阵，又遭逢一队清兵。那接手槿篱的官军如法炮制，将她交与另一官军，自行挺身断后。

如此往复，槿篱终于到得城西。只见官军渐多，清兵益少。再往西去，打杀声渐远，街巷一片沉寂。槿篱在寂寂的街巷中穿行，不见一个人影。默然走了一阵,街巷渐少,草木渐多。有人吊死在树上。越往西行,吊死者越多。

"这帮懦夫,宁可吊死,也不战死!"槿篱骂着。

俄而火光冲天,不知烧着了什么,直如天倾地覆一般。滔天烈焰烤炽着纷飞的雪片,虽离得甚远,却仿佛就在后脑勺边,槿篱只觉面前的飞雪都被烤化了。在映红的飞雪中顺着接二连三的吊死者前行,来到一口四面是人的水塘边。水塘边,杨廷麟戎装整肃,佩刀新亮。

"你来了?"

穿着嫁衣,他果然一眼便瞧见了她。

"穿成这样,是来跟我成亲的吗?"

夏槿篱往前一扑,杨廷麟伸手一按,两名随从挺身挡在槿篱身前。

"我钻过上十里的山洞,攀下水流飞溅的悬崖,吊上十余万敌军包围的城墙,闯过刀光剑影的战场,前来寻你……"

杨廷麟一笑:"当日不从我,今日可悔了?"

"从今往后,我便是你的侍妾!"

"将死之人,无需妾侍。"杨廷麟举目远望,"那起火的地方……看见了吗?那是嵯峨寺,郭大人自焚了。"

那滔天烈焰,烧的竟是郭维经大人。

"万精忠万大人投了贡江。"

手刃亲生子的万元吉,又手刃了自己。

"姚大人也自尽了。"

"不!"槿篱撞开拦在身前的随从,扑将上去,将杨廷麟抱在怀里。

水塘四围,数百名官军调转身去。

杨廷麟掰开槿篱的手:"你且去吧,我护不住你了。"

槿篱两手空空立在那里,看着杨廷麟一步步往塘水深处走去。四围官军亦往水塘深处走去。那水塘中早已浮满尸身,数百官军拨开一具具尸首,挤入群尸当中。

"这塘水甚清,我闲时曾来垂钓。"杨廷麟说着,缓缓矮下身去,悄然没入水中。水深不足以没顶,他只需立起身来,瞬时便可活命。而他不曾立起身来,不曾惊起一点水浪。他就那么去了,无声无息地,与随他东征西战的将士们混在一起。

　　天旋地转,天地间响彻了杨廷麟的笑声。夏槿篱举目四望,望向哪里,笑声便响在哪里。在山间,在帐前,在灯下,在艳阳天……哈哈哈,爽朗得不带一丝顾虑。

　　夏槿篱猝然倒地,笑声已息。

第六章　天下

1

夏槿篱醒来时，侯静仪坐在身畔。槿篱见她面色丰润了些，一头云鬓拢得纹丝不乱。云鬓后方有块花板，板上雕着梅兰竹菊。槿篱反应过来，自己正躺在床上。

"妹妹总算醒了。"静仪说，"我炖了参汤。"

槿篱打量室内陈设，不像保荣堂，不知身在何处。

"你已睡了五六日了。"静仪端了参汤来，舀了一勺往她嘴里喂，"多少用些吧，用了才有气力。"

槿篱勉力张开嘴来。

"贾大人救了你。"

槿篱喝了两勺参汤，又颓然闭上双眼。

"我在米市街包扎伤兵，清军见我略通医术，便带了我到军中。尔后又将我带入府署内衙，一进这间屋子，便见妹妹躺在床上。"

原来是赣州府的内衙。玲儿并一众丫头婆子，便死在这屋外院内。

"妹妹再用些吧。"静仪又舀了参汤递上。

槿篱又喝了几口。

"用得进便好。"静仪松了口气，"调养数月，妹妹即可一切如常。"

过了两日，槿篱稍稍有了些气力，头一句便问："润墨呢？"

静仪摇了摇头。

第三日上，有位不怒而威的壮汉带着一众随从入得屋来。静仪唤了声："贾大人。"

那贾大人问："如何？"

静仪回："好些了。"

那贾大人俯身上前看了看槿篱的面色，说："你放心，我已命人将杨大人安葬在南门外，待你养好了身子再去祭拜。"

槿篱神情木然，既不道谢，亦不搭话。

那贾大人环顾左右，指着槿篱说："瞧瞧！跟那杨兼山一样，死犟！"

兼山是杨廷麟的号，槿篱晓得。躺了上十日，槿篱才勉强坐得起来。有丫头、婆子见那贾大人亲身前来探视过，料得她日后或将得宠，瞅着空子便来讨好。

"姐姐真是好福气，得贾大人器重。"

"都说红衣讨喜，果然讨喜。不是身着红衣，贾大人也未必瞧得见姐姐。"

"我听得说，贾大人在雪地里瞥见一袭红衣掩在积雪之下，直呼'明艳'。"

"可不是呢？那雪白的雪，通红的衣裙，想想都美！"

……

这起子丫头、婆子们大多是从当地物色来的。来时一个个宁死不屈，才过了区区十余日，又一个个巴望着攀上高枝。

在众人的七嘴八舌中，槿篱渐渐拼凑出事情原委。原来那贾大人姓贾名熊，是一名清将。入城那日，贾熊带人四下搜寻杨廷麟，于清水塘捞得杨廷麟尸身。当时槿篱正昏死在塘边。因红衣醒目，引得贾熊上前查看。贾熊见她身着嫁衣，又在水塘里捞得了杨廷麟，猜想她是杨廷麟新纳的侍妾。那贾熊虽为清将，却感佩杨廷麟殉国之忠。杨廷麟已死，便将他的侍妾救了回来。

"我只是一介女医，并非杨大人侍妾。"贾熊再来时，槿篱便如实相告。

贾熊颇为诧异："女医？为何身着嫁衣？"

"无衣可穿，聊以蔽体。"

"随军女医，怎会无衣可穿？"

"我并未随军，破城前夜方才进城而已。"

贾熊更为诧异："城外十五万精兵围城数月，你如何于破城前夜进城？又为何进城？"

"万物皆有漏洞，既有城，便可入。我入城，不过是感杨大人之忠而已。"

贾熊深吸一口气，徘徊良久。于十五万精兵眼皮子底下入城的女子，留在身边怎能心安？放出城去，又怎能甘心？槿篱料得他要杀她。

那贾熊却朗声相邀："从今往后姑娘便跟着我吧！杨大人忠，贾某亦忠。"

乱臣贼子，亦敢称忠？槿篱这样想着，却并未直言。她料得此言一出，势必被杀。虽不惧死，亦无须寻死。便只说："要么放我，要么杀我。"

"好。"贾熊说，"你既一心求死，我便送你去死。"

槿篱说："并非求死。你杀我亲朋，灭我同袍，叫我如何跟你？若只能跟你，我便宁可一死！"

"跟那杨兼山一样，死犟！"贾熊又环顾左右，指着槿篱连连点头，"好，我且看你犟得了多久！你且想好，要生还是要死？"

贾熊去了，一连数月不再进门。槿篱渐渐好起来了，却并未恢复如常。她赤足在雪地里走得太久，冻坏了腿，落下腿疾，走起路来一拐一拐的。

冬去春来，桃花又开，静仪记着亡父的忌日，苦于无法上坟祭拜，便剪了两枝桃花插瓶，以寄哀思。

槿篱伴着静仪静坐花前。静仪本就话少，战事过后，槿篱对她亦已无话可说，二人时常相对无言。更多时候，槿篱甚而不愿与静仪相对。静仪的脸，总让她记起那些不愿提起的故人。同在一个屋檐下住着，槿篱却是头一回如此靠近静仪。

"我晓得妹妹对我有怨。"静仪说，"自小，我爷爷只教我如何救人，从未教过如何恨人。我心中无恨。我晓得妹妹怨我恩仇不辨。"

"诛你至亲,毁你家园,怎能无恨?"槿篱红了眼。

"恨有何益?"静仪说,"惜取眼前人,做好手边事。我一介女流,成不得什么大事,唯有如此而已。"

"你这时候来跟我分什么男女?"槿篱傲然挺直腰身,"侯大善人可是将你当成男儿养的。"

"我爷爷在世时,最大心愿便是将侯济仁栈的手艺传诸后世。"静仪说,"我一生所求,不过是秉承父志,尽心而为而已。"

"真要秉承父志,便设法离了这里。困在这内院,医术再高,不过是帮这些个达官贵人把把脉、开开方,如何广传手艺?不如回临江府去,重振侯济仁栈。"

静仪摇了摇头:"他们怎肯放我回去?"

"真想回去?"槿篱转过身,定定地盯住静仪,"真想回去,我便带你回去。"

静仪满面诧异。

槿篱一脸笃定:"我既进得来,便可出得去!"

静仪握了槿篱的手:"我信你。"

"莫这样,"槿篱推开静仪,"你与我无须如此亲昵。"

谷雨时节,连日阴雨,贾熊东征西战,身体有损,湿气一重便手脚作酸,命人烧艾灸了几回,总不见好。槿篱自一名小丫头嘴中得知消息,便自请前去诊治。

见了槿篱,贾熊按捺着满面得色问:"身上大好了?"

"好了。"槿篱一瘸一拐走近前去。

贾熊只当她是前来示好的,看着她的瘸腿叹了口气说:"好端端一名美妇,这便瘸了……不是我说,前事已矣,后事可期。何必死抱着过往不放?"

"放我到军中去吧。"槿篱说,"大人于杨大人有杀身之仇……"

贾熊不待她说完,扬声争辩说:"我何时杀了杨大人?他是自戕而亡。"

"你不杀伯仁,伯仁却因你而死,与手刃何异?"槿篱一边说着一边卷起贾熊袖管。

贾熊身上一紧,肌肤相触,他竟有些慌乱。

槿篱点燃一壮艾叶,贴近贾熊手腕熏灸:"杨大人待我恩深义重,大人让我随侍左右,我万难从命。不肯放我出城,便将我当作寻常郎中,放到军中替军爷们瞧瞧头疼脑热吧。"

本以为她是前来示好的,她却一心打着这个主意,贾熊不免失望,借口说:"你一个妇人,放到军中岂不乱了军心?"

槿篱慢悠悠地说:"杨大人在时,我曾数度随军,与杨大人军中将士同食同宿,并不曾乱了军心,想来是杨大人军纪严明。"

"你莫激我。"贾熊说,"不过是为着撇开我,你便生出这许多主意。你在内院住着,我又不曾扰你,为何非要出去?"

"左不过是有所图谋而已。"槿篱又卷起贾熊裤管。

贾熊又是周身一紧。他府上姬妾成群,无不是手若柔荑、肤如凝脂,夏槿篱老树皮般的双手,实不该令他如此,不知为何,他却心荡神移。

槿篱自顾自说着:"如我这般刁滑的女子,行事必有深意,大人须得好好提防才是。"

"我也不是疑你。"贾熊说,"难得有个女医,便是不愿跟我,留在内院帮女眷们把脉望诊也便宜些。"

"侯大小姐也是家传手艺。"

"侯大小姐手艺虽好,可……"

槿篱定定地看着贾熊,双眸渐渐聚起一层死灰样的哀伤。

"罢罢罢!"贾熊摆了摆手,"你到军中看看也好。到了军中,你才晓得我贾熊威名不输杨兼山。"

槿篱面色一喜:"我为大人灸好了手脚便去!"

方才如丧考妣,这便喜笑颜开了,贾熊不知她哪样是真哪样是假,恨恨地骂了一声:"你这刁妇!"

槿篱且随他骂去,尽心为他熏灸手脚。

灸了两日，贾熊酸痛已消。槿篱说："还需连灸两日。"

"你倒尽责。"贾熊说，"不是巴望着早一个时辰走吗？"

槿篱不接他的话，只说："我这艾叶是特制的，手法也是家传的。好事说不坏，大人日后若是再有什么，仍派了人来寻我便是。"

贾熊讪笑："你待我倒真是好。"

"你依了我，我自然待你好。"

"你你你你！……"贾熊又气得指着槿篱连连点头，"你好……你好大的胆子……待我哪天砍了你的脑袋，看你还敢不敢这样大胆？"

槿篱笑笑地去了。

2

在军中待了大半年，槿篱与一众兵士混得烂熟。

深秋时节，军中多有腹泻，自民间征调了不少郎中前来诊治。槿篱琢磨着或可趁机混出营地，便假装腿疾恶化，请人上报。众将士皆知贾熊器重槿篱，便报至贾熊处。贾熊素知槿篱与静仪交好，又见静仪医术高超，即派静仪前往医治。

一见槿篱，静仪即知当中有诈，只熬些补药替她调理。

第四日上，槿篱取出男装嘱静仪换上，说："今日我便带你出去，敢是不敢？"

静仪点了点头。

槿篱谎称腿疾略好，外出活动，带了静仪随身照料。槿篱常以男装示人，人也不以为怪，只笑静仪："侯大小姐才来了三四日，怎的也跟夏先生一样换上了男装？"静仪笑言："来得及，未带替换衣裳。"

槿篱假意随兴游走，见了一位征调来的郎中正在把脉，便凑过去帮手。那郎中不认得她，见她取出银针，只当她也是征调来的郎中。静仪见状，也赶忙上前帮手。那郎中见她二人手法纯熟，不疑有他。

三人忙到白日将近,那郎中收了东西前去解手。槿篱早已探得他日日收工后必得解手,当即跟了上去。静仪亦紧随其后。

那郎中刚松开裤带,槿篱便往他后背猛力一推。那郎中扑倒在地,转头张嘴正待责问,槿篱已塞了块抹布在他嘴里。那郎中是个本分人,何曾料到在军中解个手竟会遭此变故?待得反应过来预备还击,静仪已将他裤带抽出。他抬腿一踢,却被裤腰所缚。槿篱往他双膝上一坐,牢牢压住双腿。他又挥拳一击,槿篱肩头一扭,接过静仪递上来的裤带,生生受了他一拳。待他收拳再打,槿篱已将裤带自他腋下穿过,跟头颈绑在一起。他空空地吊着两手,再发不出力气。

"再动一下,我把你扔进粪坑里。"槿篱瞪着那郎中,拗起他的手掌死命撅了一下。

那郎中不敢再动弹了。

"你先去,"槿篱冲着静仪摆了摆头,"我随后就来。"

"出入郎中皆有定数,我去了,妹妹如何出来?"

"少废话!叫你去,你便去。"

"不如我再去寻个郎中……"

"滚!"槿篱抬腿照静仪下腹猛力一踢。

静仪负痛,抱着下腹踉跄退出。

槿篱顾不得羞耻,将自家裤带解了,又绑紧了那郎中双腿,蹲在窖板上,有意露出头颈,让前来解手的人看见。

营中将士都认得她,见她在解手,都纷纷避让开去。

槿篱琢磨着静仪差不多混出了营地,这才将那郎中往粪坑中一掀,揪着他的头巾往上一提,压低声气说:"我不提这一手,你瞬息便被屎尿噎死了。我与方才那位郎中原是女子,被这些天杀的清军抓来充当军妓,今日冒你之名出逃,实属万不得已。你若自认还是我汉人当中的一条汉子,便藏身这窖板之下,待一炷香后再引人搭救。你若不顾我的死活,待我一去便憋足了劲死命闹腾,我死了,也不怨你,只悔不该留你一命而已。"

槿篱说完,不待那郎中回应,揪起裤腰打了个结,一挺身便出去了。

把守营门的两名兵士原与槿篱相识,见了她便问:"先生要去哪里?"

槿篱说:"这几日腿疾恶化,疼痛难忍,入城求药去。"

"要止疼药,尽管上报便是。这时辰,城门都要关了。"

"等得层层上报,我早痛死了。进不得城,我便亲身挖采便是,我也不是不懂药的。"

"这天光就要断了,先生一个弱女子,怎能上山?"

"我哪里弱了?"槿篱圆目一瞪,"信不信我一棍子将你手脚打断?"

"信信信……"那兵士嘻嘻一笑,"先生自是武艺高强,只是军令在身,小的实在不敢私放一人。"

"个没良心的,昔日你们有病在身,本姑娘可没少贴身伺候,如今我病了,你们倒一个个跟我讲起了军令。改日再要落到我手里,一个个毒死你们!"

两名兵士连连摆手:"先生莫要见怪莫要见怪,我们这便去禀明陈大人。"

一名兵士去了片刻,那陈大人便来了。槿篱又如此这般说了一回,那陈大人自然亦不肯放行。槿篱不再以毒药相胁,却连连称叹说:"人都说陈大人精忠尽职,果然精忠尽职。"

那陈大人见她不怒反赞,心下颇为意外,便说:"精忠尽职原是本分。"

槿篱说:"我在军中将近一年,怎不晓得陈大人的为人?论本事,陈大人本有统率千军之才,无奈如今这世道,都是只讲人面不论本事的。"

这话正中那陈大人下怀,他嘴上不说,却倨傲之情尽显。

"当日向贾大人辞行时,贾大人曾跟我说'你到军中看看也好,到军中看看,才晓得我麾下有多少人才'。"

那陈大人晓得槿篱是在贾大人身边伺候过的,听得这样说,便堆起个笑脸:"贾大人麾下自是人才济济,先生来了这大半年,想必也识得了几位?"

"别个倒也罢了,我看陈大人之才,便是首屈一指的。"

"哪里哪里?"陈大人假意自谦。

"他日见了贾大人，我定将陈大人所为一一回禀。"

那陈大人自是巴望着夏槿篱能在贾熊面前美言几句，可眼下违逆了她，怎能指望她有好话？当下想赔个笑脸却又笑不出来，绷得面颊发紧。

槿篱见状愈发有了底气，假意蹙紧了双眉说："我这腿疾怕是一时好不了了，明日便请人禀明贾大人，仍回内院调养一阵。"

那陈大人想着贾大人听得夏槿篱腿疾甚重，指不定又要亲身前往探望，到时夏槿篱若是有意挑拨，他只怕愈发难得重用了。又想这夏槿篱区区一个弱女子，心眼再多也闹不出什么大事，只消派两个人跟着，不怕她上天入地，便说："现下入城怕是赶不及了，先生想要上山采药，我派两个人护送便是。"

槿篱心说："好个刁孙！分明是派人看守，却说是护送。"嘴上却说："那便深谢陈大人了。"

磨了半天嘴皮子，未曾听得营中起乱，槿篱心知那粪坑中的郎中尚未弄出响动，倒是生起一丝敬意。

3

陈大人点了两名兵士随槿篱出营。营中兵士原与槿篱相熟，这两名亦不例外。槿篱一路谈笑风生，对二人以小名相称。一称铁头，一称芋婆。那芋婆生得身形肥硕，行止却散漫，松垮垮软泡泡的，因而得了"芋婆"的绰号。

上山时暮色已合，那芋婆念叨叨说："为着护送先生，我二人可是连夜饭都未曾用过。"

"军中的夜饭有什么吃头？"槿篱说，"我带你们摘白果吃去！"

"你莫哄我！"芋婆说，"白果如何吃得？"

"怎的吃不得？我待会儿便吃给你们看。"

槿篱一路带二人寻找银杏树，一路随手采些草药。左右那二人也不识药，她拣少见的草木摘采，便谎称是止疼奇药。

寻得了一棵银杏树,正值白果成熟时,累累的果子结得满树都是,瞧着甚是馋人。槿篱跟芋婆上树便摘。铁头狐疑:"常听人说白果有毒,先生怎的却说能吃?"

"你不晓得,"槿篱说,"是药三分毒,天麻、藏红花都有毒,还不是用来进补?这白果也一样,说是有毒,实则也是大补之物。"

芋婆深觉有理,训斥铁头说:"你是先生还是先生是先生?先生是懂药的,难不成还不如你道听途说?"

铁头想想也是,便也上树去摘。

不多会儿便摘了几大兜。芋婆生了火,槿篱把白果埋在炭火里煨着。

须臾间便有香气溢出,芋婆迫不及待地扒了几颗出来。铁头伸手拦着。槿篱见他仍有疑虑,便率先拣了几颗,拢在手里来回倒腾了几个回合,待得下得手了,便趁热一搓,吹去表面浮皮,悉数抛进嘴里。

芋婆见槿篱吃得甚香,又忙忙地往火里扒拉。铁头仍旧拦着他。槿篱晓得,那铁头是要看她吃过之后是否中毒,当即把煨熟的白果都拢到身前,三下五除二,接二连三搓一把吃一把,不多会儿便吃了一大半。

"哎呀!"芋婆甩开铁头的手,"你莫再拦我。先生已吃了这许多,你我两个汉子,还比不得先生的身子骨吗?"

芋婆也学着槿篱的样子吃了起来。铁头见他二人吃得甚香,也把心一横,跟着吃了起来。

槿篱拍拍手说:"我吃饱了,你们且吃着,我再去摘些过来。"

三人吃了摘,摘了吃。吃着吃着,芋婆忽地说:"我怎的好似喝了酒样的,周身燥热起来?"

槿篱说:"白果是大补之物,吃了自然会有些发热。"

芋婆听着有理,又接着吃了起来。

吃了一阵,铁头也说:"我也有些发热了……"

"先生说了,白果是大补之物,吃了自然会有些发热。"芋婆兀自吃着。

又吃了一阵儿，芋婆抻了抻脖颈："我怎的好似有些喘不上气似的？"

铁头警觉起来："莫不是白果当真有毒？"

槿篱扑哧一笑："莫再疑神疑鬼了，我一个女子吃了这些都没中毒，他一个男子怎会中毒？"

"这倒也是。"芋婆说，"毒不倒女子，更莫说毒倒男子了。"

三人于是又接着吃了几颗，那芋婆喉咙一哽，忽地呕吐起来。

"不对！"铁头将手中白果往火里一抛，"这白果确实有毒！"

槿篱缓缓立起身来。铁头见她神色凛然，心下一惊，挺身上来抓她。

槿篱侧身一让，轻易避过。

"先生……"芋婆想要起身，却醉酒般爬不起来，"先生为何要害我们？"

"二位莫怕，这白果虽是有毒，却不致死……"

铁头不待槿篱把话说完，挺身上前又来抓她。

"再这么着，你可真要死了！"槿篱一面闪避一面说，"只要你二人莫再动弹，睡上一觉，毒性自消。强自用力，即时便可毙命。"

"抓不住你，我二人还是一个死字！"铁头目露凶光，野兽般扑向槿篱。

槿篱轻轻一推，便把他掀了个四仰八叉："不想死，便莫回军中去了。"

原来夏槿篱搓揉白果时，将内芯去除了，芋婆、铁头不曾细看，只当她跟他们一样，只去除了表皮。那白果的毒性，全在芯里。

夏槿篱对着二人拱了拱手："相交一场，原是有缘。无奈汉贼不两立，夏某无意长留军中。今日所为，实属万不得已。背信之人，不求二位容谅，只望二位各自珍重……"

"个臭婊子！你跑了，我们如何珍重？狗娘养的，莫再假惺惺的……"芋婆、铁头软绵绵摊在地上，迭声咒骂。

槿篱在咒骂声中奔下山去，赶到跟静仪事先约定的会合地。为着避人耳目，槿篱将会合地定在城外乱坟岗。她向来怕鬼，又值深夜，一入乱坟岗便觉后背发冷，壮着胆子寻了一阵，不见人影，但觉形态各异的鬼魂随时要从后面扑上来抓她似的。

夜风阴寒,夜露如霜,冷得入骨。偶有夜鸟惊飞,哇啦一声扑棱着翅膀,鬼叫样的,阴森骇人。这般境况,不冻死也要吓死了,槿篱寻思着静仪该当躲到别处过夜去了,正待要走,忽听得有人柔声喊了句"妹妹"。

槿篱转身一看,正是静仪。夜色下,只见她已冻得双唇发黑,双颊惨白,鬼样的。

"你怎的还在这里?"槿篱惊问。

静仪被她问得摸不着头脑:"不是约好在这儿等着吗?"

"我是说,天这样冷,夜这样深,你怎的还在这里?"

"不是约好了在这儿等着吗?"静仪还是不明所以。

"我……我是说,你不晓得先寻个去处躲一躲吗?天这样冷,夜这样深,你一个女子守在乱坟岗过了大半夜……"

"妹妹不也是个女子吗?"静仪听明白了,"天这样冷,夜这样深,妹妹一个女子,不也赶到乱坟岗来跟我会合了吗?"

"我……我是习过武的,你如何跟我比得?"

"同为女子,我哪里比你金贵些?"静仪说着,一把握住槿篱的手,"我晓得你定会赶来,半步不敢离开。"

她的手冻得太久,冰溜子样又冷又脆,颤颤地发着抖,用力一拗便要折断似的。槿篱别扭地攥起拳头在她掌心里扭摆,不敢过于用力:"快松手,我受不得这样腻歪!"

"妹妹豁出性命带我出来,我腻歪些又怎的?"静仪将双手握得更紧,"不是至情至性之人,谁会为谁卖命?"

静仪竟是懂她的。她向来看不惯静仪的菩萨心肠,静仪却懂得她暴戾之下的古道热肠。怎样的心量,才能让一个女子懂得另一个时常对自己冷言相讥的女子?槿篱有些自惭,自己竟是不如她的。

"路还长,道途险阻。"槿篱说,"你我先离了这里,寻个住处再说。"

4

战事频发、瘟疫肆虐、长年饥荒,乡间早已十室九空,槿篱带着静仪在乱坟岗近前寻得一间空屋,胡乱扯了些枯草权当被褥,偎在一起盹了一觉。

天一见亮槿篱便说:"上山去吧。"

静仪晓得槿篱是唯恐清军追来,只能往山上走。

上了山,静仪一路采摘野果。槿篱问:"总摘那劳什子做甚?"

静仪说:"这一路,可不只能靠这些个劳什子果腹吗?"

槿篱笑:"你可真是小瞧我了。待得入夜后,鸟雀都栖在树上,凭我练了这些年的飞针,保管一颗碎石子便能打只鸟下来。"

"妹妹好生厉害!"静仪钦佩不已。

"不厉害敢带你出逃吗?"槿篱面露得色。

"我本想着,在赣州府近前也不敢再以行医换取吃食,难免风餐露宿,不料妹妹却有这个本事。"

"餐风是不必,除了豺狼虎豹,什么山珍野味我都弄得到手。露宿却难免,山间野地里,也不是时时寻得到空屋子。"

"跟妹妹一处,便是露宿山野我也心安。"

"只怕豺狼。"槿篱说,"这一带离府城不远,豺狼不敢过来。待得入了深山,豺狼就多了。"

"妹妹一个弱女子,怎能斗得过豺狼?"静仪不曾想到此行如此凶险,听了这话,拉了槿篱便往回走,"我不回临江了。妹妹仍回军中去吧,只说是我挑唆你出逃。贾大人疼你,定会护你周全。"

"逃都逃了,既来之则安之。"

"都怪我莽撞,不知世道艰险。"

槿篱一笑:"如今这世道,何处不艰何处不险?贾大人现下疼我便能疼我一世吗？指不定哪天气头上来，他啪嗒一下就把我给杀了，还不跟喂了豺狼一样？我的性子你也是知道的，难保不惹他动气。"

静仪想说什么，又生生地忍了回去。

"你是想劝我改改性子吧？"槿篱问，"改了性子我还是我吗？与死了何异？"

静仪见槿篱心意已决，便不再言语，只暗暗拿定主意，若是当真碰上了豺狼，她便让那畜生吃了自己。那畜生吃饱了，自然不会再吃她槿篱妹妹。

正想着，猛听得树丛中窸窣一声，静仪只当有狼来了，忽地一下跑到槿篱身前，牢牢地将她护在身后。

"你做什么？"槿篱说话间一手便将静仪拨拉到了身后，同时掷出两枚石子往那声响处打去。

只听哎哟一声，有个留着山羊胡子的老者自树丛中探出头来："我老人家好端端在这儿挖药，小后生为何要拿石头砸我？"

"哎呀！"静仪连连施礼致歉，"对不住对不住了，我二人只当是野兽……"

那老者狐疑地看着静仪。原来她身着男装，施的却是女子之礼。

"这小后生？……"那老者打量了静仪一阵儿，又把目光移到槿篱身上，忽而拊掌欢呼，"药香先生！你是药香先生！"

原来这老者是李家山一带的赤脚郎中，曾被杨廷麟征用，远远地见过槿篱几回。

"杨大人……殉国了。我只当药香先生也……也……"那老者掩面而泣，继而又转悲为喜，"今日得见药香先生无恙，我……我……欢喜得紧！"

槿篱见他如此情形，料得他不至于向清军透露她与静仪的行踪，便说："方才多有得罪，老人家接着采药吧。若有人问起，便说从未见过我二人便是。"

"先生要去哪里？"那老者见槿篱要走，赶着追问，"先生收不收我这样的老人家做徒弟？"

"岂敢岂敢？"槿篱说，"老先生吃过的盐比小女子吃过的米还多，小女子何德何能,妄敢称师?"

"论德行,药香先生豁出性命医治官军,实乃我药界之楷模;论医术,先生一手银针包治百病,堪称我药人之翘楚。我一生痴迷医药却全无长进,若能得先生指点一二,实乃三生有幸。老朽如今孤身一人苟活于世,若不能追随先生而去,也不过是一具行尸走肉而已。"

静仪问:"老先生家中妻小呢?"

那老者又掩面悲泣:"都死了。"

槿篱说:"留得青山在不怕没柴烧,你有医术在身,不怕寻不着活路。日后攒了银子娶个填房,或是过继个小子,比跟着我强。"

老者两手一摊:"我都这把年纪了,娶了填房又有何用?再说了,如今这世道,人都要死绝了,我又上哪儿去娶填房,上哪儿去过继子嗣呀?先生可怜我,便容我跟得一日是一日吧!"

槿篱说:"并非小女子无情,只是老先生也晓得,如我这般曾与杨大人过从甚密之人,如今已是戴罪之身。实不相瞒,我此次上山,是为躲避清军追捕,老先生跟着我,九死也未必换得一生。"

"狗娘养的!"那老者骂了一声,叉着腰说,"我不怕他们!任他们放马过来便是!"

"老先生铁骨铮铮,自是不怕他们,只是我却不能明知有祸还要拖累先生。"

"有什么祸?"老者说,"你一个女娃子,不过是替杨大人看过两回病而已,莫说替自家官爷看病算不得罪,便是那帮狗娘养的硬说有罪,也算不得什么滔天大罪,便是要抓你,也不过是派几个狗腿子四下搜寻搜寻而已。难不成还能把这山给围了?这山里的路,我熟得很。跟着我,保准他们寻不着你。"

"清军固然不会封山,只是山中猛兽甚多,你老人家这把年纪了,如何扛得住?"

"药香先生这话可就外行了!君不闻老马识途吗?"那老者咬文嚼字起来,"所谓人有人路蛇有蛇路,豺狼虎豹皆有其路。只要莫占了它的路,便只管它走

260

它的阳关道我过我的独木桥。老朽别的本事没有,自出生便被爷娘驮在背上在这山里进进出出,哪里有豺狼哪里有兔子,全都摸得一清二楚。也不光是我,我村上有了些年纪的人,都有这个本事。比如毒蛇爬过的果子什么样儿?野猪拱过的草木又是什么样儿?没有这个眼力,哪能在山里讨得了生活?"

静仪正怕遇上豺狼害了槿篱,听得老者这样说,不等槿篱回话便抢在前头应了:"老先生就跟着我们吧。"

槿篱见她应了,亦不愿因一己之念害了静仪,也说:"老先生确有把握的话,便跟着我们吧。只是万一碰上野兽或是清军,只管先行逃命,莫管我们。"

"先生放心,碰不上的。"老者抓起药篓一把撂到背上,兴冲冲领路去了。

5

两位女子在山中摸索原本甚是艰难,不想却得了位识途的老者,一路顺畅。三人喝山泉、捕夜鸟、住山洞,无惊无险过了一日。

次日,三人正在烤鸟雀吃,见着两个挑着柴火的少年路过。看相貌,那二人不过十一二岁,身量瘦小,童稚之气未消,却挑着两担又长又粗的柴火,直如背着两座大山。

两位少年见了老者便扔下柴火跑了上来,连声唤着"郎中公公"。

槿篱听得两位少年对老者如此称呼,猜想这老者是近前村上仅有的一个郎中,孩童们因而都认得他,也因而只对他以"郎中公公"相称便不与别个相混。

当中有个少年摊开手掌伸到老者面前,嬉笑着问:"郎中公公又得了什么奇药吗?拿出来给我们见识见识。"

老者嘘嘘两声,赶苍蝇样的对着那两位少年挥了挥手:"公公今日有事,不跟你们啰唆。"

"公公有什么事?难不成当真要去帮人治病?"

槿篱一听这话便晓得这老者医术确是平庸,连孩童都看不上眼。

那老者看了槿篱一眼,红了脸说:"莫理他们。这帮小子,没大没小的。"

"怎的没大没小了?我不是喊你公公吗?"那少年说,"反正我是不敢再让你治病了,前年肚子痛,吃了你的药,痛得更厉害了。再要肚子痛,我便到杏林里寻侯先生去。"

听得"杏林里"三个字,槿篱已是心生诧异。离开杏林里之前,她已将徒儿们悉数遣散,怎会仍有人在杏林里行医?又听得说什么"侯先生",槿篱更是诧异不已,她所收徒儿当中,并没有姓侯的。

"你说的什么侯先生?"槿篱拉住那少年问,"那位先生长得什么样子?"

"侯先生吗?"那少年张开臂膀比画起来,"长得这样长,这样瘦,跟个大马猴样的。"

槿篱看了看静仪,又问那少年:"可曾听得有人唤他大名?"

"大名么,我就不晓得了,只晓得人人都唤他侯先生。"

静仪晓得槿篱的心思,插话说:"要么去看看?"

槿篱默不作声,一下一下挑着火屎。

"去看看吧。"老者说,"离得不远。再说了,天光就要断了,也得寻个住处。"

槿篱咬了咬牙:"不去了。"

静仪与老者不敢再劝。那少年想起来说:"噢,跟着侯先生的那位先生,我倒是晓得,叫春芽。侯先生时常这么叫他。"

静仪身子一震,急急地看了槿篱一眼。

槿篱又问:"这位春芽先生又长得什么样子?"

"春芽先生是个疯子,"那少年说,"样子嘛……不好说。"

"疯子?"槿篱问,"疯子怎能给人看病?"

"春芽先生不看病的,整日里坐在大门口念念叨叨的,说什么'对不住老东家,没照顾好小姐'。"那少年说,"我们原本都叫他疯子,侯先生说要跟他一样叫'先生'。"

"是该叫先生。"静仪说,"疯不疯,都莫欺他。"

"嗯。"那少年懂事地点了点头,"我们原先总嫌他臭,后来听得他说,他亲眼看着他家小姐被清军糟蹋,之后又被清军抓去杀了,想来他便是这样才变疯的,就不嫌他了。"

"这就对了。"静仪抚了抚那少年的后背,"都是可怜人,要相互帮衬着。"

"嗯。他要捡狗屎吃,我便帮他把狗屎扔了。"

静仪听得身子又是一震,抬眼看了看槿篱。

槿篱淡然一笑,将吃剩的半边鸟雀递给那少年。

那少年后退了一步,红着脸问:"大哥哥不吃吗?"

槿篱柔声说:"大哥哥吃饱了。"

少年舔了舔嘴,一把抓过鸟雀,挑起柴火一溜烟跑了。

静仪也将吃剩的鸟雀递给另一位少年。这少年也红了脸,却并不接鸟雀,只慌忙转身挑起柴火,追着先前那少年去了。

四捆粗长的柴火将两位少年遮掩得严严实实,看不到他们的身子,只见四座树枝堆成的小山一耸一耸自行往山下跳去。

"去看看吧。"槿篱说,"解铃还须系铃人。"

"可万一……"静仪欲言又止。

"别磨磨蹭蹭了。"槿篱拢了几把湿土盖灭了火,"现下动身正好。"

静仪犹犹豫豫跟在槿篱身后。起先听得有位长得跟大马猴样的侯先生在杏林里给人看病,槿篱显见得已猜着了是顺良,却并不前往确认,可见她是不愿与人接触的,之后听得春芽疯了,却即刻决意前往杏林里,分明是为着探望春芽才有此行。槿篱与春芽并无深交,静仪晓得,她甘愿冒险走这一趟,纯属让自己安心。静仪不愿因一己之私念连累槿篱,却又委实放心不下春芽。

"大丈夫有所为有所不为。"槿篱回身催促静仪,"当为便为,哪来这许多思虑?春芽因你而疯,你撇得下他自行回临江去吗?既撇不下,思量那许多做甚?"

此一去，指不定何时才能再到赣州，春芽已疯到了吃狗屎的地步，哪能禁受得住累月长年的耽误？静仪自问便是千难万险也不忍将他撇下，听得槿篱这番话，当即不再迟疑，加紧脚步跟了上去。

老者见槿篱三言两语便劝服了静仪，赞了声："药香先生若是男儿身，定可统率千军。"

槿篱笑："我要统率那千军做甚？身为药人，我只管，治得一病是一病，救得一人是一人。"

老者大呼"有理"，又说："救死扶伤原比领兵打仗强。"

杏林里远离村落，入夜后素来无人出入，饶是如此，槿篱还是每前行数丈便让老者先行探路，确定四下无人，再领着静仪跟上。

槿篱当机立断前去探望春芽，全然未加思索样的，上了路，却又如此谨慎，静仪看在眼里，心知她貌似松快，实则悬心得很。

一旦泄露行踪，他三人十有八九活不成了，兴许顺良与春芽也要跟着遭殃，槿篱并非徒有孤勇全无算计之人，怎会不悬心？静仪自打在黄武全村上头一回见到槿篱，便又是欢喜又是钦佩，当时未曾细究当中缘故，现下想来，便是她这骁勇而又稳健的性子令她折服。她那时不过十一二岁，被人识破身份揪下帷面后，却径自泰然自若边唱边舞，静仪一望而知这是个有勇有谋胸怀大义的女子，虽则看上去还只是个疯疯癫癫瘦瘦小小的孩子。之后果然，这孩子以家传手艺治鼠疫，救了不少濒死之人，包括她在内。年岁稍长，槿篱又智斗恒昌药栈，逼他们交出荷包金龟的制法，令临江药人广为受益。再往后，槿篱陪她与长颈族人相抗，伴她在赣州乡野流离，助她产子，帮她养儿……一桩桩一件件，无不印证着她初见槿篱时所做的判断。杨尚书受困赣州府，槿篱于十余万清兵阵前入城，更是令她心悦诚服。槿篱时而对她冷言冷语，时而待她粗暴无情，她却从未跟槿篱生过芥蒂，只因深知槿篱的性情。正如眼下槿篱故作轻松地领着她前去探望春芽，她却明明白白看得见槿篱轻松背后的小心翼翼。无论槿篱如何掩饰，她总能一眼窥得槿篱的真心。这女子貌似狠心，实则却是至情至性之人。

不是满腔深情,谁肯无故涉险?这一去,还不知要生出多少变故,槿篱却未曾迟疑片刻。槿篱谨记她的叮嘱,不假思虑只管前行,可她也晓得,若有变故,便只有变坏不会变好。前路莫测,她却甚是心安,与槿篱一道,便是龙潭虎穴她亦心安。槿篱便是有这个本事,令她跟着槿篱同生心安、共死亦心安。槿篱这样的女子,才是黄武全的良配。

走走停停,直到半夜,静仪才见着一方齐整的空地,空地四围遍植杏树,一间方方正正的屋子坐落于杏林当中。于荆棘丛生的山野中摸爬滚打了一整日,这屋子显得格外安适,静仪竟生起远游归乡般的错觉,不知槿篱面对亲手开创的家园,心下又是何等感触?

槿篱仍是面不改色的,疾走两步奔上前去,伸手拍了拍门。

那门却是虚掩着的,吱呀一响应声而开……

6

"哪个?"有个略显稚嫩的声气响起,"哪里不舒服?"

"春芽先生在吗?"槿篱问。

"春芽先生?"那声气有些疑惑。

呼的一声,那声响处有人吹燃了火折子。摇摇晃晃的火光下,有个身量不足四尺,面相却有十余岁的少年,拈着火折子踮起脚来,凑到一个七尺有余的柜子上去点灯。

"小……小姐。"一个两颊凹陷、双唇凸起的汉子自木柜后探出头来,"真好,我又梦见小姐了。"

"春芽?"静仪试探着唤了一声,缓缓走到那汉子跟前,"你怎的睡在地上?"

"哎!"那汉子乖巧地应着,"小姐在那边一切可好?"

"春芽,我还活着呀。"静仪拉起那汉子的手放在自己衫袖上,"你摸摸看,这是我的衣裳。我还活着,你不是做梦。"

"娘子!"不知何时,顺良也出来了,乐颠颠抱起槿篱转了个圈,"娘子果然回来了!我早就晓得你定要回来的,日日守在这里等着!这样好的地方,哪个舍得丢下不要?"

"我陪侯大小姐来寻春芽的。"槿篱推开他,掸了掸衣裳。

"娘子还是那样!"顺良又揽住槿篱的肩头,"许久不见,娘子清瘦了不少。"

先前点灯那瘦小少年凑过来说:"原来先生就是帮杨尚书治过病的药香先生,我时常听得师父说起先生,心下钦佩得很。"

另有几个瘦小少年从房里探出头来,畏畏缩缩又万分欣喜地说:"我们也时常听得长辈们说起药香先生冒死帮官军看病的事,心下钦佩得很。"

顺良献宝似的指着几个少年说:"这些都是我收的徒弟,娘子以为如何?"

槿篱见这帮子小少年个个瘦得跟猴子精似的,不禁心酸,嘴上却说:"个顶个的好!"

少年们欢呼起来:"药香先生夸我们呢!"

"都是些没娘没爷的孩子,我见了,便把他们收留起来。"

连年饥荒与战乱,这帮孩子打小只怕不曾吃过几顿饱饭睡过几宿好觉,能活着便好,哪管得瘦不瘦矮不矮?槿篱说:"跟着侯先生,你们日后定有好日子过呢。"

"如今药香先生也来了,我们更有好日子过了。"少年们嬉笑着说。

"是了。"顺良说,"娘子既回来了,我们明日便拜堂成亲。如今这四里八乡的人都晓得我,店里日日都有生意,跟着我,保管你饿不着。"

"你家小姐想回临江。"槿篱说,"我要同她一道回去。"

"回临江做甚?"顺良转向静仪问,"小姐该不是还惦记着侯济仁栈吧?国都亡了,药栈早没了。"

"药栈没了,我便重新开起来。"静仪说,"侯济仁栈的手艺在,侯济仁栈便在。"

"想开药栈何必要回临江?在赣州开还不一样?如今我在杏林里已打下了

根基,岂不比跑回临江从头来过强?"

槿篱翻了个白眼,懒得跟他理论,只指着那两颊凹陷、双唇凸起的汉子问:"那是春芽吗?怎的长成了这个样子?全然认不出来了。"

顺良大剌剌摆了摆手说:"莫提了。我碰到他时,他头上脸上都要生蛆了。我烧了半个月的艾草才把他身上的疔疮治好。不是我,他早就烂死了。"

"真是春芽……"槿篱说,"我晓得他胆小,却不料弄成这样。"

"何止是他?"顺良说,"如今这世道,烂死的、疯死的,还不知有多少。"

"看样子你已见过不少疯病、烂病了,"槿篱问,"可曾医好了几例?"

顺良面露得色:"那是自然。侯济仁栈的师兄弟们总说我医术不好,我在这杏林里却医好了许多疑难杂症,人人都叫我一声侯先生。"

"侯先生声名日盛了。"槿篱笑,"侯大善人在天有灵,该尊称你一声侯小善人了。"

"不敢不敢。"顺良嘴上这样说着,脑袋却点得跟小鸡啄米似的。

"你是哪个?"春芽忽而指着跟在槿篱身后的老者问,"我不认得你,你到我梦里来做甚?"

老者赔了个笑脸说:"鄙姓郭,叫我老郭头便好。"

"老郭头?我不认得什么老郭头。我娘说,梦到的熟人都是神仙,是来保护我的,生人都是鬼,是来害我的。我不要梦到生人,你快走,你快走!"春芽一面说着,一面上前撕打老者。

老者僵在那里任他撕打,赔着笑脸,不知如何是好。

"他这样子,你不日日伴着怕是好不了。"槿篱望向静仪说,"要么,带上他一起走吧。"

"还要走?"顺良问,"不是说好了就在赣州开店吗?"

槿篱拉起春芽的手说:"你家小姐今夜是来接你回临江的,你可愿意跟我们一道回临江去?"

"愿意愿意。"春芽拊掌大笑,"我日日梦见赶着马车护送小姐回临江府。"

"那便好。"槿篱说,"我们即刻便走。"

"即刻便走,即刻便走。"春芽忙忙地低头绕着圈子,嘴里嘟囔着,"马车呢?马车放哪儿去了?"

槿篱自门后拿了根木棍塞进他手里:"马车早就套好了,在门口等着呢。这是马鞭,你拿稳了。"

春芽接过木棍,满面春风上下抽打,身子一颠一颠的,嘴里发出"得儿……驾!得儿……驾!"的喊声。

槿篱"嘘"了一声,说:"你家小姐爱惜牲口,你可莫再打马了,你家小姐要心疼的,只悄没声儿地让它自己跑便是。"

"嗯嗯。"春芽猛点着头,微闭起双目,身子轻轻摇晃。

"他这样子,如何走得?"顺良伸手拦住槿篱,"杏林里人人敬我,临江府那帮子有眼不识泰山的药人,个个当我是憨子。我不走!"

"我何时邀你走了?"槿篱说,"春芽离了侯大小姐难以康复,我才想着带他一道回去。你好端端的,凑什么热闹?"

"我是你相公,自然要跟你伴在一处。"

"走走走。"槿篱不再理会顺良,对着静仪跟老者扬了扬下颔,打头往门口走去。

"不准走!"顺良抻手抻脚往门框上一撑,叉成个"大"字。

槿篱烦躁得紧,抬腿就是一脚,将他踢翻在地。

"哎哟!娘子好生狠心。"顺良揉着腿脚,"今日便是死在娘子脚下,我也不放你走。"

槿篱不管他,拉着春芽一径疾走。

"娘子!娘子的腿……"走得快了,腿疾便露了出来,顺良才刚发觉槿篱瘸了。

槿篱一颠一颠只管往前走,顺良追上前去抱住她的腿脚。她挣开腿来又当胸踹了他一脚。他再抱,她再踹。他再抱,她再踹……

如此反复，顺良忽而哭了起来："硬要走，好歹待我先收拾两身衣裳。"

槿篱哪肯等他？只顾埋头赶路。却有两个少年跟了上来，手里抱着包袱，兴冲冲说："既然师父要跟着药香先生同去，我二人也跟师父同去。"

"你二人怎的就打好了包袱？"顺良瞪目。

两位少年嘿嘿笑着，不好意思地挠了挠头。

"师父，"一时又有数位少年追了上来，"师父不必反身收拣衣物了，徒儿们已帮你捡好了包袱。"

"你们这？……"顺良两眼瞪着一帮弟子。

弟子们却丢开他，只管追着槿篱，不远不近跟在后面七嘴八舌说着：

"我早就想跟着药香先生学医了……"

"我爷娘都被清兵杀了，日后我就把药香先生当成爷娘一般伺候……"

"除了药香先生，赣州还有哪个药人敢在清兵围城时进城……"

槿篱无奈，只得任他们跟着一同进山去。

静仪来时一路揪着心，唯恐此行连累槿篱，不料却帮她添了这许多帮手。十余人手持刀斧彼此壮胆，再也不怕遇上豺狼。众人在槿篱的分派下各司其职，打猎的打猎，摘野果的摘野果，取水的取水……不曾断过吃食。白日里见天赶路，入夜后生火歇息。人多了，挤在一起不怕冷，树林里、泉流边、山洞中都能安睡。秋日干爽，未曾落雨，一行人有说有笑行进于红黄相间的草木中，颇为欢悦。步步惊心的逃亡之路，竟被过出了些诗情画意的意思。

在山里走了上十日，眼看要入冬了，槿篱担心突然落起雪来，便召齐了众人商量："接连晴了十余日，只怕往后要有雨雪。万一落起雪来，大家都活不成了。现下离府城已有上十日脚程，下山虽有风险，总比冻死在山里强。依我看，干脆下山去吧。大家以为如何？"

众人都说"现下下山正好"。槿篱便领着众人下山去了。

下得山来，仍在赣州府境内，却并未见人查问。槿篱不知是清军压根儿不曾追查，还是未曾查至此处，也顾不得多想，趁势日夜兼程，离了这是非之地。

出了赣州,自杏林里带出来的盘缠早已耗尽,槿篱又带着众人一路行医换取吃食。人多也有人多的难处,十余个半大的孩子加上一位年过半百的老者,几乎全靠她与静仪并顺良三人养活,忍饥挨饿是常有的事。

饿得很时,不得不停下来设法谋生。起初只在村头巷尾逗留十天半月。槿篱、静仪、顺良三人挨门挨户去帮人把脉,见病治病,无病则授予养生之法。老者则带着孩子们四处乞食。饶是如此,还是好些孩子饿得险些丧命。槿篱不忍孩子们遭罪,便索性寻了个镇子安顿下来。顺良同老者到镇上药店去帮工,槿篱与静仪下乡帮人看病,孩子们则挖采药材卖给药店。这一待就是大半年。槿篱与静仪医术高超,不多久便有人上门求艺。如此一来,二人又收了几个徒弟。

以槿篱与静仪的本事,要在镇上长住下去也不是难事,只是二人一心要回临江府,因而待得养壮了身子,攒够了盘缠,便离了这镇子重新上路。

拉拉杂杂一众老小,路上岂能一帆风顺?有染病的,有失了伴迷路的,有发疯惹了事的……磕磕绊绊、走走停停,原本算好够用一路的盘缠,不到半路便耗尽了,不得不再寻个镇子安顿下来。

鉴于上回盘缠算得太紧,未能一气抵达临江,这一回,槿篱便有意留些余地,在镇上住了一年有余,将盘缠攒得绰绰有余。谁知住得久了,有贪图安适的,有与当地女子生了情的,有放不下好差事的……走又不愿走,留又不想留,延延挨挨又耽误好些时日。

好不容易开了路,老者又得了一场大病,不得不停步调养。待得病好了,盘缠又少了,只得再寻个镇子安顿。

如此这般赶路的时日少,停留的时日多,待得抵达临江府时,已是五年后的事。杏林里一众瘦弱少年,都长成了精壮的汉子。

原以为数月间便可赶完的路,竟走了数年,槿篱与静仪也不知一路收了多少弟子,当中有十余名弟子非要跟着她们同往临江,与杏林里十余名汉子合在一起,一行人壮大到二十余位。两名孤零零逃出清军营的女子,站在临江府的大观楼前时,竟变成了一支浩浩荡荡的队伍。

7

  静仪直奔侯济仁栈。倏忽上十年,记忆中的家园被日复一日夜复一夜的思乡之情所篡改,及至到了眼面前才发觉,原来天并非那般蓝,地并非那般阔,楼也并非那般高……而这不够蓝的天、不够阔的地、不够高的楼,却令人愈感亲切。

  老猴子坐在门口吸烟,袅袅的烟雾在他身畔,如同一个无声的伴。

  "细苟师傅。"静仪唤。

  老猴子立起身来,烟迷了眼,顶着耀目的日头使劲往来人处看。

  "小姐……"他终于看清了来人,颤颤地上前摸了摸静仪的肩,两眼往她身后跟着的一众学徒里看。

  "老猴子。"顺良唤了一声。

  老猴子应着,两眼仍往一众学徒中看,见了春芽,脸上才稍稍松泛了些,也颤颤地上前摸了摸肩。寻着了春芽,两眼又往一众学徒中搜寻。一个个来来回回盯着看了好几遍,转身望向静仪。静仪晓得他是在寻德生。一老一少就这么空空地看着彼此,想问的不忍问,想答的不忍答。

  当日,是老猴子放了德生去的。静仪怜他爷娘年事已高,不肯让他跟着。老猴子放心不得春芽,做主让德生跟着去了。如今,春芽回来了,德生却没了……

  "我常搁衣裳的柜层里有些银子,是我素日拿积攒的零用钱换的,师傅帮我拿这汗巾子包了,改日瞅着哪位师兄弟有空,帮我送回老家,定要亲手交到我娘手里……告诉我娘,待我返乡后,一世再不出门,守着她老人家终老。"德生临行前说过的话言犹在耳。老猴子这些年再苦再难,三时三节都少不得要去德生老家走一趟。只是走到不知第几趟时,德生娘就不见了。

  生不见人,死不见尸。

不见了他也仍旧一趟一趟照常前去探望,不寄希望,亦不绝望。不敢希望,亦不敢绝望……

对待侯济仁栈,老猴子亦如对待德生娘一般。人走光了、瓦掉完了、旧朝覆灭、新朝崛起,侯济仁栈已然不存在了,他却仍旧一日日守着,不寄希望,亦不绝望。不敢希望,亦不敢绝望……

"楼都塌了,你老人家还守在门口做什么?"静仪抹去老猴子满脸浑浊的老泪。

"小姐临行前叮嘱我守着,我便一直守着了。"

侯济仁栈四面墙上花窗样裂着数不清的豁口,几个巨大的豁口中,有燕子蹁跹飞舞。

"这是家燕。"老猴子说,"野猫野狗我是不让进出的。"

豁开的口子里,不见半棵杂草。上十年的光阴,老猴子守在这里,战乱、饥荒、病痛……一样样在他生命里碾过。他吸着烟,没让半棵杂草长进侯济仁栈。

"叔爷在上,请受侄女一拜。"静仪在斑驳的青石板上跪了下来。

顺良也领着一众学徒跪了下来。

"回来了就好,回来了就好……"老猴子将众人一一扶起。

"这些年,叔爷何以为生?"

"有手有脚,哪能饿得着我呢?"老猴子说,"倒是小姐……小姐倒带回了这许多小后生?"

"哪里是我带回来的?"静仪说,"都是槿篱妹妹新收的学徒。"

"莫听她的。"槿篱说,"学徒们都是冲着侯济仁栈的手艺来的。"

"我侯细苟替木生哥哥多谢夏姑娘了。"老猴子撑着膝盖便要下跪。

槿篱跳起来躲得老远:"细苟师傅莫折煞我了。真要谢我,多打几壶酒给我吃便好。"

老猴子见槿篱一身素白,便问:"夏姑娘如此打扮,可是晓得你外公、外婆……"

"晓得。"槿篱说,"也不只是为我外公、外婆。"

"夏姑娘可是晓得皮大先生也……"

"也不只是为皮大先生。"

老猴子点了点头:"是啊,这些年……真是……"

"我姆妈可有消息?"静仪问。

"你姆妈……"老猴子说了半句,再无后话,颓然蹲下身去。

静仪便晓得了,举目望向当年护送母亲出城的路:"她老人家走得还轻快吗?"

"还轻快。"

"那便好。我明日去拜拜她老人家。"静仪说着,转向槿篱问,"妹妹明日可要一并去拜拜外公、外婆、皮大先生,还有……秦大老爷……"

"拜什么呢?"槿篱说,"都是好些年前的事了。待我死后,有的是时日与他们长伴。"

老猴子说:"夏姑娘看得开,小姐也要看开些才好。"

"如今还有什么看不开呢?"静仪说,"待我重振了侯济仁栈,自会将三年孝期补上,现下暂且不便如槿篱妹妹一般戴孝。"

"那是自然。"老猴子说,"你是东家,好歹要图个吉利。"

8

黄武全笑笑地看着侯眉儿说:"你还有什么不足?店也让你进了,账也归你管了,整日里还跟乌眼鸡似的做什么?"

"我就是看不惯那婊子的做派。"侯眉儿说,"三四十岁的人了,还穿得桃红柳绿做什么?那张嘴,搽得跟喝了人血似的。"

"看不惯啊?"黄武全还是笑笑的,"看不惯我便叫她莫来了,我寻她去。"

"你敢?!"侯眉儿横眉冷竖,"敢去寻她,我便带着景儿打上门去。"

"莫动不动就拿景儿吓我。"黄武全掸了掸衣裳,"当娘的就要有个当娘的样子,有事没事带着孩子撒泼,成何体统?"

"体统?你一个当爷的成日里跟个婊子厮混便成体统吗?"

"你莫忘了,冷姐姐可是帮着黄济仁栈拉过不少生意的。"黄武全一边说着一边往药栈前堂走去,"莫婊子婊子的叫个不停。没生意那会儿,你可是跪在地上给她磕过头的。"

"那不都是为了你吗?我一个女子,管什么生意上的事?不是看你撑不下去,我犯得着求她吗?"

"你正说正有理,反说反有理,反正都是你的理。"黄武全打了个哈欠,懒懒地走出药栈。

"回来!"侯眉儿抓起前柜的秤砣照黄武全后背砸去。

两个正在包药的学徒惊了一吓,缩颈闭眼身子一震,却也不敢言语。

黄武全避过秤砣,仍旧掸了掸衣裳,面不改色地去了。

"师父什么都好,就是惧内了些。"待得侯眉儿进了后堂,有个学徒悄声议论。

"谁说不是呢?"另一个学徒接嘴说,"我们黄济仁栈如今在樟树镇上也是响当当的头号药店了,按说师父也是有头有脸的人物了,师娘也不想着留些脸面。"

"听说师父早年是靠他岳丈吃饭的,这药栈也是靠丈母娘开起来的……"

"哪个说的?师父早年不是跟着已故的侯大善人吗?"

"不晓得。说是侯济仁栈容不得师父,把他赶出去了。我听招男说的,不晓得他从哪里听得来的。"

"招男是师娘村上的,自然帮着师娘那边说话,我看未必见得……"

"如今这店里的伙计,十个总有八个是师娘村上的。依我看,这就好比母鸡打鸣……"

"要死了?!这个话也敢说?……"

"不说了不说了。我们当学徒的,也管不了这许多。"

二人收了声,侧身听了听侯眉儿的动静。

黄武全懒懒地踱到勾栏里。半上昼的,勾栏里没什么人。有个眉心点着红痣的女子倚在门口嗑瓜子,见了他便扬声招呼:"哟,黄先生来了,进来吃口茶吧?"

黄武全笑笑地问:"这是才到外婆家满了周岁回来吗?画成这个样子?"

那女子噘嘴一笑:"黄先生就说好不好看?"

"好看好看。"黄武全说,"我家柳姑娘画成怎样都好看。"

"柳姑娘好看有什么用?"那唤作柳姑娘的女子说,"黄先生还不是成日里只管往冷姑娘被窝里钻吗?"

"此言差矣!"黄武全说,"我只时常往冷姑娘屋子里钻,并不曾往她被窝里钻。"

柳姑娘咯咯笑着:"我管你钻没钻过被窝,左右不就是那点事儿吗?只不知黄先生为何独独喜欢老的?"

"人不过三十上下,哪里算得老了?"黄武全说,"莫忘了,你也有老的一日。"

柳姑娘笑容僵在脸上,渐渐蹙起眉来:"是了……如我这般身如飘絮的女子,日后老了,真不知如何凄苦。不若侯济仁栈的那位小姐,虽也上了年纪,因有手艺傍身,不怕活不下去。"

"怎的记起她来了?"听得有人提起侯静仪,黄武全心头一颤,"侯大小姐离乡上十年了,你倒还记得。"

"黄先生不晓得吗?"柳姑娘说,"侯大小姐回来了。昨儿个夜里我听得几个前来听戏的临江人说,侯济仁栈预备重新挂牌了,侯大小姐从外地带了数十个学徒回来。我早年不懂事,听得女子学医只觉可笑,如今想来,如我这般流落烟花地才是真真可笑。侯大小姐年纪轻轻丧父失婚,人人只道可怜,殊不料她却能以一己之力东山再起,而我这般身无长物的女子,一旦色衰便永无翻身之日……"

柳姑娘絮絮说着,黄武全却哪有耐性再听下去?匆匆行了个礼,拔腿便往自家药栈跑。

"黄先生……黄先生……"柳姑娘还在叫着。

黄武全一径奔回黄济仁栈,套了马,飞一样往临江府赶去。旧貌新颜,街还是那几条街,药店却不再是先前那些药店。药店门口进进出出的学徒、伙计,亦不再是先前那些学徒、伙计。

偶有熟悉的面孔,留着新朝的发式,似是而非的,像是认识,又像并不相识。黄武全也剃了发,想来对方看他亦如是。因而彼此都有些迟疑,不及相认,快马已奔了过去。

黄武全一路急驰,进了库当街,远远见着一队人马奔来。领头的是位女子,身着一袭白衣,鬓角别着一支白花,肤色黝黑。黄武全只道如他静仪姐姐那般肤白面嫩的女子适宜穿白,不想这肤色黑亮的女子穿起白来,竟如夜间明珠般格外耀目。那女子腰身紧束,前胸饱满,身手矫健。奔至近前,侧头扫了黄武全一眼……

夏槿篱!

黄武全勒住坐骑,连连后退数步……

他只听得侯静仪回来了,未曾料想夏槿篱亦在临江。

惊诧间,夏槿篱已擦身而过,荡起的衣角在他手臂上一掠,云一样软、冰一样凉。

她可曾认出他来?

飘飘的白衣转瞬间消逝在街角。她为谁戴孝?

9

侯顺良先看到了黄武全。他正蹲在侯济仁栈屋顶上盖瓦,从上往下看,目力开阔些。

因老猴子舍命相守,侯济仁栈到底还剩了一副架子。无人相守的药店,连破砖烂瓦都寻不着了。更有甚者,地都被人占了。

黄武全下了马,一边"姐姐,姐姐"叫着,一边往药栈走。

"你来做什么?"侯顺良捡起手边一块烂瓦砸了过去,"快走远些!莫来烦我娘子!"

黄武全抬头一看,惊喜地唤了声:"顺良哥!"

侯顺良见黄武全挨了一砸却毫不闪避,奇道:"哎?!这人也疯了吗?跟春芽一样不晓得痛了?"

黄武全见墙上靠着把梯子,便攀着梯子往房顶上爬。

"你莫上来!"顺良叫,"再要上来我把梯子掀了!"

武全只管往上爬,顺良也不敢当真去掀梯子。二人面对面站在屋顶,武全两眼泛起红来。

有人路过,仰起脖颈往屋顶上看:"哟!像是小黄师傅来了。黄师傅,来帮你师兄盖瓦啊?"

武全低头冲那人招了招手。他站得高,那人便显得格外地矮,圆滚滚一个大头压在两条短腿上,认不出是谁。

四围的药店也显得格外的矮,花色各异的门楼指着碧蓝的天。

天也显得格外的矮。武全举目望去,临江府犹如被踩在脚下的一幅画卷。画卷上一条条街道、一重重屋宇都曾留下过他的脚印。自十三四岁至二十出头,他在这里下过跪,断过指,送走过一个个舍不下的人……

黄武全两眼含泪,一把将侯顺良搂进怀里。

"走开!"侯顺良猛力一挣,将他推开,"抱着我做什么?又有什么阴谋诡计?"

"你们可回来了!静仪姐姐怎样?"

"姐姐怎样关你屁事!我们侯济仁栈早就除了你的名,莫要再来纠缠。"

"姐姐现下在哪里？"

"黄师傅是问侯大小姐吧？"药栈下头那仰头张望的人接嘴，"她家屋子倒了，她住在万寿宫。"

黄武全道了谢，三两下爬下楼梯，往万寿宫去了。

万寿宫门前拴着十余匹马，有个佝偻着身子的老者正在喂马，武全试探地叫了一声："细苟师傅？"

那老者抬起头来，果然是侯细苟："武全来了？可是听得说小姐回来了？"

武全鼻头一酸，几年不见，顽童般的"老猴子"竟已老成了这个样子。他柔声应着："是呢，是细苟师傅的小武全。姐姐回来了，师傅怎的不托人给我带个信去？"

细苟师傅伸了伸腰："我原要派人跟你说去，夏先生……哦，就是槿篱姑娘，如今大家伙儿都唤她先生。夏先生一见了我，便安排了各类事务。随她回来的一众人等，也各各分派了事务。又是采药，又是整修药栈，又是烧水烧饭……没人脱得开身呢。"

"夏先生……"武全絮絮念了几遍，声气柔软之极。

"夏先生在里面。"细苟师傅冲着万寿宫努了努嘴，"你只管问药香先生便是。随她回来的人，都唤她药香先生。"

"这名号倒也跟她相称。"武全点了点头，又想起来问，"怎的买了这许多马，不先整修住处？"

"夏先生说，先把药栈撑起来再说。这马也不是买的，是夏先生许了年后双倍银子奉还，向人赊的。"

"赊的？"武全更是疑惑，住处尚未修整，倒先赊了许多马匹？

正琢磨不透当中缘故，万寿宫门口蓦地白衣一闪，夏槿篱急匆匆走了出来。

"槿篱妹妹。"武全唤了一声。

"细苟师傅，我的马可喂饱了？"夏槿篱只管看着侯细苟问话。

"喂饱了。"侯细苟伸手往一匹油黑的大马腹部拍了拍，"饱饱儿的呢。"

"槿篱妹妹。"黄武全又凑到夏槿篱跟前叫了一声,"妹妹回来了?"

夏槿篱不曾听见似的,俯身去解缰绳。

"槿篱妹妹。"武全扳住槿篱的肩头,"上十年了,妹妹还是那样怨我吗?"

夏槿篱看着他的手。黄武全以为她要命他松手,她却只是冷冷地看着。

这双手,在她饱胀的胸前游走过,在她浓艳的唇边驻留过,在她掌心、在她足尖……在她身上的每寸肌肤烈火烹油。黄武全只觉前尘旧事仿若昨日。夏槿篱却似冰冻了千年,脸上凝着寒霜。

无数孤灯独坐的深夜,他千万次地想着,待得与她重逢,定要将别后思念与悔恨一一细数,她却明明白白一句也不屑多听。

黄武全缓缓松开手来,夏槿篱挺身一跃,跨上马背。

"莫怨她。"侯细苟说,"姑娘家家的孤身在外,这些年不知吃过多少苦头。"

"都怨我,当初不该那般待她。"黄武全说,"她吃过的苦,我日后定要好好补偿。"

侯细苟古怪地看了黄武全一眼,转而说:"进去看看你姐姐吧。"

万寿宫又高又深,室内昏暗得很。黄武全自亮处进门,只见幽绿的一团。一尊尊硕大的菩萨像都笼在绿光里样的,有些面目凶悍些的,显得颇为骇人。

"姐姐怎能住在这里?"黄武全不禁嘀咕了一声。

"怎的住不得?"有个老者的声气自暗处响起,"深山老林里都住得,这好端端的宫观倒住不得了?"

黄武全看不清老者相貌,行了个礼问:"老先生是哪位贵人? 在下黄武全。"

老者说:"叫我老郭头便是。"

黄武全长揖一礼,唤了声"郭老先生"。

郭老先生问:"适才,我听得你在门外说,当初不该薄待了夏先生,日后定要好好偿补?"

黄武全赧颜:"惭愧! 晚辈后生时甚是轻薄,不曾善待槿篱姑娘,如今大错已铸,不敢求她容谅,只求舍命补偿。"

郭老先生冷哼一声："后生时轻薄？我看你如今照样轻薄！你晓得夏先生是何等人物吗？她老人家是名将杨廷麟的随军女医，曾于十五万清兵围城之时勇闯赣州府。赣州人说起她，没有一个不竖大拇指的。你道我等一行二十余人为何离乡背井随她共赴临江府？只为佩服她的医术吗？论医术，江湖代有人才出，何须颠沛流离追随一名女子？我等钦佩的，是她老人家的操守。药香先生这等义薄云天的人物，你拿什么来补偿她，又凭什么补偿她？"

武全渐渐看清老者相貌，只见他须发全白，却一声声将槿篱唤作"她老人家"，足见心中对槿篱钦佩已极。

郭老先生接着说："药香先生吃过的苦，又岂是你能补偿得了的？这些年，她吃过草根，住过山洞，浸过屎尿，泡过雪水。她被两名清兵追杀，跳进生满芳丛的暗沟里逃命，扎得一头一脸的血；她以藤蔓结成绳索，顺着瀑布坠下山崖，险些冻死在寒潭当中；她顶着被乱箭射杀的风险，于赣州府失守前一夜进城，只为帮誓死不降的杨大人看病；城破之时，人死如麻，她又赤足爬过层层尸首，只身闯过刀光剑影……这苦，岂是一个苦字了得？你拿什么来补偿这样的苦？"

武全直听得心惊胆战。他晓得槿篱英勇，却不知英勇至此；他晓得槿篱艰难，亦不知艰难至此。

"药香先生的腿，便是赤足在雪地里寻找杨大人时冻坏的。"

"冻坏了腿？"武全关切地问，"现下已无大碍了吧？"

"说你轻薄，你果然轻薄！"郭老先生又冷哼一声，"空口白牙说什么要补偿于她，竟未发觉她已瘸了吗？"

武全周身一震。匆匆一面，他确不曾发觉她已瘸了。或是在他心中，她是无坚不摧的，千难万险亦可化险为夷。他从未担心过她的闪失。

她在外流落上十年，一回回绝地求生，他不担心她的闪失。侯眉儿假惺惺寻了几回死，他却唯恐有失。他确是不配与她共话别后之情，更不配论及如何补偿。

10

　　静仪带着春芽在厨下择菜。春芽一会儿将花生撒在地上,一会儿又将薯藤挂在铁钩上,闹腾腾的。静仪未曾听见武全进门的声响。

　　"姐姐,"武全唤了一声,"姐姐一切可好?"

　　静仪抬起头来,却急着问:"可曾见着了你槿篱妹妹? 她方才出去。"

　　武全点了点头:"她不肯理我。"

　　"过阵子便好了,"静仪说,"她心里有你。"

　　武全双目一亮,继而又暗淡下去:"我不配在她心里。"

　　"莫说丧气话。"静仪说,"你与她原是天造地设的一对。"

　　武全摇了摇头,又问:"姐姐一切可好? 在外多年,定然吃了不少苦头。"

　　"好。"静仪莞尔一笑,"无甚苦头。"

　　"怎会无甚苦头?"武全说,"适才郭老先生告诉我,姐姐与槿篱妹妹都是九死一生挺过来的。"

　　"苦的是你槿篱妹妹。"静仪说,"我一向有她跟春芽护着。"

　　"春芽……"武全含泪看了看疯疯癫癫的春芽,"这个样子,他如何护你?"

　　"春芽护着小姐,春芽护着小姐……"春芽跑到静仪身前,一脸大义凛然的神气,"你是哪个? 莫来欺压我家小姐。"

　　"先不说这些了。"武全狠命抹了把脸,"我方才到店里去寻姐姐,见着顺良带人在修整药栈。姐姐预备仍在临江开店? 为何不把侯济仁栈搬到樟树去?"

　　"你这样问,定有缘故。"静仪侧耳细听,"你且说说。"

　　武全说:"自打赣江改道以来,大船都往樟树镇去了,临江药市早已渐呈衰颓之势。师父在时,早年盛况尚留余韵,如今历经战乱,余韵荡然无存,已然无从借力。新起炉灶,何不挑拣有利地势?"

　　"此言极是,"静仪说,"待你槿篱妹妹回来,好生跟她讲讲这番道理,她定会明白其中利害。"

"还是姐姐跟她说吧,"武全摇头苦笑,"她哪肯听我只言半语?"

"你说这话可就小瞧你槿篱妹妹了。"静仪说,"槿篱妹妹是成大事的人,岂会因儿女私怨不讲道理?如今侯济仁栈上上下下都听她的。并非姐姐没有主意,只是槿篱妹妹往往别出心裁又思虑周全。就说我们刚回临江府那几日,我只想着要将药栈跟住处先行修整了,她却将我们拉到了万寿宫借宿,留下银子四处请人吃酒。人见她出手阔绰,手下人手又多,都信得过她,药栈还没修好,生意就上门了。她也不急,只派顺良带着几个学徒自制砖料修补药栈,左右花不了几个钱,又不耽误生意。这尚未修复的药栈又被她用作抵押,赊了许多马匹。人见她生意不断,不怕她修不起药栈,只约定年后双倍银两奉还。有了马匹,她见天儿地带着学徒们在街上跑,更是壮大了侯济仁栈的声势。如今想来,若是先行修整房舍,只怕尚未挂牌,侯济仁栈便要断粮了。"

"槿篱妹妹真是胆大。"武全说,"我手上有些余钱,先帮药栈把马钱给付了吧,省得日后加倍还钱。"

"你只先说迁往樟树镇上去的事吧。还钱的事,只怕她不肯。"

武全仍是不敢说。

夜饭时分,槿篱回来了。武全不敢再打招呼,只偷眼留意着。槿篱在面盆里净了手,又到井上去打水。武全不远不近地跟着。槿篱打上水来,踢了鞋,哗啦啦冲起脚来。

"这怎么成?"武全忍不住上去拦着,"这么着,你的腿脚何时能好?"

槿篱看了他一眼,拧起水桶作势接着冲脚。武全见她那意思,是迫他自行躲开。他却一动不动,仍旧拦在她身前。槿篱也无意相让,哗啦一下把水全都倒了下去,溅了他一身。

顺良哈哈大笑:"活该!看你还敢不敢再招惹我家娘子?"

"你不晓得女子的脚下不得冷水吗?"武全冲顺良大吼,"她这么着,你平日里也不晓得拦着?"

一面吼着,一边脱了溅湿的衣裳,贴身的衣裤尚且干爽,他便整个身子伏了下去,将槿篱的脚搂在怀里擦拭。

"哎!?"顺良大叫一声,扑上去拼命拉扯,"你做什么?快给我滚开!"

武全肩头一顶便把他摔了个四仰八叉,又躬起身子,一手托着槿篱的后背,一手勾进她脚弯子里,打横抱了起来。

槿篱烦躁地照他头上踢了一脚。他不闪不避,稳稳地挨了一脚。槿篱又用指甲挠他。他闷声不响任她抓挠。

"好不要脸!"顺良赶上来猛力推搡。

武全险些跌倒,却并不还手,寻了把椅子将槿篱放好。

"我家娘子岂能容你这般羞辱?"顺良一面说着一面往厨下走,"今日不杀了你,我随你姓!"

武全返回井边取了槿篱的鞋。顺良到厨下取了菜刀。二人反身时在门口碰上,彼此都顿了一下。

"顺良,"静仪按住顺良手里的刀,"师兄弟一场,莫要这样。"

"这婊子养的何时拿我当兄弟了?他已娶了秋林师傅的女,还来纠缠我家娘子!"

静仪不劝,顺良倒未必下得去手。静仪一劝,他满腹屈辱都喷了出来,举刀便往武全头上砍去。

"不可……"静仪抬手一挡。顺良收力不及,斜斜地在她膀子上拉了道口子。

"姐姐!"顺良与武全齐声惊呼。老猴子与众学徒也都围了上来。

"好了好了。"槿篱说,"拉了道口子而已,哪里就要死了?快些帮她敷上止血药,莫只晓得在这里哇啦哇啦鬼叫,不曾治过伤似的。"

"止血药在观音殿。"老猴子告诉武全,一面扶着静仪坐好。

武全自去取药。

"你也是,"槿篱说静仪,"顺良那点子本事你不晓得吗?他哪里伤得到他毫分？你何必舍命护着？"

"不是姐姐拦着,我今夜便把他剁了。"顺良愤愤地说。

静仪低了头,柔声说:"我只怕万一——"

"万一？哪有什么万一？"槿篱说,"但凡遇着他的事,你总操心过甚。"

"人都伤了,夏先生就少说两句吧。"老猴子虽敬畏槿篱,仍忍不住为自家小姐帮腔。

"槿篱妹妹说得对。"静仪说,"我原无须受伤的,白白惹得大家跟着操心。"

武全取了药来,俯身去捋静仪的衫袖。

静仪说:"让槿篱妹妹帮我敷吧。"

"都跟一帮子学徒后生们同食同宿好些年了,还避讳这些？"槿篱一面说着,一面命人捡了鞋来套上。

武全将止血药交予槿篱,男子都避了出去。

"武全留下吧。"静仪说,"不过是给手臂上药而已,你我情同姐弟,无须回避。"

武全便留在原地,转身背对二人。

"你不是还有要事跟槿篱妹妹商量吗？"

听得静仪这样说,武全才晓得她是有意趁着槿篱帮她敷药的当口,好让他将搬迁药栈的缘故说了。槿篱便是一万个不愿跟他搭话,也不好扔下静仪的伤口不管,只得耐着性子把话听完。

武全壮起胆子试试探探字斟句酌,看不见槿篱的脸色,也不知她听得顺不顺耳。

不承想刚说了没几句,槿篱便爽利地应了:"言之有理。我与你静仪姐姐只想着重振侯济仁栈,未曾想侯济仁栈也未必要建在原址。依我看,侯济仁栈也未必要挂在侯济仁栈。黄家少爷的黄济仁栈如今不是甚为红火吗？侯济仁栈干脆在黄济仁栈后堂另开一扇小门。"

"这怎么成？"静仪说,"这等行径与鸠占鹊巢何异？"

槿篱一笑:"侯大小姐是君子,自然不屑于鸠占鹊巢之行,我夏槿篱只是区区一介女流,有个安身之所便喜不自胜了。不占鹊巢,照方才黄家少爷所言,如今的药市比不得当年了,再攒十年银子也不定能把侯济仁栈修到樟树镇去。既要去,便得寻个落脚处。不落在黄济仁栈,你道落在何处?"

"樟树也有寺庙……"

"到了樟树你算老几?哪家寺庙肯供你长久借宿?便是真有慈僧善道肯收容你,又有哪个肯跟一个借宿在庙里的女子做生意?临江府因留着个侯济仁栈的壳子,人还晓得你家是有基业的。到了樟树,连个壳子都见不着,何以取信于人?"

静仪一时无话可回。

武全说:"就依妹妹之言,搬到我店里去吧,也莫开什么小门,我原本就想挂侯济仁栈的牌,因未经姐姐许可,这才不敢莽撞。姐姐搬过去了,可不名正言顺遂了我的心吗?我原是侯济仁栈的学徒,跟姐姐本就是一大家子。"

"那怎么成?你上十年心血,怎能凭空归了侯济仁栈?"静仪思量着,"依我看,倒不如将侯济仁栈一并归入黄济仁栈,左右只是换了个招牌,手艺还是侯济仁栈的手艺。我爷爷在世时并不看重虚名,只望侯济仁栈的手艺代代相传。"

"那怎么成?"武全说,"我一个学徒,怎能占了师父的家业?"

槿篱笑:"这也不成那也不成,我且看你二人如何能成。依我看,怎样都成,只要治得好病救得活人。"

"妹妹此言极是。"静仪说,"身为药人,治病救人最为要紧。我爷爷在世时,几番为着救人以命相搏,何曾顾及过自个儿的身家?身为他老人家的独女,我又怎能为了侯济仁栈的招牌耽搁了治病救人?听我的,将侯济仁栈并入黄济仁栈。"

槿篱敷好了药,拍拍手说:"好了,叫大家伙儿进来吧。你二人自去理论,莫让大家一径儿在外头等着。我们这些当师傅做学徒的,左右全凭东家定夺。"

武全见槿篱兴致甚好,便说:"无论如何,我先把赊欠的马钱付了。"

槿篱眨眨眼:"人说父债子偿,黄家少爷是打算认我作父还是拜我为母? 若非如此,怎能替我还债?"

话里有话,夏槿篱是怪黄武全交浅言深了。武全晓得,她这是要将往昔情分撇个干净。他于她而言,已是陌路人。

"并非替妹妹还债,马匹原是帮侯济仁栈买的,我身为侯济仁栈的学徒,为侯济仁栈还债有何不妥?"武全只得这样说。

"赊马的主意是我拿的,自然是我的债。侯济仁栈只是一堆破砖烂瓦,哪里凭空来的债?"

正如静仪所言,槿篱不假思索便应承了搬迁药栈之事,对垫钱还债之事却执意坚辞。武全这才惊觉,静仪竟比他更懂槿篱。他自以为待槿篱一片真心,殊不知这真心却如无本之木,徒有虚名,不过是他自个儿空自感动而已。

不单单是静仪,便是那郭姓老者亦比他更懂槿篱。

还有已故的皮大先生、秦大老爷,个个比他更懂槿篱。

兴许细苟师傅也比他更懂槿篱,因而才会在他说到要补偿槿篱时眼色那般古怪。

外出多年,懂她的恐怕还大有人在。她一身孝服为谁而穿? 为外公、外婆、秦大老爷、皮大先生? 抑或,另有其人?

11

次日一早,静仪令众人打点行装。只顺良问了一句:"这是要去哪里?"余众悉数照令行事,全无一句多言。

静仪告诉顺良要搬去黄济仁栈。顺良一听就炸了:"我们侯济仁栈声名显赫,怎能搬去一个被逐出师门的学徒店里?"

静仪说:"日后再莫说什么逐出师门的话,我爷爷在世时最是看重武全,怎会将他逐出师门?"

"当日可是姐姐亲自将他逐出药栈的,怎的这会子倒不认了?这事老猴子也晓得的。"顺良急得扯着老猴子追问,"老猴子,你说是吗?"

老猴子摇了摇头:"我不晓得。"

"怎的都空口白话起来了?幸而我家娘子也晓得这事。我家娘子是不扯谎的。"顺良又扯着槿篱问,"娘子,你说是不是?"

槿篱不接他的话,只说:"这下好了,本姑娘大可卸甲归田了。"

武全说:"妹妹这是存心羞我呢。不肯让我付马钱,便先把赊来的马退了吧。"

槿篱问顺良:"我去还马,你去不去?"

顺良听得槿篱说要卸甲归田,意思是跟他一样不想搬去黄济仁栈,又头一次听得她邀他一起做事,当即喜不自胜,便连声应着:"去,去。"

老猴子扑哧一声笑了。

顺良莫名其妙:"你笑什么?"

老猴子连连摇头:"没什么,没什么。"

武全也跟了槿篱一道去还马。半道上听得有人唤"武全兄弟"。武全回身看时,只见一个蓬头垢面衣着破烂的男子捧着个钵碗,满面喜气冲他们奔来。那人衣裳虽破,衣料却不俗,像是哪家落难公子。

"武全兄弟如今发达了,"那人奔到近前想要握住武全的手,"我果然眼光不错,早就料得兄弟定要发达。我曾说过的,侯济仁栈就数兄弟最有本事,兄弟可还记得?"

武全缩起手来后退一步:"你是……熊大少爷?"

"可不是我?"那人说,"兄弟带上我一起发财吧,我们熊家的医术还是数一数二的,带上我不亏。"

武全说:"我如今也是泥菩萨过江自身难保,哪能带得动熊大少爷?"

熊元文说:"兄弟莫要自谦了,你带不动我,还有哪个带得动我?"

黄武全见熊元文落魄至此仍这般自傲,忍不住又想戏弄他几句:"熊大少爷不见我正帮夏先生赶马吗？我若发达了，怎会帮她赶马？不过为着得两个赏钱吃口茶而已。"

"兄弟莫要被她骗了。"熊元文说，"这妖妇手头拿不出几两银子。这些马都是她赊来的，风光不得几日便要还了。临江府那帮糊涂蛋都上了她的当，兄弟这么水晶心肝似的人物，怎会跟那帮糊涂蛋一般见识？她日后定然还不上钱的。"

顺良插话说："莫自作聪明了，我们这便去还马，哪里等得他们日后算账？"

熊元文倒是一愣："这便去还马？不该呀……以这妖妇的性子，不是这般做派……"

顺良说："熊大少爷都混成叫花子了，还当自个儿料事如神？"

"我晓得了！"熊元文一拍大腿，"这妖妇定是哄着兄弟带她到黄济仁栈去当女医，这才退了赊买的马匹。"

听得这话，顺良才晓得还了马便相当于应承了搬往黄济仁栈。怪道老猴子见他同来还马便笑成那样。他一向认为熊元文蠢得天下无二地上无双，不料这傻子都看得明白的事，他却浑然不懂，当即恼羞成怒，破口大骂："你这绝户！再喊一声妖妇，我便打烂你的嘴！"

熊元文说："打人不打脸，骂人不揭短。寻常人家打我，都是打身上的，断然不敢伤及头脸，你一个小药工，凭什么打我的嘴？"

武全听这话，想来时常有人打他，不禁动了恻隐之心，便哄劝顺良："女妖大多貌美，熊大少爷的意思是夸槿篱妹妹相貌生得好，怎好反倒打他？"

顺良这才罢手，说："我家娘子本就生得貌美，要他夸做甚？"

武全摸出一把钱放进熊元文托着的钵碗里说："拿去吃茶吧。"

熊元文将钱一个个拈出来还给武全，说："我堂堂恒昌药栈的大少爷，讨钱也要讨得有体面，不收铜钱，只收银子。"

再不走，武全也想打他了。

三人还了马，按租用补了差价。顺良也没脸再提不去黄济仁栈的事了。

静仪谢了几吊钱给万寿宫的道士点灯,率众出得门来。一行二十余人肩挑背扛带着各色制药器具走在街上,颇为惹眼。有个汉子追上来问:"师傅们这是要去哪里?"

老猴子认得这人,回话说:"搬往樟树镇上去。"

"怎的刚回来便要搬走了?"

老猴子不便细说究竟,含糊应着:"是啊,刚回来就要搬走了。"

那汉子犹豫了一下,说:"有个事,我原想待侯济仁栈有了起色再告知侯大小姐,可眼下你家要搬走了,也不知何时才能再见,只得先行说了。"

静仪听得这话,便上前询问:"师傅有何事相告?"

那汉子环顾左右,压低了声气说:"宝祥哥过了。"

老猴子张大了嘴:"你说什么?你怎的晓得?"

那汉子说:"细苟师傅晓得我是从湘潭回来的,宝祥哥前些年也流落到湘潭。我是眼睁睁看着他死在面前的。"

"他……怎的死的?"静仪问。

"这话我原想烂在肚子里不说的,可宝祥哥至死惦念侯大小姐,我不能不说给候大小姐晓得。宝祥哥在湘潭甚是风光,任了樟帮首事。清军入城时,宝祥哥率樟帮药人拼死抵抗,数番……巷战!几百号人,也就……剩了我一个而已……"

"巷战"二字听得老猴子周身一震。静仪却纹丝不动,只怔怔地出神。

九死一生逃往湘潭,却死在了那里。静仪曾往湖广那边去过的,虽不曾亲见宝祥斗狼、发病,却也晓得一路艰难。静仪也曾亲见过樟帮药人与清军巷战,虽不曾亲见宝祥开腔破肚,却也晓得何等惨烈。千言万语也道不尽的艰难与惨烈,落成了一个拦在路边的汉子口中寥寥数语。静仪尽知当中巨创深痛,却无一词可表。

那汉子见她如此,不禁抹起泪来:"我晓得侯大小姐是打小跟着宝祥哥长大的,听得这个信儿定然……"

武全使眼色令他住嘴,上前托住静仪的后背。

静仪默然半晌,讷讷地说:"也算……为国捐躯了。"

那汉子慌忙摆手:"这话可说不得!如今已是新朝了。"

顺良插嘴说:"一命抵一命,就当是抵了长颈的命吧。姐姐吃尽苦头流落四方,不就是为着寻他回来给长颈抵命吗?如今也算了了一桩心事了。"

"怎的说话的?"那汉子捏紧了拳头。

"何师傅莫跟他一般见识。"老猴子说,"不看僧面,就看在死了的面上吧。"

那汉子便是何锄。相伴数年,他与宝祥有恩有怨。起初,宝祥在他心目当中如同神灵一般,他日日敬着、护着。自从聂老大受骗自愿充当人肉马凳以来,他心下渐次有了些猜疑。往后,诸如此类的事越聚越多,他的猜疑之心也越来越重,与宝祥逐渐起了芥蒂。芥蒂越结越深,他也曾生过异心。可清军一来,宝祥一马当先,那些个鸡毛蒜皮的小事在家国大义面前便算不得什么了。宝祥死后,何锄自悔不已,只恨自己鸡肠小肚,为着些上不得斤两的事猜疑过宝祥,自此更是将他敬若神明。此时听得旁人如此议论宝祥的生死,他一腔自责与满腹深情凝在一起,直恨得牙根作痒。若不是听得老猴子说"看在死了的面上",顺良只怕已挨了他几拳头。

何锄强压住怒火走了。武全问静仪:"姐姐可要歇息片刻?"

"这些年,死了一个又一个,"静仪说,"先把活着的顾好吧。"

侯济仁栈众学徒皆有丧亲之痛,听得这话,无不凄然动容。

一行人各怀心事,默然行进在前往薛家渡的路上。静仪望着一路山水,只觉空茫无措。

这山水,曾开满鹅黄的迎春、嫣红的杜鹃、素白的栀子、洋红的蔷薇……她曾无思无虑地跟随着宝祥哥哥,穿行于年复一年的花开花败当中。如今,那满目的美景却被战乱蹂躏得花残柳败,山间江畔净是烧杀过的遗迹。宝祥哥哥已然不在了,她也由无思无虑的少女,变作了饱经风霜的妇人。

再无措,自赣州一路跟来的数十名学徒,日后的生活都握在她手里。她不得不强打精神,奋力应对。

所谓悲痛欲绝,到最后,只能装作若无其事;所谓悲痛欲绝,看上去,却恍似若无其事。

到了渡口,槿篱拱手说:"送君千里终须一别,我另有去处,与众亲就此别过。"

"这是怎么说的?"静仪扯着她的手,"搬往黄济仁栈的主意是你出的,我依了你的主意,你倒不去了。哪有这样的道理?"

"侯大小姐倒怪我不讲道理了?"槿篱说,"我的主意是让侯济仁栈搬过去。我又不是侯济仁栈的,为何要去?"

"如今的侯济仁栈,总有十余名学徒都是你收的,你是侯济仁栈的师傅,怎的不是侯济仁栈的人?"

"白白地替你教了这许多年的学徒,我不逼你补发工钱也就罢了,你倒赖上我了?"

"我便赖上你了。"静仪说,"你不留下,我便叫你这些徒弟日日赶了马车去接你。"

"师父留下吧。"从赣州一路跟来的学徒们都说,"我们离乡背井跟了你老人家过来,你老人家怎能撇下我们?"

槿篱说:"不撇下你们便是,我个把月便来陪着你们热闹一回。"

"个把月?"学徒们哀号一片,"个把时辰见不着师父我们都跟失了魂似的,哪里等得个把月?"

"少贫嘴。"槿篱笑,"我每隔半月前来探望你们一回便是,莫再吵了。"

"十日?"有个学徒两指交叉比了个"十"字,"师父每隔十日来指点我们一回可好?"

槿篱捂住他的手指说:"依你,就十日。"

学徒们这才舒了口气,面露欣慰之色。

武全说:"我晓得妹妹为何要走,只是妹妹所虑实属多余,我回头派人将她送回经楼去便是,决不让人为难妹妹。"

"不,你不晓得。"槿篱说,"燕雀安知鸿鹄之志?"

"妹妹领不领情,我都会为妹妹做好打算。妹妹回不回来,我都会一心等着妹妹。"

"黄家少爷想做什么便做什么就好,莫要打着我的名号。好生带着你静仪姐姐料理生意吧。"

槿篱一瘸一拐地走了。顺良又要跟着纠缠,槿篱二话不说,一头将他顶进赣江。

清可见底的赣江水一忽儿将顺良托起一忽儿又将顺良淹没,两个学徒手忙脚乱扯着他往岸上拖。顺良绝望地叫着:"娘子不记得我曾陪你在这渡口唱过《劝务本业歌》吗?"

"贫者流离非得已,富者何为复行贾?辞家转盼七八年,出门转辗数千里。不惜家园久别离,那堪道途多梗阻。陆行既怕豹虎侔,水浮又恐蛟龙得。一朝疾病兼死亡,十万腰缠亦何益……"

渺渺的江风中,似有微茫的歌声遗存。槿篱可还记得那作歌的秦大老爷?武全晓得,她定然是记得的。她绝口不提,他亦不愿提起。他看着她越去越远的背影,只觉那壮实的身架竟显得有些清瘦,也不知是经年受苦损了身子,还是她向来如此清瘦。他从未这等长久地目送过她,已记不得这背影先前是否这般模样。他只记得她圆黑的脸、饱满的胸,熟透的桃子般碰一碰便要裂开似的,周身上下总是仿佛灌满了红彤彤的笑。他有一瞬的恍惚,好似并不认得这背影的主人。

12

到了樟树镇,武全先将众人带到了皮大先生屋下。那屋子虽经数次翻新,面貌已然大变,武全却仍以皮大先生屋下相称。

皮大先生的坟仍在院里，静仪领着众人一一祭拜。

武全拿了些银子给老猴子，让他分派学徒前去置备酒菜。

静仪问："怎的不见弟妹？"

武全撇了撇嘴："她怕鬼，在这屋下住了不到一年便跟她老娘一起搬到店里去了。"

静仪说："她与皮大先生无甚交情，怕也非怪。"

"姐姐与皮大先生也无甚交情，怎的不怕？"武全说，"不过是姐姐把我当成自家人，我的交情便是姐姐的交情罢了。"

"她原本弱小些……"

"弱小？"武全双眉一挑，"我早前也跟姐姐一样，只当人家弱小。这些年才算开了眼，弱小的是我才对。"

听得一个孔武有力的汉子自称弱小，有个学徒不禁笑出了声。

"笑什么？"武全说，"待你日后成了亲，娶个悍妇，才晓得何谓真正的弱小。"

那学徒强忍笑意，拱手说："黄师傅教训得是。"

静仪说："无论如何，弟妹是当家主母，我前来做客，理应与她见礼。"

武全说："还是不见的好！再说了，这屋子是皮大先生的，与她无关。"

静仪颇为过意不去。武全说："知礼之人不知无礼之人之事，如今我只想图个清静，多一事不如少一事。"

静仪不好强求，只得罢了。武全到药栈去了一趟，用饭时带了几坛老酒返来，与众人畅饮了一番。

头几日，众人一并住在皮大先生屋下。待得药栈备齐了一应用具，武全才着人买了爆竹，风风光光迎了众人进店。此后，侯济仁栈与黄济仁栈便并作了一家，药工们都住店里。静仪因是女子，仍住皮大先生屋下。武全为着避嫌，也搬到店里去住了。

其间，武全多次提及要择定吉日摘了黄济仁栈的招牌换作侯济仁栈，静仪以离店相逼,这才作罢。

进店当日不见侯眉儿,静仪又不免问起。武全指着个弱弱小小的孩童说:"她若留在店里,这孩子只怕活不成了。"

静仪不解。有位药师悄声告诉:"姐姐不晓得,那侯眉儿泼辣得很。若是留在跟前,姐姐与师兄、师侄们尚未进门,她便带着孩子跳河去了。"

这药师便是侯玉清。他原是侯济仁栈的伙计,侯济仁栈关门后改投黄济仁栈当了学徒,如今已是师傅,因而对静仪与顺良仍像在侯济仁栈那般称作姐姐、师兄,二人所收的学徒便称师侄了。

"如此说来,倒是我们有愧。"静仪说,"我们若不来,武全一家子原本圆圆满满。"

"姐姐莫要胡乱自责,"玉清说,"姐姐没来之前,她已不知跳过几次河了。"

静仪听得如此,只觉那孩子可怜,招手预备唤他过来。谁知尚未开口,那孩子便啐了她一口。

"你看看,把个孩子教成这样……"玉清惋惜地摇了摇头。

静仪仍冲那孩子温婉一笑。有个伙计抱起那孩子转开脸去,玉清朝那伙计冷哼了一声。静仪只当全未留意。

槿篱与众人分别十日后,如期前来赴约。

侯济仁栈旧众自是欢喜,黄济仁栈几位学徒却颇有微词。郭老先生听得有人对槿篱出言不敬,本想维护几句,却被抢白说:"老先生这把年纪了怎的还这般不懂人事?侯济仁栈如今好比是在我们黄济仁栈讨饭吃,我要是你,羞都羞煞了,哪有脸面跟人斗嘴?"

郭老先生受了辱,在槿篱面前便有些闷闷的。

槿篱何等聪明?莫说见他露了相,便是一切如常,也能料得当中委屈,因而特地唤了他来近身坐了,以长辈之礼待之。那郭老先生得此礼遇,越发想到在黄济仁栈诸般不顺,一时竟红起眼来。

"老先生这般念我,回头便随了我去吧。"槿篱笑说,"省得待我走了,老先生日日这般红着眼。"

"那怎么成?"郭老先生说,"先生独个儿谋生已够艰难的了,再拖上我,岂不难上加难?"

槿篱说:"难有难的活法,加双筷子的事,能难到哪儿去?老先生不怕苦,跟了我去便是,只不如黄济仁栈这般好吃好住。"

郭老先生眼前一亮:"此话当真?跟着先生哪有苦吃?不怕你老人家说我自夸,于行医、制药这一块我是抓破了头皮也学不精,于识人、辨事这一块我却颇为有些见识。先生若是看得起,肯带着我,我便是累死了也值。"

"我何时哄过你?"槿篱说,"只是老先生又说跟着我没苦头吃,又说累死了也值,好不矛盾?"

"不矛盾不矛盾。"郭老先生说,"先生不晓得,跟着你老人家,再累再苦也不觉得。"

侯济仁栈旧众齐声接嘴说:"是呢,跟着师父一道,总觉世间无甚苦处。"

武全亦深以为然,回想旧日种种,凡与槿篱一处时,便是生死攸关也总在笑闹间挺了过去。

众人闲扯了几句,这话头便盖了过去。武全拿出新制的好药来给槿篱品鉴,一面吩咐伙计预备酒菜。

槿篱正埋头品药,有个孩童走过来,冷不丁啐了她一口。

"景儿!"武全大喝一声,作势要打,"怎的这般没教养?"

槿篱拦着武全,上前一步,也啐了那孩童一口。那孩童倒愣住了,想来从未被哪个大人反啐。

武全也愣住了。长这么大,他也是头一次见人跟个孩子一般见识。静仪已不知被这孩子啐过多少回,回回都是软语相待。他本以为槿篱亦会如此。

那孩子回过味来,滚在地上边哭边骂:"你个坏蛋!你欺负我!大人欺负小孩!我姆妈说你是狐狸精……"

武全甚感跌脸,一面上去揪起那孩子一面扬声大叫:"招男!你死哪儿去了？不是叫你看好景儿吗？"

槿篱也跟那孩童一样哭骂起来："你个坏蛋！你欺负我！小孩欺负大人！我姆妈说你是狐狸精……"

那孩子看得目瞪口呆，竟忘了哭骂，一脸的不可置信。

侯招男一步三挨地走过来抱孩子。那孩子见他来了，猛地蹿起来踢了槿篱一脚便跑。槿篱哪里容得他逃？追上去也踢了他一脚。

"哎？！"招男大叫，"怎的跟个孩子一般见识？"

武全也看不过眼了，讷讷地说："妹妹……这……"

槿篱却只冷冷地盯着那孩子说："看，你打不过我。"

那孩子扑进招男怀里，紧紧搂着他的脖颈嚷着："给我报仇！给我报仇……"

招男瞥了槿篱一眼，说："好男不跟女斗，我们不跟这种人一般见识。"

槿篱抬腿往招男脚下一扫，险些将他绊倒，又冷冷地冲那孩子说："看，他也不定打得过我，并非不跟我斗。"

那孩子寻常跟着招男的时候居多，在他眼里，招男是极厉害的。他本以为躲进他怀里便有了靠山，不料却险些一道摔在地上，当即直如山崩地塌，吓得几乎傻了眼。

到底是亲生骨肉，武全看着心疼，想要上前接过孩子。槿篱又将武全一把扯开，掏出根银针往门板上一飞，看着那孩子问："我厉不厉害？"

那孩子肩头一抖，惊魂未定地点了点头。

槿篱又问："我这样厉害的人跟你做朋友，以后天天保护你好不好？"

那孩子迟疑了一下，又点了点头。

槿篱伸出手指："拉钩？"

那孩子犹豫着伸出手来。槿篱凑过去，拉了钩、盖了印。

"我有个小朋友了！"槿篱笑着从招男怀里抱过孩子，举得高高地转了几个圈。

那孩子也跟着笑了起来。武全大为意外,却也渐渐明白过来,这孩子,光靠讨好是不管用的,须得先将他镇住。

"你叫景儿?"槿篱问,"哪个景?"

那孩子说:"我爷爷说,是临江八景的景。"

"哦!"槿篱说,"我晓得了。是大观楼的景、钟楼的景、师姑井的景……"

"是呢是呢……"那孩子拍手笑着,"姑姑晓得的真多。"

"哟! 景儿真聪明,晓得我是你爷爷这边的朋友,要喊姑姑。"槿篱一面夸赞一面故作委屈地噘起嘴来,"日后还叫我狐狸精吗?"

"不叫了不叫了。"那孩子说,"我们是朋友。狐狸精是骂人的话,不能骂自己的朋友。"

武全舒了口气,笑说:"妹妹好本事。我折腾了好些年,也不晓得如何教他,妹妹三两下便把他收服了。"

槿篱说:"我哪有本事收服景儿? 是景儿收服了我呢。"

景儿神气活现地看了武全一眼。

13

厨下布好了酒菜,武全引着众人落座,槿篱将景儿放在她与静仪中间。景儿偷眼看了看静仪,扯了扯她的衫袖说:"姑姑,以前是我搞错了。我姆妈说有两个妇女要到我们家来白吃白住,都是狐狸精变的,我以为说的是姑姑跟这位姑姑,今日才晓得不是。"槿篱说:"定然是搞错了。我跟你静仪姑姑都是人,不是狐狸变的。不信你摸摸看?"景儿摸了摸槿篱与静仪的衫袖,放心地笑了:"真的是人。"

武全喜得一对桃花眼又粼粼地泛起水样的光来:"有妹妹与姐姐同在,真好。"

槿篱冷笑一声,自斟自饮,连着吃了几杯酒。

武全夹了块腊肉给她:"妹妹莫光顾着吃酒,菜不好也尝一块,莫伤了胃。"

槿篱任他把肉放在碗里,却不吃,伸手去撕鸡腿。

"这吃相,真羞死个人……"有个黄济仁栈的学徒轻声嘀咕了一句。

静仪立起身来,也去撕鸡腿,说:"自家人在一起,便要这么吃。"

槿篱看了静仪一眼,翻着白眼一笑。

武全也立起身来,将剩下的鸡肉一块块撕开搁进几位师傅碗里,自个儿捧着个鸡架子津津有味啃了起来。

几位得了鸡肉的师傅你看看我、我看看你,也学着他三人的样子拿在手里啃食起来。

一桌人吃得满手油污、满面红光。武全大呼:"痛快!要那斯文有何用?与痛快人做痛快事才不枉此生。"

槿篱仿似尽释了前嫌,与武全划起拳来。

笑闹中,一杯杯水酒灌下去,武全醺醺然恍惚起来,只觉槿篱与景儿才是一对母子,他是夫、是父,人生终得圆满。

酒足饭饱,槿篱拍了拍郭老先生说:"启程吧。"

武全迷瞪瞪问:"启程?去哪里?"

槿篱不答他,领着郭老先生往外走。

武全一激灵,酒醒了,这才想起槿篱饭前说过要郭老先生随她同去的话,赶忙拦着说:"妹妹莫说笑了。玩笑话而已,笑过了便罢,又扯起来做什么?"

"哪个玩笑了?"槿篱说,"我说过并非哄他,他也真心想要跟我。"

"便是真心,也待你自立了门户再请老先生过去吧。"

槿篱说:"我现下便已自立了门户。"

静仪问:"妹妹预备开店了?"

"自立门户便定要开店吗?"槿篱说,"我预备往赣州府一路贩卖药材。"

武全说:"妹妹才刚从赣州返来,怎的又要去了?"

"正是刚从赣州返来,一路交了许多朋友,这才正好贩了药材去卖。"

听得槿篱这样说,武全才晓得她并非戏言。他奢望着与她得个圆满,她却早有远走他乡的打算。

"怎的也要调养些时日,待得养好了身子再去呀。"

"有心调养,何处调养不得?"槿篱说,"临江制药手艺独特,我只愿天下人尽早都能用上好药材。"

武全想起槿篱曾说"燕雀安知鸿鹄之志",当日只道她随口寻个托词而已,此时方知其中深意。在她心里,自始至终装着天下,而他却困于一地一时。他与她,确是燕雀、鸿鹄之别。

静仪掏出个软布包儿说:"妹妹定下的事,哪个也动摇不得。我不拦你,只望你收着这些银子,路上也松快些。我在店里吃用,使不上这些。"

槿篱推开静仪递上的钱袋,说:"凭我一双手,哪里挣不到银子?"

顺良接嘴说:"就是!我娘子有的是本事。娘子既带了老郭头,便也带上我吧。我与娘子的情分,总不至于连老郭头都比不得。"

"郭老先生识人知礼,你懂什么?'老郭头、老郭头',你叫谁呢?这黄济仁栈上上下下,哪个不比你体面,人个个都称一声'郭老先生'!独你格外大些,降不得身份尊称一声吗?"槿篱数落了顺良一顿,又转而说静仪,"你们侯济仁栈也是,搁着个一把年纪的药师,也不晓得替他寻门亲事。成日里缠着我'娘子娘子'的叫,我给你面子才不跟他恼,你若再不帮他成亲,我跟你没完。"

这便是要逼着顺良另行婚配了。武全听得又惧又喜,惧的是她刀锋般嘴利,喜的是她此后与顺良彻底断了干系。他心头有万般不舍想要说给她听,却惧她如待顺良那般利嘴相讥;他心头有千般道理奉劝自己死心,却又见她花容渐老孑然一身。

静仪说:"这一去,也不知何时才能再见妹妹。"

"是啊是啊。"自赣州府一路跟来的学徒们都说,"师父许过我们十日相见一回,这才守了一回信,便要失约了。"

槿篱说:"原是你们贪,倒怨我失信。哪有满了师的学徒,强着师父十日探望一回的道理？"

学徒们被她说得无话可回。

一个"贪"字，亦道中了武全心事。早先是他薄待于她，致使二人生离，如今他妻儿俱全，却妄想与她仍能得个圆满。实乃贪得无厌！真待她好，她要走，便该助她一臂之力。武全琢磨着，槿篱虽有本事，但手头无多银两，别家药店未必给她赊账，要助她，最好是送她些上好的药材。因说："妹妹这几日恐怕在别家药店也看了不少药材，我店里的虽算不得顶好，却也还能拿得出手。妹妹若不嫌弃，便替我拿些去卖，日后返来再结账不迟。"

"黄家少爷自谦了，侯济仁栈的手艺还是响当当的。"槿篱说，"做生不如做熟。别家虽也有好药，看侯大小姐的面子，我还是先卖黄济仁栈的。"

武全不料她竟这般回复，不仅不领他一番委婉相助的情分，倒像赏了他许多好处。他本有意示好，自是无心跟她争长论短，转而说："妹妹一个女子，郭老先生又年事已高，须得再带上个得力的人手才好。玉清跟着我这些年，最是个眼明手快的……"

"师父带我去吧。"有个原在杏林里学徒的后生抢过话说。

"我只带郭老先生。又不是打架斗殴，带那许多人手做甚？"槿篱看着那自杏林里跟来的学徒说，"待我打通了路子再带你去。不光是你，从赣州府跟着我一路过来的，我个个都带回去。"

学徒们都说："那敢情好，我们跟着师父衣锦还乡。"

武全说："怎么着也得带个壮实些的男丁，跟着搬搬扛扛也便利些。"

"要人搬搬扛扛做甚？"槿篱说，"我与郭老先生一人一个包袱一把伞，轻轻快快便去了。"

"妹妹不是要贩药么？"武全问，"一个包袱装得下什么？好歹也要推个车、挑担箩吧。"

槿篱说："你只拣店里最好的参片给我半两、鹿茸给我三钱、虎骨给我一对便好。"

武全不知她带着半两参片、三钱鹿茸、一对虎骨如何一路贩卖。问她,她也不肯明言。只得依她的意思配齐了三样东西,提心吊胆地送了她出门。

临别前,静仪又执着槿篱的手殷殷叮嘱:"妹妹莫怪我啰唆,能不进城便莫进城,虽已事隔多年,我只怕……"

"侯大小姐真当哪个男子能惦记个女子五六年吗?"槿篱灿灿地笑着,"如今劈面相逢,那人也未必认得出我。该进城时我自会进城。侯大小姐安心等我挣饱了银子回来。"

听得这话,武全又忍不住猜度,那人是谁?

14

静仪进店后,武全便与她轮番坐堂。原与武全轮换过的几位先生见他二人你换我、我换你,全把他们撂开了,逐渐心生不满。有个年岁长些的先生说:"少坐几回诊原也没什么,我也乐得清静,只是侯大小姐偏生是个女子,晓得的知道是东家偏袒他老东家,不晓得的,还道我等的医术连个女子都比不上。"几个后生些的先生见有人挑了头,也应和说:"可不是呢?这事传扬开了,我等日后在樟树镇如何立足?"

静仪见这干人等脸色日渐难看,便与武全商议说:"这些年我专攻女科,于别个无多用心,也懒得多费心力,不如在后堂另置诊桌,我只帮女子看病,前堂仍由先前那些先生与你轮换坐诊。如此一来,女子细述病情也方便些。"

聪敏如武全,怎会不知当中缘故?只因晓得静仪一贯不喜与人相争,便依了她的意思。

头一日在后堂坐诊,那勾栏里与武全谈论过静仪的柳姑娘便前来看病。她向来月事不准,武全帮着调理了几回,不得根治。

静仪替她把了脉,说:"姑娘患的是心病,难怪黄先生无法根治。他一个汉子,医术再高,又哪里体恤得到女子的幽微心事?姑娘定是时常强颜欢笑,过后又心有不甘,郁结于内,因而气血涩滞。日后只需直抒胸臆,想笑便笑,想怒便怒,月事自然顺畅。"

柳姑娘万分惊奇:"心病也能从脉象上摸得出?"

"摸得出。"

柳姑娘称叹不已,转而又自怜起来:"只可惜我困于烟花之地,喜怒身不由己,怎敢想笑便笑、想怒便怒?"

静仪说:"喜怒皆由心生,姑娘护好本心便是。"

"说来也是。"柳姑娘点头,"如我这般流落烟花的女子也不止一个,不见得个个如我这般多愁善感。我看跟黄先生交好的冷姑娘就活得甚是通透,日后我也要如她那般。先前我只听得侯大小姐医术高超,不料于人心世象亦有高见。"

静仪柔婉一笑:"姑娘过誉了。"

那柳姑娘捡了两帖补药,又反身说:"我自知身份卑微,不该开这个口,但见侯大小姐雅若芝兰,不同于流俗之辈,故而斗胆请求小姐得闲时授我些医术,我日后色衰爱弛之时,也好有个手艺谋生。"

静仪说:"姑娘莫要妄自菲薄,你与我原是一样的。姑娘当真想学,得空过来便是。"

柳姑娘千恩万谢地去了,在勾栏里逢人便说:"原侯济仁栈的大小姐说,我这样的女子跟她是一样的。"

勾栏里的姑娘们虽日日笙歌,却最是自轻身份,听得这话,无不感佩静仪。一帮帮三五成群结了伴,隔三岔五往黄济仁栈跑,或是看病,或是纯粹看望静仪。

因与冷逢春交好,武全与这帮姑娘们本就相熟,黄济仁栈一时欢声笑语、热闹非凡。

良家女子自是不屑与勾栏里的姑娘们为伍,可时日久了,听得勾栏里的怪病都在黄济仁栈除了根,又听得店里有专供女子看病的诊室,坐诊的还是女医,略微开明些的便也抱着试试看的想法前来求诊。静仪药到病除,又深谙女子心

302

事,登门求过诊的女子无不称心而归。一来二去,求诊的女子越来越多,黄济仁栈后堂倒比前堂进账丰厚。

再说跟着静仪进店的一众人等,初来乍到时难免受些闲气,与黄济仁栈药工时有龃龉。静仪召了名下众人叮嘱:"我等既进了黄济仁栈,便是黄济仁栈的人。按规矩,我们进店最晚,不论年纪大小,都该对早前进店的学徒们尊称一声'师兄'。做师弟的,自然要凡事谦让,这原是本分。临江府一应药店尽皆如此。"

听话听音,众人晓得静仪的意思,再有人受了闲气,也不敢再心生怨气,只当是师弟对师兄的礼让。

黄济仁栈众人见侯济仁栈旧众不论老少个个骂不还嘴欺不生怨,也算领略了侯济仁栈的气度。人心都是肉长的,处得久了,自然有些情分,对峙双方逐渐融为一体。

两店合并却一团和气,武全对静仪甚是感激。

只有侯招男等几个由侯眉儿母女从自家村上弄来的伙计见着静仪仍不忿。这干人等本以为黄武全惧怕侯眉儿,他们跟在店里大可狐假虎威。忽而来了这么个貌美如花的妇人,尚未进门便把侯眉儿挤走了,他们在店里失了靠傍,本就有些怨气。又见黄武全待她事事依顺,远胜待侯眉儿万倍,景儿又被哄得服服帖帖了,更是看着糟心。侯静仪分明是处变不惊、言行合宜,于这帮人看来,却是佛口蛇心,险恶之极。

有个名唤仕平的伙计绷不住,趁着静仪亲身下厨为景儿炖鱼吃时出言羞辱:"装什么好人?要炖鱼,我们这些做伙计的断了手吗?何苦巴巴地特地亲身动手?做花手子给谁看?"

静仪说:"伙计们手头事多,炖鱼汤又甚是烦琐,去鱼鳞、挑鱼刺、熬到汤汁出味,少说也要个把时辰,我现下闲着,顺手炖了便是。"

"好事都被你做绝了,我们留在店里做什么?"

静仪听他这样说,便将锅铲转交给他,借口说:"我才想起还有两味药尚未配好,你帮我接着熬汤。"

侯仕平接过锅铲狠命往锅里一扔。滚烫的汤汁溅起来,泼了静仪一脸。

静仪低呼一声,紧紧捂住头脸。

侯仕平也惊了一吓,慌忙到水缸前去舀水给静仪降温。才舀了一瓢水预备端来,脚下绊着根粗长的柴火,连人带瓢一起摔了出去。

顺良正在后院洗药,见厨下滚出个水瓢,不禁上前察看。

这一看,只见他家小姐一脸鲜红的斑痕,正勉力睁开眼来摸到水缸边去,那侯仕平筛糠似的全身发抖,自水缸里捧起水来往他家小姐脸上浇。

"不得了啦!姐姐受伤了!"顺良大叫起来。

武全闻声赶来,见静仪落汤鸡般立在水缸边,脸上红红白白一片,侯仕平还在往她身上浇水,当即急怒攻心,窝心脚狠命踹了过去。

侯仕平一跤跌到厨房外,再不敢进来,一吊钱样垂手候在门口。

武全给静仪上了药,细问端的。静仪还想替侯仕平遮掩。武全见侯仕平那般模样,早已了然于心,哪里还容得再行遮掩?一把将侯仕平提溜到药王菩萨面前,令他跪着道明了原委,当即逐出药栈。

侯招男见跟他一样倚仗侯眉儿母女的侯仕平被赶出了药栈,越发自危,只盼侯眉儿早日归店。

15

郭老先生才跟着槿篱去了二十余日便回了黄济仁栈,一进门就满面得色嚷嚷着:"快快快!上好的枳壳预备两车、黄栀子两车、黄精二十斤、鳖血制的柴胡十斤、珍珠粉十斤、参片十斤……"

玉清问:"看样子是有人下了定?"

"可不怎的?"郭老先生说,"一路上已有三家药店付了定金。速速备齐了货,我一并押送过去跟夏先生会合。"

"老先生一路辛苦了,先吃口参茶再说。"武全自中柜探出头来,一面将预备自用的参茶让给郭老先生,一面吆喝着伙计们备饭。

郭老先生也不客套,端起参茶一口饮尽:"得亏先前从赣州府来临江时,夏先生一路广结善缘,否则的话,莫说卖药了,连东家的面都见不着。"

"幸而槿篱妹妹人缘好。"武全说,"这参片卖出去倒不稀奇,我给妹妹带去的原是上品。只是这枳壳、黄栀子什么的,连样品都没带,人怎的肯买?"

"人家原本只要参片的,夏先生说,临江府制得最精的是枳壳跟黄栀子。人见参片已是上品,枳壳跟黄栀子制得还更精,那定然也差不到哪儿去,这东西也不贵,人顺便也定了些。夏先生又详述了黄精、柴胡、珍珠粉的制法,人听得手法独特,也都要了些。鹿茸跟虎骨太贵,头一次生意,人不敢下重手,不然的话,也卖出去了。左右夏先生也没打算卖这两样,不过是带着打个样儿、取个信。鹿茸、虎骨都制得好,寻常药材还能差到哪儿去?"

武全才晓得槿篱为何只带这三样东西,有了这三样好货,余下百样人都信得过。寻常药材带得再多,人不过见一样信一样而已。泱泱数千种药材,也不知人缺哪一样,样样都带上的话,莫说行动不便,光是供人品鉴也不知耽误多少时候,一路上日晒雨淋的难以保存,届时卖不动的只能浪费。

武全细问了一路情形,郭老先生说得唾沫横飞,一众药工听得津津有味。

老猴子说:"这条路走得通。"

众药工连声应和:"走得通,走得通……"

厨下备好了酒菜,武全请郭老先生坐了上席,令药师们作陪,举店大吃了一顿,又亲身带着学徒到库房里挑选药材。

入夜后,武全邀郭老先生说:"老先生连日在外奔波,莫跟学徒们挤通铺了,跟我一道去皮大先生屋下歇息吧。"

郭老先生假意推辞了几句便跟着去了。

二人摸黑走在路上,郭老先生忽而说:"早前听得你负了夏先生,我只道你刻薄寡恩,自打进了黄济仁栈,冷眼瞧着,我见你也是个晓得疼人的,怎的当初不晓得心疼夏先生?"

武全无言以对。

郭老先生又说:"若娶了夏先生,黄济仁栈在临江府便无出其右了。"

武全问:"她腿脚不便,路上可曾受人欺辱?"

"哪个敢欺她?"郭老先生说,"也只一个你罢了。"

武全听得无地自容。

"我若是你,便休妻再娶。我听得那侯氏原不是什么好货。"

"实不相瞒,自成家以来,我时常生起这个心思,只是……"

"只是什么?"

"于心……不忍。"

郭老先生等了半天,听得他挤出这四个字来,当即冷笑说:"原来黄先生是个善人,须知善心过逾便是祸端。"

"我犯的祸,我自个儿担。如今我已配不上夏先生了。"

"那倒也是。"郭老先生再无多言。

次日一早,武全令伙计们将备好的药材装了车,指派了玉清并一位名唤端生的药师跟车,又拣了两个灵泛的伙计赶车,备了顿大鱼大肉的早饭为众人践行。临行前,又捧出两身衣裳说是新做的,给郭老先生并槿篱路上替换。

郭老先生收了衣裳便领着众人上路了。武全又撵着牛车叮嘱:"路上想吃什么便吃什么,莫替店里俭省。"

郭老先生本不欲与他多言,见他撵着牛车不肯停步,只得草草宽慰说:"玉清他们不日便回来了,夏先生……我自会好生招呼。"

"莫让她再用井水洗脚了。"

郭老先生摇了摇头,露出一脸可怜又可气的神色。

正如郭老先生所言,玉清等人十余日便反身了,又要了柴胡、黄精、陈皮等上十味药材。传槿篱的话说,黄栀子、枳壳有多少要多少,存货不足的话尽可拣好的收购。

这一回去了一月余才反身。如此越去越久,槿篱距临江府也越来越远了。

年底,玉清等人返来,传槿篱的话说过了正月十五再去。

武全问:"夏先生跟郭老先生怎的不回来团年?"

玉清说:"夏先生巧遇故人,带着郭老先生在赣州府过年。"

武全问:"什么故人?"

"一个二十上下的小后生,叫温虎的。"

静仪说:"我认得,温虎原是槿篱妹妹的徒弟。"

玉清说:"如今可不是徒弟了。在赣州府挂了牌,人都叫声温先生。"

"我就晓得这孩子是有本事的。"静仪说,"生意如何?"

"好。"玉清懒懒地说,"好得不得了。好得都能养活夏先生了。"

武全听着奇怪,有意探话说:"做徒弟的出息了,原该好好孝敬师父。"

"人可不是像孝敬师父那般孝敬,人是像养活妻小那般养活。"

武全听得原像这个意思,果然真是这个意思,满缸的老陈醋都打翻了样的,酸得不得了,嘴上却说:"那……那也无甚不可。"

到了年下,药工们大多返乡去了,只余原侯济仁栈一众人等无家可归,在店内留守。

静仪提醒武全说:"叫花子也有个时节,好歹把弟妹接回来团年吧。"

武全说:"接了她回来,这年便没法过了。"

静仪说:"有法没法总得过,往年不也过了吗?我不是你黄家人,自回临江过年去。你带着景儿跟弟妹,仍跟往年一般过便是。"

"姐姐回临江上哪儿过年去?仍带着学徒们回万寿宫吗?早前跟着姐姐在侯济仁栈学艺时,我不曾跟姐姐见过外,年年都在姐姐屋下团年。如今定是我招待不周,才让姐姐跟我见外。"武全说,"姐姐硬要回临江,我便跟着去,也到万寿宫跟道士们一起团年。"

"这是什么话?"静仪说,"你是一家之主,自然要在自家过年。"

"我说到做到。姐姐去哪儿,我便去哪儿。"

静仪拗不过他,只得说:"我回不回临江,都先把弟妹接回来再说吧。"

武全嘴上应了,心里却想着晚接一日是一日。小年前夜,侯眉儿母女却自行从经楼跑了回来。

是夜,店里已上了门板,留守的药工都睡下了,静仪哄睡了景儿后也到皮大先生屋下去了。武全在后院打拳,听得有人猛力拍打门板,跑到前堂透过门缝一看,见是侯眉儿母女,便说:"从后门进吧,前门闩了。"

侯熊氏说:"又不是三十夜,封了财门开不得!你原是从前门把我们娘儿俩送走的,自然要风风光光从前门迎回来。"

"大晚上的,风光什么?"武全一面说着,一面扛起粗重的门闩,卸了一块门板。

侯眉儿预备进门,她母亲却拦着说:"慌什么?待他把门板都卸了再敞敞亮亮地进去。"

武全怕她嘈吵,扰了药工歇息,便把门板都卸了,放了她们进门,再一块块装上。

"冻死我了。"侯熊氏嘟囔着往后堂走,"我去叫伙计生盆炭火。"

"伙计们都睡下了。"武全说,"累了一天了,莫去扰他们。"

"生盆炭火费得多少工夫,哪里就累着了?"侯熊氏说,"我去喊他们起身。"

"你老人家晓得冷,伙计们就不晓得冷吗?"武全说,"天寒地冻的,从被窝里把人扯起来生火,冷病了怎么办?"

"青皮后生火气重,不怕冷的。"侯熊氏说,"冷病了算我的。"

武全又气又烦,却也无可奈何,因问:"喜云呢?让喜云去生火。"

"莫提喜云还好,你要跟我提喜云,我便要请左邻右舍论论理。"侯熊氏说着,又奔回大门口去扒拉门板,"我得了个好女婿,说什么派个伙计照料我们娘儿俩。我们有手有脚,哪里用得着他照料?见天儿地坐在门槛上,连门都不让我们出。这是照料,还是坐牢?"

"丈母娘寻常在店里哪日不是使得伙计们团团转?左右邻舍哪个不晓得你

老人家难伺候？要论理，你开门大论便是。"武全任她胡乱踢打着门板，又问，"喜云怎的没跟你们回来？"

侯熊氏扛不动门闩，只得罢了手，说："那货吃醉了。他若不醉，我跟眉儿这辈子只怕都见不着景儿了。"

"吃醉了？"武全问，"他跟哪个吃酒？"

侯熊氏撇了撇嘴，扯着女儿说："走，看看景儿去。"

"景儿才睡了，莫去扰他了。"武全说，"明早再看吧。"

"我哪里还等得明早？"侯熊氏说，"小半年没见，我的心肝肉儿肯定想死我了。"

外婆要看外孙、母亲要看儿子，武全也不好强拦着，便任他们去了。

侯熊氏一进了房便轻唤一声："景儿。"

景儿睡得迷迷瞪瞪的。因睡前是静仪哄着，又听得妇人的声气，只当是静仪还在，便含含糊糊唤了声"姑姑"。

"你叫我什么？"侯熊氏大喝一声。

景儿吓得一激灵，武全赶紧搂着说："莫吓坏了孩子。"

"你叫哪个姑姑？你哪里来的姑姑？"侯眉儿也赶着追问。

武全忍无可忍，反手推了侯眉儿一把。侯眉儿吃不住力，一跤跌在地上。

"你打我？你竟然打我？"侯眉儿坐在地上号啕起来。

"莫打姆妈，莫打姆妈……"景儿终于看清了来人，奔过去一头扎进侯眉儿怀里，又返转身来看着武全说，"再打我姆妈，待我日后大了，便替姆妈打你！"

武全气得打了自己两个嘴巴子。

16

次日一早，静仪正在梳洗，听得景儿在门外叫"姑姑"，便迎出去应着。却见一老一少两个妇人，一人一手牵着景儿。

景儿看着静仪,得意地告诉两个妇人:"这就是我姑姑。这是静仪姑姑,还有个槿篱姑姑。"

"我道是谁,原来是你。"那老妇人说,"你便是那克死了生父又逼走了亲夫的临江寡妇吧?"

静仪料想这老妇应是景儿的外婆,便唤了声"伯母"。

"莫喊我'伯母'。"那老妇人说,"莫把我也克死了。"

静仪又看着那年轻妇人问:"这是弟妹吧?"

那妇人冷哼一声。

景儿甜笑着说:"这是我姆妈。"

"姆妈回来了,景儿……"

静仪话未说完,那老妇人便抢着打断:"回来?我家屋子还让外人住着呢,哪里算得是回来了?"

静仪忙说:"我今日便要回临江过年去了。这屋子,自然是伯母同弟妹住。"

"我外婆跟姆妈怕鬼,不住这屋子。"景儿说,"姑姑莫回临江,就跟我们一起过年吧。"

侯眉儿抱起景儿说:"她不是我们家的人,不能在我们家过年。"

"我听得爷爷叫姑姑姐姐,姑姑跟爷爷是一家人,自然跟我们也是一家人。"景儿说,"姑姑待我好……"

"姑姑哪里待你好了?"侯眉儿猛地把景儿往地上一搁,"再说姑姑待你好,姆妈不抱你了。"

景儿小嘴一扁:"姆妈抱我,抱我……"

静仪见景儿百般哀求,想起她早夭的孩儿,若非战祸所害,也有这般大了。

"姑姑,你怎的哭了?"景儿问,"是怕我姆妈不让你跟我们一起过年吗?"

静仪才晓得自己哭了,慌忙抬手拭泪。

是啊,怎的哭了?这些年,眼见着生父病逝、幼子夭亡都未曾哭过,怎的见着景儿哭求怀抱便哭了?

"装什么可怜?"侯熊氏说,"哪个欺你了?我们娘儿俩可是连手指头都没动过你一下,哭哭啼啼做给谁看?"

正说着,武全赶过来了,远远地冲侯眉儿母女喊:"怎的跑这儿来了?你们不是嫌这屋子晦气吗?"

"我带外婆跟姆妈来看姑姑的。"景儿接嘴说,"姑姑方才哭了。爷爷你快跟姑姑说让她就在我们家过年,她就不哭了。"

武全看着静仪,唤了声"姐姐",喉头即刻堵住了。

"没哭,我没哭。"静仪连声说,"顶风站着,眼里进了灰而已。"

武全伸出手来,拭了拭她早已擦干的泪眼:"自打十三四岁认得姐姐,武全从未见姐姐哭过,都怪武全没本事,让姐姐跟着受委屈了。"

"我道哭给谁看?"侯熊氏撇了撇嘴,"原来是见武全来了。"

武全反身看了侯熊氏一眼。

静仪忙扯着武全的衫袖说:"真的没哭,没哭……"

武全通红的眼里蓄起泪来,泪水在眼眶里转了几转,一点点慢慢变冷。

"我真的没哭!"静仪大叫起来。她亦从未如此高声叫嚷过。

是什么让她哭?又是什么让她喊?

槿篱说她但凡遇着武全的事,总是操心过甚。自打在坟场边将他救了下来,她委实一直操着心。操心他不为侯济仁栈所容,操心他耽搁了学艺,操心他错失了槿篱,操心他在战乱中丧命……适才,操心他的孩儿受亲娘要挟;现下,又操心他因她有过分之举。

武全果然有过分之举。他猛然转身,一手提着侯眉儿,一手提着侯熊氏,一把扔出门去。

他的命,是她少女时自坟场边捡回来的。他是她救下的第一个濒死之人,她怎能不操心?而他,眼见着自己的救命恩人历经无数生死都未曾掉泪,此时此刻却落下了有生以来头一滴眼泪,又怎么没有过分之举?

侯熊氏破口大骂:"你这个膨尸的河捞!为着个狐狸精,竟跟自家丈母娘动手?!你这天打雷劈的畜生!"

"姐姐,"武全反身看着静仪,"我早说过,知礼之人不知无礼之人之事,姐姐今日可见识了?"

"哪个无礼了?你这傻河捞为着个外人这般欺辱自家人,却说我们无礼?!我今日便死给你看!"侯熊氏一面咒骂着一面杵起头来往墙上撞。

"你老人家今日不死便是我孙子!"武全非但不拦着,反倒推着她的后背帮她加劲。

"莫这样!"静仪赶过去扯着武全,却哪里扯得住?她羸弱的双手在他冲天的怒火面前不值一提。

侯熊氏眼见即刻便要撞上砖墙,吓得两手死死撑住墙面:"杀人啦!樟树的老老少少都出来看呀,黄济仁栈当家的谋杀丈母娘啦!"

景儿听得"杀人"二字吓得脸都紫了。静仪又跑回去安抚:"景儿莫怕,外婆乱说的,爷爷不会杀人……"

侯眉儿抢过来抱起景儿直冲武全奔去:"再这般待我姆妈,我跟景儿便一并撞死在你面前!"

"少来这套!"武全劈手夺过景儿,指着侯眉儿说,"我素日任由你们胡来,不过是怕吓着景儿而已,真当我奈何不得你们吗?既然你们死志坚决,我今日就做个好人,成全了你们!"

侯眉儿失了景儿,一时也不知如何是好,只得硬起头皮,勉力往砖墙上撞,只是不敢过于用力。

有个相熟的药工路过,见武全抱着景儿立得远远地看着侯眉儿母女,凑上来点了锅烟,说:"又寻死了?"

"又寻死了。"武全说。

那药工吸了口烟,挠了挠景儿的下颌说:"莫怕,撞一撞就好了。"

静仪看不过去,上前拉住侯眉儿母女说:"快莫这样了,伯母跟弟妹当真有个闪失,可怜的还是景儿。"

侯眉儿说:"若不是可怜这孩子,我今日定要死给他看!"

静仪说:"可怜天下父母心,万事为着孩子吧。"

侯眉儿愤愤地去抱景儿,景儿吓得直往武全怀里躲。

"这孩子,"侯熊氏说,"想是分开久了,跟他姆妈生了。我原说过母子不宜分开太久的,侯大小姐,你说是不是?"

静仪不料她竟跟自己搭起话来,忙应着:"是,是。景儿还小,离不得娘。"

侯眉儿母女整了整衣衫,嘀嘀咕咕回药栈去了。

静仪回屋重新梳洗,武全抱着景儿等在门外。

梳妆镜后有扇小窗,静仪盘头的时候恰好瞥见武全父子。那样英气的一个汉子,伶仃地抱着个弱小的孩童,看上去格外令人心酸。她静静地看了一会儿,继续埋头梳洗。再出门时,一切恍若从未发生。院落安然,街道平宁,静仪跟着武全,温温婉婉前往黄济仁栈。

药栈留守的都是侯济仁栈旧众,见了静仪便"师父、姐姐、小姐"一迭声地叫着,有人端茶倒水,有人掀门帘、抹座椅。侯眉儿母女见状,不敢再行冒犯。

闹了一场,静仪也不好再提回临江过年的事了,唯恐再次勾起武全的怒火。

三位妇人暂且相安无事。

17

过了正月十五,武全又加派了几个伙计跟着玉清前往赣州。店里人手不足,却不见喜云归店。武全派了一名伙计前去探望。那伙计回说,喜云不敢来了。武全细问缘故,那伙计说:"喜云哥哥说,旧年小年前夜,招男哥跟侯仕平买了两坛老酒逼着他吃。他拗不过,一时吃醉了,没能看好师娘、师婆,没脸再见你老人家了。"武全才晓得是这二人捣的鬼,又叫这伙计传话说:"我本就预备接了师娘、师婆归店过小年的,让他莫怕,回来吧。"喜云才跟着这伙计归了店,又到武全跟前磕头认了错。

武全素知侯招男偏向侯眉儿，逼酒的事也算不得大错，训斥了几句便作罢了。

黄济仁栈越来越红火，坐堂的、制药的、采药的、收购的……忙得不可开交。到了五月，槿篱又托玉清传话说，预备在赣州府开设药庄，请武全在一众自赣州跟来临江的药工当中挑选几位年长些的过去帮忙。

几位药工走后，黄济仁栈更忙了。武全寻思着扩招学徒，静仪说："学徒要收，老师傅也要请。新收的学徒没个五六年上不得手，紧要处还得老师傅盯着。"收徒是不付工钱的，只管吃用，一个老师傅的工钱加吃用，抵得十余个学徒，武全担心手头吃紧。静仪说："侯济仁栈关门后，先前店里的师傅们在别家做不惯，大多返乡做了赤脚郎中，我去寻寻他们，未必个个看钱说话。"侯济仁栈的手艺武全是晓得的，再差的师傅也有两手功夫，真能请得来，自然是好事，只怕委屈了静仪。静仪说："我秉承父志，本就想传扬侯济仁栈的手艺，召集师傅们前来授艺，有甚委屈？师傅们都是有见识的，黄济仁栈如今这般红火，暂且少几个工钱，也未必放在心上。只需如侯济仁栈先前一般，事事敬之护之，日后再为他们养老送终，想来无人不喜。"武全说："黄济仁栈原是跟着侯济仁栈的规矩来的，姐姐尽管依侯济仁栈的规矩去请师傅们便是。"

静仪便请了老猴子带路，登门拜访一个个从侯济仁栈出去的师傅。师傅们听得老东家召集，个个喜出望外，都说："听得小姐在黄济仁栈坐堂，原以为侯济仁栈就此没了，早晓得小姐还记挂着我们，莫说去当师傅，便是去当学徒也甘愿。"静仪说："黄济仁栈在内有武全当家，在外有槿篱姑娘坐庄，不怕起不来。今日亏欠师傅们的，日后定然加倍补偿。"师傅们说："只要能跟着老东家、老伙计们共事，便是死了也值，莫说什么补偿的话。"

数日间，侯余庆、侯浩明、侯安庭、侯君武、侯修贤等上十人都进了黄济仁栈，连耄耋之年的侯贤喜也来了。故人相见，各有心酸，千言万语，却又无从说起。众人只狠命捶着对方的肩头，一声声唤着："好兄弟！"

武全仍请贤喜先生任掌柜。侯贤喜见黄济仁栈已远胜昔日侯济仁栈，便说:"我如今已然老朽了,撑不住这样的大台面,还是挑个后生些的掌柜好。我跟在店里吃吃闲饭,享享清福便罢了。"

侯君武说:"我刀功还行,账面上的事一概不知。后生些的师傅里头,修贤最是稳当、细致。"

侯安庭说:"是了,修贤向来稳当,人也灵泛。"

侯余庆与侯浩明随声应和:"修贤当得起,当得起……"

武全笑看着修贤长鞠到地:"师傅们众口一词推举师兄,师兄便发发善心,替我这个做师弟的挑起这个重担吧。"

侯修贤托起武全的腰身说:"莫胡闹!你一个做东家的,行这样的大礼,不怕折煞我吗?如今黄济仁栈这样大的场面,确需有个专人掌柜,东家也好分身料理各项要事。只是我年轻,经的事少,还需贤喜先生多多提点。"

侯贤喜说:"修贤年纪虽轻,经的事却不少,原本无须我这老朽多嘴多舌。只是我跟在店里白吃白住,为着显得有些用处,日后便佯装指点一二了。"

武全说:"那便这么定了。"

于是侯修贤任了掌柜,侯君武任了头刀,黄济仁栈一时间犹如变作了侯济仁栈。侯眉儿母女见静仪如此势众,便开始伏小作低,倒令静仪颇不自在。

这日修贤正在前柜招呼,见春芽捧着几个枳壳从外头进来,随口招呼了一声:"春芽,摘枳壳去了呀?"

春芽"嗯"了一声说:"今年的枳壳长势不错,大可卖个高价。"

修贤见他言行不同往日,不禁细看了一眼。

春芽问:"你总盯着我做甚?"

修贤说:"哦,我见你面上沾了些灰。"

"是吗?"春芽抬起手肘在脸上蹭了蹭,"我去厨下洗把脸。"

春芽腰身笔挺捧着枳壳往后堂去,全无半点疯癫状。

修贤忍不住又叫了一声:"春芽。"

春芽回过头来,等着修贤说话。修贤一时却想不出什么合宜的话来说。

第六章 天下

春芽等了一会儿,忽而盯着修贤的脸,越凑越近:"我怎的……我怎的觉着……我才出去摘了几个枳壳,你好似老了上十岁样的?"

修贤支吾着说:"许是昨夜没睡好,今夜好好睡一觉便好了。"

春芽哦了一声,又往后堂去,才走了两步,又说:"我怎的……我怎的觉着……君武师傅也像老了上十岁样的?"

侯君武正在切药,回话说:"年过半百,可不老了?"

修贤唯恐有人回话不妥,又激出春芽的病来,便跟着他同往后堂去。

路过静仪坐诊的屋子时,春芽往里瞟了一眼,奇问:"小姐怎的在后堂坐诊?我才出去时,她还在前堂呢。"

修贤说:"适才搬进来了。你晓得小姐擅长女科,在后堂坐诊方便些。"

"那倒也是。"春芽说,"只是小姐怎的也突然老了好些?"

"想是昨夜也没睡好。"

"怎的昨夜都没睡好?昨夜怎的了?我怎的一点声响也没听到?"

"你那死猪样的睡相,天塌了也听不到。"

"那倒也是。"春芽又往后堂走。

修贤跟在他身后,不住地挤眉弄眼摇头摆手。众药工会意,都不敢作声。只有顺良伧伧冲冲地问:"修贤先生怎的了?挤眉弄眼地做什么?"

修贤只得说:"眼里进了虫子。"

"顺良哥怎的叫你先生?"春芽说着,又问顺良,"你昨夜也没睡好吗?平日里你睡得可比我死多了。"

修贤赶忙推着春芽:"快走,快走!我眼里的虫子还是活的,痛得很。快些到厨下去洗脸。"

春芽见修贤痛得吹眉揉眼,便牵着他的衫袖进了厨房,帮他打好了水。修贤见他这般细致稳妥,险些哭了出来。

"修贤哥,要我帮你洗吗?"春芽说,"我见你疼出眼泪来了。"

修贤忙拭了泪,连说"不用不用"。

待春芽也洗好了脸，修贤有意支了他去库房寻黄栀子。黄栀子大多被玉清带到赣州去卖了，只百子柜里还存得有些现用的，库房里自然寻不着。趁着春芽尚在库房翻寻的间隙，修贤跑到静仪跟前说："春芽好似忘了这上十年的事，如今还当是在侯济仁栈做伙计。"

"果真如此？"静仪说，"真能一直活在上十年前，也是他的福气。"

修贤说："我去叮嘱大家在他面前莫乱说话。"

静仪说："黄济仁栈毕竟不同于侯济仁栈，待他发觉有异，只怕又闹出病来。你现下便将他带到皮大先生屋下去，只说我如今孤身在那儿住着，屋下无人料理，令他好生照料着，无事莫要出门。余下的事，待我再行计议。"

修贤依言将春芽带到了皮大先生屋下，春芽甚是困惑："小姐怎的不住自家屋下，倒住在这埋了人的屋子里？"

修贤说："这底下埋的是一位恩公的衣冠，小姐重情，特地搬来为这位恩公守衣冠冢。"

"原来如此，小姐向来重情重义。"春芽说，"怪道叫我过来做伴，孤身一个女子在这儿住着，确是害怕。"

自此春芽便日日守在皮大先生屋下，将屋内洒扫得一尘不染，因担心静仪临时回屋见了坟墓害怕，半步也不曾离开。

静仪一面帮他用药调理，一面伺机将眼下境况慢慢告知。渐渐地，春芽也晓得上十年光阴已逝，只不知这上十年来吃了哪些苦受了哪些罪。

吃穿不愁，又有静仪相伴，他亦无意追忆往昔。

老猴子说："这孩子倒是有福的。"

18

转眼又到了年底，玉清等人归了店，仍传槿篱的话说，过了正月十五再去。

武全问："夏先生仍在赣州府过年？"

玉清应着:"在赣州府过年。"

武全还想说什么,又强行忍了回去。

玉清说:"东家莫费心了,夏先生仍跟温先生一道团年呢。"

武全说:"我又没问这个,你说这个做什么?"

静仪见武全不甚自在,有意插话说:"今年仍在店里团年还是到皮大先生屋下团年?"

武全说:"她娘儿俩平日里都嫌皮大先生屋下晦气,新年里更莫提了。"

静仪晓得他说的是侯眉儿母女,便说:"春芽现下还不宜热闹,我跟他就在皮大先生屋下团年吧。"

"也好。"武全说,"我叫伙计们送了酒菜过去。待我忙完了店里的事,再来陪你们吃盅酒。"

静仪说:"我不吃酒,你顾好这边就行,省得跑来跑去。"

武全说:"槿篱妹妹若是回来了,倒可痛饮几杯。"

端生扑哧一声,笑了出来。

武全问:"你笑什么?"

端生原是武全村上的,与武全自幼相识,听得他这样问,便直言说:"我笑东家绕来绕去,仍绕回了夏先生身上。东家有心,何不年后亲身押送药材过去看看?再不去,可就迟了。"

武全踢了端生一脚:"端生师傅如今出息了,笑话起东家来了?想是走了几趟赣州府,见了大世面,瞧不起我这窝在小镇上的东家了?若不是脱不开身,你道我不敢去吗?"

端生嬉笑着说:"有侯大小姐坐镇,东家有什么脱不开身的?莫不是信不过侯大小姐?"

武全说:"你莫激我,激我也不去。"

话虽这样说,到底心思活络了,整个新年里,武全都在去与不去间纠结。

侯眉儿忍了侯静仪,本就满腹的怨气,又见黄武全为着个远在天边的夏槿篱魂不守舍的,直如蛇蝎咬噬着心肺。

武全到底下不得决心,纠纠结结又是一年。这一年间,槿篱将赣州府的药庄越做越大,大量收购当地药材运回黄济仁栈,又将黄济仁栈的药材售予赣州药商。如此来回倒腾,赚得盆满钵满。

武全才算真正见识了槿篱的厉害。当日她初次起心要往赣州贩药,他怜她手头紧,赊了药材给她。她非但不领情,反说看在静仪的情面上先帮他店里卖药。他当日只道她逞强,如今才晓得,她是早已成竹在胸了。倒是他自己见识短,过于轻狂了。

黄济仁栈有了银子,被静仪请来的原侯济仁栈的药师们自然也有了合宜的工钱,都说:"跟着小姐果然是没有错的。"静仪说:"我有什么本事?都是东家跟夏先生的功劳。"

侯眉儿见侯静仪与夏槿篱在生意上跟黄武全越拧越紧,深恐她二人将自己挤出门去,便牢牢地抓着景儿不放。与黄武全这点共同的骨血,变成侯眉儿唯一的依靠。景儿年岁越长却越不愿困在母亲身畔,总想跟着父亲与药师们增长见识,母子二人因而日渐有了矛盾。侯眉儿不知悔改,却只恨侯静仪离间了他们母子之情。

春夏之交,疾病多发,武全又招了几个师傅。一位师傅至少能带三五个学徒,因而顺势又加收了上十名学徒。如此一来,算上来回运送药材的、跟着槿篱在赣州药庄的,黄济仁栈药工已有百人之众。

"师父临终前叮嘱我要兼济天下,我当时只道师父一味心善,如今想来,若非谨记师父教诲,黄济仁栈哪有今日?"武全说,"战乱过后,我黄武全一穷二白,不是素日积德,哪里招得到师傅?只怕想招几个学徒都难。帮过人,遇着难处才有人帮衬。"

静仪说:"我爷爷一世的经验,尽数集于'兼济天下'四字,当中必有深意。"

"是了。"武全说,"槿篱妹妹今日之功,与师父当年教诲如出一辙。若非流落赣州时仍不忘兼济天下,妹妹一个外乡人,如何于三四年间取信于这许多赣州药商？手艺是手艺，人面是人面。手艺再好，全无人面也是枉然。"

"妹妹当年夜闯赣州城为杨廷麟大人治病，赣州无人不知无人不晓，百姓争相称颂。"静仪说，"槿篱妹妹的名号，便是忠、义、仁、智、信。她贩了药去卖，自然人人信得过。"

"与槿篱妹妹相比，我枉然多吃了几年米食。好在有姐姐时常在旁提点。"

"我哪里提点了什么？你本就深具慧根。"静仪说，"只是'兼济天下'四字确是意蕴无穷，你我今日也未必全然悟透了。"

"学到老悟到老。"武全说，"有姐姐、妹妹帮衬着，我便不怕了。"

"我这几日正欲与你商议。"静仪说，"如今黄济仁栈如日中天，我与槿篱妹妹从赣州带来的药工也各得其所了，再没有什么放不下的事。先母西游日久，我想在冬至前在她老人家坟前搭个草棚，自冬至起搬去守墓。"

"姐姐要尽孝，我原不该拦着。"武全说，"只是如今黄济仁栈人丁甚众，我预备加盖几间新屋，还请姐姐再帮衬个一年半载。"

建房是大事，静仪自然应了。

一年后，黄济仁栈完工，武全托了玉清带信去给槿篱，请她归店吃上梁酒。

四五年未归，槿篱也想返乡走走，得了信，便安排郭老先生坐庄，随玉清一道踏上归途。

武全亲身上阁皂山选了棵枝繁叶茂的樟树，扎上红绸、香纸为记，命君武师傅半夜带人上山偷梁。

名为偷梁，左邻右舍却一早都晓得了，是夜，都趴在门板上偷眼看着。只见君武师傅一行十余人，骑了七八匹马，肃然端方地去了。

"瞧瞧，寻梁都寻到阁皂山去了，偷梁又去这许多人马，黄济仁栈如今真真了不得了。"邻舍们纷纷咂舌。

君武师傅上了阁皂山，依着武全一路留下的记号寻着了那棵樟树，亲身开了锯。学徒们唯恐师父累着，待他开了锯，纷纷上前说："师父先歇歇，我们接着锯。"君武师傅将锯子交予两名壮实些的学徒，令余下的学徒依高矮次序列成一队。两名学徒锯至树身将断，君武师傅又接过锯子，冲列队的学徒们高呼："打起精神！可扶稳了。"学徒们齐声相应："是！"十余名学徒的应答声回荡于空山当中，分外响亮。

君武师傅弓步向前，单手执锯，凝神聚力来回扯动，须臾间便听得喀喀几响，树身缓缓倾倒。

"扶好，扶好！不许树身落地！"君武师傅叫着。

学徒们依次上前撑着树干，不顾枝杈刺痛，硬生生扛在肩上。

"好了。"君武师傅就着衫袖抹了抹锯子，"树梢朝前，扛回去吧。"

学徒们调转树梢，避开一路上的各色障碍，亦步亦趋下得山来，树梢始终朝前。在山下取了马，将樟树绑在马背上，仍是树梢朝前，稳稳当当驮回黄济仁栈。枝枝杈杈的，路上走得慢，抵达樟树镇时，恰好天明。

武全早等在新屋门外，见众人驮了樟树回来，便回老屋塞了个点了红的软布包儿给正在吃茶的木匠师傅。

那木匠师傅天未见亮便动了身，赶到黄济仁栈老屋下时天色方明，因未曾睡足，一直打着呵欠。见武全塞了软布包儿过来，眯瞪着眼接了，捻在手里掂了掂分量，懒懒地起身跟着他进了新屋。

君武师傅已令学徒将樟树架在两条椿凳上。那木匠师傅一见了樟树便精神一振，大呼："好料！"眯瞪的双目放出光来，面色也红润了，直如睡狮猛醒。

喜云捧了香纸爆竹过来。木匠师傅点了香、烧了纸，燃起爆竹往屋外一扔。

噼里啪啦的爆竹响起，木匠师傅大喝一声："此木生在终南山！"

黄济仁栈众师徒齐声叫："好！"

"鲁班弟子将它搬！"

"开始做梁了，开始做梁了……"屋外有人在喊。

"锛刨斧锯做成材！"

几个邻舍孩童跑了过来，探着脑袋趴在门口看："做梁了，做梁了，木匠师傅在喝彩。"

"用在此地定平安！"

那木匠师傅喝起彩来，与饮茶时判若两人，只见他威风凛凛、气宇轩昂，直如天王老子指点江山。

"墨斗金线定中央！"

围观者越来越多，渐渐挤满了屋子。

"财丁富贵两头量！"

木匠师傅黝黑的额角渗出汗来，他掀起衣裳往下一扒，露出一身精壮的身骨。那身骨涂了桐油一般，鼓囊囊又亮又硬。

"不偏不斜分风水！"

木匠师傅将扒下的衣裳绑在腰上。

"西厢东房各相当！"

"做梁！"木匠师傅一声喊毕，举起斧头咔嚓咔嚓三两下便将樟树的枝杈砍尽了。

"有功夫，有功夫……"围观者点头不止。

砍尽枝杈、剥完树皮、刨光树干，围观众人才逐一散去。

武全一一送到门口："改日过来吃酒，改日过来吃酒……"

做好了梁，择了吉日，武全便日日亲身守梁。

侯眉儿劝说："也让师傅、学徒们轮换几日，这么没日没夜地守着，当心累坏了身子。"

武全说："自家的梁，还是要自家守。"

武全没说，他守的是槿篱。他确信，这等大事，槿篱定会回来贺喜。在他心里，槿篱是明理之人，私怨再深也不会在这等大喜事上置气。守一日，他心下便畅快一日，好比不眠之夜等着晨曦一点点靠近。

19

守了十余日的梁，玉清归店了，却不见槿篱。

武全扯长了脖颈问:"夏先生不肯回来?"

"回来了。"玉清说,"半道上遇上柳先生,需得耽搁几日,夏先生令我先回来说一声,免得店里着急。"

所谓"免得店里着急",不就是免得店里的东家着急吗?武全这样想着,便放松了脖颈,暖洋洋笑着:"告诉她莫急,我不急。"

玉清笑:"我上哪里告诉去?"

"哦,哦。"武全笑说,"我糊涂了。这几日夜夜守梁,累着了。"

玉清说:"东家放心,夏先生不日便回来了。"

"赶得上上梁吗?"

"赶得上。"

"方才听你说,夏先生遇上了柳先生。"武全想起来问,"哪个柳先生?我认得吗?"

"东家也认得的,就是前朝在清江县衙里任过县丞的那位。"

"柳县丞?"

"就是他了。他如今也吃起了药饭。夏先生见他见识不凡,便邀他一同回来吃上梁酒。听夏先生的意思,想让东家请柳先生在南昌开设药庄。"

"妹妹真是慧眼识人。"武全大喜,"再没有比柳县丞更适宜到南昌开设药庄的人了。"

"因柳县丞尚有几桩事务需得料理,夏先生便留下等他了。"

"原来如此,我说怎的碰上个什么柳先生便耽搁住了呢。"武全笑说,"槿篱妹妹是怕煮熟的鸭子飞了,难得她一心为药栈着想。"

玉清说:"我原对她无甚了了,这几年跟着,约莫瞧着些门道,夏先生确是不可多得的女子,便是跟小姐相比,也不逊色半分。"

武全说:"她二人一静一动,恰恰相宜。"

上梁当日,仍不见槿篱,武全急得搓手挠头,一回回爬到屋顶上去眺望。

侯熊氏说:"爱婿莫爬上爬下了,爬得我头都晕了。"

武全回："头晕就莫看着我。你老人家闲得没事吗？盯着我看做什么？"

"爱婿盖了新屋，我瞧着欢喜，不盯着爱婿，却盯着哪个？"侯熊氏说，"还有哪个能让我看得这般欢喜？"

"我只求你老人家今日莫要无事生非便罢了，欢不欢喜的，也不敢指望了。"

侯眉儿在旁听着，闲闲地插话说："姆妈莫费心了，你这爱婿有要人要等，哪里管得你欢不欢喜？你便是立时三刻死了，只要那人来了，你爱婿照样欢喜。"

"呸呸呸，"侯熊氏作势打了一下女儿的嘴，"好端端的，说什么生死？这大喜的日子，不许胡说。"

吉时已到，木匠师傅前来请武全归位。

武全挠着头说："我……我先前请的先生不好，这吉时算得不对，算得不对……"

木匠师傅环顾左右："你看……这人都来齐了……"

"对不住各位了，对不住各位了，请各位稍候片刻……"武全兜圈打着拱。

"吉时已到，为何要稍候片刻？"侯眉儿说，"这等大事，怎能耽搁？"

武全不理她，又捧了果盒四处散发糕点："稍候片刻，稍候片刻……"

"药栈的运道要紧还是那人要紧？"侯眉儿说，"莫道我不晓得，你今日见早便搬了楼梯爬上爬下，少说已爬了十余回了！等的是什么，你自个儿心里清楚。诸事顺遂，我忍了便忍了。如今亲朋好友左右邻舍都到齐了，你倒好，搁着一屋子人，独等她一个？"

"你也莫在这里隐隐含含的了。"武全将果盒往桌上一放，"直说了吧，我等的是夏先生。我就问你一句，不是夏先生，这新屋现下盖得起来吗？"

"夫君真是好本事，原来十余年的好生意，全靠着一个才来了一趟药栈的瘸腿妇人。敢情上百个师傅、学徒都是吃白食的？那妇人即刻来了便罢，现下若是不来，误了我的吉时，日后便莫想再进我的门！"

"你的门？你哪里来的门？这黄济仁栈的门，是你侯家的吗？"

侯熊氏听得这话,插进嘴来说:"爱婿这话可就说差了,眉儿跟你是一家人,你家的门自然也是她的门。"

"丈母既晓得这黄济仁栈是我家的,我身为一家之主,还做不得主吗?"

"吉时已到,岂容耽误?"侯熊氏说,"眉儿原没说错什么。既已定了吉时,便按吉时行事,这原是讲通了天也有理的事。"

"你有你的理,我有我的理,今日我是一家之主,自然依我的理行事。"

"你是铁了心要等那臭婊子啰?"侯眉儿说,"你既这般爱她,我今日便让出位来,任你二人尽兴快活!"

"莫要满嘴喷粪!"武全说,"再这般黄牙口臭,便回老屋下待着去。"

"这是要赶我走啰?"侯眉儿招了招手,"姆妈、景儿,我们回老屋去,新屋下容不得我们!"

景儿已有上十岁,跟侯眉儿一般高了,见得他母亲如此,羞得躲了起来。

"景儿!"侯眉儿呵斥,"你爷嫌着我们娘儿俩,你还在这里做什么?"

"你莫胡扯!"武全说,"这黄济仁栈迟早要由景儿掌管,黄济仁栈上梁,他怎能不在?你要走,自个儿走便是,莫牵扯孩子。"

"这是要夺了我的儿再撵我出门吗?"侯眉儿说,"世上哪有这等没良心的事?"

"哪个没良心了?"武全说,"走走走,莫教坏了孩子。"

"爱婿这话又说差了,"侯熊氏说,"哪有亲娘教坏孩子的?只怕那些个面善心恶的人存心挑唆?"

"丈母莫要指桑骂槐的。"武全说,"除了你们母女两个,黄济仁栈哪有多事的?"

"哎哟喂!"侯熊氏忽而干号起来,"我福薄的早死的老头子哎,你倒快活,一蹬腿就去了,留下我们母女两个寄人篱下,讨人嫌啊!……"

武全见惯了她随时翻脸,烦躁地挥挥手说:"带到老屋下去,带到老屋下去……"

玉清听得侯熊氏指桑骂槐,骂的不仅是夏槿篱,还连带上了他家小姐,早就恨不得立马赶了她走。既得了武全的令,即刻便上前去搀扶那老妇。那老妇见他近身,劈手便打了个耳刮子:"你是什么东西?动我一下试试?"

玉清委屈地捂着腮帮子。

武全大怒:"你竟敢打我的师傅?今日不好好惩治你这恶妇,我黄济仁栈便要被樟树药师赶出樟树镇了!"

静仪忙上前拦着:"百善孝为先,伯母好歹是长辈。"

"她哪里像个长辈?"武全说,"这般胡作非为,莫要带坏了晚辈。"

静仪说:"槿篱妹妹既应了今日归店,今日定然归店,这么闹腾下去,待她回来瞧见一屋子哭哭啼啼的,岂不扫兴?不如先行操办起来,待她回来正好热热闹闹的。"

武全这才收起怒火,挥挥手对几位木匠师傅说:"上梁吧。"

侯眉儿见黄武全听得夏槿篱回来要看热闹便允了,更是恨毒了夏槿篱,又见侯静仪三言两语便劝服了黄武全,她娘儿俩却闹生闹死都闹不动,便连带着将侯静仪也一并恨毒了。

武全唯恐侯眉儿母女还要生事,命喜云端了两把椅子放在靠墙的角落里,令侯眉儿母女前去入座。

侯眉儿说:"我是当家主母,见不得人吗?凭什么让我坐在犄角旮旯里?"

武全说:"让你坐,你便坐。不愿坐便回老屋待着去。"

侯熊氏伸手去抱景儿。

景儿推开说:"我都这样大了,外婆莫再搂搂抱抱的。"

"这孩子,"侯熊氏说,"再大些,你也是我外孙,怎么抱不得了?"

静仪端了个凳子靠在侯眉儿母女身前,招了景儿过去说:"给你外婆、姆妈做个伴吧。"

侯眉儿冷笑说:"装什么好人?莫道我不晓得,你跟那夏家婊子一样盼着我跟我姆妈早死。待得我们娘儿俩死了,你跟那婊子好合起伙来夺了我的夫、占了我的店……"

"姆妈莫说了。"景儿在静仪端来的凳子上坐了,"静仪姑姑跟槿篱姑姑都不是这样的人。"

"你晓得什么?"侯眉儿揽过景儿,恶狠狠搂在怀里。

20

八仙桌上已摆好三牲,另有五尺、墨斗、剪钳、铜镜一字排开,七星灯燃在半当空,红香三支,水酒三盅。满屋子或坐或站,挤满了人。黄武全昂首肃立,静候开场。

"姑爷!"木匠师傅一声高呼。

"说!"众声相和。

"天地开场,日月同光!"

"说!"

"今日黄道,鲁班上梁!"

"说!"

"金鸡一只,宝马一双!"

"说!"

"一并在上,弟子一拜!打爆竹!"

噼里啪啦的爆竹响了起来,武全跪了三跪,举起一盅酒。

"鲁班先师,东家黄武全,临江府清江县樟树镇人,今日上正梁,造个高厅堂。拜请三江师傅、十方尊神、满天星斗、土地香火,有坛无庙、有庙无坛诸神前往东家屋下。"木匠师傅在旁请神。

第一盅酒落地,木匠师傅又接着喊:"姑爷!"

"说!"

"主梁上屋,稳稳当当!"

"说！"

"吉星高照，人丁兴旺！"

"说！"

"老者长寿，少者荣昌！"

槿篱佝着身子挤进屋来，盈盈地眉开眼笑。

"鹏鸟高飞，青云直上！"

槿篱也应和着众人："说！"

"弟子二拜！打爆竹！"

武全笑看着槿篱，伴着震耳的爆竹声跪了三跪，举起第二盅酒。

第二盅酒落地，木匠师傅举起一只活雄鸡，掐破鸡冠接着喊："姑爷！"

"说！"

"一祭个梁头，儿孙封侯！"

"说！"

"二祭个梁中，子子孙孙在朝中！"

"说！"

"三祭个梁尾，世世代代高中举！"

木匠师傅将鸡血点在梁头、梁中、梁尾，接着喊："鸡血点在东，代代儿孙做贵公！"

"说！"

"鸡血点在西，代代儿孙穿朝衣！"

喊到东，木匠师傅便将鸡血点到正厅东面；喊到西，木匠师傅便将鸡血点到正厅西面。贤喜先生以桃枝敲打竹筛紧随其后。如此东西南北都点遍了，便将金鸡一抛，喊一声："起梁！"

几位木匠中最为精壮的两个走到扎了红绸的梁木两头，拉着绳子齐心用力将梁木缓缓吊起。梁木正中贴着大红的"福"字，煞是亮眼。又有算盘寓意招财进宝，五谷寓意五谷丰登，一并吊在梁木上。两位木匠小心翼翼，互递眼色同时发力,梁木两头不高不低,平平稳稳向上升去。槿篱夹杂在人群中仰头看着,与众人一道拍手叫"好"。

　　武全见她仍着孝衣,心下又喜又酸。喜的是,她既未脱孝衣,定与温虎无染;酸的是,若为外公、外婆服孝,年头已满,仍着孝衣,足见另有其人。

　　"妹妹回来了?"

　　"回来了。"

　　"一向可好?"

　　"好。"

　　"出门在外,可曾惦念故人?"

　　槿篱只管盯着梁木上彤彤的绸布看。

　　武全顾左右而言他:"柳先生呢?"

　　"在后头。"槿篱反身招了招手。

　　柳先生挤了进来。

　　"县丞大人。"武全鞠了一礼。

　　"莫再这般叫了。"柳先生以手作刀,在喉咙口割了一下。

　　"武全时常惦念先生。"

　　"老朽亦然。"

　　咔嚓一响,梁木入槽,不空不卡,堪堪刚好。众人又齐声叫了一声:"好本事!"

　　"抛梁了吗?要抛梁了吗?"有个孩童激动得声气颤抖。

　　"喊声叔爷我便抛了。"吊梁上屋的一个木匠逗那孩子说。

　　一连十余个孩童不知从何处呼啦啦钻了出来,仰着脸直冲那木匠喊:"叔爷,叔爷……抛给我,抛给我……"

　　景儿也要冲上前来,被侯眉儿死命拉着。

　　那木匠喜得眉毛都笑花了,"哦呵"一声,将花生、桂圆、钱币等物一并抛下屋来。

先前那喝彩的木匠师傅又接着高喊:"姑爷!"

这回应者稀疏,众人都争相捡拾抛梁之物去了。这师傅只得讪笑着,自己跟着一起应了声:"说!"

"抛梁先抛中,当中一对紫童红!"

"说!"

"抛梁抛到东,东方日出满堂红!"

那抛梁的木匠却哪里还管这个师傅?任他东、南、西、北念着,却见人群在东便往西抛洒,见人群在西便往东抛洒,引得一屋子人挤来拥去,笑得前仰后合,好不热闹!

景儿一径儿往前蹿,侯眉儿母女一径儿拉着。景儿一急,张开嘴来作势要咬他母亲的手。他母亲把手一缩,怪叫起来:"你这没良心的,吃了猪油蒙了心了?自家亲娘也咬?哪个狐媚子教你的?"

景儿蹿进人群中,槿篱恰巧抢了颗花生在手里,见了这小人儿,便炫耀地举着花生在他面前晃来晃去。

"姑姑给我!"景儿夺了花生,一把塞进嘴里。

"好不好吃?"

"好吃!"

景儿平日也不缺花生吃,只是在这人人争抢之时,却直如那花生便是海味山珍。

"姑姑再帮你抢?"

"姑姑真好!"景儿一头扎进槿篱怀里,甜笑着搂着脖颈。

"没出息的小子!"侯熊氏愤愤地说,"一把屎一把尿养了他这么些年,倒不如一个四五年前见过一面的臭婊子。"

侯眉儿听得这话,想起生儿之痛、养儿之苦,又见夏槿篱与景儿头挨着头笑在一起,恨不能即刻把她的皮给剥了。

抛完了梁,伙计、学徒们捧了果盒、筛了茶水来吃。

武全说："柳先生肯来帮我,我黄济仁栈在南昌的生意不用愁了。"

槿篱说："不光是南昌,湘潭的临江药人也多。我寻思着,临江的何锄师傅曾在湘潭待过好些年,若能请得他去开设药庄,销路定然也不用愁。"

老猴子说："何锄那孩子我晓得,人灵泛,也实诚。"

"待我忙完了手头的事便去请他。"武全说,"我黄济仁栈的药庄要遍布天下了。"

"真想遍布天下,还得到川、广去设庄。"槿篱看着端生与玉清说,"他二人走了这些年赣州,也算见过世面了。"

武全说："他二人架子大,不晓得请不请得动。"

端生与玉清笑答："我二人架子虽大,耐不住东家架子更大,只得自请前往川、广坐庄,也不敢劳动东家相请了。"

槿篱笑："这都是后话,一处处慢慢来吧。"

"心急吃不了热豆腐,"玉清说,"我还需跟着夏先生多加历练。"

黄济仁栈众师徒围在槿篱身畔,直如众星捧月一般。

上梁酒开席了,槿篱说："我跟邻舍们坐一桌。"

武全晓得她是想避开侯眉儿,只得点头应了："那便委屈妹妹了。"

武全领着柳先生并几位年长的药师陪同木匠师傅们一起坐了主桌。侯熊氏陪同亲戚中辈分最高的几位女眷一桌,侯眉儿陪同亲戚中后生些的女眷一桌。三人都在新屋里落座。槿篱与一众邻舍在老屋里落座。

酒宴上,槿篱的孝衣尤为惹眼,有个邻舍多吃了几杯,忍不住说："姑娘既在服孝,按说不该前来赴宴。"

槿篱素来厌烦墨守成规,回说："我原是个没规矩的,因而才做了女医。你老人家这般规矩,怎的不见大富大贵?"

那老妇被她噎得说不出话。有个小媳妇打圆场说："我晓得了,姑娘并非服孝,只是欢喜穿白。俗话说得好,要想俏,一身孝。"

槿篱说："我素爱穿红,一身白,只为服孝。"

第六章 天下

331

这小媳妇也被她噎得无话可回了。

黄济仁栈有个小伙计在旁招呼,听得槿篱顶撞了几个邻舍,只怕有人闹起场来,悄声至主桌寻着武全,拉到无人处,如此这般告诉了。

那侯眉儿见这伙计鬼鬼祟祟拉了武全去说话。说完话,武全便端着酒盅往老屋那边去了。

侯眉儿远远跟着,只见武全走到那夏槿篱身畔,举起酒盅说:"夏先生是我三邀四请求回来的,她于我黄武全有恩,于黄济仁栈有恩,今日黄济仁栈大喜,怎能缺了她呢?"

与那夏槿篱同席众人都举杯应着:"是是是,不能缺了夏先生。"

武全与众人一一碰杯,说:"我先干为敬,诸位随意。"

武全仰头饮尽了杯中酒,侯眉儿只当他要另往别桌去了,却见他就桌拎起酒壶,满斟了一杯,又举起酒盅说:"适才是敬大家,接下来,我一个个单敬。"

"混账东西!"侯眉儿暗骂,"为着那狐狸精,竟这般不要命地喝。"

武全一杯杯满饮,渐呈醉态。先前那提醒槿篱不该前来赴宴的老妇人说:"我俩是老邻舍了,黄先生便不必敬我了。"

武全说:"今日不敬哪个都行,独独不能不敬你老人家。你老人家素来见多识广,惯讲规矩。我若不敬你老人家,岂不是失了规矩?"

那老妇讪着脸,接了武全的酒,略坐了坐便寻了个借口溜了。同席的见有人走了,也匆匆吃了几口饭菜,纷纷起身告辞,只剩武全与槿篱。

"瞧瞧,黄大当家的把人都得罪了,害得我也吃不成了。"槿篱两手一摊,也要离席。

武全已然大醉,一把拉着槿篱的衫袖说:"为着妹妹,我便是得罪了整个樟树镇……哦不,整个临江府……整个天下人,也在所不惜。"

侯眉儿见他竟跟夏槿篱拉拉扯扯,气得便要上前撕打。正当此时,又听得武全柔声问:"妹妹为谁服孝?"

"关你屁事!"夏槿篱起身便走。

武全猛力一拽,二人险些撞到一起。

"说,为谁服孝?"

"国孝!"

侯眉儿心下一惊,继而大喜。

总算等到了……总算等到了!功夫不负有心人。

这些年来,她一直等着侯静仪出个错处,好狠狠地羞辱一番,赶出门去,不想却等来了夏槿篱的错处。

如此甚好。夏槿篱出错,比侯静仪出错更是令她欢喜,且是这样大的一个错处!

这错处,直如珍宝一般,直如刀剑一般。

她要剥她的皮、抽她的筋!现下!立刻!

侯眉儿寻了侯招男避到厨下,关起门来说话。

"你现下即刻骑了马去临江府,到衙门里告状,就说有人自称在服国孝。"

侯招男一震:"哪个说的?"

"小婊子。"

"夏槿篱?"

侯眉儿点头。

"那娼妇,叫她那等猖狂!"

"快去吧。"

侯招男领了命,偷到马房牵了马,悄没声儿自后街溜出去了。

21

侯眉儿成竹在胸地等着,等到夜酒散了,不见侯招男反身,也不见衙门里前来拿人。等到伙计们回房歇息时,忽见有个人影一闪,从后角门溜了进来。侯眉儿瞧着像是侯招男,连唤了几声,那人只是不应。药栈里四下是人,侯眉儿也不好强拉着侯招男问话，只得随他去了。

一连上十日，侯招男有意回避，侯眉儿寻不着问话的时机，急得夜不能寐、食不知味。

侯熊氏见她如此，只道有喜了。

侯眉儿说："你老人家又不是不晓得？自打有了景儿，你那爱婿何曾近过我的身？哪里来的喜？"

"这倒也是。"侯熊氏说，"我还当盖新屋，他有了兴致。"

"再有兴致也是跟那两个狐媚子的兴致，哪有你我的分？"

"既不是喜，为何这般病恹恹的？"

"说不是喜，却也是喜。"侯眉儿将来龙去脉细说了一遍。

"这等好事，怎的不早些说给我听？"

"我只怕你老人家张扬出去，让那婊子跑了。"

"姑娘真是看轻我了，我平日里性子虽急，遇上大事却沉稳得很。"

"姆妈沉得住气便好，沉不住气，过了这个村儿可没这个店儿了。多少年才等着这么个时机！"

"姑娘放心，待我寻了招男来问问。"

"姆妈方才还说沉得住气？"

"问问怎的了？事都托过他了，还怕多问一句？"

侯眉儿拦不住母亲，只得眼睁睁看着她瞅了个空当唤了侯招男过来。

那侯招男也是个灵泛的，见侯熊氏一径把他往房里让，便有意立在门口问："师婆、师娘寻我何事？"

侯熊氏见他如此，便说："房里进了只老鼠，你去帮我抓出来。"

侯招男说："我去厨下寻把笤帚来赶。"

侯熊氏说："房里有笤帚。"

侯招男却未曾听见似的，自回厨下拿了把笤帚，另唤了个伙计前来帮手。

侯熊氏拦住那伙计说："招男是我本家……"

那伙计听得这话,笑笑地说:"招男哥硬要扯着我来的,我原觉着不便。"

那伙计走了,侯招男又说:"我光杆儿一个,赶了东边跑西边,赶了西边跑东边,如何抓得住老鼠?待我再去寻个本家伙计来。"

"抓只老鼠,哪有这般费劲?"侯熊氏说,"我跟眉儿替你堵住两头便是。"

侯招男只得进了房。侯熊氏将房门一闩。

"这不好吧?"侯招男预备去拔门闩。

"少废话!"侯熊氏打开他的手,"我且问你,那小婊子的事怎么说的?"

侯招男眼见得逃不过,只得直言:"我原已到了临江府的,只是想着兹事体大,恐要连坐。"

"连坐与你何干?"侯眉儿说,"她又不是你三亲九族。"

"虽不是三亲九族,毕竟在同家药店共事,万一作真追究起来,恐怕脱不净干系。"

"她何时与你共事了?"

"师娘莫忘了,她是我们黄济仁栈设在赣州府的药庄主事。"

"赣州远在天边,就算是我们黄济仁栈的药庄主事,我们又如何管得着她?"

"话虽如此,毕竟有所牵连。我一个当伙计的,当真追究起来也无甚要紧,只怕连累了东家跟师娘、师婆。"

"猫哭耗子假慈悲。"侯熊氏说,"我今日只问你,到底去是不去?"

侯招男垂首不语。

"我晓得了,你是铁了心不去!"侯熊氏说,"你不去我去!莫以为我们母女少了你这坨狗屎便成不得花园,只是自此往后你便莫想在黄济仁栈待下去了。"

侯招男说:"师婆是女中豪杰,招男自愧不如。"

侯熊氏见丑话说尽了,那侯招男仍不为所动,只得揪着打了几下,赶出房去。

侯眉儿一筹莫展:"招男不肯去,还能再寻了谁去呢?"

"寻谁?"侯熊氏说,"我自己脸上没长嘴吗?"

"姆妈当真要亲身到衙门里去？"侯眉儿问，"武全若是怪罪起来，到时如何交代？"

"吃得咸鱼抵得渴，"侯熊氏说，"怪罪便怪罪，还能杀了我不成？"

"姆妈为了我真是……"侯眉儿泪盈于睫，矮身一跪，"姆妈请受不孝女一拜！"

"哭什么？"侯熊氏说，"自打你爷跟两个兄弟都走了，我便晓得日后有的是苦头吃了。孤儿寡母的两个女子，不敢豁出命去，哪个不来欺你？"

侯眉儿泪眼涟涟送了她亲娘出门。见她亲娘鬓发斑白，腰背微驼，只觉世道不公，格外薄待她母女二人。

侯招男本打算待得侯眉儿母女发难时便乖乖离店另谋生路，吃夜饭时，见桌上加了盆猪肝汤，却又心有不甘。招男极爱喝猪肝汤，这东西补血，热腾腾喝下去，恍如四肢百骸灌满了精血。黄济仁栈生意好，常有猪肝汤喝，别家药栈的伙计需得逢年过节才有这个口福。

侯招男正值壮年，尚未娶亲，便想着，若是娶了亲，更耗精血，届时没得猪肝汤喝，只怕这健壮的身骨没几年便干瘪了。

忽闪的油灯照着他粗大的臂膀。灯亮时，那臂膀藕节似的鼓突着；灯暗时，那臂膀又仿似凹陷了下去。侯招男看着一鼓一凹的臂膀，仿如看见了自己的今时明日。

自打跟着侯眉儿母女进店以来，他事事依顺她们。为着将她们从经楼放出来，他不惜得罪黄武全，伙同仕平灌醉了喜云。可那母女生性凉薄，行得百样好，容不得一样失。如今只因未曾前去告发那夏槿篱这一桩事，母女二人便要将他逐出药店。真是最毒妇人心！倒是那黄武全还算是个讲道义的好汉子，虽晓得是他灌醉了喜云，却不曾拿他开刀。与其跟着那母女二人，倒不如干脆跟着黄武全。何况那母女二人如今已失了势。

侯招男这样想着，便自后角门溜了出去，到新屋下去寻黄武全。黄武全带着景儿在新屋下住，侯眉儿母女仍住老屋。

黄武全听得侯招男夜里来寻他，便晓得有大事，先不问缘故，只说："莫啰唆，拣要紧的说。"

侯招男说："东家快去安排夏先生出城吧，只怕明日便有衙门里的人要来抓她。"

黄武全骑了马便往皮大先生屋下赶，侯招男一路小跑追在后面。

夏槿篱跟着侯静仪暂住在皮大先生屋下，听得前院有人拍门，懒懒地问静仪："深更半夜的，怎的还有什么人前来寻你？"

春芽放了武全进门。武全一路喊着："妹妹快些起身，我送你出城。"

"是武全，前来寻你的。"静仪拉开大门，武全已闯了进来。

"夜半三更，寻我做甚？"槿篱仍是懒懒的。

"妹妹先行上马再说。"

"上马做甚？"槿篱说，"你不想睡，我也不睡了吗？"

"事出紧急，边走边说。"武全一把将她抱了起来。

"你又作什么死？"槿篱拳打脚踢，"快放我下来！"

黄济仁栈距皮大先生屋下不远，侯招男赶了过来，将侯眉儿与她母亲所为细说了一遍。

武全也是才晓得原委，愤然一拳砸在门板上："郭老先生早就告诫过我，只恨我向来心软，不曾休了那恶妇，无端惹出这桩祸来！"

槿篱看了看他砸破了皮的拳头，仍是懒懒地说："我道是什么杀人放火的事，原来只不过是句话的事。我一时吃醉了，胡言乱语不行吗？"

"妹妹不晓得如今衙门里的事！莫说这样的话，便是好话说走了样，指不定也要问罪。"武全说，"妹妹还道是秦大老爷……不管怎的，妹妹先跟了我出城总没错的。"

"要出城你自个儿出城去，我困了。"槿篱说着，便往房里去。

"妹妹莫要误了自家性命！"

"真要因言获罪，我这一走，岂不连累了你？"

"你我之间,说什么连累?我三人本是一体。"武全揽过静仪,又去揽槿篱。

槿篱肩头一扭,将他甩开:"黄大当家的与侯大小姐是一体,与黄济仁栈是一体。与我夏槿篱,并非一体。"

武全还要再劝,静仪说:"槿篱妹妹的性子你也是晓得的,她不肯走,便是拿刀架在脖颈上也不肯走的。"

"都怨我将妹妹从赣州催了回来,本想一同热闹热闹的,不料却惹出这个事来,倒是害了她了。"武全颓然坐倒在摇椅上。

静仪筛了茶来:"事已至此,只盼衙门里不予追究。"

"一句话的事,也未必怎的。"春芽说,"莫要自己吓自己了。"

"不瞒姐姐说,"武全呷了口茶,"我先前只晓得没有师父跟姐姐便没有我黄武全,近些年才渐渐明白,没有槿篱妹妹也没有我黄武全。我原是师父、姐姐、妹妹一并锻造出来的。我就好比那生铁,师父、姐姐跟妹妹就好比是铁匠,不是你们尽心锤打,我便成不得器。今日听得妹妹有事,我这心里,就跟火烧火燎样的。"

"睡不着,便多坐一会儿吧。"静仪说,"我去炒碟花生米来。"

招男起身说:"我先回药栈去了。"

春芽送了招男出门,立在门口宽慰说:"你也莫要过于自责,你半道回来了,便是有功的。"

武全见春芽都晓得宽慰人了,心下稍稍松泛了些。

静仪端了花生米来。武全就着茶水吃了一颗:"姐姐好手艺。想起初遇姐姐那会儿,我还是个半大小子,一晃许多年了。"

"初进侯济仁栈时,我也还是半大小子,如今头都要白了。"春芽说,"好在姐姐一直带着我,日子过得倒还安逸。"

"也不能一直跟着姐姐,"武全说,"待得这事了了,我托个媒婆替你寻桩亲事。"

"寻什么亲啊?"春芽说,"跟着姐姐便好。"

"姐姐也不能陪你一世。"

"那倒是。待得姐姐守满了孝,也该寻个好人家。"

"这把年纪了,还寻什么人家?"静仪说,"我只盼多收几个学徒,多留下几样手艺。"

三人一夜闲话,就着花生米饮茶至天明。

22

次日清晨,槿篱拉开房门,见静仪、武全、春芽三人盹着了,便收起杯碟到厨下去洗。

叮叮当当的杯碟相撞声将武全扰醒,他举目望着天井四围的晨光,有种清新的安稳。循声踱步到厨下,靠在门框上看着。

明明暗暗的光影里,槿篱佝着身子趴在灶台上,显得异常乖顺。武全想起有一年大年初七,她也是这般趴在灶台上刷碗。他自赣江边跑回这屋下,将她逼到墙角,噙住她丰润的双唇。

那是他头一次与她亲昵。那是他头一次察觉,她已偷走了他的心。她早已偷走了他的心,他却多年来浑然不知。

"妹妹,"武全唤了一声,"你可晓得,我常想着,若是当年不犯糊涂,日日都能见着你洗碗的样子,日日……都有外婆拿着素白的绢子……掸着纤尘不染的椅子……端给我坐……"

啪啪啪,前院响起巨大的拍门声。

"谁呀?没轻没重的。"春芽低声抱怨着前去开门。

"哪个是夏槿篱?"院外有人高声相问。

"姐姐快跑呀!清军又杀过来了!"春芽的呼喊声从前院蹿进前厅。

"槿篱妹妹快跑啊!衙门里来人抓你了!"是顺良的声气。

"不好!"武全拉起槿篱直冲后门奔去,"狗娘养的寻到这儿来了!"

"夏槿篱何在?"前厅传来的,仍是先前在院外高声相问的那个声气。

"不行!姐姐他们还在厅上!"槿篱反身要往前厅跑。

"他们抓的是你!"武全紧紧拉着槿篱。

"抓我便是,莫带累了你们。"

"抓了你,我跟姐姐哪个肯罢手?"

槿篱略一迟疑,跟着武全直冲后门而去。

前厅乱作一团。

"莫动我家小姐!莫动我家小姐……"这是春芽的声气。

"这狐媚子不是夏槿篱。"有个老妇人的声气。

"我跟秦大老爷说过,大老爷当日以银子护了我家槿篱妹妹一程,我侯顺良没银子,便以命护她一程……"这是顺良的声气。

武全拉开后门。两名官差端着手,已守在门口。

"狗娘养的,竟这般奸猾,前后都堵住了。"武全心下暗骂着,张开双臂护住槿篱。

"哪个是夏槿篱?"

武全往院墙边的桂树上看了一眼。

"这么俏生生的一身白,你便是夏槿篱吧?"

武全抓起一把灰土往两位官差眼里一扬,助跑两步攀上桂树:"妹妹上来!"

槿篱跳将起来抓住武全的手,双脚蹬在树干上略一借力,巨鸟般落在桂树上。

"他娘的!这妇人竟会飞。"两名官差拂去灰土睁开眼来,恰巧看见槿篱上树。

前厅的官差奔进后院,春芽与顺良双双舞着鱼叉。春芽胡乱喊着:"莫动我家小姐!莫动我家小姐……"顺良喊着:"我侯顺良烂命一条,不怕死的便过来!"

武全扯着槿篱跳上院墙,"噌噌噌"在院墙上飞跑。

340

"我晓得这婊子要逃往哪儿去!"仍是那老妇的声气,原来是侯熊氏。

自前厅奔来的官差又跟着那老妇反身奔了回去,春芽与顺良举着鱼叉追了过去。

留在后院的两名官差追着武全与槿篱,想要捞住二人的脚。二人跑得飞快,却哪里捞得住?两名官差沿着院墙一跳一跳,不住喊着:"他娘的!他娘的……"

院墙外有一大蓬棕叶,武全回望了槿篱一眼,槿篱点了点头。二人双双跳下院墙,落在棕叶另一头。两名官差被棕叶阻隔,只得绕道追赶。

武全扶起槿篱,忽听得有个老妇大喊:"那婊子果然在这儿!我便晓得她上了院墙只能往这儿跑!"

武全抬头,只见侯熊氏领着另外两名官差堵了上来。春芽与顺良握着鱼叉追在后面,静仪又追在二人身后。而追在静仪身后的,是黄济仁栈浩浩荡荡的药工。

"跑啊!接着跑!"领头的是位面相瘦长的官差,指着武全与槿篱问,"怎的不跑了?"

先前被棕叶阻隔的两位官差也追了上来,四人将武全与槿篱一前一后夹在当中。

武全见无处可逃了,捻了捻槿篱的手说:"妹妹莫怕,我来应对。"

"莫往自个儿身上揽!"槿篱扯着他的衫袖。

"要生一起生,要死一起死。"武全含笑看了槿篱一眼,水盈盈的双目飞起花来,"我来应对,或有转机。"

"做什么这般看着我家……我槿篱妹妹?"顺良调转鱼叉指着武全。

静仪夺了顺良的鱼叉,远远地掷入棕叶丛中。

"哎?姐姐做什么把我的鱼叉抛了?"顺良抱怨着静仪,钻入棕叶丛中去寻鱼叉。

静仪又夺了春芽的鱼叉,死死地抱在怀里。

黄武全收起满眼的飞花,堆起满脸的假笑,直如换了张脸一般,走到那瘦长脸的官差面前,双膝跪地磕了三个响头,说:"小的黄武全,黄济仁栈当家的,请各位官爷安。"

玉清见得武全跪地磕头,紧紧地捏起了拳头。那瘦长脸官差上下打量着武全。

武全接着说:"小的不知犯了什么错,劳动四位官爷前来捉拿?"

"不知犯了什么错?"那瘦长脸官差问,"既不知有错,怎的一见了我们便跑?"

"小的原不该跑的,怎奈小的没见过什么世面,见了官爷便吓着了。"武全说。

"我等此番前来本与你无干,怎奈你见了我们便跑,无涉也有涉了……"那瘦长脸官差说。

侯熊氏抢过话说:"这是我家女婿,那事与他无涉,与他无涉……"

瘦长脸官差瞪了她一眼:"你这老妇嘈吵什么?这儿轮得到你说话吗?"

侯熊氏面色一僵,谄笑着说:"我才给两位官爷带了路……"

"再多一句嘴,我把你舌头割了!"瘦长脸官差拍了拍腰间的配刀。

武全摸出个软布包儿递给那官差说:"小的官前无状,委实当罚。"

那官差将软布包儿塞进袖袋,问:"那妇人是你什么人?"

武全刚要回话,槿篱抢在前头上前一步说:"我才从赣州府过来,与他全无干系……"

槿篱一挪步,有个唇色发黑的官差便"咦"了一声,指着她双腿说:"这妇人竟是个瘸子?适才翻墙上树,逃得跟会飞样的,竟是个瘸子?"

"全无干系他为何护着你?"那瘦长脸官差问。

槿篱回:"我义姐在黄济仁栈当女医,客居在黄先生府上。我前来探望义姐,因而一道借住在黄先生府上。想来黄先生是见官爷前往他府上拿人,一时慌乱,便跟着我一道跑了,并非存心护我。"

"并非存心护她,并非存心护她。"侯熊氏说,"我家女婿与这恶妇无甚交情。"

"闭嘴!"瘦长脸官差指着侯熊氏说,"这老妇吵得我头疼,你们哪个快些把她带走?"

那黑唇官差说:"我来我来……老人家,乖乖儿地跟我走吧。"

侯熊氏被那官差押着,一步三回头地去了。

瘦长脸官差围着槿篱打量了一圈:"你刚从赣州回来?"

"是。"

"回来做甚?"

"看望义姐。"

"你义姐是哪个?"

"原侯济仁栈的大小姐,侯静仪。"

"便是那妇人。"有个身量矮小的官差指了指静仪。

"你是她义姐?"瘦长脸官差问静仪。

"是。"

"虽称义姐,实则无甚干系。"槿篱说,"我常年流落在外,与她仅有数面之交。因见她一介女流却收了二十余名学徒,料想追随于她定然有利可图,便假意与之结拜。"

"你可晓得她存着这个心思?"瘦长脸官差凑到静仪近前问。

春芽见那官差凑近静仪,又拳打脚踢起来:"莫动我家小姐!莫动我家小姐……"

"这乱七八糟的都是些什么人啊?"那瘦长脸官差"啪啪"拍着额头,"还不快把这疯子带走?"

那矮小官差领命去了。

春芽确然又疯了。静仪、武全、槿篱三人互望了一眼,眼中各有隐痛。

"你在赣州以何谋生?"那瘦长脸官差又问槿篱。

"住在相好的店里。"

"噗",有个面颊多痣的官差笑了起来。瘦长脸官差圆目一撑,瞪了他一眼。

"看来公子多情,小姐无意呀。"瘦长脸官差挑衅地看着武全,"你舍命护着人家,人家却早有相好的了。"

"我早说过,我与黄先生无甚交情。"槿篱说。

"无甚交情为何去吃他家的上梁酒?"

"探望义姐,恰巧碰上他家上梁。"

"恰巧?人活一世,难得盖回新屋,恰巧就让你碰上了上梁?"

"若是交情深厚,黄先生怎的不将我安排在亲友一桌,却与邻舍同席?"

瘦长脸官差若有所思,武全见机凑过去说:"我店里有些上好的参片,官爷奔波劳顿了,先去吃口茶,再慢慢儿地想问什么便问什么,想问多久便问多久。"

那瘦长脸官差不理他,又问槿篱:"酒宴上那些话是怎么来的?"

槿篱佯装不懂:"什么话?我在酒宴上说了许多话。"

"少废话!"那瘦长脸官差说,"衙门里来人问话,自然是晓得你说了不能说的话。"

"我一介女流,哪晓得什么不能说的话?想是吃醉了,随口乱说的。"

"吃醉了便能乱说话吗?我看你一身孝服,怎能吃酒?"

武全忙说:"是我逼她吃的。"

"黄先生不是与她无甚交情吗?怎的又逼她吃酒?"

"我……我见她生得貌美,便……"

"貌美?"两位官差齐声笑了起来,"黄先生莫哄我了,一个徐娘半老的瘸腿妇人,哪里貌美了?"

"这萝卜青菜各有所爱,"武全说,"我便欢喜她这样的。"

"我家……我家槿篱妹妹要你欢喜做甚?"顺良捡了鱼叉回来,又直挺挺指着武全。

"又来了个疯子!"瘦长脸官差又"啪啪"拍起了额头。

面颊多痣的官差不待吩咐,自行上前夺了顺良的鱼叉说:"我来将这疯子带走,哥哥好清清静静地问话。"

顺良赖在地上不走:"我家妹子在这儿,我死也不走!"

"当真死也不走?"瘦长脸官差"郎当"一声拔出腰间配刀,作势往顺良脖颈上砍。

顺良迎头一撞,将那官差顶了个踉蹬,夺了他的配刀。

"把刀放下!"武全、槿篱、静仪齐呼。

那瘦长脸官差本欲吓唬吓唬顺良,不料却被他夺了配刀,当即恼羞成怒,抢过那面颊多痣的官差手里的鱼叉便往顺良腿股上刺。

"莫还手!"武全扑过去夺顺良的刀。

顺良缩身一让,举刀往那瘦长脸官差头上砍去。刀锋未落,便听得噗的一声,顺良绵软的下腹插入了一把鱼叉。原来是那面颊多痣的官差夺了静仪手里的鱼叉捅了他一下。

"啊!"黄济仁栈一众药工惊呼,"顺良师傅!"

槿篱扑过去托住顺良。那面颊多痣的官差还要再刺,被那瘦长脸官差拦了下来。

"娘……妹妹莫怕。"顺良满足地笑着,"些微小伤而已,死不了的。"

槿篱见他伤在右上腹,便晓得九死一生了。

"快拿门板来,抬了顺良师傅回去治伤!"玉清冲着药工们喊。

"就近借两副门板,"静仪说,"莫跑回店里去了。"

顺良微微皱眉:"娘的,伤了几根肠子而已,怎的这样痛?娘子替我扎几针止止血吧。"

顺良前几次险些脱口呼出"娘子",临了都改称槿篱妹妹,此时呼出"娘子"却全无改口之意,槿篱便晓得,他是疼得顾不得了。

槿篱刚伸手去摸怀里的银针,顺良却又扯着她的手说:"莫扎针了,怕是……怕是止不住了。"

第六章 天下

345

槿篱反握住他的手,将他靠在自己怀里。

"娘子,当日秦大老爷生怕你爷胡乱将你许配了,拿了许多银子给我,令我前去提亲,我心里欢喜得紧。这一世的欢喜,都在那一日了。"

槿篱说:"你已有家室,莫要这样唤我。我只恨当初不该带你回临江……"

"娘子回了临江,我怎能不回临江?我跟秦大老爷说过,他老人家以银子护了你一程,我便以这条命来护你。不回临江,我如何护你?"

"你的命,原该护你的妻儿。"

"我的妻儿……是啊,我的妻儿……姐姐原不该逼我成亲……"顺良看着静仪。

静仪愣愣地看着空空的双手说:"我只不该把春芽的鱼叉拿在手里。"

两位药工抬了门板来。槿篱摆了摆手。

"春芽也是可怜,"顺良说,"我头一次见他时,他还是个虎头虎脑的孩子……"

玉清听得红了眼,背转身去抹泪。黄济仁栈一众药工见他如此,无不悄然抹泪。

顺良看着远处,恍似置身于往昔岁月当中:"那时候侯济仁栈真好啊……娘子……我师父说,待我成了名医……便可娶你为妻。"

槿篱听他已然说起了胡话,便附和着:"待你成了名医,我们即刻成亲。"

"师父说……我一世都成不了名医的……"顺良却又有些清醒,说一阵歇一阵,"……娶不到你……今日能以命护你一程……也算遂了我的心。"

"遂心便好。"槿篱抚着他的心口,"今后事事遂心。"

顺良咧嘴笑了起来,即将睡去一般,也不知过了多久,忽而双目一撑,想起来似的急急追问:"我与官差动武,不会反倒害了娘子吧?"

槿篱说:"你舍命护我,怎会害我?"

"不对,不对……我与官差动了武,定然要连累娘子。"顺良挣扎着试图坐直身子,看着那瘦长脸的官差说,"我家娘子并非我家娘子。我与我家娘子并未成亲。我家娘子向来无意于我。我家娘子……"

槿篱托着顺良的后背,只觉他绷紧的腰身猛然一软,急切的话语声戛然而止。

23

槿篱放下顺良,抹下他空瞪着的双眼,缓缓走到那面颊多痣的官差面前。

"妹妹,不可。"武全与静仪一左一右拖住她的手。

"走开。"槿篱赤红的双目渐渐凝起泪来。

"天干物燥,先吃口茶再说吧。"那瘦长脸的官差说。

"吃口茶,吃口茶……"武全说,"到我店里吃口茶去吧。"

那面颊多痣的官差缩起脑袋便要开溜,槿篱冷冷地说:"跑什么?我今日认得了你,你还能跑哪儿去?"

"怎的?"那瘦长脸的官差眉梢一挑,"姑娘这意思是日后要跟我这老弟寻仇了?"

"官爷以为呢?我不过是一句话的事,便要抵上一条人命吗?"

"我等听命办差,有何错处?刀剑无眼,并非我这老弟有意行凶。要怪,便怪你家相公莽撞。"

"杀了人,倒怪死者莽撞了?"

武全听得这话,慌得忙捂了槿篱的嘴:"妹妹莫乱说话,顺良舍命护你,你莫辜负了他。"

那瘦长脸官差说:"我原想放你一马,只是这杀人的话,我老弟却担当不起。"

"再不会有这样的话,再不会有这样的话……"武全代槿篱回,"原是刀剑无眼,一时误伤了。"

"叫上兄弟们回去吧。"那瘦长脸官差冲着顺良努了努嘴,"有人畏罪自裁了,也算有个交代。"

"说句'国孝'便要自裁吗?"槿篱说,"我一人做事一人当,那话原是我说的。我误了他的性命,怎能再把罪名栽到他身上?"

"哎呀!妹妹何苦……"武全气得跺脚。

瘦长脸官差阴森森逼视着槿篱:"那话真是你说的?姑娘莫记错了。"

"是我说的又如何?一句话的事,难道要杀头吗?"

"你好大的胆子!竟敢诅咒当今天子?便是吃醉了,已是大逆不道之言!何况今日再次口出狂言!"

"我何曾诅咒过当今天子?"槿篱说,"我服的是前朝的国孝。前朝已亡,天子已崩,哪里算作诅咒?"

武全两腿一软,瘫倒在地。

"拿下!"那瘦长脸官差一声暴喝。

那面颊多痣的官差趋近槿篱。武全一下从地上蹿了起来,拿了把鱼叉握在手里。

"怎的?黄大当家的也要学她那憨子相公,拿命护她一程?"瘦长脸官差死死地盯着武全问。

武全笑笑说:"箭在弦上,不得不发了。"

"黄大当家的莫要自作多情了,我与你全无交情,无须你相助。"槿篱伸手去抢武全手里的鱼叉。

武全凄然一笑:"便是全无交情,我亦甘愿以命相助。"

"好一对痴男怨女。"那瘦长脸官差两指伸入嘴中,打了三声响亮的呼哨。

哨声刚落,那押了侯熊氏与春芽去的两位官差便奔了回来。

玉清也领着黄济仁栈众药工围了上来。

"怎的?黄济仁栈要反?"那瘦长脸官差呼吸急促起来。

"黄武全!"槿篱大喝一声,"你要让黄济仁栈上百号人陪着你一起死吗?"

"妹妹可晓得你这一去,十有八九只有个'死'字?"

槿篱确是未曾料到如此严重,话已出口,却也覆水难收了:"若因一时失言便获死罪,我这心直口快之人,迟早是个'死'字。"

"若非我有眼无珠,将那两名毒妇留在身边,妹妹心再直口再快,在做哥哥的面前有所失言,又何至于惊动官府?"

那瘦长脸官差看着黄济仁栈众人说:"今日原不关你们的事,也不关你们当家的事……"

槿篱听得这话,挺身向前一把夺过那官差腰间的配刀,照着脖颈便是一抹。

武全惊呼一声,伸手握住刀刃。静仪也扑将上来,将手掌垫在刀锋之下。三人的血流在一起。

瘦长脸官差看得牙疼般咧起嘴来:"何苦如此?再这么着,我将你们一并抓了!"

"莫留我了。"槿篱说,"至刚则易折,我原是这样的命。若非方才怒火难制,也不至于拖累你们。我先前只恨你二人心软,如今想来,心软之人,方可将医术传遍天下。我这般刚直的性子,只能打个头阵。"

武全听得心如刀割:"全是我这性子害了妹妹……"

"咦?这狐媚子要寻死了?"侯熊氏没了官差看押,又跑了回来,"要死便快些死,莫在这里装样子!哎呀!我爱婿的手都流血了!爱婿莫死抓住那狐媚子的刀,她哪肯当真寻死?不过是吓吓你们。"

"死老婆子怎的又跑回来了?"瘦长脸官差说,"再在这里嘈吵不休,我连你一并抓了。"

"不嘈吵,不嘈吵……"侯熊氏说,"官爷只看在我有功在先的分上,莫要为难我那爱婿。我那爱婿原与那臭婊子无涉,只不过被她狐媚子功夫迷惑了而已,要抓便抓那两名毒妇吧。我一家老小还指着我爱婿养活!"

那瘦长脸官差当胸踹了侯熊氏一脚:"哪个说你有功了?若非你多事,哪儿来的这许多烂事?"

侯熊氏求告无门,便抱着武全的腿往后拖:"爱婿莫犯糊涂了,莫跟这狐媚子混在一处……"

武全伸手去推这老妇。

槿篱笑笑地看着静仪说："姐姐松手吧，姐姐晓得，但凡妹妹要做的事，任谁也拦不住的。"

"只这一件，姐姐拦不住也要拦着。"

槿篱腰身一旋，将静仪撂倒在地。

武全推开侯熊氏赶上去时，槿篱已手起刀落，血飙了一地。

"妹妹！"静仪与武全喊声震天。

武全愣愣地伸出手来，去捂槿篱喷血的伤口。

槿篱含笑望着他，眼里盈满了柔软的光。

那柔软，仿如他头一回扑倒在她的身上。

武全强压住满腔的悲痛，轻声问："妹妹可有什么话吗？"

槿篱摇了摇头，缓缓闭上双眼。

也不知她还听不听得到，武全俯下身去贴在她耳边说："妹妹放心，我一刻也不曾忘记昔日盟约，要与妹妹一道将习得的医术传予天下人。"

槿篱眼角滚下半滴清泪。

武全托起她的脑袋搂进怀里，凹陷的下颌揉擦着她的泪水。槿篱曾说过，他下颌处的凹陷，俗称"美人沟"。

"死了吗？死了吗？"侯熊氏挤过去探了探槿篱的鼻息，"哎呀！当真死了！不会呀，这狐媚子怎舍得当真寻死？"

静仪扬起手来，狠狠地扇了这老妇一个巴掌。

"你敢打我？你竟敢打我？"侯熊氏一头撞向静仪下腹，"我便晓得你素日那温温存存的模样都是装出来的，这可露了相了！"

"莫动我家小姐！"没了官差看押，春芽也跑回来了，手里拿着块石头。

"动了又怎的？动了又怎的？"侯熊氏一径往静仪身上撞，"臭婢子打了我，我还不能还手了？"

春芽举起石头,一手按着侯熊氏的脑袋,一手一下一下猛力向下砸去,砸一下嚷一声:"叫你莫动我家小姐!叫你莫动我家小姐……"

一湾殷红的血,从侯熊氏额头上缓缓流落。

春芽甜笑着回望静仪:"小姐莫怕,春芽会用石头砸人了。坏人再不敢欺你了。"

侯熊氏倒在地上,勉力撑开眼来看向黄武全。只见黄武全呆呆地抱着那狐媚子夏槿篱,泪水打湿了衣襟。这老妇记起黄济仁栈新屋上梁那日,她女儿牵着她外孙的手,闲闲地对她说:"姆妈莫费心了,你这爱婿有要人要等,哪里管得你欢不欢喜?你便是立时三刻死了,只要那人来了,你爱婿照样欢喜。"她就要死了,他果然一心只在那人身上。

24

侯招男念着往日与侯眉儿母女有些情分,见侯熊氏死了,便跑回黄济仁栈报信。

侯眉儿心下有鬼,只当她母亲因状告夏槿篱激怒了黄武全,被他二人合力杀害,唯恐即刻便要赶来杀她。当即顾不得问清原委,匆匆卷了一大包银子,令侯招男套了辆马车,搂着景儿便要上车。

景儿说:"我不去,我要在店里等爷爷。"

侯眉儿恶狠狠威胁说:"不跟娘走,你便一世再见不到亲娘了。"

"见不到便见不到。"景儿说,"鸟雀大了都要离窝,孩儿也不能一世窝在姆妈怀里。"

"为娘的白生了你!"侯眉儿落下泪来。

"我不晓得姆妈为何要走。"景儿说,"姆妈总说别个对不住你,我年幼时只当果真如此。如今大了,却并未见人对不住你,只见你对不住人。今日可好,不光是别个,就连我这亲生子,姆妈也认为对不住你了。但凡是个人,总有对不住你的地方。"

"你这白眼狼!"侯眉儿骂了一声,急令招男赶车。

侯招男说:"孤男寡女难免引人猜疑,为着保全清誉,师娘还是自个儿去吧。"

"我都快没命了,还顾那清誉做甚?"侯眉儿拍了拍包袱里的银子说,"跟了我去,这里边的银子便有一半是你的。"

侯招男说:"我没那个命。"

侯眉儿不敢再行耽搁。除了侯招男与景儿,药栈再无别个,无法可想,她只得自行赶车。

一世从未赶过牲口,她哪里晓得如何赶车?侯眉儿拿起马鞭抽了一下,那畜生气定神闲撑了撑眼。她又举起马鞭抽了一下,那畜生转头看了看。她拼尽力气一顿猛抽,那畜生撒开蹄子发狂样疯跑起来。侯眉儿牢牢抓着车板子,颠得东倒西歪。

马车在镇上一顿乱撞,不知要跑往何处去。黄济仁栈有个小伙计远远瞧见了那马车,不禁叫了一声:"哪个偷了我们家的车!"黄武全抱着夏槿篱坐在地上,不曾听见似的。那伙计又跟玉清嘀咕:"赶车的像是师娘……"玉清也不曾听见似的。

那马车不知跑了多久,终于撞出了樟树镇。郊外的路面更是颠簸,侯眉儿在车板子上坐不住,索性钻入车舆内,任由马车跑到哪里便是哪里。

夜饭时分,马车停了下来,侯眉儿腹中饥饿,摸下车去想要摘些野果充饥。她前脚才刚下车,那马车后脚便调头跑了。她追在后面跑了两步,一屁股跌坐在路边水沟里。

但见天光渐暗,四面荒山,侯眉儿坐在泥水里,只觉世间女子再无一人这般命苦,恨恨地将夏槿篱、侯静仪并黄武全又咒骂了一回。

黄济仁栈不可回,经楼亲友不可靠,孤身带着许多银两,只怕被人害命谋财。侯眉儿又是害怕又是怨恨又是自怜,放声啼哭起来。啼哭间瞥见近前山腰有座宫观,猛地想起此地或是阁皂山。

侯眉儿晓得阁皂山上有座大万寿崇真宫。自那山腰上的宫观大小来看,十有八九便是此宫。别家宫观再没有这般恢宏。

思及此处,侯眉儿止了啼哭,爬出水沟,一瘸一拐往那宫观处奔去。山间树木繁密,更遮蔽得地暗天昏,直如夜半时分,侯眉儿吓得手脚乱颤,只恨那夏槿篱与侯静仪心毒,害得她受这非人之苦……

黄武全回到黄济仁栈时,侯眉儿已不知去向。武全无意寻找,却不得不对景儿交代一声:"你娘走了……"

景儿正在后院洗药,头也不抬地说:"我晓得。走了也好,她有她的活法。"

是啊,她有她的活法,这道理连景儿都懂,他后生时却浑然不懂,非要娶了她,带着她活。武全想起决意纳侯眉儿为妾时,槿篱曾说:"你放心,她不会死的。"他回她说:"你总说她不会死,却不知她不像你,你有一身的手艺一身的本事,自是怎样都好活,她却是连只蚂蚁都踩不死的,如今这世道,若没个可靠的人护着,便是自尽不成,她迟早还是要被糟践死的。"

如今,她没有死,她跑了,槿篱却死了。没本事的人活着,一身本事的人死了。

若是不娶侯眉儿,若是不催槿篱回来吃酒,若是不问那服孝之事……这一桩桩一件件,但凡少做当中一件,夏槿篱也不至于枉死。黄武全悔之不尽。

他摸了摸景儿的头,晃晃悠悠爬到床上,浑身瘫软下来。

这一瘫,便是好些年。黄武全终日晃晃悠悠,无心料理药栈。

静仪带着景儿,勉力支撑着黄济仁栈的生意。

一个妇人带着个孩子,诸事自是不易。他无力承担,她便舍命相助。

她记得,初遇他时,在那田垄西头的小庙里,她曾对他说过:"你活一日,姐姐就陪着你一日。"

她说过的话,愿用一生来践诺。她不曾说出口的话,一世都将守口如瓶。

春芽不知跑哪儿去了。静仪派了人去寻,回回都是失望而归。

第六章 天下

353

侯玉清往赣州府接替夏槿篱,做了药庄主事。

柳先生带着侯招男等五六个药工去了南昌开设药庄。

日子犹如水车车水,脚下踩得疾,水流却来得慢,静仪竭尽全力又不紧不慢地过着,逐渐忘了年岁。

一日,柳先生托人带了口信来,说是南昌药庄缺个女医。

静仪在后院寻着了半醉的武全,摇了摇他的肩说:"你曾答应过槿篱妹妹,要帮她将习得的医术传予天下人。"

多少年了,她不敢提及这两个字。黄济仁栈一众药工,无人胆敢提及这两个字。

武全缓缓睁开朦胧的醉眼。

"柳先生让药栈派个女医过去,我瞧着,他是看柳姑娘可怜,存心要带她走。"

武全摆了摆手:"那便让柳姑娘去吧……随你安排便是。"

静仪又重复了一次:"你曾答应过槿篱妹妹,要帮她将习得的医术传予天下人。"

"槿篱妹妹已经死了,我再做什么她都看不到了!"武全歇斯底里地吼叫起来。

静仪一动不动地看着他。

武全抽噎了一阵儿,抹了抹脸,强打精神说:"柳姑娘到了南昌也好重新做人,如此安排甚好。"

静仪挨肩坐了下来,看着他说:"柳先生跟柳姑娘二人都姓柳,倒跟一家人似的。你说是不是?"

武全垂首无话。

静仪做出满心欢喜的样子:"你不觉得柳先生跟柳姑娘亲像一家人吗?"

武全见她如此,不得不应和着:"是呢。柳先生妻小都没了,有柳姑娘在旁照应照应也好。"

"柳姑娘若是有心,干脆认了柳先生做义父更好。"静仪说,"我们黄济仁栈也算有桩喜事了。"

武全说："也好。"

"这事恐怕他二人都不好开口，一个自惭身份卑贱，一个自愧寿年过高，你干脆做个好人，替他二人成了这桩好事。"

"这桩好事便由姐姐代劳吧。"

"你曾答应过槿篱妹妹，要帮她将习得的医术传予天下人。"静仪将这话重复到第三遍了。

武全不得不应："也好，这事交给我便是。"

静仪总算松了口气："办桩喜事热闹热闹，这黄济仁栈，好些年听不见笑声了。"

武全说："槿篱妹妹欢喜笑。"

"你还许过槿篱妹妹，要到临江去请何锄师傅到湘潭设庄。"

"我是许过妹妹。"

"既许过她的，总要一桩桩一件件操办起来才是。端生也历练得差不多了，川、广的药庄也该开起来了。你看看还有哪个适宜主事的？"

"我看安庭不错。"

"那便让安庭去吧。你还曾许过我，待得盖好了新屋，便放我去给母亲守墓。如今新屋都住了多少年了，也该放我去了。"

"姐姐不再帮我几年？"

一轮冷月升了起来，静仪缩了缩肩："进屋去吧，外头凉。"

黄济仁栈前堂后院都点起了油灯，一盏盏如豆的油灯连在一起，与樟树镇上密密集集一家家药店的油灯汇成一片，与临江府九坊、六厢、三十街、三十一巷的油灯汇成一片，与通往赣州府、南昌府、长沙府一路散布着的樟帮药店的油灯连成一片，与历经瘟疫、天灾、战乱走遍天下的樟帮药人开设的药店油灯连成一片……浩如烟海的灯光里，侯静仪领着黄武全走进灯火深处。

那灯火灿灿的光，像极了夏槿篱的笑。